O JULGAMENTO

L. C. Scandiuzzi

O JULGAMENTO

Editora Mundo Cristão
São Paulo

Dados Internacionais de Catalogação na Publicação (CIP)
(Câmara Brasileira do Livro, SP, Brasil)

Scandiuzzi, L.C.
O Julgamento / L. C. Scandiuzzi. – São Paulo: Mundo Cristão, 2001.

ISBN 85-7325-283-9

1. Ficção brasileira I. Título

01-4652 CDD-869.93

Índice para catálogo sistemático:
1. Ficção: Literatura brasileira 869.93

Publicado originalmente por Associação Religiosa Editora Mundo Cristão

Capa: Egg Design

Preparação de texto: Silvia Justino

Revisão: Theófilo José Vieira

Os textos das referências bíblicas foram extraídos de *A Bíblia Anotada* (versão Almeida Revista e Atualizada), salvo indicação específica.

A 1ª edição brasileira foi publicada em outubro de 2001, com uma tiragem de 4.500 exemplares.

Apoio e colaboração: Tyndale House Publishers

Associação Religiosa Editora Mundo Cristão
Rua Antonio Carlos Tacconi, 79 – CEP 04810-020 – São Paulo-SP – Brasil
Telefone: 0800 115074 – Home page: www.mundocristao.com.br

Editora associada a:
- Associação Brasileira de Direitos Reprográficos
- Associação Brasileira de Editores Cristãos
- Câmara Brasileira do Livro
- Evangelical Christian Publishers Association

10 9 8 7 6 5 4 3 2 1 01 02 03 04 05 06 07 08 09 10 11

Por tratar-se de uma obra de ficção, calendários oficiais e certas normas concernentes a júri popular foram adaptados segundo o caráter dos personagens e o objetivo da narrativa. Assim como eventuais citações de ordem histórica ou geográfica confundem-se com o imaginário; qualquer semelhança com entidades, organizações, grupos constituídos e pessoas vivas ou mortas terá sido mera coincidência.

Prólogo

1977

O DISCO paira pouco acima de sua cabeça, como um enorme sol opaco. Vestígios de sangue. *O que está acontecendo? Onde estou?* Deitada de costas, olhos anuviados e punhos presos por correias — ela não existe da cintura para baixo.

Uma das enfermeiras enxuga-lhe o suor da testa. Só então ela se dá conta de que está na sala de cirurgia. Imediatamente lança um olhar interrogativo para a enfermeira: *E meu bebê? Meu bebê está bem?*

A enfermeira, no entanto, termina seu trabalho e sai. Agora ela compreende que ninguém escutou sua voz, completamente inaudível. Apenas seu cérebro permanece lúcido e ansioso por comunicar-se. Sente-se fraca, quase incapaz de respirar, de sentir o próprio corpo.

Súbito ela escuta o pequeno e ligeiro choro através de uma porta que é aberta e fechada. Isso a consola. Ela tenta sorrir. *Sim, meu filho está bem... eu sei que ele está bem. Graças a Deus.*

Ela vê a mesma enfermeira que a assistiu, agora limpando o suor da fronte do médico. A outra enfermeira se aproxima deles e conversam baixinho. O médico balança negativamente a cabeça: — Mande alguém ver se ela registrou o nome de algum parente — ele diz.

Oh! Deus! — ela quer falar — *então eu vou morrer! Eles não conseguiram conter a hemorragia!*

Seu cérebro quer processar um turbilhão de pensamentos, mas o efeito de uma fisgada na veia lhe traz repentinas sombras.

Alguém tem de avisá-lo! Ele precisa vir! — ela pensa ter conseguido dizer. E adormece. Prelúdio do fim.

SEIS meses antes.

Ao estacionar o carro, ele viu que o lugar não era nada agradável. Naquele conjunto habitacional cada casa teria pouco mais de quatro metros de largura, e não havia jardins diante delas. Geminadas, davam a idéia de um extenso armazém cheio de portas e vidraças.

Ele não teria mais de 22 anos. Saiu do carro, caminhou até uma das portas, conferiu o número e tocou a campainha. O pequeno postigo foi aberto e um rosto de mulher apontou.

— Quem é?

— Hélio. A senhora é dona Dinorá?

— Sou eu. Entre.

Ele não quis sentar-se. Aparentemente, nem queria estar ali.

— Qual é o problema, a senhora pode me explicar?

— Foi o que tentei fazer, moço, mas você falou que por telefone não. O assunto é o seguinte: a Alice não está nada bem, a hemorragia não pára, e eu já fiz tudo o que sei. Já lhe apliquei duas injeções, mas não vejo melhora. Então ela pediu que avisasse você. Foi o que eu fiz.

— Só esta que me faltava! — ele resmungou saindo meio de lado. E voltando-se para a mulher: — O que a senhora acha que deve ser feito?

— Levar a menina depressa pra um hospital, claro.

— Hospital? Mas como? Isso não vai trazer complicações?

— Bem, sempre existe um lugar onde não fazem perguntas. Mas claro que tudo tem um preço.

Ele entendeu. Rapidamente tirou a carteira e começou a despejar cédulas graúdas sobre a mesa. A mulher ia recolhendo.

— Acha que é o bastante?

— Pro hospital sim.

Guardando a carteira, de outro bolso ele puxou um maço de cédulas. Separou algumas e as entregou à mulher.

— Sabe, moço, eu vou ter de escolher o médico certo...

Mais dinheiro foi juntado.

— Suponho que seja o suficiente — ele disse, dando por finda a negociação.

Dinorá fez o bolo de cédulas desaparecer em algum esconderijo da roupa. Então perguntou:

— Não quer dar uma olhada na Alice? Ela está dormindo, acabo de lhe aplicar uma injeção.

— N-não, estou com pressa... tenho um compromisso importante e já estou atrasado.

— Pois vá sossegado, moço. Vou cuidar direitinho dela.

Ele deixou a casa, sem dizer uma palavra. Começava a chover. Ele ergueu a gola da jaqueta, correu até o carro e partiu. A mulher fechou a porta.

— Credo! Mãe — ressoou na saleta a voz, indignada, de uma jovem.

— Credo o quê, Ângela?

— Por que a senhora teve de mentir e dizer que ela está passando mal?

— Ei! O que é que há com você? O que tem de errado eu querer ganhar um dinheirinho a mais?

A mãe guarda o dinheiro na compoteira do armário da sala e, ao voltar, ainda encontra a filha de cara fechada.

— E agora, Ângela? Que cara é essa?

— Como este mundo é pequeno! Eu conheço esse moço, mãe. Ele adora pão-húngaro.

— Pão-húngaro? Do que é que você está falando?

— Ele tem conta lá na cantina da faculdade onde eu trabalho. Sempre me pareceu um cara legal. Puxa! Como a gente se engana. Ele nem quis saber dela.

A mãe deu de ombros.

— É problema deles. Fiz a minha parte e cobrei o meu preço. O resto não me interessa.

A moça seguia a mãe a caminho da cozinha.

— Ele mentiu pra senhora.

— E daí? Paguei na mesma moeda.

— Mas a senhora não está na São Francisco, mãe.

— E daí, Ângela? — a mulher se irritou. — E onde está escrito que mentira precisa de diploma?

A moça guardou breve silêncio. Depois disse:

— Puxa! Que tipo de advogado pode dar um sujeito desse? O nome dele nem é Hélio.

MAS Alice não estava dormindo. Através da porta meio aberta do pequeno quarto, escutara tudo. Ela chora baixinho. Sente-se lesada e traída por todos.

Na manhã seguinte, ela saiu da cama, apanhou a bolsa e foi pegar o ônibus para ir embora.

Três dias depois teve de ser internada com começo de hemorragia. Após a medicação, ela se submeteu a alguns exames. Minutos depois o médico lhe disse:

— O seu útero está inchado, filha. Você tentou fazer o aborto, não foi?

Mesmo constrangida ela disse:

— Eu fiz o aborto, doutor.

O médico franziu a testa.

— Tem certeza?

— Absoluta. Eu vi tudo que... tudo aquilo que foi tirado de mim.

— Então eram gêmeos em placentas separadas. Sobrou uma. Você vai ser mãe.

Mostrando-lhe o ultra-som, o médico acrescentou:

— E é um menino.

AGORA ela já não vê o disco do sol, nem as cores azuis da roupa do médico e das enfermeiras, nem sente o cheiro da sala de cirurgia. O que ela enxerga é um vazio. Um vazio sem cor.

Súbito, ela percebe o raio de luz se alongando desde a fresta da porta. Vira a cabeça um pouco mais para ver se é ele quem está entrando no seu vazio.

— Ah! — ela emite um murmúrio fraco, num espasmo de tardia alegria — que bom que deu tempo de você vir.

Parte 1

1

Vinte e dois anos depois
Arredores de Brasília, meados do outono de 1999

ERA COMO se o universo todo conspirasse para abrir-lhe caminho. Anônima estudante aos 16 anos, com 17 ela já era modelo profissional. Capa de revistas, publicidade, viagens ao exterior e atriz de telenovela — tudo em dois anos. Montou um apartamento na Barra da Tijuca, outro em Brasília, para os pais. Aos 20 anos, seu nome era conhecido em todo o país.

E foi em meio a esse mar de conquistas que a cobrança chegou. Ela fora chamada. Tinha obrigações a cumprir pelos favores recebidos. Precisava consagrar-se. Mais que aceitação, conscientizou-se de que ser filha-de-santo seria um privilégio. Agora não se tratava apenas de abrir seu próprio caminho: todo um mundo de pessoas ansiosas estaria diante dela em busca de conselhos e ajuda.

Assim, orgulhosa de si mesma, aproveitou um intervalo das filmagens no Rio de Janeiro e voltou a Brasília, sua terra natal, para o rito de iniciação.

MAS AGORA, no último estágio, a menos de uma hora da terceira e última saída da camarinha — quando lhe seria dado o novo nome de esposa do orixá —, Cristina se arrepende de ter começado. Não quer completar a consagração. O que sente não é medo, é como um aviso que lhe brota do interior. *Fuja! Cristina,* ela ouve.

Ergue-se da esteira, aproxima-se da porta da camarinha semiescura, agora destrancada. Abre-a. A luz lhe faz arder os olhos. Não vê ninguém. Olha-se e se espanta com toda aquela sujeira e sangue na roupa branca de abiã que ela vestira durante trinta dias. Mas não há tempo para trocar de roupa. Entra de novo, pega as chaves do carro e sai.

Descalça, caminha até a janela do cômodo e olha o pátio lotado de veículos. Muitos convidados para a cerimônia do dar-o-nome. Mas ela já decidiu não participar da festa.

— Cristina! — subitamente ela ouve o chamado da equede, a serva que a assiste. A mulher apontara o rosto no vão de uma das portas internas. — Quem mandou você sair, Cristina? Volte para o seu lugar, ainda não chegou a sua hora.

— Já vou — responde Cristina, sem tirar os olhos do pátio. Ele representa meio caminho da liberdade; liberdade que agora se transforma em um forte clamor. Olha para trás e vê que a equede se foi. Decidida, ela abre a porta e sai correndo.

Já vai atingindo o pátio dos veículos, quando escuta o novo grito da equede desde a janela:

— Cristina! Aonde você vai?

Ela estanca. Não é o grito da mulher que a detém mas o súbito som dos atabaques, ritmo de crescente frenesi, irresistível chamado à possessão coletiva. De seu ouvido interno se propaga a tontura, seu coração acelera, a respiração fica pesada e ela sente náuseas. Não! — mentalmente ela tenta repelir a traiçoeira possessão.

E, naqueles segundos de luta consigo mesma, ela vê passar diante dela cenas confusas dos trinta dias da iniciação: ela nua na camarinha, inundando-lhe o dorso o sangue ainda morno de uma cabeça degolada de animal.

Na cena seguinte, ela vê a faca virgem abrindo-lhe no crânio rapado um pequeno orifício por onde lhe é introduzida a bolinha com os elementos da força do orixá. Sente na boca o gosto doce-acre do axé — vinho, mel e sangue do animal sacrificado.

As cenas se sucedem rapidamente. Cristina permanece na esteira do chão da camarinha, fraca e dopada. A força e o querer dependem da infusão de folhas que lhe é dada a beber a cada instante. Fantasia e realidade se mesclam. Momentos de transe profundo, de total esquecimento, e momentos de meio transe, transe de aprendizado, em que ela se vê fora do próprio corpo, observando a si mesma.

Escuta o ponto batido no atabaque, ritmo-senha do orixá, som que lhe vai sendo inculcado no cérebro. Sinais sincopados que a dominam e lhe abrem o corpo e a mente para a possessão involuntária.

Trinta dias.

E agora, prestes a alcançar a liberdade, ela estremece presa ao chão do pátio. Retardado medo.

— Volte, Cristina! — novo chamado da equede.

— Não! — ela grita, pupilas dilatadas, coração acelerado, mãos tapando os ouvidos para não escutar o alucinante e irresistível chamado dos atabaques.

— Deus! Me ajude! — súbito ela clama a um Deus desconhecido.

E a instantânea ajuda vem.

Ela vence o chamado da equede, vence o apelo dos atabaques, sai, corre, contorna os veículos e alcança o eucaliptal onde deixara o carro. A mão trêmula passa a chave na porta, o corpo dolorido joga-se no assento. Dá partida, engata a marcha a ré e rapidamente avança para ganhar a liberdade.

Mas ela estava longe da liberdade.

2

Fórum de São Paulo

O JULGAMENTO chega à parte final. Usando o direito de réplica, durante quase meia hora o promotor público vai polindo alguns ângulos dos argumentos exaustivamente expostos. Houve um homicídio. O criminoso está ali, sentado no banco dos réus, enquanto a esposa, no cemitério. São argumentos decisivos. Sabendo-a adúltera, ele ignora a solução legal, matando-a. Nada mais cristalino para a lei julgar. E condenar.

O promotor era conhecido por sua garra nos tribunais, garra que o nariz aquilino às vezes transformava em impertinência, fazendo da lei um punhal. O aço frio costumava penetrar fundo nas acusações. Excedia-se em elogios gratuitos, carregados do ranço necessário para obter o efeito contrário. Dono de um humor mordaz, quando lhe faltavam argumentos, ele se deleitava em exibir as vísceras dos réus. Às vezes a estocada atingia também os rins morais do próprio advogado de defesa. Mas agora ele estava diante de um dos maiores criminalistas do país.

Olhando primeiro para o réu, depois significativamente para o advogado de defesa, retirou os pesados óculos e decretou:

— Senhoras e senhores do Conselho de Sentença. Na minha aritmética, a soma de um frio homicídio com o trabalho inútil de um advogado esperto é igual a trinta anos de cadeia. Porque os números não coadunam com quem divide mentiras. Todos sabemos que não se trata de um homicídio em legítima defesa, como o ilustre advogado sugere. Não houve briga entre o casal. Houve, sim, o adultério e a premeditada decisão do réu em fazer justiça com as próprias mãos. O réu poderia ter lançado mão de uma saída mais honrosa, mas premeditou o homicídio. E o executou.

Depois de pedir oficialmente a pena máxima para o réu, o promotor deslizou sua ainda elétrica figura para fora do palco. Ao voltar a sua tribuna, um pequeno erro de cálculo obrigou-o a retroceder um metro para repousar a beca no lugar que lhe era devido.

Enquanto os jurados acompanhavam cada detalhe daquele empavonado movimento, o juiz perguntava se a defesa queria usar o direito de tréplica.

Então, bastante calmo, Guilherme Sale deixou a sua tribuna.

— Sim, excelência — disse ele, caminhando até os jurados. Ali, entre estes e o juiz, Guilherme girou o corpo sem pressa, num movimento proposital. Reteve todas as atenções. Então, olhou compassivamente em direção à tribuna do Ministério Público, deixando que todos percebessem ainda passar-lhe pela retina um resto preto da desaprumada vestimenta talar do promotor.

Desviando o olhar do promotor público, Guilherme fitou significativamente primeiro o juiz. Em seguida, os jurados. E concluiu o pensamento:

— Porém, não tenho a intenção de abrir asas além do alcance de minhas penas, o que me transformaria *também* em outra ave em vias de extinção e nada convincente. Tão rara que às vezes até esquece em qual árvore deixou o seu ninho.

Alguns esboços de riso do público que lotava as dependências do tribunal foram sufocados por um olhar severo do juiz. Mas ele não acrescentou marteladas na mesa.

A seguir, aproximando-se do Conselho de Sentença, Guilherme apoiou-se com firmeza em ambas as pernas e entrelaçou ligeiramente os dedos das mãos à frente. Permaneceu assim por um momento. Depois começou a erguer a mão direita. No entanto, com um movimento repentino, tocou a fronte apenas com a ponta dos dedos da mão esquerda e fechou os olhos.

Cada um dos jurados viu que o rosto do advogado começava a mostrar sofrimento, tensão. A face brilhando pelo suor.

— O meu desejo... honesto... — Guilherme começou, vacilante, voz quase sôfrega, olhos semi-abertos, dedos ainda na testa —, o meu desejo é que... que cada uma das senhoras... cada um dos senhores... saia daqui com... com a consciência em paz.

O advogado ainda comprimia a testa com os dedos.

— E que cada um saiba... o senhor... — agora ele fazia escolhas dentre os membros do Conselho de Sentença —, ou a senhora... qualquer um de vocês saiba que poderia estar ali, no lugar do réu, correndo o mesmo risco de ser injustiçado.

Retirando a mão da testa e girando pesadamente o braço esquerdo na direção do réu, ele continuou:

— Um réu sem lar... sem honra... sem dignidade, porque um dia amou e sonhou ser parte de um casal feliz. Sim, sonhou que tinha um lar... que tinha em sua casa uma mulher fiel, a quem amava e a quem vivia procurando agradar. Jóias caras, carros importados... viagens pelo mundo. Ele sonhou que era um homem feliz. Sonhou. Longe ele estava de pensar que, apenas três anos depois, seria traído com despudor... com premeditada malícia... com lascívia e com desprezo — traído como nas cenas dos piores filmes do gênero... traído não apenas com um, mas com vários amantes. Traído pela mulher que ele amava. E a quem cobria de honra.

— Traição... sórdida traição — Guilherme seguiu, voz ainda meio embargada, testa suando —, traição que poderia levar o senhor... — ele apontava o indicador direito para um dos jurados — se o senhor no lugar dele estivesse. Ou levar o senhor... e o senhor... levado cada um dos senhores ao sofrimento máximo, ao desgoverno emocional... ao desastre financeiro... à dor, à chacota dos amigos, à bebida. E, finalmente, ao acidental homicídio na luta que se seguiu ao flagrado adultério. Pois houve, sim, uma discussão intensa, houve nervos alterados em ambas as partes. Houve uma briga corporal, e houve um acidente com a arma; arma que era da própria vítima.

Vagarosamente, Guilherme repassou os olhos pela tribuna da acusação e voltou a fitar os jurados.

— De fato os números não coadunam com quem divide mentiras, nem com quem soma acusações forjadas em cima de teses de terceira categoria.

Com um lenço, Guilherme recolhia suor da testa. Tinha o semblante carregado. Dava a impressão de que toda a vergonha e toda a honra do réu estavam sobre os seus ombros. E ele concluiu:

— Procure cada uma das senhoras... cada um dos senhores... procurem pensar nisso lá fora, a caminho de suas casas... de seus entes queridos. Procurem fazer isso e sintam a paz de consciência, a gratificante paz por terem devolvido à vida normal aquele que foi vítima do seu próprio amor.

Lentamente, Guilherme começou a repousar o braço esquerdo. Recolhia a mão ainda meio crispada, mão que estivera algum tempo comprimindo o lóbulo frontal esquerdo como que convidando cada jurado a uma decisiva tomada de consciência. Com a mão direita ele ainda colhia suor da testa.

E então, cabeça levemente abaixada, ele voltou à sua tribuna.

POUCO mais tarde, o tribunal já esvaziado, Guilherme ainda se deixava ficar na cadeira. Antunes, seu jovem assistente negro, já tinha juntado todos os papéis e despachado as inúmeras pessoas que gostariam de trocar algumas palavras com o dr. Guilherme Sale, ou simplesmente cumprimentá-lo por mais uma brilhante vitória.

— Fiz como você pediu, chefe — informou Antunes. — Deixei que falassem à vontade enquanto ia guiando todos eles rumo à porta de saída.

Guilherme limitou-se ao silêncio consonante.

— Este é um dia que não vou esquecer — de novo Antunes. — Nunca vi uma tréplica tão... tão curta e fulminante. Você atingiu as vísceras de cada jurado. Que mestria! E aqueles movimentos que você fazia com os braços... com as mãos!... Puxa! Até eu senti o impacto de tudo aquilo, do velho emocional humano adquirindo requintes de estilo com o seu talento.

— Que requintes de estilo coisa nenhuma, Antunes — disse o advogado, voz poupada mas enérgica, enquanto lento punha-se de pé. — Procurei apenas não cair de boca no chão. Você algum dia já viu alguém levar um coice no peito e com uma fogueira na testa em plena tréplica? Pois hoje você viu.

Antunes arregalou os olhos. Os de Guilherme estavam sérios e parados.

— Espero ter conseguido sobreviver inteiro à minha primeira ameaça de infarto.

ANOITECIA. Umas poucas pessoas ainda estavam diante do fórum, quando Guilherme apontou na plataforma externa. Andava com cautela, temeroso de que as dores voltassem, aquela pressão monstruosa no peito e fogo na testa.

Poucos metros à frente, afastando curiosos que poderiam aborrecer Guilherme, Antunes viu Edu abrindo espaço. Caminhou ligeiro ao encontro dele.

Vestindo camiseta branca e calças *jeans* desbotadas, Edu aproximava-se com as mãos nos bolsos do blusão impermeável. Antunes tratou de desviar-lhe a trajetória.

— Agora não, Edu, seu pai não está nada bem.

— Ele não está bem, é? — disse o moço num meio tom de chacota. Enfiados entre dois arbustos, ficaram observando Guilherme passar rumo à escadaria do pátio do fórum. — E o que foi que pegou o velho? Alguma gripe? Mas será que existe algum vírus capaz dessa proeza, Antunes?

— Fique quieto, Edu — sussurrou-lhe o advogado como quem apenas dá um conselho. — Vê se não complica mais as coisas. Que tal procurar seu pai amanhã ou depois lá no escritório?

— Que é isso, Antunes? Só queria uma opinião dele. É sobre um serviço que apareceu.

— Você já tem emprego, Edu. Está na folha de pagamento da Sale Advogados.

— Ah, ia me esquecendo da folha de pagamento da benemérita Sale Advogados! Mas isso de investigação não é comigo, você sabe.

— É o que você faz melhor. Seu pai gosta do seu trabalho, e eu também.

— Gostam, é?

Edu continuava com as mãos nos bolsos do blusão.

— Não seja sarcástico, Edu. Seu pai quer o melhor para você. E o melhor que você pode fazer é voltar à faculdade e terminar o seu curso.

— E pra quê? Pra depois ficar pondo bandidos na rua? Já basta o velho fazendo isso.

Antunes olhou sério para Edu.

— Está bem. Retiro o que eu disse.

Antunes queria dar tempo para que Guilherme descesse a escadaria e se dirigisse ao estacionamento. Evitar atrito entre pai e filho *também* era uma de suas muitas funções na Sale Advogados.

— Mas sabe quem esteve falando comigo lá na academia, Antunes?

— Quem?

— Aquele último mafi... hum... aquele último cliente que meu pai libertou, o Doca Scorzzi. Ele gostou do meu estilo. Quer me contratar pra ser guarda-costas dele.

— Conte outra piada, Edu.

— Falo sério!

— Amanhã vejo você no escritório — disse Antunes saindo.

Começava a chuviscar. Erguendo a gola do blusão, Edu afastou-se rumo à outra extremidade da escadaria e sumiu na noite.

No lado oposto, ainda pensando naquela aguda dor sofrida no peito, Guilherme começou a descer os degraus. Ao chegar ao térreo, o súbito murro o atinge no lado direito do queixo, ferindo parte do lábio inferior. O golpe o faz rodopiar e cair pesadamente na calçada. Por instantes ele fica estatelado no chão. Zonzo.

Antunes desce correndo a escadaria e ajuda Guilherme a ficar de pé. O advogado passa a mão direita no corte, bem no canto do lábio inferior, e recolhe um espesso filete de sangue. Então ele olha para o homem que o esmurrou. Três outras pessoas, dentre eles o vigia do fórum, seguram firme o sujeito.

Guilherme coloca um lenço sobre o hematoma formado no canto da boca.

— Soltem esse trator — ele diz, aproximando-se. Encara o sujeito. — Você tem boa pega, sabia? Que tal então sair atrás do queixo de quem permite que as nossas leis existam e sejam praticadas?

O homem nada responde. Dando-lhe as costas, Guilherme caminha na direção do estacionamento. Antunes quer se desdobrar em cuidados, mas Guilherme o censura. Diz que está bem. Está tudo bem.

Abrindo a porta do veículo, Guilherme diz mais:

— Já que você está tão preocupado assim comigo, me faz um favor, Antunes. Liga para o Duarte e diz a ele para me encontrar no meu apartamento em uma hora, se for possível. Ah, e pede para ele levar uns curativos.

Ao dar a volta para deixar o estacionamento, Guilherme precisou passar bem diante de onde minutos atrás estivera no chão. O seu agressor ainda continuava ali, policiado de perto pelo vigia e por outras duas pessoas.

— Quem você pensa que é, hem? — grita o sujeito quando Guilherme pára no meio-fio para aguardar uma chance de se incorporar ao trânsito. — Não tem escrúpulos? Qual foi o animal que gerou você? Como pode dormir de noite depois de libertar um assassino?

Guilherme olha o tráfego intenso da avenida. Calcula tempo, espaço e volta-se para o homem.

— Sabe como? Livrando-me do arreio e me esticando na cocheira. E a propósito, seu jumento, que tal voltar para o seu estábulo e tentar ser feliz com os seus?

O homem avança para agredir Guilherme, mas ele enfia o carro numa brecha do trânsito.

HORA e meia mais tarde Guilherme já estava medicado em seu apartamento. Agora conferia no pequeno espelho do lavabo os três pontos que levara no canto direito do lábio inferior.

— Não vá ficar com complexo de Frankenstein, Gui — disse Duarte, médico e amigo de anos.

— Mas havia necessidade deste bordado, Dudu?

— A menos que queira enfrentar uma cicatriz. A sua pele já não é de nenhum bebê. Mas você teve sorte, o murro veio por baixo e o seu queixo é de ferro. Agora quer me contar como foi que aconteceu?

Sentaram-se um diante do outro no espaçoso *living*.

— Bem, eu estava distraído quando levei o coice.

— Conhece o sujeito?

— Deve ser algum irmão ou primo da Selma. Isso sempre acontece. Mas foi a primeira vez que o meu queixo sofreu as conseqüências do meu erro.

— Seu erro? — perguntou Duarte querendo rir.

— Claro. Ou você também acredita que defendi a justiça? Sei o quanto sou crápula, e essa é uma das poucas virtudes que tenho. Apenas corro e me escondo atrás das leis. Sabe quantos homicidas já coloquei em circulação pela Paulista e similares?

— Se me lembro da estatística que conservo, uns quinze. Ou vinte.

— Atualize-se: vinte e seis com o de hoje. Onze deles executores de suas mulheres ou companheiras. Não é uma boa recomendação, é?

Duarte cruzou as pernas. Ele sempre achava divertido conversar com Guilherme.

— Pelo menos é uma autocensura bastante séria.

— E honesta. Não escondo que fiz o meu nome e ganhei um bom dinheiro como advogado do secretário do diabo.

— Que é isso, você é bom no tribunal, não se diminua. As leis podem ser frouxas, mas não conheço no momento outro criminalista neste país que ganhe mais causas impossíveis.

— E quase todas injustas, diga-se. O mérito é das leis, não meu, repito. Mas do que você está querendo rir?

Duarte deixou escapulir um gracejo.

— Sabe, Gui, eu o admiro. E gostaria de ver você um dia defendendo uma causa justa e digna diante de leis justas e dignas.

— Eu também. Apostaria em mim?

— Tudo que tenho.

— Tolo! Ficaria de tanga. E teria de começar do zero.

Duarte riu. Guilherme continuou:

— Já me acostumei com a injustiça e a indignidade porque me rendem dinheiro e prestígio. Veja nós dois. Você é médico e eu sou um advogado, e aos olhos do mundo parecemos cidadãos honestos, gente de bem etc. No entanto, temos uma brutal diferença.

— E qual é?

— Você persegue o mal para tentar acabar com ele, e acaba fazendo o bem. Já eu dou liberdade ao mau, para o bem dos meus bolsos.

— Você se menospreza. Você faz o seu trabalho e com sucesso. Que culpa lhe cabe do crime de seus clientes?

Depois de limpar a garganta, Duarte voltou a repetir a pergunta feita no começo.

— Fale-me de hoje, do que aconteceu.

— Eu já disse. Nem vi o sujeito e já senti o queixo ardendo.

— Não estou falando do coice, Gui. Quero detalhes do que você sentiu antes, no tribunal.

— Ah, a dor no peito e a fogueira na testa. Aposto que o Antunes andou abrindo o bico.

— Para o seu bem. Ele está preocupado com você. Como foi?

Guilherme relatou o que acontecera. E juntou:

— Tempos atrás, senti algo parecido no braço esquerdo, só que numa intensidade bem menor. Um ortopedista me disse que era problema da coluna. O que você acha?

— Diga uma coisa: quando você caiu com aquele soco sentiu dores na coluna?

— Nada. Só no queixo.

— Então esqueça o telefone do ortopedista. Que tal amanhã cedo lá na minha clínica? Acho que você não deve protelar esses exames.

— Mas e o soco que levei? Não passei no teste? Afinal, eu saí do chão antes de soar o gongo. E então?

Descruzando as pernas, Duarte adiantou o corpo, braços nos joelhos.

— Escute, Gui. Antes de médico sou seu amigo. Quando chegar a sua vez de o gongo soar de verdade você vai pedir a toalha, se tiver voz. E tempo.

E erguendo-se:

— Eu vejo você às sete e meia da manhã na minha clínica.

A MANHÃ seria longa para Guilherme. Durante duas horas e meia ele se viu às voltas com exames. Então Duarte fechou-se com ele no consultório. Guilherme não deixou o pique arrefecer.

— E aí? Me conta. Já estou precisando da toalha? Só quero lhe dizer isto, Dudu, que hoje me sinto otimamente bem. E olha que ontem à noite não dispensei o meu uísque.

— Eu li o falso relaxamento nos seus olhos. Cuidado, companheiro, isso engana. Mas vamos falar dos seus exames.

— E então?

— Um ano de vida.

Guilherme parou com os olhos. Quis rir.

— Ou trinta, quarenta. Depende de você. A vida é sua. Para começar, recomendo afastamento temporário dos tribunais, abandono do copo e... das noitadas também.

— Que é isso, Dudu? Eu sempre li que o sexo é ótimo para o coração.

— E é, mas com parceira exclusiva. A fornicação gera ansiedade, e não é à toa que Deus condena essa prática.

— Ah, essa não. Não acredito que você esteja querendo que eu me case.

— Não seria má idéia. E você também precisa se afastar das emoções do tribunal, a menos que queira vestir a beca numa cadeira de rodas. E isso se tiver sorte na próxima vez.

Guilherme ergueu-se da cadeira.

— Você deve estar delirando, Dudu. Eu vou morrer num tribunal.

— Aposto que vai, se não mudar o ritmo de vida.

Voltando do pequeno giro pela sala, Guilherme escorou os braços na mesa do médico. Tinha no rosto uma expressão irônica e zombeteira.

— Olha, estou dizendo que vou morrer bem velho num tribunal, com a beca toda puída nos cotovelos de tanto me apoiar para ver cada olho de jurado, cada espanto de promotor e cada martelada de juiz. Eu adoro esse palco. O tribunal é a minha vida.

Duarte esboçou um riso diante da cara engraçada que o amigo fazia. Depois ficou abanando a cabeça. Guilherme era um osso duro de roer.

— Quantos anos você tem, Gui?

— Você sabe. Somos da mesma idade.

— Claro que eu sei. Só estava querendo chamar a sua atenção.

— Para quê?

— Para essa sua cara de cinqüenta.

Guilherme continua de pé. Saindo da cadeira, Duarte volteia a mesa e senta-se numa beirada.

— Não fique aborrecido. Talvez você mostre ser cinco anos mais velho por causa da sua reputação profissional. Bem novo para ter subido tanto.

— Depende da posição do observador. Talvez eu esteja descendo, só que ninguém sabe disso. Apenas eu.

Duarte franze a testa mas permanece calado. Guilherme volta:

— Olha, vou lhe contar um segredo: sempre que ponho um homicida na rua, eu lhe faço a seguinte pergunta: E agora, o que vai fazer com a sua liberdade? Nunca respondem. Acham que eu brinco. Mas o que não percebem é que um réu libertado sempre será escravo da sua consciência. O que ele pensa que foi varrido através de uma sentença de libertação sempre vai estar lá, socado no fundo dele. Ele nunca mais esquece as acusações do promotor, algumas vezes medonhas e tendenciosas. Nem esquece uma eventual passagem por uma cela superpovoada.

— E onde é que você se encaixa nesse contexto de ex-réu decretado inocente e que padece nas ruas?

— Onde? Ora! Todas essas consciências, culpadas ou não, mas certamente traumatizadas... todas elas, Dudu, todas estão arquivadas aqui, dentro da minha testa. E bem vivas. Eu acordo, trabalho e durmo com elas. Agradeça a Deus por você ser um médico.

Depois de algum silêncio, Duarte se manifesta:

— Mas, se é assim, então por que você insiste em ser criminalista?

— Por quê? Bem, talvez para rir do mundo. Isso preenche o meu ego. Sempre que subo a escadaria do tribunal para vestir a beca, acredito que é a primeira vez que vou vencer todos eles, incluindo juiz, promotor, jurados, e que tudo, até a própria rotação da Terra, depende daquela minha vitória. É assim que eu funciono, Dudu. Por isso lhe pergunto: como você quer que eu pare? Será o mesmo que morrer.

Duarte desatrela-se da mesa.

— Vamos falar sério, Gui. Não somos máquinas com arruelas e parafusos recicláveis. Acho que chegou o momento de mudar esse seu raciocínio. Que tal sentir-se com 45 anos, 22 deles subindo e descendo escadas de tribunais, sem um lar com mulher, sem...

— Pára, Dudu — cortou Guilherme —, já sei aonde você quer chegar. Esqueça. Se eu tiver de repartir honesta e assiduamente o meu travesseiro *sempre-com-a-mesma-mulher*, pode crer que jamais conseguirei pôr na rua marido traído que mata em defesa da honra. Eu viveria em plena batalha conjugal. E fim da minha fonte de renda. Falemos do meu coração. Como está o meu sublime órgão?

— Razoavelmente bombardeado por combustíveis sólidos, líquidos e voláteis.

— Voláteis?

— Perfumes... paixões repentinas, por exemplo. E cheiro de uísque, claro.

— Hum... sei. E quantas drágeas por dia vou ter de engolir?

— Apenas uma para os momentos críticos que certamente virão, não contando as três primeiras semanas de tratamento contínuo. E um ano longe dos tribunais. Isso é essencial. Boa sugestão é uma longa pescaria num lago tranqüilo.

Guilherme solta uma gargalhada e se alvoroça diante de Duarte.

— Mas isso é uma maldição! Não aceito.

— Um ano pescando, Gui. E controle diário da pressão sangüínea. Conheço bem o seu temperamento. Não se iluda, virão horas difíceis.

— Hum. E se não der peixe? Como vou controlar a minha pressão?

— Quebre a vara, compre um peixe na feira, asse e coma. Mas procure não remoer derrotas. Estamos entendidos?

Duarte prescreve o medicamento e entrega a receita a Guilherme. Depois assinala uns itens de um folheto que contém alguns tipos de dieta alimentar. Junta-o aos exames e empurra-lhe o pacote.

— Você é inteligente demais para admitir uma enfermidade, Gui. E isso, essa força, acaba ajudando. Mas procure se policiar. E controle a sua pressão. Boa pescaria.

A risada de Guilherme parou no meio.

— Você fala sério mesmo, Dudu?

— O que você acha?

— Mas eu detesto minhocas!

— Então compre uma caixinha de iscas artificiais, cozinhe macarrão, pesque sem isca, dê um jeito. O essencial é ter um motivo para sair da rotina de cidade grande.

— Você não entende, Dudu. Eu vou parecer um imbecil segurando um caniço e olhando a água horas seguidas. Não nasci para tanta inutilidade.

Já estavam diante da porta, Duarte com a mão na maçaneta e a outra no braço de Guilherme.

— Pescar é ótimo, barato, vicia, cura e alimenta. Mas se você quiser trocar tanta liberdade por um regime fechado cheio de mordomias, que tal escolher um desses recantos de descanso? Há muitos pelo Brasil afora, todos sob orientação médica. Se você quiser eu posso ver alguns endereços.

— Bela alternativa! Mofar entre velhas e velhos obesos e esclerosados! Talvez eu resolva ir pesca. Daqui a um ano. Mas não agora. Não tenho como deixar o escritório. Se eu sair, aquilo vai afundar feito navio torpedeado.

— Tem certeza? Já tentou? Olha que a auto-suficiência é uma escravidão das piores.

Guilherme ergue o braço como quem dá a mão à palmatória.

— Eu sei, aquilo não é um escritório: é o meu reino. Confesso que sou um ditador que não aprendeu a delegar poderes. Mas é assim que eu sou, Dudu. Azar meu.

Agora olhavam-se com alguma emotividade.

— Sabe, Dudu... o tempo todo eu fui dando corda a essa conversa apenas para... para fugir do pânico, pânico de quem pela primeira vez apalpa o dardo do tempo espetado no próprio corpo.

— Acredito. Então vá com calma, ditador. Não sou entendido no assunto, mas não acho que tenhamos mais de uma vida para viver. Aproveite. Qualquer coisa, estou aqui.

SÓ QUANDO já estava lá fora, sentado ao volante do carro, foi que Guilherme retirou do rosto aquela máscara de ator. Ele podia enganar a todos, até a seu amigo Duarte, com aquele aparente equilíbrio ou falso domínio — menos a si mesmo. A coisa podia ser séria. E ele não achou graça nenhuma.

Segurava ferrenhamente o volante como se fosse algum indispensável apoio para seguir vivendo. Depois virou para si o retrovisor interno e se olhou. Ali estavam os três pontos e o hematoma. Seria ele mesmo, Guilherme Sale? Como podia a vida de um homem ser mudada assim, repentinamente?

Evasivo, voltou-se para fora. Olhava todos aqueles veículos quase numa guerra, mas sentiu que aquela era a sua guerra. Não queria outro tipo de vida.

— Não! — ele murmurou com garra e com certa raiva — Eu não aceito isso. Não quero que a minha vida mude. Não vou sair deste inferno. Nunca. Gosto daqui. E quero ser enterrado aqui, com os cotovelos da beca puídos.

Ligou o carro, deu marcha à ré e entrou na batalha do trânsito da Avenida Paulista.

3

Região de Altiplana, nordeste de Brasília

EM 1840, o avô de seu pai — um orgulhoso príncipe de treze anos — foi caçado nas savanas da Nigéria, acorrentado e conduzido para os porões de um navio. Mais tarde, já no mercado do Rio de Janeiro, ele foi trocado por cachaça e fumo baiano. Logo na testa lhe puseram um batismo de água benta, na boca um nome cristão, no peito uma marca a ferro em brasa. O nome era Joaquim. Mas o valor maior estava nas feridas do peito — MZ-95. Marca de seus donos.

Décadas mais tarde, Joaquim MZ-95 morria sem saber quem era Cristo — assim como seus donos cristãos e também o sacerdote que o batizara.

Hoje, sua bisneta, Tiana Lima, podia estar exalando ódio por todos os poros. Mas não. Do bisavô Joaquim MZ-95 sobraram-lhe apenas a silhueta esguia e a testa larga.

Viúva desde os 42 anos, agora, aos 57, Tiana Lima sabe quanto custa viver no temor de Deus. O salário mínimo da pensão de viúva ajuda, sim, mas também é conseqüência de outra bênção dos céus: a libertação de um quarto de século de cativeiro conjugal levando surras e limpando vômitos do marido bêbado.

Mas não é no passado que ela está pensando agora. Reflete no hoje. Sentada no balde emborcado no chão de seu lote, Tiana olhava aquele pequeno monte de cacarecos: panela, tigela, garfo, colher, faca, prato, caneco de alumínio. Exceto a sacola, que continha alguns panos e uma Bíblia, aquela era toda a sua mudança — mudança que ela trouxera num balde de folha-de-flandres.

Tiana retirou os óculos de armação metálica e coçou os olhos. Fechando-os, ergueu o rosto e clamou:

— Senhor desejado de todas as nações! Cá estou eu. Fiz direitinho conforme o que ia no meu coração, não fiz? E agora? Tenho sede, acho que vou ter fome, e não vejo viva alma. Só quero lembrar o Senhor que dentro de duas horas, tiquinho mais, tiquinho menos, vai escurecer. E o Senhor sabe como tenho pavor de bicho.

Depois, recolocando os óculos, ela acrescentou:

— Mas eu estou tranqüila. E curiooosa-curiosa pra saber como o Senhor vai me livrar de mais esta.

NEM BEM pronunciadas tais palavras, ela escutou o ronco de um veículo. Olhou à direita. O caminhão foi se aproximando, diminuiu a marcha e parou bem diante do lote dela. Ela franziu a testa. O caminhão trazia uma boa carga, coberta por uma lona. Na cabina, além do motorista, ela viu um rapazinho de seus onze, doze anos. O homem desceu.

— Boas-tardes, dona.

— Boa-tarde, moço.

— Um dia eu vim aqui, e os homens me mostraram onde era o meu lote. Mas acho que perdi o rumo. Só sei que fica nesta rua. A senhora mora aqui por perto? Conhece este loteamento?

Ela não tinha como responder. Naquele exato momento estava morando em cima de um balde de folha-de-flandres. Então fez a sua pergunta:

— Que número é o seu lote, moço?

— 72.

— Este meu é o 70. Procura que deve ser o próximo.

O homem foi e confirmou que de fato eram vizinhos. Bastante alegre, ele gritou chamando o filho.

— Ei, Dário! Desce, é aqui. Vamos arriar um pouco da carga do caminhão.

Retiraram a lona. Ali havia material de construção suficiente para erguer quatro cômodos. Tijolos, cimento, cal, janelas, portas e telhas de amianto. Pai e filho despejaram a terça parte por terra.

Muda, ainda sentada no balde, Tiana só espiava o movimento.

Mais tarde, quando o sol se punha vermelho no horizonte, o homem já tinha cortado, aparelhado e fincado quatro varas no chão. Duas delas foram espetadas exatamente na divisa com o lote de Tiana. E ela, sempre em silêncio, só espiando do balde.

Então, dando-se um pequeno descanso, o homem aproximou-se dela.

— Não sei o que é, dona — ele começou a falar —, mas alguma coisa me diz que a senhora está sem onde dormir. Nem precisa responder. Então eu vou aproveitar estes dois paus da divisa e esticar uma lona pro seu lado. E a senhora se ajeita. Eu tenho uma lona menor sobrando.

Tiana mudou de posição no balde. Quis acompanhar de frente os lances anunciados pelo homem.

Em quinze minutos, passando o braço na testa para secar o suor, o homem voltou:

— Tudo pronto, dona. Já pode cuidar do seu fogo e da sua comida. E, se não é pedir muito, será que eu podia aproveitar o fogo? Mexer com fogão de lenha não é comigo, mas com pouca coisa a gente tem uma refeição boa. Minha mulher, Rosa, preparou uma comidinha que dá pra três e ainda sobra. É só esquentar.

— Bom — disse Tiana —, fogo eu faço num instante, moço. Mas fome até que tenho pouca. O que estou é com muita sede.

O homem sorriu.

— Sede? Pois água é que não falta, dona. No caminhão tenho um tambor quase cheio. Tudo de beber. Me avisaram que aqui ainda não tinha água encanada nem luz, então eu vim prevenido pra uns pares de dias. Tempo de furar um poço.

Feliz com as soluções da providência divina, finalmente Tiana saiu do balde e estendeu a mão.

— Meu nome é Sebastiana Lima, mas pode me chamar de Tiana. Que o Senhor lhe multiplique.

— Aceito, dona Tiana. O meu nome é Miguel.

COZINHANDO e ajudando Dário a aparar baldes cheios de terra vermelha — terra que logo se transformaria em barro mole —, lá se foram três dias da vida de Tiana. No quarto dia, eles já bebiam água fresca do poço.

Mais seis dias e todas as paredes da casinha de Miguel já estavam respaldadas num metro de altura.

Nesse dia, Tiana Lima fora a Altiplana para receber a pensão de viúva. Ao retornar, dá com o caminhão do homem pronto para partir.

— Mas o que aconteceu? — ela perguntou meio assustada.

— Não sei se volto, dona Tiana, acho que não. Me trouxeram a notícia de um parente meu que me quer na fazenda dele. Minha mulher, Rosa, já está lá.

— É pra melhor ou pra pior, seu Miguel?

— Bem melhor, dona Tiana. Esse meu parente é muito rico, e sempre viveu sozinho. Nunca casou. Era arredio feito uma mula, mas agora de repente está pedindo ajuda.

Já ao volante, o homem disse:

— Mas um dia eu retorno pra resolver sobre esse meu lote. Enquanto isso, a senhora usa o que precisar. Deixei o cimento e a cal dentro duma lona. Se não usar, estraga. O mesmo falo dos tijolos e das telhas. Ou a senhora usa, ou logo passa gente e leva tudo embora.

— Está certo. Então eu vou usar e marcar num papel tudo que for pegando.

O homem deu partida.

— E pra que esse trabalho? Se Deus me ajudar, não vou precisar mais disso.

— Ele já ajudou, seu Miguel. Acredite. Vá com Deus.

Despediram-se, e o homem foi embora com o caminhão.

DIFÍCIL foi só o primeiro dia. Mas, depois que Tiana botou a mão na massa, tudo se precipitou. Alicerces, paredes, vãos de portas e janelas — a cada momento ela mais se surpreendia com a rapidez do trabalho e com a facilidade.

Às vezes, cismada, tirava os óculos, coçava os olhos avermelhados de calor e olhava para o topo da parede.

— Aqueles tijolos na cumeeira... ué, nem me lembro quando assentei.

E virando a cabeça:

— Nem aqueles outros.

Então ela considerava consigo mesma:

— Só pela graça!

Outras vezes sarilhava pesadamente um balde de água do poço profundo, despejava na caçamba e a levava para fazer argamassa. Ao voltar, vinha com as forças redobradas:

Vinte dias depois, já anoitecendo, Tiana pregou a última telha de amianto. Desceu. Descansando o martelo e o que restava dos pregos galvanizados, ela ergueu as mãos para os céus e começou a orar ao redor de sua casinha. Agradecia a Deus aquele teto.

— Ah, Senhor Jesus! Amado de todas as nações! Está tudo muito bom, muito certinho *mesmo*. E é aí que mora o perigo. Já estou curiooosa-curiosa pra saber o que vem pela frente.

4

Município de Altiplana

POR ENTRE nuvens altas a lua minguante transformava o cerrado goiano em bizarros e raquíticos espectros noturnos. Durante a madrugada caíra algum prenúncio de chuvas em pontos isolados, mas toda aquela região do Planalto Central se preparava, quente e seca, para outro dia de estiagem.

Na Estância Flores, sítio bem próximo de Altiplana, dois pontos de luz já estavam acesos na casa do retireiro Zeca Tadeu e sua mulher, Zulmira. O pequeno Dirceu, cinco anos, único filho do casal, pulou da cama abraçando a bola. Dormira com ela. Num minuto ele aponta na cozinha.

— Volta já pra cama! — grita a mãe. — É cedo demais pra sair caçando confusão no escuro.

O garoto obedeceu.

Instantes depois, ainda num resto de noite, da área dos fundos Zulmira viu a luz dos faróis de um veículo chegando lá em cima. O carro branco se destacava na semi-escuridão. Ela viu o moço descer, ajeitar uma mochila a tiracolo, caminhar até o portão e entrar na grande varanda da casa-sede. Reconheceu que era o mesmo carro e o mesmo moço da noite anterior.

Quinze minutos mais tarde começava a clarear.

— Ô Zeeeca! — a mulher gritou chamando o marido, olhos voltados lá para os lados do curral. Nenhuma resposta. Então ela resolveu enfrentar sozinha aquela banda de porco.

Trabalhando com um olho no toicinho e outro na casa-sede, pouco depois ela viu o moço fechando o pequeno portão e retornar ao carro. Entrou, fez a manobra e foi embora.

Nesse instante o pequeno Dirceu aponta na porta da cozinha.

— Bebeu o leite que deixei em cima do fogão, menino? — pergunta a mãe.

— Não.

— Pois então largue essa bola e trate de beber.

Meio minuto depois o garotinho saía.

— Já bebi, mãe.

— Agora vê se não descamba pra longe com essa bola.

— Tá bom, mãe.

Braço em volta da bola, o menino debandou. A mulher ficou retalhando um resto de toicinho. Depois juntou tudo numa bacia e despejou no tacho montado num canto da área. Em seguida tocou fogo na lenha.

Pensando na lingüiça por fazer, ela voltou a gritar pelo marido.

— Ô Zeeeca!

Zeca Tadeu demorou dez minutos a chegar do curral. Retireiro talvez moldado pela monotonia do campo e sincronismo da ordenha, era um homem sem pressa nenhuma. E miúdo.

— Não falei pra você esperar que eu moía? — ele disse à mulher, voz sôfrega, vendo o tanto de carne já passada pela máquina.

— Bem que eu gritei, mas você tem orelha pra escutar, homem?

— Pois não escutei mesmo. Cadê o Dirceuzinho, tá dormindo ainda?

— Quem dera. Só se for em cima da bola dele. Tá chutando por aí.

Zeca Tadeu entrou na cozinha e de lá voltou com café numa caneca esmaltada.

— Aquele moço de ontem de noite voltou de novo — disse Zulmira.

O marido correu os olhos para o terreno diante da casa-sede.

— Mas não estou vendo o carro dele.

— Já foi embora. E hoje não teve aquele bate-boca de ontem. Ainda bem.

Zeca Tadeu deixou a caneca de lado.

— Agora vou pegar o cavalo e dar um chego lá embaixo. Tenho que fazer uns reparos na cerca.

— Primeiro você me ajuda, depois vai. Pega as tripas que estão na bacia e bota pra secar no varal.

A mulher caminhou até o canto da área e gritou o nome do filho.

Silêncio.

— Onde será que aquele menino se enfiou? Dirceuziiinho!

Nada.

Lidando com tripas, o marido disse:

— Vai ver que ele tá amolando de novo o seu Masinho.

— Pois, se ele fez isso, é hoje que eu arranco a orelha dele. Já falei que quero ele bem longe daquela casa.

Dito isso, a mulher caminhou os 50 metros que separavam o seu quintal da casa-sede. Parou na cerca e deu uma espiada dentro da grande varanda. Não viu o menino. Mas viu a bola ao lado do pneu dianteiro da caminhonete.

— Eta moleque! — ela se irritou. O moleque tinha feito a arte e fugido.

Rodeando a cerca, com cuidado ela puxou o trinco do portão e, pé ante pé, foi buscar a bola. Tinha pavor de ser encontrada ali pelos patrões.

Zeca Tadeu esticava as tripas no varal, quando escutou o berro da mulher.

— Acode! Zeca.

O homem largou as tripas e saiu apressado. Segundos depois, pasmo, ele também via o que os olhos arregalados de sua mulher enxergavam pelo vão do vitrô da sala.

Meio encharcando a bermuda branca, a mancha ia terminar na poça de sangue onde estava a cabeça — ou o que dela restava. Caído de bruços e sem camisa no centro da sala, o corpo tomava quase todo o tapete de couro de vaca.

— Se-seu Masinho!... — o retireiro balbuciou.

Fórum de Altiplana

TERMINADA a apresentação da denúncia por parte do promotor público, o juiz perguntou a Sérgio se ele tinha algo a dizer em sua defesa. Então lentamente Sérgio ergueu a cabeça.

— Eu... eu não matei o Masinho. Nem mesmo o vi naquela manhã. Cheguei ao sítio minutos antes das seis, e fui bater na porta da casa. Vi que a porta estava só encostada. Chamei o nome dele e esperei um pouco. Lá de dentro vinha um som de rádio... era uma música sertaneja. Então eu entrei. Da primeira sala passei para a segunda, e... e tornei a chamar o Masinho. Nenhuma resposta. Segui o som do rádio e fui dar num dos quartos. A porta estava meio aberta. Bati e esperei. Não tinha ninguém, só vi o rádio na cabeceira da cama. Então voltei à sala. Achei que o Masinho a qualquer momento ia chegar de onde tinha ido. E não devia ser longe, porque a caminhonete estava na garagem.

Sérgio interrompeu a fala por alguns segundos. Então voltou a olhar para o juiz.

— Acho que... acho que fiquei esperando uns 20 minutos ali na sala. Depois resolvi ir embora. E isso é tudo. Deus sabe que sou inocente.

Considerando que a mulher do retireiro tinha visto Sérgio no local do crime naquela manhã, e diante dos agravantes contra ele, a denúncia do Ministério Público foi aceita pelo juiz. Sérgio tornou-se réu de um homicídio em primeiro grau e com requintes de crueldade, que tirara a vida de Tomás de Aquino Flores — o Masinho.

— Não! — gritou Isabel. Olhos desesperados, ela tapava a boca com as mãos enquanto levavam seu marido. Marta a amparou nos braços, e ali Isabel chorou.

— Fica calma, Isabel — disse Neimar também ao lado. — Não vamos perder a fé em Deus. Ele sabe que o Sérgio é inocente.

Isabel olhou para Neimar.

— Mas por que, pastor? Por quê? Me responda.

Neimar não teve resposta.

Minutos depois deixavam o fórum. Marta ia mais à frente com Isabel. Neimar e o advogado Genolino Palmas, atrás. Todos em silêncio.

Súbito surge o prefeito Saturnino Flores e pára diante de Neimar.

— Quem vocês pensam que são, hem? Seu pastorzinho!... pensam o quê? Que são juízes do mundo? Donos da cidade? E agora?

Você tem algum milagre pra ressuscitar meu filho, que aquele seu pregador drogado assassinou? Tenho ou não tenho razão quando afirmo que aquela sua *Missão* é um antro de maloqueiros drogados? Até quando a cidade vai ter de agüentar isso? Me diga?

Paradas, as duas mulheres olhavam a cena. Então Saturnino Flores adiantou-se até Isabel.

— E a senhora... a senhora que é a mulher daquele... daquele assassino miserável? Com que direito então ele vem aqui, entra na minha propriedade e tira a vida de meu filho? É pena que neste país não exista cadeira elétrica.

O homem ia seguir em frente, mas de novo parou para encarar Genolino Palmas. Foi um olhar de desprezo.

— E você... você é o máximo que eles merecem — um advogado que só vive beirando balcão de botequim.

Palmas engoliu em seco. Nada retrucou. Então o prefeito sumiu. Os quatro seguiram seu caminho em direção à rua. Isabel voltava a chorar ao lado de Marta.

— Vamos embora daqui — ela pediu.

— Marta, meu bem — disse Neimar —, leva a Isabel que eu ainda quero conversar um pouco com o dr. Palmas.

Neimar entregou as chaves do carro a sua mulher, que saiu com Isabel. Então Neimar e o advogado começaram a caminhar sem pressa pela calçada, diante do fórum. Trocavam idéias sobre tudo que acontecera na audiência daquela tarde.

— Que encrenca! — dizia Palmas. — Eu sabia que o seu Gol estava citado no inquérito policial, pastor, e que o sangue no banco do motorista é do Masinho. Mas não sabia que no porta-luvas eles tinham encontrado cinco pedras de *crack*.

Neimar demorou alguns segundos para dizer:

— O Sérgio não tem nada a ver com isso, fui eu mesmo que coloquei as pedras no porta-luvas. Isso foi uma semana antes de o Sérgio chegar. Talvez eu devesse ter falado sobre isso.

— E o que ia adiantar? Quem ia lhe dar crédito, querendo assumir essa responsabilidade?

— Mas é a verdade. O carro é meu, e não foi a primeira vez que eu guardei nele drogas encontradas no alojamento da Missão. Apenas me esqueci de dar um fim nelas.

— Belo testemunho! — Palmas ironizou. — Trabalhar com esse argumento é pôr mais lenha na fogueira.

— Nem todos que passam por ali conseguem libertar-se da dependência, dr. Palmas. Não se injeta a fé num tubo de soro.

— Hum — fez o advogado. — E quanto à ficha policial do seu amigo, você já sabia dela?

— O Sérgio nunca fez segredo do passado dele. Pelo contrário. Onde se apresenta ele sempre dá testemunho de sua transformação de vida.

— Outro belo testemunho. E mais lenha no fogo. Roubos... assaltos... tráfico de drogas, e cinco anos de penitenciária por participar do assassinato de uma mulher.

— Mas ele foi indultado, o senhor sabe.

— Azar de quem assinou o indulto. Olha, pastor, temos de aceitar as evidências. A mulher que mora lá no sítio viu quando o Sérgio chegou com o Gol na noite anterior à morte do Masinho Flores. Escutou a briga entre os dois, principalmente as ameaças do Sérgio. No outro dia, pouco antes das seis horas, ela viu o Sérgio voltando, de novo, com o seu Gol, pastor. Também viu quando ele se foi, cerca de meia hora depois. Já era dia. No depoimento consta que na acareação ela reconheceu o Sérgio.

— E ela também viu o Sérgio matando o Masinho? — irritou-se Neimar. — Me desculpe, dr. Palmas, é que isso tudo me parece um disparate, não faz sentido. O Sérgio não mataria uma mosca.

— Bem, o promotor não pensa assim. Nem o juiz. Quem pode afirmar, com certeza absoluta, que o Sérgio é inocente? Quem mata uma vez, mata dez.

Neimar expeliu um suspiro. Palmas voltou:

— Fato é que as provas circunstanciais são fortes contra o Sérgio, pastor. Não sei como ele vai sair dessa, francamente. Nenhum outro carro entrou no sítio naquela madrugada. Só o seu Gol com aquele...

— Aquele manchão no pneu traseiro direito, eu sei — completou Neimar —, e que por causa de ter começado a chover de madrugada as marcas dos pneus ficaram lá. Já estou cansado de escutar isso, dr. Palmas. Mas e daí? Ninguém está dizendo que o Sérgio não foi ao sítio naquela manhã com o meu carro.

— Hum.

Pararam na esquina. Palmas disse:

— A única coisa que a polícia ainda não definiu é o que o Sérgio pode ter usado para agredir o Masinho Flores.

Neimar espremeu os lábios.

— Ele não agrediu ninguém, dr. Palmas. Quantas vezes vou ter de repetir isso?

O advogado espalmou as mãos pedindo trégua.

— Calma, pastor. Eu só estou questionando que o assassino deve ter usado uma lasca de pedra. Caso contrário, ele não faria aquele estrago na testa do Masinho Flores. Que horror, meu Deus! Eu vi as fotos da perícia.

Segundos depois Palmas pergunta:

— Mas eles não eram amigos?

— *Foram* amigos. Isso já faz quatro ou cinco anos.

Agora foi a vez do advogado de suspirar.

— Bem, aqui termina o meu breve trabalho, pastor. Hum... não sei se fui útil neste indiciamento do Sérgio. Penso que não. Mas não lhe cobro nada. Nem me ofereço para pegar o caso, pois já não tenho fôlego para isso. Vê se me entende: a minha garganta vive seca. Nem eu e nem o dono do boteco, amigo meu, iríamos suportar tamanha abstinência. E pode deixar, eu consigo ir andando sozinho para casa. Passe bem, pastor.

A SEIS quadras dali, a pedra estilhaça o vidro da janela e o grito explode na rua:

— Fora da cidade, seus viciados!

Logo dois rapazes saem às pressas do casarão a tempo de ver o jipe sem capota desaparecendo na esquina. Juvenal, o obreiro-chefe da Missão, também surge na calçada.

— É a mesma turma, seu Juvenal — disse um dos rapazes. — Reconheci um deles. Isso prova que não é a cidade, é um grupinho querendo chamar a atenção.

Neimar chegava. Ainda não tinha percebido a vidraça da frente estourada: seus olhos estavam cravados na parede. Todas as letras garrafais de Missão Projovem, pintadas de azul-escuro, estavam recobertas por jatos vermelhos de *spray*, formando uma gigantesca pichação: *Maconheiros.*

— Isso foi de manhã, pastor, logo que vocês saíram para o fórum — disse Juvenal. — Ninguém viu quem pichou, e olha que tiveram de usar uma escada. E agora mesmo jogaram pedras de um jipe e quebraram a vidraça.

Neimar meneou desconsoladamente a cabeça. Depois entrou.

Com 29 anos, dois a menos que seu marido, Marta era irrequieta — apesar do sexto mês de gravidez. Colocou o almoço na mesa e chamou. Isabel disse que não ia comer, não sentia fome. Marta, no entanto, não se deu por vencida e respondeu que a fome vem quando se começa a mastigar.

— E um advogado criminalista também vem, se crermos nisso — completou Marta.

— De onde? Caído do céu?

— Isabel, querida... não fique assim.

— O único advogado criminalista que eu conheço no Rio está no hospital. Onde mais vou procurar?

— Talvez não tenhamos de procurar — insistiu Marta. — Talvez Deus nos mande um. E o melhor.

— Não quero me iludir, Marta. Quando saímos do Rio, um mês atrás, Altiplana não estava no nosso roteiro. No entanto viemos dar aqui. E o que foi que aconteceu com o Sérgio? Ou por que aconteceu? Onde está Deus nisso tudo?

Até então Neimar mantinha-se em silêncio. Agora ele pigarreia.

— Que tal colocarmos tudo nas mãos dele, hã? Onde fica a nossa fé de que o Senhor pode nos socorrer?

Isabel deixou seu lugar.

— E nós vamos ficar aqui esperando de braços cruzados, pastor? Temos de sair, temos de procurar.

— Sim, claro, nós vamos fazer isso, mas no momento certo. O nosso primeiro passo é orar. E confiar.

— E o que temos feito nesses últimos quinze dias?

— Suponho que não foi o suficiente. Mas, neste exato momento, Deus pode estar cuidando de tudo para nós.

Isabel não agüentou: recomeçou a chorar. Marta aproximou-se e a confortou nos braços.

— De qualquer forma, Isabel querida — disse Marta —, não temos nada mais a fazer neste momento, a não ser confiar em Deus e orar. E é isso que nós vamos fazer agora. Mas primeiro vamos pedir para que o Espírito Santo nos console.

— Isso mesmo, querida. E nos envie um advogado competente.

NAQUELA mesma noite, a cinco quadras da Missão Projovem, num movimento brusco, Saturnino Flores desligou o telefone.

— Mas que diabo! — ele berrou dando com o punho na escrivaninha. No mesmo instante a esposa dele, Norma, apontou a cabeça na porta.

— Você me chamou, Nino?

— Hã? O quê?

Rapidinho a mulher fechou a porta.

— Norma!

Ela voltou a espreitar na fresta da porta.

— Agora eu chamei. Preciso falar com você.

Ora, ora, quem diria — remoeu Norma. As reações animalescas do marido, deixando-a sempre de lado em todos os assuntos, não a espantavam nem a tiravam do sério. Mas agora, dizendo querer falar-lhe... bem, isso era algo no mínimo surpreendente.

Norma sentou-se no divã a dois metros da escrivaninha. Era dali que ela costumava escutar o marido.

— Até quando essa morte do Masinho vai me trazer aborrecimentos?

Norma entendeu. O marido queria apenas desabafar.

— Grande novidade! — ela ironizou. — O Masinho vivia lhe dando aborrecimentos, e você não tomava providências. Você nunca foi sincero comigo, nunca me contou a verdade. E só fiquei sabendo que meu filho era um drogado porque...

Norma parou de falar. Então Flores deu outro murro na escrivaninha.

— Que inferno!

Antes que o marido iniciasse mais um ciclo de ira, Norma deixou o sofá e caminhou até a porta.

— Você criou a cascavel solta dentro de casa, Nino, então por que agora esse medo dos chocalhos? Ela está morta. E o culpado da morte do nosso filho é você. Você!

Para espanto de Saturnino Flores, Norma saiu batendo a porta.

Norma foi para o seu quarto. Sentou-se na cama e deixou que as lágrimas rompessem o cerco que ela vinha fazendo para não chorar. Mas não o fez pelo marido estúpido: chorava com raiva de si mesma. Sentia-se insignificante. Naquela casa ela convivera durante anos com um marido omisso, que guardara para si a verdade sobre o vício do próprio filho.

Norma suspirou de modo entrecortado. Que cega tinha sido! Como nunca desconfiara que o Masinho era dependente de narcóticos? Ah! Como teria sido fácil proporcionar-lhe um tratamento e recuperá-lo! Em vez disso, isolara-se de pai e mãe nas drogas. Buscara amigos fora de casa — e inimigos também.

Ela ainda ficou algum tempo sentada na cama, absorta, amarga. Depois foi até a cômoda e retirou da gaveta uma folha de papel. Era uma mensagem psicografada que ela recebera de seu filho Masinho. Aquela página agora era seu maior tesouro.

Repuxos de um espasmo de amargo sorriso nos lábios — ironia, remorsos, saudade. Precisou seu filho morrer para ela ficar sabendo quem era ele — e como era carente de ajuda.

Ficou alisando carinhosamente a página com a ponta dos dedos. E chorando.

5

São Paulo, setenta e cinco dias mais tarde

A CADEIA de morros estendia-se, morrendo no de cume mais achatado. Um pasto verde dava seqüência à paisagem. Ali, em pleno campo, fora armado o tribunal. Um insólito tribunal de júri popular.

Ele estava impressionado com a cena. Aproximou-se da mesa do juiz — um juiz sem rosto —, e olhou à esquerda, para a tribuna do promotor público — um acusador sem rosto. Ali também estavam os sete jurados do Conselho de Sentença, todos com fisionomias indefinidas.

Então ele olhou à direita, buscou o réu, um réu cabisbaixo, derrotado. Não conseguiu ver se ele tinha rosto, mas sentiu imediata pena daquele homem.

Voltou-se para o juiz e perguntou:

— Excelência, onde está o advogado desse réu?

— Ele não tem quem o defenda.

— Sendo assim, meritíssimo, eu me ofereço para defendê-lo.

— Você é advogado?

— Sim, sou.

— Qual é o seu nome?

Ele disse seu nome.

— Concedido.

— Mas antes preciso ter uma palavra com o meu cliente, excelência.

— Concedido.

Ele aproximou-se do réu e tocou-lhe de leve no ombro direito. Lentamente o homem foi erguendo a cabeça até mostrar o rosto.

SOZINHO na sala totalmente escura, Edu começou a cumprir o ritual de busca às energias. Longos e repetidos períodos de meditação lhe haviam outorgado um aproveitamento excepcional. Em poucos minutos estava pronto. Sentiu que o poder destrutivo chegara-lhe às mãos e excedia o suficiente para partir ao meio uma pilha de tijolos de cerâmica — ou num só golpe matar um homem.

Então, erguendo-se do assoalho, caminhou firme na escuridão da sala, detendo-se diante da porta. Como se tivesse olhos nos dedos, sua mão direita caiu e encontrou o trinco. Saiu para a claridade e, compenetrado, dirigiu-se ao tatame, espaço das lutas. Seu adversário e mestre já o aguardava.

A luta teve início. O mestre começou dominando, mas a defesa de Edu era precisa. Repentinamente Edu virou o jogo, investiu, e o fez de maneira contínua, esmagadora, irresistível e altamente técnica. Por quatro vezes ele se deteve milímetros antes de atingir o mestre — o que seria fatal. Este, por sua vez, com os gestos de praxe deu por encerrada a luta.

— Nunca o vi tão perfeito assim, Edu — disse o mestre. — Quem diria que eu lhe ensinei os últimos segredos das lutas marciais há apenas um ano? Parabéns.

— E então? — perguntou o mestre, enquanto se dirigiam aos vestiários —, estudou aquela proposta que lhe fiz?

Quinze dias antes Edu fora convidado a participar do negócio, como sócio. O projeto previa a abertura de outras duas academias na capital de São Paulo e uma terceira no Rio de Janeiro. Edu ficara de pensar.

— Não, isto não é o meu ramo — disse Edu.

O mestre parou.

— E qual é o seu ramo, Edu?

Edu riu.

— Boa pergunta, mestre.

NAQUELA manhã, Guilherme ainda estava deitado quando o telefone tocou. Atendeu. Era Deocleciano Moura, velho amigo e um dos maiores plantadores de soja de Mato Grosso do Sul. Estava com problemas.

"Que bom ouvir a sua voz, Guilherme", disse o homem, "mas gostaria que não fosse por necessidade. É o meu menino, aquele teimoso do Zé Roberto."

— Ah, o Zé Roberto! Lembro-me dele montando aquele cavalo maluco.

"Isso faz cinco anos, Guilherme. De lá pra cá o Zé Roberto andou perdendo o juízo. Contra a minha vontade ele se casou com uma sujeita de Goiânia, uma tipa bastante ordinária. E o menino não teve fôlego. Matou a fulana."

— Puxa! Que situação! Quantos anos ele tem, Deo? Vinte e dois, vinte e três?

"Vinte e um. Ainda nem saiu das fraldas."

— E onde ele está?

"Escondido lá em Goiás. Por isso telefonei. Preciso de sua ajuda."

O plantador de soja queria que Guilherme fosse até Goiânia e ajeitasse as coisas.

"Há males que vêm para o bem, Guilherme. Quem sabe agora o menino toma juízo? Gasto o que for preciso pra ver isso. Quero ele de volta trabalhando comigo, com ou sem juízo. Só tenho ele de filho homem, você sabe."

Guilherme pensou numa saída.

— Bem, talvez eu possa enviar um dos advogados do escritório. Todos são bons, e um habeas-corpus é algo corriqueiro.

"Não, Guilherme, assim não. Queria você. Não se trata apenas do habeas-corpus. É que... bem, o Zé Roberto admira muito você, por isso vai ter de parar e escutar. O pai dele ele não escuta, e a nossa conversa sempre acaba em gritaria. O menino precisa dos conselhos de uma pessoa influente. Você está me entendendo?"

— Claro, Deo, claro.

"Quero tirar o Zé Roberto de lá. Não tenho medo da lei. Tenho, sim, receio do sogro dele. O velho Penedo é cercado de capangas ociosos. O Zé Roberto está num sítio que faz divisa com a destilaria de álcool do sogro, o Juca Penedo. Eu sempre digo que ninguém apanha ladrão que se esconde defronte da delegacia. Se você for, eu posso lhe dar o endereço de uma irmã que tenho lá em Goiânia, a Sônia. Ela leva você até o menino."

Guilherme abriu o jogo. Falou de suas férias forçadas.

"Oh, sinto muito isso da sua saúde. Mas o tribunal vai demorar um ano, você sabe melhor do que eu."

— Por isso mesmo eu falei em enviar um dos nossos advogados, Deo. O Antunes é ótimo.

"Não, Guilherme. Isso de habeas-corpus eu arranjo lá mesmo em Goiânia. Um amigo advogado daqui já me falou que o inquérito policial contém falhas, o que facilita. Mas o principal é a conversa que eu quero com o menino. Mas o que se vai fazer? A saúde é a coisa mais importante que nós temos. Cuide dela direitinho. E a propósito, que tal passar uns dias aqui comigo na fazenda? Posso ajeitar umas boas pescarias no pantanal pra nós dois."

— Você sabe que não dá pra fazer isso agora, Deo. Pelo menos enquanto a situação do Zé Roberto não se definir.

"É verdade. Eu só estava sonhando que tudo anda bem com o meu menino."

Guilherme pôde escutar um suspiro fundo de Deocleciano.

"Cuide-se, Guilherme. Um abraço."

— Outro, Deo.

E agora foi a vez de Guilherme suspirar fundo. Que encrenca! E que absurdo. Com vinte e um anos Zé Roberto ainda era visto como menino! Um menino que brincou de casamento. *Meu menino!* Que absurdo.

Pouco depois Guilherme apontava na sala de estar. Mariana, baixinha, magra, 64 elétricos anos, abriu a porta da copa.

— Dona Mariana, por favor, me traz um gole de café preto.

— De nenhuma maneira, dr. Guilherme. O dr. Duarte deixou isso bem claro pra mim. De minhas mãos não sai café nenhum pro senhor.

Guilherme resmungou. Mariana se fez de surda e sumiu fechando a porta. Instantes depois soou a campainha, e logo entrava Edu.

Respirando saúde, ele vestia o eterno blusão impermeável, camiseta branca e calças *jeans* desbotadas. Os tênis ele os considerava apêndices de suas pernas. Sem dizer nada, procurou uma das poltronas. Guilherme nem se mexeu do lugar.

Olharam-se em silêncio durante alguns instantes. Então Guilherme disse:

— Se você está procurando palavras para explicar por que não apareceu no escritório essa última semana, esqueça. Já lhe disse que é o Antunes quem controla o fluxo do pessoal.

As palavras repicaram na mente de Edu. *Fluxo do pessoal!* Na Sale Advogados, um dos maiores escritórios de advocacia de São Paulo, ele, Eduardo Sale, não passava de um número no fluxo do pessoal.

Edu cruzou a perna direita sobre o joelho esquerdo e se esparramou mais um pouco no sofá.

— Não vim aqui pra explicar nada, velho. Só queria levar uma conversa, trocar uma idéia.

— Você quer dizer trocar outra idéia, não é mesmo? E o que é agora? Quem mais está querendo contratar você para leão de chácara? E o que você fez com todas as demais idéias que já lhe dei?

Edu bufou. Levantou-se e começou a caminhar. Ia e voltava, passos largos e pesados, mãos enfiadas nos bolsos do blusão. De repente ele pára.

— É que eu resolvi voltar à faculdade.

— Outra vez? Mas que bom para você.

— Só isso que você tem pra me dizer?

— E o que mais você gostaria de ouvir?

— Pelo menos diga que tomei uma decisão certa.

— Já disse.

— Não, não disse. Disse apenas que é bom pra mim, e isso soa mais como um conselho.

— E você? Dizendo que resolveu voltar aos estudos acha que está me prestando algum favor? Acha que tirando um diploma de bacharel você me ajuda em alguma coisa? Quando é que essa sua cabeça dura vai entender que a vida dela é sua, e não minha?

— Droga! Você sabe muito bem o que eu penso da advocacia. Se volto à faculdade é por sua causa, está satisfeito? Estou sendo bem claro?

— Por minha causa? Ora essa! Pois então largue! Mas largue de uma vez! Entendeu? E complete aquele seu cursinho de detetive... de luta marcial e sei lá mais o que que você inventou nesta última semana. Depois mande pintar uma bonita placa e pendure na porta.

Inflexível diante de um Edu mudo, Guilherme continuou:

— Ah, sim, e não se esqueça de mandar imprimir um bom lote de cartões. E pronto, seu doido. Agora é só arranjar uma moça, casar, encher a casa de filhos, e filhos que cresçam sonhando em ser guarda-costas de um figurão qualquer. Como o idiota do pai. Hoje isso pode lhe parecer uma bela façanha, um trabalho envolvente. Mas quero ver o seu estômago daqui a alguns anos. E também a cara de sua mulher quando ela pedir um vestido novo. Ou um carro que não afogue na primeira ameaça de chuva.

E Guilherme rematou:

— Ou você acha que vou estar sempre atrás de você com o meu talão de cheques na mão?

— Vá pro inferno com o seu dinheiro! — gritou Edu, já se afastando da sala de estar. Segundos depois batia a porta de saída.

Guilherme livrou-se de um suspiro pesado. Sentia-se como se alguém lhe tivesse colocado um tijolo dentro do peito através de um método indolor — mas que agora começava a incomodar. Estendeu o braço e ergueu o telefone. Discou.

— Dalva? É o Guilherme.

"Eu sei. Como você está, Gui?"

— Arrebentado.

"Muito trabalho?"

— Antes fosse. É o Edu.

"Ah."

— Ele esteve aqui me falando uns desaforos.

"Falando ou ouvindo?"

— Não me irrite mais, Dalva, por favor.

"Bem, pelo menos o Edu seguiu o meu conselho. Eu já não agüentava mais conversar com ele, com toda aquela indecisão. Então mandei que fosse falar com o pai."

— É engraçado eu escutar isso de você, Dalva.

"Ah, não, não me venha de novo com essa história, Gui. Pai não é aquele que põe filho no mundo, é o que cria."

— Olha que você está se complicando, irmã. Quem criou a fera foi você.

"Sim, mas você sempre esteve *quase* por perto. Aliás, como faz todo pai convencional, casado com mulher convencional e que têm filhos convencionais. Embora solteiro e detestando casamento, você não é pior nem mais ausente que a maioria dos maridos de amigas minhas."

— Esqueça o saponáceo com embalagem de seda. Você parece um promotor público me apontando o dedo; e eu detesto isso. Você tem de me ajudar, Dalva. O nosso trato não foi esse.

"Eu sou sua irmã, e não sua mulher, Gui, lembre-se. E eu fiz o que pude. Sou assistente social, mas nunca tive marido. Portanto, não faço a mínima idéia de como agiria um pai diante do Edu. E... bem, se ele fosse uma moça tudo seria mais fácil."

— Talvez você esteja certa.

"Escute, eu adoro o Edu, mas vou repetir um refrão de mais de vinte anos: Ainda acho que você errou ficando com a criança."

— Você sabe por que foi que eu fiquei.

"Sei, sim. Mas pelo menos você devia ter contado a verdade ao Edu. Ele cresceu entendendo que você o despreza por ter sido ele a causa da morte da mãe."

— Melhor do que ele saber que não sou o pai dele, não acha? Isso jogaria por terra a promessa que eu fiz a Alice.

"Não sei. Sinceramente não sei o que seria pior. O fato é que você nunca conseguiu esconder do Edu, e nem de mim, que sofreu muito com a mãe dele. Mas por que desforrar no Edu? Que culpa ele tem?"

Guilherme ficou em silêncio.

"Sabe, Gui, sempre me ocorreu uma idéia."

— Qual?

"Que na São Francisco vocês eram dois bobos brigando pela mesma garota; com tanta mulher no mundo. Aposto que o pai do Edu também se bacharelou naquela sua turma de 77."

— 76.

"Pois é. Resumindo: vocês dois continuam rivais até hoje. Quem é ele, Guilherme? Um dia, faz anos, acho que escutei de você um nome parecido a Heber. Seria esse?"

— Esqueci. Mas, sabe, é interessante essa sua dedução, mana. De onde você tirou?

"Do útero de nossa mãe. As nossas cabeças vieram de lá, sabia?"

Guilherme acabou rindo. Dalva voltou:

"Mas vamos falar sério. Se o seu problema for apenas o Edu, dá-se um jeito. Suponho que 22 anos seja uma idade crítica para um homem solteiro e sem namorada. Mas logo vai surgir uma garota, e o coração do Edu toma outro rumo. Paciência nunca é demais."

— Paciência? Ora! Mais do que eu tenho? Francamente, Dalva, se você não fosse minha irmã mais velha ia escutar um palavrão.

"E por quê? Se não estamos num júri popular? Mas se isso lhe faz bem, derrame-se."

— Ah, Dalva, pelo amor de Deus! Vê se me entende. O Edu faz tudo para me aborrecer. Tudo! Ele tem um prazer especial em me provocar, você não percebe isso?

"Não exagere."

Guilherme guardou pequeno silêncio.

— Sabe, Dalva, eu disse que estou bem, mas... mas acho que nem tanto. Já vai pra três meses que o Duarte está no meu pé com uma pilha de exames nas mãos. Ele me quer longe de São Paulo e dos tribunais por um ano. Veja só. Dos tribunais tudo bem, tirei umas férias. Mas de São Paulo eu não saio.

"Você sempre foi bem teimoso. É o seu coração de carne, não é?"

— É, é ele mesmo. Estou começando igualzinho o papai.

"E lembre-se de que nenhum de nós conseguiu levar aquele teimoso ao médico. Não vá na trilha dele, se quiser passar dos cinqüenta. Mas e quanto ao Edu? O que foi que ele lhe disse desta vez?"

— É aquela velha história de faculdade, e eu não sei aonde ele quer chegar.

"A um lugar onde você o enxergue. Você é o pai que ele conhece. Ainda não pensou nisso?"

— Que absurdo, Dalva! Ele tem 22 anos e é um homem feito. Com a idade dele eu já era bacharel, e ele ainda patina no primeiro ano. Se eu não lhe dou emprego como investigador lá no escritório ele penhora a moto.

"E aposto que você joga isso na cara dele quatro vezes ao dia — de manhã, à noite, antes e depois das principais refeições. Confere? Qual é a sua, hem Guilherme?"

— Argumento não adianta com você. Você é terrível. E não admiro que nunca tenha encontrado um noivo.

"Ah, é? Seu filho da mãe! Obrigada pelo elogio."

Guilherme gargalhou.

— Mas eu telefonei para lhe dizer o seguinte, Dalva: segure o Edu por aí, converse com ele... arraste-o para comer um cachorro quente, vá ao cinema... àquela academia onde ele quebra pilhas de tijolos todas as manhãs — sei lá! Faça qualquer coisa, mas faça o Edu me poupar. Eu peço em nome do meu coração, irmã. E olha, eu vou aumentar o depósito mensal na sua conta. Mas me ajude. Qualquer pernilongo a mais no apartamento está me pondo maluco.

"Puxa! Então a coisa está mesmo feia. Os promotores sabem disso? Que eles acabaram com você?"

— Pelo amor de Deus, Dalva! Estou falando sério!

"E eu também. Mas faça o que você achar melhor, Gui. Só lhe digo uma coisa: o Edu não precisa tanto de dinheiro como você pensa. Ele precisa de um pai."

— Um pai?! — Guilherme riu. — Essa é boa! Pois vou lhe contar o que fez o filho de um amigo meu, filho de 21 anos que ele até hoje chama de *o meu menino*: matou a mulher com um tiro na cabeça. É esse tipo de pai que eu tenho evitado ser, Dalva. Você não imagina quantas horas eu já perdi tentando explicar ao Edu que a vida não é assim. Isso nosso pai não fez por nenhum dos filhos dele.

"Está bem, Gui. Fique calmo. Eu vou dar um jeito de aumentar o meu diálogo com o Edu. Ele é um bom menino, não tem vícios... ele..."

— Até você, Dalva? *Menino!* Tchau. Amanhã vou mandar fazer o depósito na sua conta.

"Cuide-se, mano. Mas esqueça o depósito, não é necessário."

Desligaram. Segundos depois Guilherme escutou a campainha da porta.

— Bom-dia, dona Mariana — disse Duarte entrando, maleta a punho.

— Ah, dr. Duarte, bom-dia! Vou avisar o dr. Guilherme que o senhor está aqui. Entre e fique à vontade.

Enquanto a empregada se afastava, Duarte pegava do chão um pedaço de papel dobrado. Era um bilhete bastante singular.

Pouco depois Guilherme surgiu no living. Duarte já estava sentado próximo à mesinha com tampo de vidro. Sua maleta profissional estava ao pé do sofá, e na mão esquerda ele continuava segurando o papel que recolhera do chão, junto à porta.

— Olá, Dudu. Você chegou na hora certa. O dia amanheceu pesado demais. De novo o Edu. Hoje ele quase me pôs maluco.

— Cuidado com as emoções fortes, Gui. A propósito, sabe com quem estive falando ontem à noite? Vou dar uma pista: é alguém capaz de fazer você se esquecer de clientes, de promotores públicos e juízes.

— Hum... deixe-me ver. Loira ou morena?

Duarte riu meio desconcertado e ficou abanando a cabeça.

— Nenhuma das duas? Ah, desculpe, Dudu. Sei que você é um marido exemplar. Caso raro, aliás. Estava só brincando.

— Claro que estava. Mas ontem à noite me ligou o Gomes.

— Quem? O Miro Gomes?

— Ele mesmo. Voltou da Índia com umas idéias mirabolantes.

— Índia? Ah! Aposto que ele vai montar uma fábrica. De camas de prego, claro.

Duarte riu.

— E pregos de plástico — completou Guilherme.

— Não é à toa que o seu coração está cansado, Guilherme. Você é muito crítico. Criticar gasta muita energia.

— Você acha, é? Pois ainda não viu nada. Mas me diz, e como vai o Miro Gomes? Mais magro ou mais gordo?

— Eu diria que mais manso.

— Isso é mau. Vou fazer o possível para fugir dele.

— Agora é tarde. Falei com ele a seu respeito.

— Ah, não, Dudu! Que loucura! Por que fez isso?

Mariana entrou.

— O senhor aceita um cafezinho com bolachas, dr. Duarte?

— Só meio café, dona Mariana. Obrigado.

— Ei! Isso não está certo — disse Guilherme. — A mim, que pago o salário dela, ela me negou um mísero gole.

— Ela agiu corretamente.

Duarte estava com ares de riso. Olhava para o papel que tinha na mão. Guilherme sentou-se na poltrona ao lado e ia falar sobre a noite anterior, mas o médico passou-lhe o bilhete.

Guilherme leu:

Gui, fiquei esperando você mais de meia hora, poxa! Não ache ruim comigo, mas cansei. Quando quiser me falar, vê se diz direito onde tenho de encontrar você. Helô.

— Hum. Foi a dona Mariana quem lhe deu isto?

— Não. Recolhi do chão ao chegar. Ela nem viu.

— Graças a Deus. Ela anda me pegando no pé. Ela acha que sou filho dela.

— Qual delas é a Helô?

— Você não a conhece. É outra tolinha, felizmente.

— Dormiu tanto assim ontem à noite que nem escutou a campainha?

— Escutei, claro que escutei. Escutei todas as cinco vezes que tocou. Eu estava bem aqui, nesta poltrona.

— Ora vejam só! Quem diria. Isso é sinal de mudanças. Mas então me responde: por que não foi atender?

Guilherme deu de ombros.

— Achei que ela soubesse como se gira uma maçaneta. A porta estava destrancada. E a tolinha não percebeu.

Duarte riu.

— Mas sabe, Dudu, foi bom ter acontecido isso. Ontem à noite eu tive uma crise de nostalgia, e era sobre isso que eu queria lhe falar. Senti vontade de ter nove anos de novo. Não sei por quê.

— Talvez essa tenha sido uma idade feliz. Quem sabe um tão sonhado presente de Natal.

— Não, fui criado numa casa que nunca deu nem recebeu presente de Natal. Meu pai mal conseguia colocar comida nos cinco ou seis pratos que tínhamos.

— Sempre entendi que vocês eram dez.

— Sim, claro. Cinco pratos para dez. Cada refeição tinha dois turnos. E eu, por sinal, sempre estava na segunda turma. Mas mesmo assim, com essa dureza toda, eu quis voltar aos meus nove anos — com ou sem comida no prato. Sabe, isso tudo que me tem acontecido ultimamente... a constatação de que a minha saúde não é a de nenhum touro gir, Dudu, isso mexeu com alguma coisa dentro de mim.

— É natural. De repente descobrimos que não é só o vizinho que morre.

Guilherme guardou um instante de silêncio.

— Ontem à noite, eu fiquei nesse clima acho que duas horas, talvez mais. Me livrei dele quando a campainha da porta tocou pela primeira vez. E eu sabia que era a Helô, tínhamos combinado sair, apesar dos conselhos do meu médico. Eu poderia ter aberto a porta e dito a ela que o encontro estava transferido, mas não sei por que não fiz isso. Era como se eu... se eu quisesse romper com antigas amarras, mas não conseguia. Então eu quis que isso partisse das outras pessoas, como a Helô, por exemplo. Quando a campainha parou de tocar, fui até a porta e passei a chave. Depois fui à geladeira, tomei um copo de leite e caí na cama. Acho que dormi rápido. E sonhei.

Mariana chegou com a xícara de café.

— Obrigado, dona Mariana.

Em silêncio, Guilherme ficou vendo Duarte beber o café.

— Faça o que eu mando, não faça o que eu faço — ele disse, provocando risos no médico.

— Continue, Gui. Você falava do sonho.

— Ah, sim. Sonhei que estava num lugar, num campo todo verde. Lá longe eu via uma seqüência de morros, e um deles, o da extremidade direita, era maior. Seu cume era achatado e longo. No campo não havia caminho nem estrada, mas foi ali que eu vi um tribunal de júri. Um incrível tribunal armado no meio do pasto. Os sete jurados do Conselho de Sentença... o juiz... o promotor. E, claro, o réu sentado numa cadeira. Um réu cabisbaixo. Derrotado.

— Bem, vejamos. É muito provável que esse sonho seja fruto do que lhe tenho dito e que você tem evitado: a pescaria no interior. A nossa mente costuma levar a lição do dia para fazer em casa enquanto dormimos. O trabalho teima em acompanhar você até nos sonhos, e nas férias. Aposto que você era o advogado nesse insólito tribunal. E o réu, para variar, alguém que tinha assassinado a mulher.

Guilherme olhou firme para Duarte.

— Errou, Dudu. Eu era o réu. Um réu sem defensor.

Duarte limpou a garganta de forma quase imperceptível.

— Bom — ele disse dando um tapinha no joelho de Guilherme —, sonhos não significam nada, são produtos da atividade humana.

Guilherme ficou em silêncio.

— Preocupado com o sonho? — perguntou Duarte apanhando a maleta.

— N-não, não. Sonhos não significam nada, como você disse.

— Bem, agora vamos ver como está a sua pressão nesta manhã.

Duarte abriu a maleta, retirou o instrumento e começou o trabalho no braço de Guilherme.

— E quanto à clínica de repouso? Pesquisou alguma? — perguntou Guilherme. — Estou programando umas férias para o ano que vem.

— Pois então não lhe contei do Miro Gomes? Quer melhor terapia do que viajar com ele?

— O quê? Você ficou maluco? Viajar com o Miro? E quem disse que estou querendo viajar?

— A sua pressão. Peça um copo de água a dona Mariana. E os seus comprimidos — respondeu Duarte enquanto fechava a maleta. — Não se assuste com o que eu disse, Gui. Nada alarmante com a sua pressão, mas você não pode ficar sem o remédio.

— Mas você disse que seriam apenas algumas semanas.

— Doze são algumas. Além disso, você não deve ficar contrariado.

— Já estou. Só em pensar no Miro Gomes a minha química fica alterada. Não acredito no que você disse.

Duarte riu.

— Por que não? Viajar com o Miro é uma boa terapia para quem não tem tempo de tirar férias e nem gosta de pescar. O Miro sabe levar a vida, ri à toa, conhece o povão do interior e gosta da sua companhia. Aposto que viajando com ele uma semana você volta renovado. É o mínimo que posso lhe pedir como médico.

— Você é maluco, Dudu. Se o Miro usasse óculos, as lentes teriam cifrões no lugar de graus.

— Melhor ainda. Uma terapia cinco estrelas.

Erguendo-se da poltrona, Duarte dirigiu-se à porta de saída.

— Cuide-se, companheiro. E não deixe de dar notícias.

Duarte se foi. Quando Guilherme fechou a porta, Mariana apontou.

— É o dr. Miro ao telefone, dr. Guilherme.

— Eu vou atender. Me arruma um copo com água, dona Mariana. E me vê também o remédio do criado-mudo, por favor.

Guilherme foi sentar-se ao lado do telefone.

"Que é que há, Capitão?", disse a voz do outro lado da linha, brincalhona, metálica. "Querendo dar uma de velho em pleno campo de batalha? Arrume a mala. Amanhã cedo eu passo aí."

— Deixe de ser biruta, Miro. Estou proibido de beber uísque, o Duarte não lhe contou?

"E quem falou em uísque? Tenho coisa muito melhor que uísque."

— Desde que não seja uma cama de prego, tudo bem.

Miro Gomes gargalhou num estilhaço.

"Então está combinado, Capitão. Amanhã às sete em ponto. Você vai ter o prazer de ficar uns dias longe deste inferno."

— Não diga! E para que céu você vai me levar?

"Você vai ver, é segredo. Quem sabe você dá de cara com algum anjo tocando harpa?"

— Você não consegue falar sério um minuto, Miro?

"Mas quem disse que não estou falando sério? Os anjos são uma realidade na nossa vida, Capitão. Eles estão por toda parte, e querem nos ajudar. O segredo está em saber onde e como apertar o botão de contato."

— Sei. E suponho que você tenha descoberto isso deitado numa cama de prego lá na Índia.

Miro riu.

"Não, não foi lá. Nem foi numa cama de prego, mas descobri."

— Sabe, eu acredito mais num bom filé acebolado com legumes.

"Está bem, Capitão, você venceu. Esqueça os anjos. Vamos sair amanhã cedo no seu carro e passar em Ribeirão Preto onde tenho de fazer alguns contatos. Depois seguiremos viagem até Uberlândia, onde pernoitaremos num cinco estrelas. Tudo por minha conta, claro. Incluindo o seu filé acebolado com legumes. Faço questão, e você me deve isso. Na manhã seguinte retomamos caminho até Brasília. Só não vou falar do anjo que você vai conhecer em Brasília, Capitão. Ela é divina."

— Eu devia saber que tinha mulher no meio disso. Mas você disse Brasília?

"Qual a surpresa?"

— Não é surpresa. É que estou pensando num amigo meu. Ele queria que eu fosse até Goiânia para resolver um assunto do filho dele.

"Pensei ter escutado do Duarte que você está de férias."

— O Duarte é maluco.

"Por mim tudo bem. De Brasília a Goiânia não é muito longe. Então você aproveita."

— Hum. Mas me diz: por que no meu Golf 98 e não no seu Mercedes 99?

"Muito simples, Capitão: eu não posso envergonhar meus clientes. Além disso, lá em Brasília tenho outro Mercedes me esperando. Branquinho como uma nuvem.

— E com um anjo dentro, imagino.

"Mais ou menos. Então de lá você segue para Goiânia, e eu vou resolver os meus compromissos. Em dois ou três dias acerto tudo. Depois a gente se encontra para um grande jantar na fazenda-modelo do deputado Cerneu de Carvalho. E pronto: caminho de volta a São Paulo. Até amanhã às sete, Capitão."

— Ei, espere, seu maluco. Amanhã é domingo.

"E daí? Eu respiro cifrões 24 horas por dia o ano todo, você sabe."

Assim que Miro Gomes desligou, Guilherme deixou-se afundar no sofá. Mariana lhe estendeu a água e os comprimidos. Depois de ingerir um, ele se levantou e caminhou pela sala durante alguns minutos. Ao aproximar-se do telefone, resolveu entrar em contato com Deocleciano Moura.

— Deo? É o Guilherme.

"Oi, Guilherme."

— Liguei só para dizer que tenho de ir a Brasília. Me dá o endereço de sua irmã em Goiânia.

6

ATRAVÉS da vidraça Djane olhava o lago Paranoá. Outro dia seco em Brasília. Extremamente seco e desagradável. Ir embora dali definitivamente seria algo muito bom.

Ela foi até a mesa e abriu a agenda de trabalho. Fez algumas considerações, fechou a agenda e começou a circular lentamente pela sala. Tentava analisar os prós e contras do passo que estava prestes a dar. Às vezes, a aproximação do momento da assinatura do contrato a assustava, e às vezes queria explodir de alegria.

Aproximou-se da estante. Da prateleira mais alta ela retirou a pasta do projeto Delta. Com a pasta veio um livro solto em cima e num gesto rápido ela impediu que ele caísse no chão. Djane queria reestudar o projeto, mas o livro a atraía. Colocou a pasta sobre a base inferior da estante e deu atenção a ele.

O volume, bastante grosso, era uma edição bem antiga de um romance francês que ela mandara encadernar recentemente. Abriu o livro e ali estavam, na primeira página já um tanto amarelada, as palavras que seu avô Manoel escrevera quando ela tinha dezesseis anos:

Djane. Você é jovem e bonita, então se prepare para não sofrer muito. O adágio que lhe deixo é o que escutei de minha avó Antônia: Nunca se esqueça que o homem, errado ou certo, dorme sempre com um olho fechado e outro aberto. Reflita nisso. Avô Manoel.

Ela meio sorriu com a lembrança do avô paterno. Mas o sorriso foi definhando. Fechou o volume e o devolveu à estante. Depois retornou à mesa levando consigo a pasta do projeto.

Sentou-se na cadeira giratória e colocou a pasta sobre a mesa. Apenas um gesto mecânico. Completamente alheia e absorvida em seus pensamentos, ela regressava aos seus dezesseis anos e ao avô Manoel.

A figura do avô e o adágio que ele lhe deixara no livro reabriam feridas. Feridas que a remetiam a uma certa manhã de chuvinha enjoada em Brasília. Naquela manhã, ela deixara o carro no estacionamento, caminhara ligeiro para o saguão de entrada do hospital, entrando minutos depois em sua sala.

Mirtes, a secretária, já foi falando:

— Dra. Djane, o dr. Roberto acaba de ligar. Pediu que ligasse urgente pra ele. Quer que eu faça a ligação?

Djane não entendia aquela novidade do marido. Meia hora antes o deixara na cama, e agora aquele desespero todo. Enquanto Mirtes fazia a ligação, ela se pôs a examinar o prontuário do dia, o livro que indicava quantas e quais cirurgias a esperavam. Em média ela vinha realizando três por dia, três dias por semana. E isso nos últimos quinze meses.

Mirtes deu o sinal e Djane apanhou o fone.

"Alô, querida, tudo bem?", disse Roberto. "Puxa, fiquei bastante preocupado com você, sair com esta chuva chata..."

— Você preocupado? Tem certeza de que está bem, meu querido?

"Só acho que eu devia ter ido levar você, amor, é isso."

— Estou fascinada.

"Você nunca me leva a sério, Djane? Olha, que tal a gente sair logo mais pra comemorar o meu dia? Hoje estou de folga, se esqueceu?"

— Ah, é verdade, me esqueci. Muitas obras em sua vida, senhor engenheiro.

O barulho de algumas pastas caídas interrompeu por instantes a guerra conjugal travada entre Djane e o marido. Mirtes se desculpou com um gesto e tratou de recolher as pastas do chão.

— Fala, Roberto — disse Djane.

"Meu bem, pensei que podíamos fazer um programa logo mais. Que tal eu apanhar você? A que horas você acha que termina a última cirurgia?"

— Não sei, preciso ver.

"Agora são 8h15. Acha que termina até lá pelas quatro?"

— Talvez. Vamos fazer o seguinte: quando estiver pronta, eu ligo.

"Está bem, amor. Um beijo."

— Outro.

Desligado o aparelho, Djane voltou ao roteiro das cirurgias.

— Ah, dra. Djane — disse Mirtes apanhando um prontuário —, eu já ia me esquecendo. O dr. Édison deixou esta paciente para a senhora e pediu que entrasse em contato com ele.

Djane tomou o prontuário e estrilou. De novo Édison encostando serviço nela. Juntando o prontuário aos demais, ela rumou decidida em direção ao centro cirúrgico.

Entrou na sala. Corria os olhos à procura de Édison, quando sentiu um toque nas costas. Voltou-se.

— Ai, que susto você me deu!

Postando-se diante dela, Édison sorria.

— Aposto que o culpado do seu susto não é o meu dedo, mas sim esse prontuário extra em suas mãos.

— Acertou. Bem hoje, Édison? Bem hoje que minha agenda está lotada? Tenho duas vesículas me esperando.

— Uma hora cada uma, duas horas. Sobram outras duas — o médico brincou.

— Você sabe que não é assim.

Ele mudou o tom de voz.

— Ei, que cara é essa? O que está preocupando você?

— Nada. Por que a pergunta?

— Sinto que há problemas.

Édison recolheu das mãos de Djane o prontuário extra.

— Está bem — ele disse —, talvez você não esteja nos seus melhores dias; e nem eu, querendo lhe dar mais trabalho. Vou falar com o Divaldo e ele dá um jeito.

Djane percebeu a frustração de Édison. Ela sabia quanto ia ser duro para ele pedir novo favor a Divaldo.

— Tudo bem — ela disse —, deixe o prontuário comigo. Quem sabe dá tempo. Vou falar com o pessoal, pedir uma sincronização extra. Seria bom se eu pudesse usar alternadamente duas salas.

— Isso eu consigo com o Guimarães, esta semana a chefia é dele.

— Então vamos em frente.

E foram andando.

— Como vai o Roberto?

— Acho que mal. Imagine que ele pensou num programa a dois para logo mais à tarde.

— Incrível. Mas talvez ele esteja recobrando a razão, e a visão. Só mesmo um louco e cego não vê alguém especial como você, Djane.

— Deixe disso, Édison.

Entraram na ante-sala cirúrgica e cada qual tomou a sua direção.

PASSAVAM quinze minutos das dez horas quando Édison voltou tirando luvas e avental. Dirigiu-se ao lavatório sem perceber que Djane estava sentada numa extremidade do banco encostado à parede. Ele lavou as mãos. Quando voltava para o centro da sala ele a viu. Pôs a toalha de lado.

— Ei! O que é que houve?

Cabisbaixa, Djane parecia arrasada. Tinha os olhos úmidos.

— Ei! — disse Édison, erguendo-lhe o queixo —, onde é que você está?

— Acho que no inferno.

— O que foi que houve?

O silêncio de Djane dizia tudo. Édison percebeu que ela perdera a paciente.

— Tenha calma, Djane.

— E vai adiantar? Ela morreu, Édison, morreu.

A voz de Djane saíra pesada. Num segundo Édison recobrou-se.

— Mas e daí? Reaja! A nossa luta é essa mesmo. Você fez o possível, todos sempre fazemos o possível.

— Você não me entende. Eu não fiz nada, nada!

— Como assim?

— Nem cheguei a operar.

Édison estava agachado diante de Djane. Então sentou-se ao lado dela.

— Sim, eu entendo, mas e daí? Você não é a primeira. Muitos cirurgiões têm história de anafilaxia fatal.

— Mas eu não posso aceitar isso, essa nossa incapacidade de evitar mortes desse tipo. Nossas próprias drogas a mataram, Édison. Onde fica a ciência que aprendemos? Somos nada! Estudei anos aprendendo a tirar pessoas da enfermidade e da morte, e no entanto nossas próprias drogas as matam.

Djane chorava. Chorava, tremia e comprimia os lábios.

— Acho que você está precisando de umas férias. Vem, eu levo você até sua casa. Vou dar um toque para o Divaldo. Ele ajeita tudo.

Vinte minutos depois Édison estacionava o carro diante da casa de Djane, na região do Lago Sul.

— Pode deixar o carro aqui mesmo, Édison. Depois o Roberto guarda.

Desceram do veículo. O carro de Édison chegou, e ele sentou ao lado do motorista, um funcionário do hospital.

— Qualquer coisa me liga — disse Édison. E partiram.

Passados apenas quatro minutos, Djane já saía correndo de casa, tropeçando na grama, ainda mais arrebentada por dentro, desesperada, cega, odiando a si mesma e ao mundo todo. Nem Roberto e tampouco Mirtes tiveram tempo de se vestir.

Da cegueira do interior de casa até o carro, e do carro ao choque com o caminhão na L2 Sul foram apenas minutos.

Djane recobrou os sentidos na tarde do dia seguinte. Foram uns poucos minutos de muita revolta. Esbravejou, chorou, exigiu a verdade.

— Bem, os exames acusam um leve traumatismo nos ligamentos da...

— É mentira! — ela gritou. — Vocês estão me escondendo a verdade! Não mexo as minhas pernas! Quero falar com o Édison! Me chamem o Édison!

Édison veio e confirmou o diagnóstico.

— Você ainda está em estado de observação, Djane. Procure ficar calma.

— Calma?! Eu não sinto as minhas pernas!

Medicada, ela adormeceu.

Outro dia e outra noite ela passou imóvel. Não sentia as pernas — só as infindáveis lágrimas queimando-lhe o rosto.

NA TERCEIRA manhã, Djane acordou com um homem ao seu lado — o rosto todo envolto numa auréola vermelha. Depois a cor forte foi sumindo até ficar normal. Em silêncio o homem a olhava com olhos mansos, um esboço de sorriso nos lábios.

— Quem é você? — ela perguntou.

— Marion.

— Marion Cordeiro? O guru do presidente...

— Por favor — ele a interrompeu —, deixemos esses detalhes de lado. O que importa é a mensagem que eu lhe trago. Por que não sai desse leito e vai tomar uma boa ducha?

Ela quase gritou que estava condenada a uma cadeira de rodas.

— Do que você tem medo? — disse Marion.

Mansamente e sem perceber, ela acabou sendo envolvida por aqueles olhos negros. Sentiu-se leve, desligada de toda tensão dos dois últimos dias.

— Vamos, pise no chão. E caminhe.

Súbito ela sentiu que podia fazer isso. Virou-se de lado e sentou-se na cama. Não tirava os olhos dos olhos de Marion. Depois ela passou as pernas para fora e firmou os pés no chão.

— Vá em frente — Marion a incentivava, sorrindo.

E ela foi. A cada passo mais se deslumbrava por não estar sentindo dor alguma — e por sentir as pernas vivas. Em menos de um minuto ela rodopiava pelo quarto como se dançando uma valsa feliz.

Até que ela parou diante de Marion. Deslumbrada.

— Como foi?... Como foi que você fez isso?

Ele mostrou as mãos vazias.

— Eu nada fiz, mas alguém fez. Alguém que está querendo estabelecer contato com você.

Djane ficou ouvindo a fala envolvente daquele homem invulgar, calmo, que sempre ameaçava sorrir. Barba meio grisalha, ele teria perto de 50 anos.

— Afinal, quem é Marion Cordeiro? — ela perguntou. — Não estou me referindo ao escritor de sucesso, nem ao místico procurado por gente importante. Quero saber de você. De onde vem essa paz e essa certeza que vejo em seus olhos.

— Bem, é um caminho longo. Todos os dias estamos aprendendo. Vou lhe contar algo que nunca contei a outra pessoa, e que também nunca escrevi em nenhum de meus livros. Fica sendo um segredo entre nós dois.

"Já há algum tempo eu vinha perguntando a meu mestre cósmico quando e como ele fez o primeiro contato comigo. Eu não me referia ao nosso intercâmbio de tantos anos: referia-me à primeira vez, ao dia, à hora e ao minuto em que ele se aproximara de mim — e sem que eu tivesse tomado consciência disso. Então ele disse: *Volte aos seus 14 anos que você fica sabendo.*

"*Meus 14 anos, mestre?*, eu perguntei. *Mas não lembro de nada importante que me tenha acontecido nessa idade.*

"E não me lembrava mesmo. Mas ele nada mais acrescentou.

"Dias mais tarde, deitado em minha cama e refletindo sobre aquelas palavras, súbito me chegaram imagens. E eu me vi com 14 anos, alto, magro e com o pé direito grotescamente inchado. O pé latejava, doía, e eu tinha febre alta.

"Minha mãe entrou no quarto e disse: *Vem, filho, se apóie em mim que vou levar você numa mulher que benze e você fica bom.* Eu não quis ir, recusei a idéia, disse que não acreditava naquilo. *E quem falou que precisa acreditar?*, minha mãe perguntou. *Vamos, segure no meu ombro e fique de pé.*

"Apoiado nela, caminhei com um pé só as duas quadras até a casa da mulher. Em poucos minutos ela fez o trabalho, e eu voltei andando normalmente — sem dores, sem febre e com o inchaço desaparecendo. Naquela noite eu já não tinha mais nada. Meus pés estavam iguais."

Marion caminhou alguns passos diante de Djane, como que buscando novos enfoques.

— A revelação do que me acontecera aos 14 anos me fascinou, e eu dizia a mim mesmo: *Então... então não foi aquela mulher, já era o meu mestre me escolhendo e aproximando-se de mim.* Eu chorei com essa descoberta.

Marion estava comovido.

— E hoje, cada vez que relembro aquele meu primeiro contato com o Mundo Superior... cada vez que eu penso naquele primeiro milagre de minha vida, as lágrimas me voltam. Mas não choro pela simples lembrança: choro pela maneira como meu mestre já me envolvia com seu amor e seu poder, e pela cegueira espiritual de um rapaz de 14 anos. Só quinze anos depois eu finalmente estabeleceria contato firme com o meu mestre cósmico. Choro por esse tempo perdido.

Marion silenciou. Sensibilizada, Djane disse:

— Por que você me contou tudo isso?

Agora ela recebeu um olhar firme de Marion.

— Para que você não seja cega como eu fui. Um dia eu me limitei a agradecer a uma benzedeira por ter curado o meu pé, e não me importei com algo infinitamente maior acontecendo por trás daquele ato: a aproximação de um ser espiritual que me queria ajudar. Mas eu não o enxerguei. Não faça o mesmo que eu. Não perca tempo, como eu perdi. Abra seus olhos espirituais *agora*, para amanhã não chorar de arrependimento.

"Hoje você foi curada. Mas não se trata apenas da manifestação de um poder sobrenatural agindo no seu corpo físico: você acaba de estabelecer contato com o Mundo Superior. Seres cósmicos de infinita sabedoria a querem disciplinar para que você cresça.

"Prepare-se, portanto, para trilhar novos caminhos."

DEIXANDO o amargo-doce passado na cadeira, Djane caminhou devagar até a vidraça. O lago Paranoá refletia intensamente os raios do sol. O dia era bonito, e ela estava feliz.

Porém, era uma felicidade incompleta. Faltava-lhe algo. Sim, ela amava o projeto de sua nova clínica — e amava ter conhecido Marion Cordeiro. O novo caminho anunciado por ele já estava ali, diante dela. O projeto Delta já era quase uma realidade. Mas alguma coisa estava faltando — ou sobrando.

De volta à sua mesa, ela apanhou a pasta do projeto e foi sentarse no divã.

— Vá em frente e deixe de bobagem, Djane — ela sugestionou-se. E abriu a pasta. — O seu futuro está aqui.

Parte 2

7

NAQUELA manhã de segunda-feira, o prefeito Saturnino Flores chegou mais cedo ao trabalho. Parou diante da mesa de Lucélia Feltrino, robusta mas ainda elegante secretária de 46 anos, e pediu que levasse ao gabinete a pasta dos contemplados da Cohab2.

Lucélia fora diretora de compras do prefeito anterior, inimigo político de Saturnino Flores. Conservá-la no posto foi, portanto, um ato de assombro. Resposta de Flores aos palpiteiros: competência e honestidade.

Porém, a intenção era outra. Desde o início, o prefeito Saturnino Flores queria que todas as críticas e observações agudas sobre a sua gestão desmoronassem aos pés daquela mulher tida por íntegra, deixando-o sem policiamento numa trilha à parte. Esse era o item um do esquema que ele estabelecera ao tomar posse.

— Estou digitando a relação final, Sr. Flores — disse Lucélia.

— Quanto tempo ainda?

— Uma hora, uma hora e pouco.

— Trinta minutos.

— Sr. Flores! Credo! — disse Lucélia recolhendo o queixo e duplicando a papada. O prefeito olhou feio. Então ela se aprumou. — Está bem, Sr. Flores. Trinta minutos.

Já com bastante cabelos brancos, aos 55 anos o prefeito Saturnino Flores cumpria sua segunda gestão na prefeitura de Altiplana. Aprendera que carregar assessores e secretários particulares a tiracolo era mais que um estorvo: era um péssimo negócio.

Esse era o item número dois.

Em seu primeiro mandato, tivera dificuldades até de ir ao banheiro. Logo descobriria que isso estava longe de ser um *status* de executivo moderno: era um cativeiro que gerava feições sorridentes e, em seguida, prejuízos pecuniários para fechar bocas.

Ex-dono de um insignificante secos e molhados, ao terminar seu primeiro mandato, Saturnino Flores já possuía o maior supermercado da cidade, uma mansão, uma fazenda, infindáveis lotes e dois veículos novos. Mas isso não impediu que as contas da sua administração fossem aprovadas sem problemas. Teve, no entanto, abutres com quem dividir sobras.

Mas desta vez não. Ao assumir o segundo mandato, três anos e meio atrás, ele resolvera agir diferente. E sozinho. Nem com sua mulher Norma ele iria repartir pensamentos cifrados. Desta vez ele reassumira a prefeitura disposto a não carregar consigo orelhas assessoras. Não queria ratos corroendo-lhe o sono — nem os lucros.

Esse era o terceiro e último item do esquema. E era nesse item que a presença da incorruptível Lucélia Feltrino se fazia necessária.

Tendo prometido na campanha o fim das favelas e casa para todos, já no primeiro ano de sua segunda gestão Saturnino Flores se autonomeara pai dos Sem-Teto. Logo providenciou para que máquinas pesadas varressem cerrados, esquadrinhassem ruas e implantassem postes, energia elétrica e asfalto, valorizando sobremaneira as áreas vizinhas — que, por coincidência, lhe pertenciam.

Meses depois, quando a Cohab1 surgiu, poucos davam conta de que de plantas aprovadas Saturnino Flores encurtara telhados, afinara paredes, achatara alturas, subtraíra lajes, espremera janelas — e a sobra, feito fumaça, esvoaçara no faturamento.

Por último vieram os fogos de artifício, a fita simbólica desatada pela primeira dama municipal, a entrega das 500 esqueléticas casinhas, os abraços comoventes — e vivas quem sabe ao futuro deputado federal.

O método do prefeito Saturnino Flores era simples e eficiente. Costumava pagar aquisições da prefeitura com cheques de sua conta pessoal — como a dizer que a burocracia gerava prejuízos públicos a uma cidadezinha sem cacife como Altiplana. E que ele, o prefeito, com sua disponibilidade financeira e alto espírito de homem voltado ao interesse público, ali estava para impedir isso.

Tais aquisições nem só eram sempre superfaturadas, mas freqüentemente também quitadas faturas de empresas inexistentes pelo fornecimento e pela entrega de bens ou serviços que nunca ninguém recebeu, viu, usou, nem tocou.

Posteriormente, numa simples manobra de transferência bancária — por meio da ação direta e do nome insuspeito de Lucélia Feltrino —, era creditado ao prefeito Saturnino Flores o montante que os cofres municipais já havia algum tempo lhe deviam. Claro que era uma manobra estranha, bastante ordinária do ponto de vista bancário — mas o gerente de determinado banco de Altiplana apreciava muito os caixotes de uísque importado que caíam no seu quintal.

E o esquema surtiu o resultado que Flores queria: relegar a segundo plano, ou seja, para o fim do governo, a questão do mérito das aquisições. E quando chegasse o seu último ano na prefeitura — isto é, agora — ora bem pois — agora a cantiga seria outra. Ele não precisaria mais do partido, nem de dona Lucélia Feltrino, nem da cidade — nem de ninguém. E fim de conversa.

Para isso ele já vinha pensando em um novo e temporário domicílio, muito provavelmente à beira-mar. Descansando, ele aguardaria com paciência que a Câmara debitasse à funesta história de Altiplana mais aquele rombo administrativo largado órfão de pai e mãe.

SATURNINO Flores aproximou-se da janela envidraçada do gabinete. Ali estava o núcleo do seu reino público: as ruas centrais em torno da praça. Fizera jus a ele. Tivera paciência. E estava vencendo.

Enchidos os pulmões do bom ar daquela manhã, ele voltou à cadeira giratória. Mas de repente batia-lhe de novo a mesma irritação de quando acordara naquele dia. Era como uma pedrinha no sapato: não doía, mas incomodava. Pensou em sua mulher, Norma. Ergueu o telefone, discou. Ela atendeu.

— Norma, tudo bem aí?

"Como sempre, por quê?"

— Por nada. É que... de repente achei que você estava com algum problema.

“Não disse que não estou. Eu disse como sempre.”

— Que é que há, Norma? Você anda escrevendo poemas reacionários de novo?

“Antes fosse. Talvez eu pudesse entender tudo o que aconteceu ao Masinho. Você falhou, Nino. E eu não sei se isso tem perdão.”

— Droga! Você tem de esquecer isso, o tempo não volta atrás.

“Graças a Deus. Porque se voltasse aposto que você faria tudo errado de novo. Você moldou o Masinho a você mesmo.”

— Que nada! Ele saiu igualzinho à mãe e ao avô dele, meio bicho — disse Saturnino Flores partindo para a ofensa. A ladainha de Norma já o estava aborrecendo.

“Tire meu pai da sua sujeira, Nino.”

— Ei, que é que há? Por que essa faca de novo? Ultimamente só recebo sapatada da professorinha.

Norma enviou pelo fio um desabafo em forma de suspiro fundo.

“Já estou cansada. As pessoas não falam, minhas colegas lá no colégio são educadas. Mas eu leio nos olhos delas, entendeu?”

— Não, eu não entendi nada. E acho bom acabar com esta conversa. Uma hora qualquer a gente continua.

“Ah é? Pois então escute: ou você vem e conversamos agora, *senhor* Prefeito, ou eu vou aí no seu gabinete.”

Saturnino Flores não costumava adular sua mulher — mas conhecia-lhe muito bem a determinação às vezes cega.

— Não, espere, eu já estou indo.

Oito minutos depois batiam boca na sala. Agora era Norma quem mais agredia.

— Será que não dá para fazer as suas tramóias com um pouco mais de discrição, Nino? Acho que vou pedir licença no colégio.

— Ora essa, por quê?

— Porque tenho vergonha de corrigir um aluno quando ele erra uma conta de subtrair.

Saturnino Flores deu um arranco da poltrona. Para ele o verbo subtrair era um verbo totalmente irregular.

— Ladrão é seu pai, minha cara! — ele berrou. — E já que estamos no departamento de acusações, anote isto mais uma vez: seu pai matou o irmão dele e ficou com a fazenda dos sobrinhos. E eu quero que os seus alunos, os pais deles e essas suas amiguinhas professoras vão todos pro inferno!

Norma estava entre chorar ou rir de raiva.

O marido voltou:

— Você é a arrogância em pessoa, Norma, metida a sabichona. Tal pai, tal filha.

— E você estragou tudo com a sua ignorância. A cada dia que passa desconheço mais o homem com quem me casei.

— Azar, minha cara. O arrependimento está chegando um pouco tarde.

— Você que pensa. E sabe o que eu acho? Acho que para ocupar de novo aquela cadeira de prefeito você teria entregue o coração de sua mãe, se aquele seu amigo macumbeiro não aceitasse bodes. E se a minha sogra estivesse viva, claro. Essa é a diferença entre nós dois, Nino. Você não mede as conseqüências para conseguir o que quer.

— E você vá escrever seus poemas no inferno! Aposto que andou tomando chá de novo com o padre José Maria.

— Não coloque também o padre José Maria entre nós dois. Basta!

— Mas que droga! Preciso de ar fresco.

Deixando a casa, Saturnino Flores assumiu o volante da caminhonete e voltou para a prefeitura. Feito um morcego, atravessou a secretaria, passou diante da mesa de Lucélia e já ia entrar no gabinete mas parou ao ver o padre José Maria sentado no banco de espera da parte externa da secretaria. O padre ergueu-se e se aproximou do balcão.

Munido de um repentino sorriso, Flores foi ao encontro dele.

— Que bons ventos o trazem aqui, padre José Maria?

— Ventos da necessidade, prefeito Flores — disse o sacerdote repousando os braços sobre o balcão. Teria perto de 60 anos e sua fala era comedida.

O assunto do padre era rápido. Ele conseguira a areia. Só queria um caminhão para fazer o transporte.

— Ora, nem precisava de se dar o incômodo de vir aqui, padre José Maria. Podia telefonar e pronto. Mas pode ir ao almoxarifado e pedir ao Fagundes o que o senhor quiser. Qualquer dúvida que ele me ligue.

Agradecido, o padre despediu-se com duplo aperto de mãos e se foi. No ato Saturnino Flores readquiriu a anterior carranca. Passou diante da mesa de Lucélia Feltrino dizendo que não estava para ninguém e entrou no gabinete.

Jogou-se na sua cadeira giratória e ficou tamborilando os dedos na mesa. Nervosismo. Levantou-se e foi até a vidraça. Tentava ocupar a mente.

Lá estava a pracinha, também a concha acústica, o calçadão e a igreja matriz. Viu carpinteiros montando a barraca-bar da festa do padroeiro — e carpinteiros da prefeitura. Viu o padre José Maria atravessando a rua na direção da barraca. Amanhã ou depois o padre voltaria à prefeitura atrás de prego, martelo, gente, verba — o inferno! Droga!

Voltou-se para o interior do gabinete e ficou olhando para os lados. Num deles o grande mapa da cidade, atrás de sua cadeira giratória o crucifixo de latão. Mas ele não ia perder tempo em pensar nos novos favores que o padre poderia pedir. Nem no nível baixíssimo dos cofres da tesouraria. Ou num auditor fantasma. Nem nas amigas de sua mulher — em nada! Era só passar o julgamento e ele entraria com o pedido de licença.

E esse assunto — a licença — lembrou-lhe algo. Sentou-se à mesa e pegou o telefone. Discou. A voz conhecida atendeu e ele disse:

— Mas que droga, Zé Mauro. Procurei você ontem o dia todo. Onde diabos você se meteu, com tanto assunto importante pra tratar?

Antes que Saturnino Flores falasse mais alguma coisa, o vice-prefeito começou a derramar um caldeirão de lamúrias — e isso significava o seguinte: que ele não estava com coragem de assumir a prefeitura, não queria rabo-de-foguete depositado em suas mãos. Além do mais, a sua próstata estava...

— Vá pro inferno com a sua próstata, homem! Pra mim que você vem dizer isso?

"Tenho nódulos, Flores", lamuriou o vice.

— Nódulos você tem é na cabeça, que eu sei. Esqueceu que o dr. Arruda bebe vinho lá em casa? Mas vamos mais adiante: e o sitiozinho que você adquiriu lá nas lajes? E a sua casa que nem rato queria e hoje é uma mansão — hã? Olha, eu estou acertando com o Nicanor e com o Raimundinho. Mas escute, homem: depois desse julgamento, eu mais a Norma vamos precisar de um descanso, você tem de reconhecer.

"Isso é verdade, e eu reconheço."

— Pois então. Conto com você, pois nem de longe vou permitir que o Raimundinho assuma, largando a liderança da Câmara nas mãos do Isidoro Pereirinha. Seria um desastre total. E é bom você saber que na hora do boi ir pro brejo, ele arrasta focinheira, canga, carro — e quem estiver em cima. Você está me entendendo, Zé Mauro?

O lamento do vice-prefeito saiu desmaiado. E Flores continuou:

— Se nada atrapalhar, com um mês, mês e meio de licença eu volto e completo o mandato. O acordo é esse.

"Mês e meio? Pensei que você tinha falado em dias, coisa de uma semana."

— É pouco. A Norma precisa descansar, eu já disse. Retire o seu requerimento de licença, Zé Mauro. Retire e no fim do ano você tem quinze dias em Guarapari por minha conta. E ninguém bole no tudo que você hoje possui. Mas quando eu falar que é amanhã, você assume amanhã. Entendido?

"Mas e as contas da prefeitura?"

— Vá pro inferno com as contas, Zé Mauro. Isso é problema do Raimundinho, não meu.

"A-aai!", gemeu o vice.

Desligando, Flores destrancou a gaveta da escrivaninha e de dentro retirou uma chave. Em seguida, sem deixar a cadeira, voltou-se para o armário embutido da parede, pôs a chave, girou e abriu ambas as portas. De dentro saiu o mormaço e o odor acre característico que a vela de 7 dias exalava através de uma pequena e aparentemente estática chama. A única entrada de dar eram os furos das duas pequenas roldanas de ventilação das portas. Ao lado da vela preta havia um copo com dois dedos de aguardente.

Agora Flores perdia-se numa tentativa de meditação. Olhos abertos e presos na pequena chama, sentia-se mais calmo como se dentro dele tivesse sido desligada uma chave de alta voltagem.

Instantes depois, gozando ainda da aparente calmaria, fechou o armário embutido, passou a chave e a guardou na gaveta da escrivaninha. Em seguida ergueu o interfone.

— Dona Lucélia? Que diabo de demora é essa? Cadê a lista?

"Mas ainda não deu trinta minutos, sr. Flores!"

— E daí? Sei que a senhora já terminou. Pois traga!

"Num minuto, sr. Flores."

Em 20 segundos a secretária aponta na porta. Entra, recolhe o queixo duplo e funga o nariz.

— Credo! Que cheiro! Tudo bem com o senhor, sr. Flores?

O prefeito franze a testa.

— Tudo bem. Por quê? A senhora está enxergando algum fantasma, dona Lucélia?

— Bem, é que — é esse cheiro horrível. Parece de vela queimando.

A mulher farejava o ambiente em volta. Flores pigarreou.

— Ah, deve ser o padre José Maria lá na igreja dele. Tem vez que o vento traz o cheiro da vela enorme que ele acende ao pé do padroeiro. Um cheiro de enjoar. Mas vamos ao trabalho, dona Lucélia. Me passe a lista dos contemplados.

A secretária estende-lhe a pasta.

— Mais alguma coisa, sr. Flores?

Lucélia já ia abrindo a porta para sair, mas parou ao escutar:

— Ah... dona Lucélia, me diz uma coisa. Muitos reclamaram desta lista?

Ela retorna.

— De quarenta a cinqüenta, sr. Flores. Hoje ainda não recebi nenhum telefonema porque o expediente ainda não começou. Mas ontem à noite!... O senhor precisava ver.

— Hum. Já esperava isso.

— E todos reclamam a mesma coisa: querem que o senhor volte a oficializar a relação do primeiro sorteio.

— E a senhora não explicou que faltavam nomes na concorrência, e que por isso o sorteio foi cancelado?

— Expliquei. Mas aí então eles pediram pra eu dar os nomes que faltavam. Daí o senhor já viu, não é, sr. Flores?

As narinas do prefeito cheiraram uma boa pitada marota naquela expressão. Mas ele fez que não escutou.

Lucélia seguiu dizendo:

— Alguns prometeram virar a mesa, sr. Flores, caso o senhor não mude esse critério que foi adotado arbitrariamente.

Agora os olhos do prefeito cravaram nos da secretária. A palavra *arbitrariamente* era uma espichada tábua seca de viés em sua garganta.

— Isso é opinião deles ou... ou da senhora, dona Lucélia?

— Credo, sr. Flores! O senhor me ofende com essa pergunta.

— Hum. Cuidado com a língua, dona Lucélia. Muito cuidado.

Deixando a cadeira e segurando a secretária com uma olhada de esguelha, Saturnino Flores disse:

— E a propósito, pensei que podia confiar na senhora até o final do meu mandato.

— Sr. Flores! — a mulher fez cara de espanto. — Mas claro que pode! Estou aqui para trabalhar até o último segundo com o senhor — e não *contra* a sua administração. O senhor bem sabe da minha integridade, pois estou neste cargo há sete anos, e...

— Economize saliva, dona Lucélia — o prefeito decepou a fala da mulher. — Mantenho o que eu disse. Fato é que a senhora tem feito algumas objeções ao meu trabalho.

— E-eeu, sr. Flores? Cite uma!

O prefeito ergueu dois dedos.

— Vou citar duas. Primeira: a senhora parecia estar do lado dessa gente quando vinha trazer notícias a respeito do sorteio das casas populares. Segunda: a senhora vive colocando na minha mesa os extratos bancários da conta movimento da prefeitura.

— Sr. Flores! O senhor não pode dizer isso de mim! Posso ter meus defeitos, mas sou leal. Sempre fui.

O prefeito voltou a sentar-se, recostando-se a gosto na cadeira giratória.

— E eu junto uma terceira objeção, a pior de todas: estou perdendo a confiança na senhora. Na toca de rato sempre fica cheiro de queijo, dona Lucélia.

De soslaio Flores olha mais uma vez o rosto da secretária.

— E vou juntar uma última objeção: antes, quando a senhora era assim, meio séria e de pouca prosa, eu apreciava mais. Agora, qualquer assuntozinho faz a senhora virar os olhos pra cima e papaguear durante meia hora feito gralha que levou uma vassourada.

— E-eeu! Sr. Flores — a mulher ergue a mão à altura da garganta. — O senhor não pode dizer isso de mim! Sou honesta!

Ela apertava os lábios, ameaçava rir, chorar, remexendo nervosamente nas bijuterias do pescoço.

— Agora pode ir, dona Lucélia.

Com ares de indignação, ela dá meia volta e caminha até a porta. Mas não chega a girar a maçaneta.

— Dona Lucélia, — ela se volta —, se o que eu estou pensando está certo... se a senhora está tramando alguma coisa contra mim... pode tirar o seu cavalinho da chuva. Porque essa sujeira não vai adiante nem sete metros que eu acabo com a senhora.

Ela empina o queixo.

— O senhor não pode ficar me ameaçando desse jeito.

— Claro que posso. Vou lhe mostrar que aqui dentro quem canta alto sou eu. E antes que abra de novo essa sua boca de gralha, por que não sai caladinha e dá um pulo até o banco?

— Ba-banco? Que banco?

— Não se faça de boba. É o banco daquele gerente que sempre tira o chapéu quando cruza com a senhora na rua. Nunca perguntou a ele por que tanta reverência? Hã? Pois pergunte. Talvez ele possa responder que uma cliente tão importante como a senhora mereça toda atenção possível.

Lucélia emitiu um começo de riso.

— Nem tenho conta naquele banco, sr. Flores.

Cara séria, o prefeito se aproximou dela.

— A senhora não. Mas seu marido, sim.

— O Adão? — a mulher ameaçou rir. — Ah! Coitado do Adão, ele detesta bancos.

— Será, dona Lucélia? Se disser isso àquele gerente ele vai rir, ou vai achar que a senhora está ficando maluca. Não foram dois nem três os cheques graúdos emitidos por seu marido Adão, e que foram cobertos no ato, diga-se de passagem, com depósitos lançados a débito de determinados... determinados fornecedores da prefeitura. Guardo comprovante de tudo, dona Lucélia.

— He-em?! O quê?... O que o senhor está dizendo?

Os olhos da mulher estavam parados, e Saturnino Flores soube que a jogara por terra.

— Se isso... — Lucélia meio gagueja, olhos arregalados — se isso for verdade eu... então alguém usou o nome e os documentos de meu marido, sr. Prefeito. E eu vou...

— Será? — cortou Saturnino Flores. — Será que vão acreditar nessa sua história? Palavra por palavra, acho que a da senhora perde feio. Além do mais, as provas estão na cara. O ramo de armarinhos, como o de seu marido, não é o forte de Altiplana. E no entanto que progresso! Reforma da loja... da casa dos fundos, e até um Fiesta novinho em folha no qual a senhora zanza por aí, dona Lucélia, toda feliz da vida.

— Pois fique o senhor sabendo que meu marido recebeu uma herança da Bahia.

O prefeito espalhou-se na cadeira, no canto da boca um projeto de risada. Olhou firme para a perplexidade da secretária.

— Da Bahia, dona Lucélia? É mesmo?

— Eu posso provar isso, sr. Prefeito! Posso lhe trazer a cópia da ordem de pagamento que veio de Salvador.

Flores inclinou o corpo e apoiou os braços na mesa.

— Certo, dona Lucélia. Uma ordem de pagamento tomada por um tal Sebastião da Silva, não é mesmo? Ele costuma me fazer alguns servicinhos...

Pouco a pouco Lucélia foi digerindo a trama. Seu maxilar travou. Rodopiou devagar no pé esquerdo, caminhou até a porta e saiu do gabinete.

Isolina viu a cara semiparalisada de sua chefe. Aproximou-se.

— O que foi, dona Lucélia?

Lucélia segura o suspiro de sufoco.

— N-não é nada, Isolina, você sabe que o sr. Flores é um grosso. E esse julgamento que se aproxima... isso tudo que aconteceu na família dele está pesando. É só isso. A gente tem mais é que esquecer o que às vezes ele fala.

Isolina saiu dizendo que ia dar um pulo até a tesouraria. Então Lucélia sentou-se à mesa de trabalho, apanhou o telefone e discou.

— Adão? É a Lucélia. Me diz uma coisa, Adão: de onde você conhece aquele homem, Sebastião Silva?

"O quê? Quem?"

— Vou refrescar a sua memória, Adão: é aquele sujeito que lhe enviou de Salvador o dinheiro da herança de sua avó Marcolina.

"Hã?"

— Você está assustado, seu cretino mentiroso? Acabo de descobrir de onde veio o dinheiro que você esbanjou na loja e na reforma de casa e na compra do Fiesta. Tudo contra a minha vontade. Herança! Pois sim! Aposto que sua avó Marcolina precisou da caridade pública pra ser enterrada, se é que ela ainda não está viva e morrendo à mingua lá na Bahia. Você é um mentiroso, Adão. E ainda por cima burro. Que tonta que eu fui em acreditar que se tratava de uma herança!

"Não tenho falado que você está ficando doida, mulher? Bem que eu vivo dizendo que qualquer dia desses a sua cabeça explode. Claro que minha avó Marcolina me deixou uma casa lá em Salvador. A casa foi vendida e a imobiliária me mandou o dinheiro.

— Mentira! — disse Lucélia alterando a voz. Olhou dos lados para ver se continuava sozinha na secretaria. Continuava. — Você é um mentiroso, Adão! E corrupto! E burro! E cego! Pois fique sabendo que acabam de entregar você.

"Me entregar? Quem?"

— *Ele*. E você sabe muito bem de quem estou falando. É o mesmo que bolou essa história tola de herança pra justificar o dinheiro sujo que estavam colocando em suas mãos cretinas, seu cretino. E tudo pra me amarrar. Entendeu? Seu burro. Você, seu burro mentiroso, simplesmente entregou a corda pra que ele me amarrasse os pés e as mãos. Só isso que você fez, seu estúpido. Durante 15 anos eu venho construindo o meu nome e você agora me joga um balde de lama em cima. Hoje, antes do jantar, eu mato você, Adão. Fique esperando.

"Não falo que você está mesmo birutando? Precisa tirar umas férias."

Lucélia ia emitir um urro mas se controlou. Bateu o telefone e foi internar-se no banheiro. Lá ela chorou de raiva.

— Maldito! O senhor me paga, prefeito! Juro que derrubo o senhor!

E ela continuou socando o azulejo da parede.

Dois minutos depois a porta do gabinete é aberta e Saturnino Flores sai de óculos escuros. Vê Isolina entrando na secretaria.

— Cadê a dona Lucélia, Isolina?

— Não sei, sr. Flores. Quando eu saí, ela estava aqui.

— Hum. Assim que ela aparecer mande que cancele todos os meus compromissos de hoje. Só volto amanhã cedo.

— Sim senhor, sr. Flores.

DEZ minutos mais tarde, ainda trancada no banheiro, Lucélia escuta o grito de Isolina.

— Fogo! Acode! Gente.

Lucélia saiu correndo do banheiro e viu que a fumaça vinha do gabinete do prefeito.

— Chame o pessoal, Isolina! Rápido! E mande trazer água.

Sem perda de tempo, lenço tapando o nariz, Lucélia escancara a porta do gabinete e atravessa a sala para abrir a vidraça da janela. O fogo começara no armário embutido detrás da mesa do prefeito. Lucélia viu as chamas lambendo as portas estreitas e sentiu o ar impregnado do cheiro nauseabundo de aguardente.

Dois primeiros baldes de água são jogados nas portas do armário e as chamas exteriores cedem. Há um rombo numa das portas, e o fogo de dentro volta com mais força. Outros dois baldes chegam. O fogo cede. Um dos homens dá um chute no que resta da porta, abrindo-a de vez. O maior volume de ar faz com que o fogo reacenda dentro do armário.

— Mais água! — grita Lucélia.

Outro balde chega e outro mais. Por fim o fogo é extinto, só restando a fumaça e o cheiro adocicado impregnando o ar do gabinete.

— Busque um latão pra pôr essa sujeira — disse Lucélia. Os dois homens saíram.

Então Lucélia descobre no interior do armário um pedaço de vela preta, um copo caído e também a carranca preta de uma imagem.

— Credo-em-cruz! — ela profere, tossindo com o lenço no nariz, toda arrepiada vendo o par de pequenos chifres na cabeça da imagem.

Sentada na cadeira giratória, Lucélia olha, hesitando em enfiar as mãos dentro do armário. Ainda experimenta arrepios vendo aqueles dois olhinhos agudos da chifruda imagem. A parte inferior está feito um pedaço de carvão fumegante. O copo continua caído, e Lucélia não consegue entender. Como pode um copo virar sozinho dentro de um armário?

A aguardente derramada, que virara combustível para a vela de sete dias — ela concluiu —, tinha dado origem ao incêndio. O fogo descera no rastro da pinga, e isso explicava por que as prateleiras de cima haviam sido pouco atingidas. E foi bem no canto de uma delas que ela enxergou o calhamaço de pastas.

Livrando-se da atração dos derretidos olhos da imagem, ela puxou as pastas para fora. Estavam chamuscadas nas laterais e a capa de cima toda enegrecida. Abrindo a primeira, Lucélia estreitou o cenho.

— Ora vejam só! — ela festejou consigo mesma. — Bem que você estava pedindo para que algo como isto caísse em suas mãos, não é mesmo, Lucélia?

Ela olhou dos lados. Ninguém. Saiu do lugar e foi abrir o arquivo de aço da outra parede. Colocou as pastas bem no fundo. Correu a gaveta do arquivo e deixou o gabinete. Os dois homens da limpeza voltavam com um latão, uma vassoura e um rodinho.

Minutos depois, enquanto os homens limpavam o gabinete, Lucélia discretamente retirou as pastas do arquivo de aço e as colocou num saco plástico de supermercado.

Em seguida ela deixou o gabinete.

COM a reforma feita seis meses antes, a loja de armarinhos de Adão Feltrino se tornara a mais atrativa e sortida de Altiplana. Também a residência nos fundos ganhara piso e forro novos, nova cozinha e uma suíte.

Lucélia entrou com o Fiesta na garagem. Beto, o filho de 11 anos, largou a bicicleta e veio correndo.

— Pegue essas compras, Beto, que eu preciso falar com seu pai.

Ao ver a mulher entrar, Adão Feltrino ergueu a cabeça detrás do balcão.

— Adão, vem aqui — ela disse passando direto para o escritório no fundo da loja. Carregava a sacola plástica. O marido a seguiu ligeiro.

— Pra que esse monte de papel velho? — ele perguntou ao ver o que a mulher tirava da sacola.

— Documentos, Adão. Documentos.

— Que documentos?

— Não me faça perguntas, por favor. Hoje você já me levou ao máximo. Me arranje uma caixa de papelão.

Ele foi buscar a caixa. De boca fechada, ficou vendo sua mulher guardar as três pastas. Segundos depois ele diz:

— E isto aqui, não vai esconder também?

Ele mostrava um calhamaço de papéis com dois grampos mas sem a capa.

— Onde estava?

— Na sua sacola, claro.

— Deve ter caído de alguma das pastas. Me deixe ver.

Lucélia pegou e deu uma olhada. Era um projeto de loteamento que tinha sido cancelado anos atrás.

— Põe no lixo, Adão — ela disse e logo se arrependeu. — Não, me dê de volta. Alguém pode achar isto no lixo da loja e achar estranho.

— Foi o que pensei.

— Você pensou? É mesmo? E desde quando você pensa em alguma coisa que se aproveite, Adão?

Enquanto o marido murchava, ela tornou a abrir a caixa e jogar dentro o calhamaço. Fechando-a, disse:

— Bota em cima do forro. E esquece, Adão.

8

A DELEGACIA de Polícia de Altiplana era um prédio antigo, com janelões de madeira repintados de azul-claro. Uma estreita escadaria de cimento em vermelhão desgastado ia terminar na porta envernizada com extrato de nogueira. Ridícula. A porta era alta e de folhas duplas. Tais berrantes cores faziam doer a vista.

Comprimiam-se no prédio — além do gabinete do delegado — o serviço de trânsito, a sala de investigação, o setor de protocolos para documentação de identidade e, nos fundos, a cadeia pública.

Diante da delegacia, o advogado Genolino Palmas estava irrequieto. Ele consultou o relógio duas vezes em menos de trinta segundos. Neimar e Isabel estavam atrasados.

Não lhe agradara a nomeação judicial como advogado dativo de Sérgio, mas, se resistisse, corria o risco de parar na cadeia. Seu maior drama era controlar-se para não se aproximar do copo nas 24 horas que antecederiam o julgamento.

— Não estou certo de conseguir essa proeza — ele dissera a Neimar. E acrescentou que uma morte súbita e sem dor talvez fosse a melhor solução para ele.

Por outro lado, tentando superar suas próprias deficiências, ele sabia que era a única esperança de um punhado de pessoas para defender Sérgio Misk.

Palmas consultou as horas pela terceira vez. Então ele viu o Gol chegando. Esperou que Neimar e Isabel se aproximassem. Depois os três entraram na delegacia.

Palmas explicava:

— Hum... já falei com o delegado Boaventura. Primeiro vai a senhora, dona Isabel. Depois você, pastor.

E tocando no braço de Neimar:

— Enquanto isso, nós dois precisamos ver uns pontos.

Assim que os três entraram na sala, um dos policiais deixou a sala e foi apanhar as chaves na saleta anexa. Depois levou Isabel para o corredor das celas.

Era um corredor estreito, nada agradável, úmido, com três celas de cada lado. À direita, na primeira cela, estavam dois bêbados ainda caídos. Na outra, um homem curtia um resto de ressaca e bocejava feio. A terceira cela guardava um ladrão de lojas que tinha sido preso duas semanas atrás.

E ali estava Sérgio, solitário na última cela do lado esquerdo. Ao ver Isabel, ele se ergueu da estreita cama. O guarda a introduziu na cela, girou a chave e se retirou.

Súbito som de um bêbado vomitando e ao mesmo tempo proclamando pragas. Outro preso tentava vencer mais um acesso de tosse. Enquanto isso Sérgio recebia Isabel nos braços. Ele estava bastante magro.

Ainda em pé, ambos choraram, molharam-se com lágrimas, quase mudos, sofridos. Depois sentaram-se na cama estreita e dura. Sérgio passou as mãos nas ondas dos cabelos claros de sua mulher, como se não acreditasse que ela estivesse ali, ao seu lado.

— Sinto tanto a sua falta! — ele disse, voz embargada.

— E eu, amor? Se eles deixassem, eu viria todos os dias.

— Eu sei.

Beijaram-se. Depois Sérgio começou a fazer perguntas sobre o mundo lá fora. E ela foi respondendo.

— Logo este pesadelo passa e nós seguiremos o nosso caminho, Isa.

— Você acredita nisso mesmo?

— Acredito. Ainda acredito. Deus tem um propósito em tudo. Tudo isto que está acontecendo tem outra explicação, logo nós vamos saber.

Isabel fica olhando em silêncio para o marido. Depois diz:

— Eu já não consigo compartilhar dessa fé. Eu...oh, Sérgio!... Onde foi que nós dois erramos?

— Não existe erro nenhum, Isa. Nem pense por esse lado.

Instantes depois Sérgio pergunta:

— Isa... e não apareceu nenhuma novidade?

Ela fez um sinal negativo com a cabeça. E derramou-se noutra convulsão de choro. Sérgio começou a trabalhar com a mão nos cabelos dela.

Recompondo-se, Isabel diz:

— O pastor Neimar e também o dr. Palmas já voltaram inúmeras vezes ao sítio atrás de pistas. O pastor não desiste. Vai lutar até o último minuto. Nós tínhamos a esperança de poder contratar um bom advogado de fora, um criminalista, mas não conseguimos. Nem em Brasília, nem no Rio de Janeiro. Parece que todas as portas estão fechadas para nós, amor.

Agora o desânimo atinge Sérgio. Ele se deixa encostar atrás, na parede da cela.

— E o pastor Neimar?

— Está aí fora. Coitado. Ele se culpa por ter feito que viéssemos para Altiplana naquela noite. Mas ele continua acreditando num milagre. Quando eu sair, ele entra pra orar com você.

— E na Missão... todos aqueles rapazes?

— Estão tristes.

— E minha mãe? Você conseguiu entrar em contato com ela?

Isabel abana a cabeça negando.

— Vamos deixar a sua mãe de lado, Sérgio. Pelo menos por enquanto. Ela já está acostumada com as nossas viagens e a falta de notícias. Nem posso imaginar o que vai acontecer com ela, quando souber. Ela ainda não tem a nossa estrutura cristã, você sabe.

— E você — ele pergunta acariciando o rosto de Isabel —, continua na casa da dona Marta e do pastor Neimar, não continua?

— Claro. Eles não me deixam sair.

— Ainda bem. Assim você não fica sozinha.

— Você acha... você acha que é fácil pra mim acordar de noite e... e lembrar que é realidade, que não é nenhum pesadelo, que você está aqui, sozinho nesta cela horrível?

— É. Mas pelo menos eu sei que vou estar aqui nesses quinze dias que faltam para o julgamento. Depois, só Deus sabe. Ontem escutei que, se eu for condenado, eles vão me transferir para uma penitenciária de segurança máxima, talvez em Goiânia. Ou então vão me enviar para o Rio de Janeiro.

Angustiada, Isabel tapa-lhe a boca com a ponta dos dedos. Agora é ela que parece agarrada num resto de esperança.

— Não fale assim, amor, você não vai ser condenado. Você vai sair livre, eu sei.

Sérgio suspira entrecortado.

— Talvez a minha fé não passe de mera vontade de que tudo dê certo — ele diz. — Nada mais que vontade.

O carcereiro chega. Já terminou o tempo. Isabel beija o marido mais uma vez e vai embora. Pelo caminho cruza com Neimar.

Genolino Palmas a esperava numa saleta repleta de móveis em desuso. Ele olha em volta e diz a Isabel:

— Foi bem aqui, nesta sala, que meu pai começou a trabalhar na delegacia —. Palmas meio sorri com a lembrança: — Na época eu era um meninote, e me lembro dele sempre trancafiado detrás das grades. Vivia bêbado e criando casos. Então, quando o serviço do setor de trânsito apertava, abriam a cela, o traziam para cá e punham nesta mesa um monte de papel pra ele ir carimbando.

Palmas esboçou um meio sorriso.

— Da cadeia ele passou para a folha de pagamento da delegacia. E acabou aposentando pelo Estado. Uma história e tanto, não é mesmo?

— Seu pai ainda está vivo, dr. Palmas?

— Não. Quando minha mãe morreu, e isso já faz nove anos, ele tentou levar a vida sozinho. Mas só agüentou um ano e meio.

As lágrimas que ainda pendem dos olhos de Isabel motivam o advogado a dizer:

— Sei que está sofrendo muito, dona Isabel, e sei que a senhora sabe que o pior ainda está por vir. Vou ser franco mais uma vez: não vejo esperanças. Foi o que expliquei ao pastor Neimar. Não tenho nada em minhas mãos. Nada, a não ser a palavra do Sérgio.

Isabel comprime os lábios. Tira da bolsa um lenço e sem nenhum ruído desimpede as narinas.

— Eu disse ao pastor Neimar que vocês precisavam ter arranjado um bom criminalista, alguém experiente.

— Nós tentamos.

— É, ele disse isso.

— Tivemos promessa de dois advogados, um do Rio de Janeiro, amigo nosso, e outro de Brasília. Mas houve imprevistos. Então entregamos tudo nas mãos de Deus.

— Eu respeito a fé de vocês, mas temos de fazer a nossa parte. Deus continua lá em cima, e nós aqui embaixo. Criminalista nenhum vai adivinhar o que está se passando aqui, por mais santo que ele seja. Essa é a minha opinião.

— Não concordamos com isso, dr. Palmas. Deus tem tudo sob controle, e se ele tivesse de usar pessoas santas, ninguém seria usado. Ele usa gente comum. E usa quem ele quer.

— Bem, vamos ao que interessa, ao que nós temos na mão. Hum... preciso tocar num assunto com a senhora. Só me resta lutar por uma pena menor, é bom que saiba. Foi o que eu disse pro pastor. Então eu lhe pergunto: a senhora acha que o seu marido consentirá em... hum... em assinar uma declaração de culpa e arrependimento? Com isso posso lutar por uma considerável redução da pena, talvez até de 70%, alegando uma briga, um ataque físico do Masinho... e outros atenuantes. Posso dizer que o Sérgio foi tomado por violenta emoção e momentânea perda de controle.

Entra Neimar. Palmas ergue-se da cadeira.

— E então, pastor, falou com ele?

— Falei. E foi o que eu disse: ele não assina nenhuma confissão de culpa. Ele se declara inocente, e está disposto a enfrentar tudo.

— Bem, isso significa o pior.

— Ele diz que Deus sabe que ele é inocente. E confia que vai sair livre.

O advogado faz escapulir um muxoxo carregado de depreciação e pena. Depois deixa-se cair sentado na cadeira. Reflete algum momento. Em seguida, empunhando a pasta de couro surrada nos ângulos, ergue-se e diz:

— Tudo bem, pastor. Vamos em frente. Ainda temos duas semanas. Quem sabe acontece um milagre?

Saindo os três da delegacia, Neimar pergunta ao advogado sobre o juiz e o promotor que vão atuar no caso.

— Ainda não sei. Mas é certo que vão vir de fora. O juiz titular que foi nomeado há seis meses para Altiplana ainda não apareceu. O mesmo acontece com o promotor público. Faz três anos que aqui não pára um.

Palmas conclui:

— Aproveite o tempo, pastor. E a senhora também, dona Isabel. Clamem a Deus sem parar, se vocês acham que isso resolve alguma coisa. Pois só mesmo um milagre. Eu, de minha parte, acho que vou apanhar uma caixa de cerveja e me internar num sítio por aí. Vou aproveitar até dois ou três dias antes do julgamento.

Neimar vai dizer qualquer coisa, mas o advogado lhe ergue a mão.

— Fique tranqüilo, pastor. No dia do julgamento vou estar em pé.

Resmungando consigo mesmo um irônico *assim espero,* Palmas foi embora. Neimar e Isabel entraram no Gol e também partiram.

9

GUILHERME deu sinal e fez o balão à esquerda. Esperou que o trânsito permitisse, então cortou a BR e começou a rodar na nova pista. Uma placa verde indicava: Altiplana — 5 km.

Miro Gomes agora tinha assunto novo:

— Este trecho fomos nós que asfaltamos, Capitão. Faz três anos. Conseguimos terminar algumas obras nesta cidade, e não fosse a prefeitura já teríamos completado outras bem maiores.

— Verbas?

— Não: encrencas, encrencas com o prefeito, é um safado. O nome da peça é Flores, mas porco-espinho perto dele é coelho.

De cara limpa como a de Guilherme, embora de queixo pronunciado e olhos menores, a maior diferença entre ambos estava no som. Miro Gomes era uma máquina eletrônica de falar, desprogramada de vírgulas, reticências ou ponto final.

Pouco depois passavam por um cruzamento. Miro apontou a pista asfaltada que nascia à esquerda.

— Este corte também é trabalho nosso, e foi justamente a última obra que fizemos para a prefeitura. O velhaco do prefeito levou todo o mundo no bico.

— Até você?

— Até eu.

— Espantoso.

— Pois é. Essa pista fazia parte de um projeto de implantação de três Cohabs decentes, e nós ganhamos a concorrência. Mas daí o safado espremeu uma Cohab ordinária na pior parte da área disponível e passou a mão no resto, que é o filé mignon. E sabe o que mais, Capitão?

— Moeda comum: levantou mais verbas para abrir novas ruas, espalhar guias e sarjetas, asfalto, luz e água, mas só ficou no papel.

— Também isso. O dinheiro sumiu e o pasto continua do mesmo jeito, é verdade. Mas hoje essa área toda, cerca de 100 hectares, fora a parte da Cohab, e que foi desapropriada ilegalmente, diga-se, pertence ao velhaco. E o homem foi mais longe: com recursos da prefeitura ele construiu uma boa casa, currais, outra casinha para o retireiro, encheu o pasto de vacas leiteiras e botou uma placa com o nome dele: *Estância Flores.* Isso, esse golpe, levou três anos. Mas aí está o belo sítio do prefeito, como testemunho vivo da malandragem.

— E a Câmara?

— Também moeda corrente: tudo devidamente propinado, Capitão. E ainda tem mais: lá longe, ao pé daquele morro achatado, o prefeito cedeu meia dúzia de lotes a uns graúdos de Brasília, e de repente ergueram uma pousada turística, com cascata milagrosa e banho num tal de Poço Mágico. Se é mágico não sei, mas a cada dia cresce o número de figurões que vêm dar um banho na consciência.

— E conseguem limpar?

— Também não exageremos, Capitão. É preciso muita mágica.

Miro apontava para o lugar, à esquerda. O morro — que parecia cintilar com o reflexo do sol — era o fim de uma cadeia de pequenas elevações que vinha do norte.

Súbito Guilherme lembrou-se do sonho, do morro achatado, do tribunal armado no campo — e dele no banco dos réus. Essa coincidência o impressionou.

— O lugar é muito bonito — ele disse.

— O nome daquele morro achatado em cima é Morro das Estrelas — seguiu dizendo Miro Gomes. — Consta que antigamente, às tardezinhas e com o sol batendo de lado, ele produzia cintilações que podiam ser enxergadas a cem, 150 quilômetros. Eram reflexos de cristais soltos.

— Hum-hum — admirou-se Guilherme. Impregnava-se ainda das imagens do sonho.

— E você precisa ver a nascente que cai de trinta metros de altura, Capitão. É um lugar privilegiado. Mas o safado do prefeito levantou grana em cima e passou adiante para a indústria do turismo místico.

Guilherme deixou escapulir um gracejo e emendou:

— O que é que há, Miro? Você fala como um marido traído.

— Lá vem você da sua tribuna. Se estivesse no meu lugar você colocaria meio mundo na cadeia, Capitão. Só eu sei o prejuízo que o homem me deu.

De repente a fisionomia de Miro mudou. Já parecia feliz. Ergueu de novo o indicador esquerdo e tornou a apontar para o Morro das Estrelas que ia ficando lá longe, à esquerda.

— Isso tudo que você está vendo é um fazendão, a fazenda Alvorada. Quinhentos e tantos alqueirões goianos. O nome do dono é Clementino Leal. Um tempo atrás tentei negociar com ele um pedaço de terra perto da cachoeira. Não teve jeito, o homem estava mordido pela desapropriação anterior feita pela prefeitura e que acabou beneficiando o próprio prefeito. Mas eu vou continuar insistindo com o proprietário. Pra começar, já convenci a filha dele a construir uma clínica bem aqui.

— Uma clínica no meio do mato?

— Terapia alternativa, Capitão. O nome dela é Djane, e é médica. Só que ela teve uns problemas há três anos e largou a medicina convencional. Ela é um doce. Linda.

— E ela sabe que você é divorciadão e que tem noivas esperando em três continentes?

— Que é isso, Capitão? Que história é essa? — Miro ria.

— Ou seria em quatro continentes?

Miro gargalhou.

— É com ela que hoje vou assinar um contrato lá em Brasília.

— Ah! Isso você não me disse.

— Vou construir para ela um moderno centro de medicina alternativa com tudo o que tem direito: passeios num bosque com o ar mais puro deste planeta, caminhadas sobre seixos num riacho belíssimo aos pés de uma cascata milagrosa etc.

— Entendi. Então aquilo que eu falei, de marido traído, é verdade. Você quer a revanche. Quer pisar na trilha que já foi aberta pelo turismo místico.

— É isso, Capitão. Aonde o boi vai, a boiada vai atrás. Quantas vezes você já ouviu que não há efeito sem causa? Pois nesse ramo místico acontece o contrário: certos efeitos invisíveis estão causando um vira-e-mexe no mundo. E eu, que não sou bobo, estou pegando o bonde, claro.

— Você quer dizer faturando em cima. Entendi. Mas como foi que tudo isso começou? Quando você descobriu que pode faturar em cima da crendice alheia?

— Tudo começou quando eu descobri este paraíso. Vim executar umas empreitadas para a prefeitura e me encantei com esta região. Daí conheci o ramo dos cristais e entrei de sola.

— Cristais? Agora você está falando às claras.

— O cristal está inundando o mundo, Capitão. Hoje tenho uma fabriqueta esotérica que me rende uma nota, fora o prazer que eu sinto em lidar com as pessoas adeptas.

— Eu devo estar sonhando. Você nasceu entre motoniveladoras e britas, Miro. Como se explica isso?

— A gente vive e aprende.

— Então aquilo de cama de pregos da Índia é verdade. E onde ficam o concreto, as máquinas e a graxa?

— O assunto é sério, Capitão. Posso não ser enquadrado como místico, mas aprendi a lidar com o pessoal.

— E a ficar mais rico em cima deles, claro. Ah, Miro! Vamos deixar de piada. Você vai morrer cercado de tratores, e com uma calculadora eletrônica na mão.

Miro acabou contagiado pelo riso de Guilherme.

— Isto aqui é um recanto sagrado, Capitão. Pode crer. Estamos nas imediações do paralelo 14, que é de extrema concentração energética. O mundo todo está se ligando ao desconhecido.

— É — disse Guilherme como quem dava a mão à palmatória —, a cada minuto você me surpreende mais. Estou pensando no que o Duarte me disse, que você ficou mais mole. Agora entendo o que ele queria dizer. E o que mais está faltando falar?

— Pirâmides de cristal, anjinhos tocando harpas... bruxinhas de ônix passando montadas em lápis de topázio. A vida tem de ser levada não pelo que vemos, Capitão, mas pelos efeitos que captamos à nossa volta.

— Devo estar tendo um pesadelo em série.

Já estavam trafegando pela avenida principal da cidade, continuação da rodovia de acesso a Altiplana. Guilherme ia observando as lojas. Bem fraco o movimento em todas elas.

— Esta é uma cidade antiga, Capitão, e o comércio gira em torno de cristais brutos e lapidados, jogos e mesas de pedra... miçangas, pedras semipreciosas, bijuterias feitas com cascalho de cristais, enfim, tudo do ramo. E a segunda-feira aqui é dia de descanso. Tem loja que nem abre. O forte do comércio é nos fins de semana, quando também chegam ônibus de fora trazendo turistas estrangeiros.

— Sigo em frente?

— Na próxima esquina dobre à direita. Vou lhe apresentar o homem que me fornece os cristais, Capitão. Omar Hussaim. O Omar é iraquiano, nasceu e viveu quinze anos em Bagdá. O sonho dele é erguer um zigurate bem no topo do Morro das Estrelas.

— Zigurate? E para quê? Para espiar o Intelsat?

— Nada disso. Espiar as estrelas, como no começo. Você nunca leu sobre o primeiro grande zigurate do mundo, a Torre de Babel? Isso de que queriam chegar aos céus é bobagem. Os construtores da Torre de Babel, os caldeus, foram os antepassados dos atuais astrólogos. Então o sonho do Omar é fazer disto aqui uma nova Babilônia.

— Ridículo.

— Você acha, Capitão? Fui a fundo, e sabe o que descobri?

— Dentre outras coisas, uma mina de dinheiro.

— Acertou. Tudo começou quando encontrei este abençoado lugar. É do jeitinho que eles gostam.

— Eles quem?

— Ah, Capitão!... é uma história comprida, uma hora eu conto tudo. Mas a base é esta: Não conheço ninguém que tenha perdido investindo na credulidade alheia. Você conhece? Que tal você imaginar um núcleo composto de dezenas de alojamentos de nível internacional, turismo em franca atividade, um centro gigante de lojas esotéricas apinhadas de gente, salas de convenções místicas lotadas, pontos sagrados de meditação, salas do Egito antigo, grutas de cristal... bruxos, magos, sensitivos, ufologistas, kardecistas, pais-de-santo, cabalistas e astrólogos de plantão 24 horas por dia?

— O que é isso? Algum entreposto sideral?

Miro riu da cara espantada de Guilherme.

— É o projeto de um pessoal de Brasília. Um assombro. Consta que tem gente da Onu envolvida no assunto. Tem milionário à beça por esse planeta afora, cujos negócios e passatempo estão ligados a produtos e tradições cabalísticas milenares. O mesmo digo das donas-de-casa de subúrbios. O que você acha de um faturamento de dez milhões por ano, só para começar?

— Dez milhões?

— De dólares verdes.

Miro deu o sinal, e Guilherme manobrou o Golf até debaixo de uma árvore. Do outro lado da rua, uma loja de duas portas ostentava os seguintes dizeres: *Brasil Cristal.*

Esperaram que passasse um carro e depois começaram a atravessar a rua na direção da loja. Mantendo a mão no ombro de Guilherme, Miro Gomes ainda o recheava de dados místicos. E financeiros.

Entraram na loja. Um homem de estatura média, moreno, caixa larga, meio calvo e vestindo uma camisa de seda com mangas arregaçadas, abriu os braços lá detrás do balcão ao ver Miro Gomes.

— Ora, que surpresa, dr. Miro! — ele disse dirigindo-se aos recém-chegados, forte sotaque árabe. Abraçaram-se. — Como vão os negócios?

— Vão bem, Omar, muito bem mesmo.

Miro apresentou Guilherme ao iraquiano, e conversaram alguns instantes a respeito da cidade. Isso trouxe o nome do prefeito Saturnino Flores.

— O prefeito está passando por um momento difícil — disse Omar.

Miro passou um dedo na base no nariz.

— É, eu fiquei sabendo que mataram o filho dele.

— Coisa bárbara, dr. Miro. Mas conseguiram pegar o assassino. Era um amigo de juventude do coitado do Masinho. Parece que havia entre eles dois um ajuste de contas. Que a coisa foi feia, foi. O prefeito está arrasado.

— Olha, Omar, eu não vou ficar com dó do prefeito não. A gente colhe conforme planta.

Omar procurou contornar o assunto.

— Calculo que sim, dr. Miro. Mas tenho pena da mulher dele, da dona Norma. Coitada. Em menos de três meses, ela envelheceu dez anos.

Guilherme entretinha-se examinando uma peça de cristal bruto.

— Eu tenho uns acertos para fazer com o Omar, Capitão. Enquanto me espera, vá dando uma olhada em todas essas preciosidades. Você vai encontrar uma peça de cristal com um peixe petrificado dentro há milhões de anos.

Em seguida Miro e o iraquiano foram para o escritório.

Uma mocinha de 13 anos estava lendo uma revista sobre o balcão de vidro. Nesse instante entrou um casal de turistas japoneses, e a moça fechou a revista para atendê-los. Negociaram durante quinze minutos.

Quando o casal saiu da loja, Guilherme aproximou-se da jovem vendedora. Ela ainda lidava com uma infinidade de caixinhas que havia colocado ali para a escolha dos turistas. Guilherme pegou uma das caixinhas e retirou o pingente. Ele assistira a negociação e estava meio espantado.

— Quanto você disse que custa esta jóia? — perguntou à moça.

— Dez dólares — ela sorriu. — Mas isso não é uma jóia, é bijuteria de cascalho.

— Hã? — fez Guilherme. O brilho do pingente era intenso, mas só então ele percebeu a grosseria no acabamento do metal branco. Guilherme olhou para a vendedora. — E aqueles turistas sabem que compraram cascalho sem valor nenhum?

— Claro. Qualquer um que conhece pedras sabe. Aqui só vendemos bijuterias.

Guilherme olhou as vitrines. Havia uma infinidade de produtos expostos. Pensou num presente para sua irmã Dalva e para as duas netas de Mariana. Escolheu as peças. A mocinha converteu os 30 dólares em reais e ele pagou. Em seguida a jovem colocou cada caixinha num pequeno saco de papel florido e os entregou a Guilherme.

Passados dez minutos, Miro Gomes saía do escritório com o iraquiano. Despediram-se e foram para o Golf de Guilherme.

A CEM metros dali Neimar dirigia mergulhado no silêncio. A seu lado, Marta cantava baixinho.

Súbito, vindo da direita, um carro cortou a avenida sem olhar à esquerda. Neimar pisou fundo no freio. Por uma fração de segundos ele evitou uma colisão com a traseira do outro veículo.

— Que sujeito doido! — disse Neimar. — Como pode entrar assim numa avenida?

Marta esticou o pescoço para ver o carro se afastando no outro lado da avenida.

— Vire, meu bem! Volte! — ela gritou. — Siga aquele carro! é ele!

— Ele quem, Marta?

— O advogado que Deus mandou! Eu vi o adesivo no vidro traseiro!

Sem pensar na imprudência que ia cometer, Neimar girou rápido o volante à esquerda e ganhou a outra pista da avenida.

— Você tem certeza? — perguntou Neimar.

— Claro que tenho! Então não li?

CAPITÃO, Capitão! — ainda dizia Miro Gomes, rindo agora que o sufoco havia passado. — Quase que você perde um pára-lama.

— Juro que eu não vi aquela lata velha.

Já tinham deixado a cidade. Guilherme bateu de novo os olhos no espelhinho retrovisor interno.

— E a lata velha vem vindo aí atrás dando sinal de luz. Deve ser algum doido.

— Será que não estamos com algum pneu murchando, Capitão?

Guilherme parou no acostamento. Desceu e deu uma volta completa em torno do carro. Tudo em ordem com os pneus.

Marta exultava vendo o Golf no acostamento.

— Não falei que se você desse sinal de luz ele ia parar?

À medida que se aproximavam, o coração de Neimar batia mais depressa. Parou alguns metros atrás do Golf e conferiu a placa. Era de São Paulo, sim. E ali estava, no vidro traseiro, o grande adesivo em letras fortes:

Antes de sujar as mãos, consulte um criminalista.

— Louvado seja Deus! — exclamou Neimar passando a mão no suor da testa. — É ele sim! Não tenho a menor dúvida. Graças te damos, ó Senhor, porque tu és fiel!

Todo eufórico, Neimar pulou fora do carro. E teve de escutar de Guilherme, mão no trinco da porta, voz meio irônica:

— Algum problema com os seus faróis?

Neimar ria um riso insonoro, uma alegria toda sua, um rasgo de boca aberto aos extremos.

— Puxa! Nem imagina como foi difícil alcançá-lo! Foi Deus quem trouxe o senhor aqui!

— Verdade? — disse Guilherme já com a porta entreaberta. — Pensei que tinha sido o meu carro.

Faça a cara feia que ele fizer, Senhor — orou Neimar em pensamento —, mas ele não me assusta.

— Do que você está rindo, posso saber?

— Eu não estou rindo: estou feliz! — disse Neimar rindo. — Deus respondeu às nossas orações. Ele abriu o mar Vermelho só quando os egípcios estavam em cima do povo dele, porque é assim que Deus age. O senhor chegou na hora H, doutor.

— Eu o quê?

— O senhor é advogado criminalista, não é? E aposto que dos melhores. Todos sabíamos que o senhor ia chegar. Sou pastor, e o meu nome é Neimar. Esta é minha mulher, Marta.

Neimar estendeu a mão. Ainda sorria.

— Vocês o quê?

Deixando a mão do pastor no ar, Guilherme chegava à conclusão de que estava diante de um lunático. Ou um casal deles. Terminou de abrir a porta, entrou no carro e assumiu o volante. Girou a chave de ignição. O motor pegou.

— Espere! O senhor não pode ir embora, deixe-me explicar, por favor!

Sem desligar o motor, mãos no volante, Guilherme olhou de lado.

— Eu lhe dou trinta segundos.

— Trinta segundos é pouco, eu...

— Vinte e oito.

— Está bem, é o seguinte: temos um moço, o Sérgio, que está preso e acusado de homicídio, mas ele é inocente, e o juiz nomeou um advogado dativo, coitado do dr. Palmas, ele é... bem, estamos sem advogado, o senhor entende? E o julgamento vai ser dentro de duas semanas, e nós...

— Sinto muito em desapontá-lo — Guilherme cortou. — Estou em recesso para tratamento de saúde.

— Mas Deus quer que o senhor defenda esse caso, acredite! E o Sérgio é inocente!

Guilherme olhou bem fundo nos olhos do pastor, mão direita já engrenando a marcha.

— É aí que está o erro, pastor. Acerte com o seu Deus. Ele sabe que eu só defendo culpados.

E o Golf voltava para a pista.

— Não adianta, doutor! O senhor não consegue fugir de Deus — gritava Neimar no meio da pista, ainda tentando segurar o veículo com a ponta dos dedos.

Mas o Golf disparou.

— Eu não entendo, Marta! Eu sei que ele é o advogado enviado por Deus! Ele não podia ir embora desse jeito!

No Golf, Miro Gomes consultava as horas.

— Toca em frente, Capitão. Eu tenho um compromisso sério me esperando em Brasília e já estou atrasado.

Duas horas depois estavam em Brasília. Separaram-se. Miro Gomes foi tirar o seu Mercedes da garagem do hotel, e Guilherme seguiu para Goiânia.

10

O DIGITAL do Mercedes branco marcava 3h10 da tarde quando Miro Gomes o estacionou diante da ampla casa de Djane Leal na região do Lago Sul. Dois minutos depois já conversavam na sala.

— Fez boa viagem, sr. Miro?

— Excelente. Tivemos de dar um pulo até a sua cidade, Altiplana. Acabamos de chegar.

Ele usara o plural, e ela notou. Ele fez o conserto:

— Ah, desculpe, é que eu vim com um amigo de São Paulo. O Guilherme é advogado criminalista, e tem um assunto a resolver em Goiânia.

Djane não fez nenhum comentário. Sentaram-se no divã.

— Sabe, sr. Miro — ela disse —, três meses atrás, quando surgiu essa possibilidade de eu construir a minha clínica lá na nossa fazenda, eu não me animei nada.

— Percebi. Mas deixe-me pedir-lhe um favor, já que vamos passar um bom tempo em contato. Me chame de Miro.

— Tudo bem. Mas como eu dizia, eu não estava animada com o projeto Delta. Depois, pouco a pouco fui pesando as vantagens e as desvantagens dentre tudo o que você me falou. Foi quando lhe telefonei pedindo o projeto. Mas eu não sabia que tudo ia ser assim tão rápido.

Miro Gomes abriu a pasta sobre a mesinha diante do divã e começou a separar papéis.

— A pressa nem é minha, Djane, é da financeira que estou representando. Eles têm urgência em repassar verbas internacionais específicas, e eu em começar a empreitada. Questão de prazos, entende?

E eles sabem que investir na região de Altiplana é um excelente negócio. Não é a primeira vez.

— Como assim?

— A madeireira do prefeito foi implantada por nosso intermédio com recursos internacionais. E não apenas a de Altiplana, mas uma bem maior no município de Iaciara.

— Mas eu não entendo. Pensei que vocês fossem inimigos.

Miro Gomes parou de mexer nos papéis e ergueu o rosto da maleta.

— De morte, pode crer. Quando descobri o tipo de caráter daquele sujeito, já era tarde. Eu pessoalmente fui um dos que ele logrou. Não foi só em você e em seu pai que ele aplicou golpe. Em mim também.

— Eu não sabia disso.

— Pois é. Naquela época da desapropriação eu achava que era tudo legal e bonito, um negócio que também agradara a seu pai. Então acabei assinando um contrato com a prefeitura para construir três Cohabs naquela área. Só saiu uma, e o resto da verba sumiu. Aquele prefeito, me perdoe dizer, é um refinado salafrário. Mas os meus advogados o estão processando por ter rompido o nosso contrato. E caso você queira fazer o mesmo, é só dizer e eu peço que enviem a procuração para a sua assinatura e a de seu pai.

— Vou falar com ele. É bem possível que ele queira acionar a prefeitura.

Miro Gomes ergueu um dossiê de capa azul-clara e procurou aproximar-se mais de Djane. Do dossiê ele retirou três laudas datilografadas que estavam soltas.

— Este é o contrato — ele disse. — Mas, antes de você ler, eu queria que desse uma olhada no resultado final da maquete da clínica.

— Você incluiu aquelas minhas sugestões?

— Claro, todas.

Era uma grande foto da maquete do Centro Terapêutico Delta. Djane ficou deslumbrada. Construções térreas de múltiplos tamanhos salpicavam um extenso bosque. Miro ia comentando o significado de determinados códigos de construção.

Finalmente ela disse:

— Perfeito. Não tenho nada mais a acrescentar. E o custo? Ficou naquilo mesmo que você disse pelo telefone?

— Aumentou pouca coisa, cerca de dois por cento — ele disse enquanto lhe passava o organograma da obra. — E isso por causa das alterações que você sugeriu fossem feitas, claro. Acresceu a área construída em 180 metros quadrados.

— Entendo.

— No total são 1.996 metros quadrados.

Em seguida Djane se acomodou no divã para ler o teor do contrato.

11

ATÉ GOIÂNIA Guilherme consumiu três horas e meia, e naquele resto de segunda-feira não sobrou tempo para mais nada. Instalou-se no hotel e de lá entrou em contato telefônico com a irmã de Deocleciano Moura, Sônia.

"Meu irmão me ligou falando do senhor, dr. Guilherme. Então eu mandei um recado ao meu sobrinho Zé Roberto. Ele deve chegar dentro de uma hora. Não quer vir e falar diretamente com ele?"

— Melhor ainda. Me dê o seu endereço, por favor.

Depois de uma boa ducha Guilherme se vestiu e desceu para ir ao encontro do filho de Deocleciano Moura.

No apartamento de Sônia, ele conversou cerca de quarenta minutos com Zé Roberto. Não sentiu vontade nenhuma de um dia defendê-lo no tribunal. O moço crescera bastante irreverente. Nada tinha do garoto de 12 anos que tentara domar um potro. Depois de alguns conselhos jurídicos, em nome do pai, Guilherme passou-lhe uma reprimenda sem rodeios.

— E então, o que você me diz? — perguntou por fim Guilherme.

Zé Roberto nada respondeu.

Guilherme olhou para a tia do moço. Sônia abanava lentamente a cabeça. Um caso difícil. Então Guilherme tirou a caneta do paletó e pediu que Zé Roberto lhe assinasse a procuração. Em seguida despediu-se dos dois e foi embora.

Na tarde seguinte, em torno das duas horas, Guilherme entrava com a liminar de habeas-corpus. Mas ele não contava com uma surpresa. De boca em boca, o assunto atingiu determinado gabinete — não o assunto jurídico em si: mas sim o nome do advogado que ali estava. De tal forma que, passados apenas dez minutos, um homem alto, encorpado, um tanto curvo nos ombros e aparentando 65 anos, surgia numa das portas internas do local. Puxando os óculos do rosto, durante algum tempo ele ficou olhando para Guilherme. Então sorriu, como quem reconhece alguém muito admirado, e se aproximou.

— Mas que formidável surpresa! Dr. Guilherme Sale! Ele em pessoa! — disse o homem abrindo os braços.

Do que Guilherme mais costumava se vangloriar era de sua memória. Mas quem era aquele homem? Precisava saber rápido, antes que aquele par de braços o atingisse e ele tivesse de ser hipócrita.

Mas o abraço o atingiu.

— Não vou esperar, claro, que você me conheça ou mesmo tenha ouvido falar de mim — disse o homem sorrindo. Isso aliviou Guilherme. — Mas certamente caminhamos pelos mesmos corredores da nossa querida São Francisco. De que ano é a sua turma, dr. Guilherme?

— Bem, eu me bacharelei em 76.

— E eu nos idos de 57. Ah, São Francisco, São Francisco!... Quantas boas lembranças!... — disse o homem com a boca cheia de orgulho. — Mas esta satisfação, esta festa que eu faço não é por causa da nossa faculdade. Que juiz neste Brasil que não sabe do dr. Guilherme Sale? O meu nome é Jarbas, Jarbas Oliveira, e sou juiz desta Vara Criminal. É um prazer — dizia Jarbas ainda na posse de ambos os braços de Guilherme —, é um prazer enorme estar falando com o mais talentoso criminalista do país!

Todo empolgado, Jarbas continuava falando, falando. E não falava baixo. Não satisfeito, fez que Guilherme rodeasse o balcão a fim de introduzi-lo numa das salas dos fundos, onde se coava naquele momento um café bastante aromático.

— É uma satisfação enorme saber que vamos contar com o seu talento aqui em Goiânia, dr. Guilherme.

Tomavam o café. Súbito o juiz pára com a xícara.

— Mas você disse que se bacharelou em 76?

— Sim.

Jarbas abriu o sorriso. Colocou a xícara de lado. Guilherme fez o mesmo.

— Mas que formidável coincidência! Pois venha comigo —. Jarbas de novo apoderou-se do braço de Guilherme. — Temos aqui um promotor, excelente por sinal, que também se bacharelou na turma de 76 da São Francisco.

Entraram numa sala ampla e bem refrigerada.

Meio encurvado sobre a última gaveta de uma impecavelmente arrumada escrivaninha, ali Guilherme viu um homem já com marcas de calvície no topo da cabeça. Mas não parecia ser velho. Teria em torno de 45 anos. Guilherme não o reconheceu de imediato. Não naquela posição, quase de costas.

— Cléber — chamou Jarbas ainda com o braço esquerdo de Guilherme em seu poder —, olhe só quem eu descobri aqui em Goiânia!

Então Guilherme, sentindo o impacto, ergueu o queixo alguns milímetros.

Ainda encurvado, Cléber olhou para Guilherme. Depois endireitou o corpo na cadeira. Por último, levantou-se, abotoando o paletó.

Fino de rosto, bigodinhos aparados, óculos pequenos e de armação dourada, Cléber de Godói vestia terno escuro e camisa branca com abotoaduras de ouro. Colete e discreta gravata completavam a elegância. Aproximou-se de Guilherme e do juiz Jarbas.

— Mundo bem pequeno, hem Guilherme? — disse o promotor, sisudez mal disfarçada num repuxo de sorriso.

Jarbas, um tanto deslocado com a atitude fria e ao mesmo tempo irônica de Cléber, olhou para Guilherme.

— Era justamente nisso que eu estava pensando — disse Guilherme. — Como é que vai, Xeque?

A simples citação do velho apelido do tempo de faculdade esticou nos lábios finos e escuros de Cléber um rascunho bastante vaidoso de sorriso.

— Xeque? — disse Jarbas, intrigado e ao mesmo tempo já farejando uma antiga animosidade entre os dois.

— Na nossa turma nós não tínhamos nomes, dr. Jarbas — disse Cléber sem desviar os olhos de Guilherme. — Deixe-me ver se me lembro do seu apelido, Guilherme.

— Eu ajudo você: Dum-Dum.

— Ah, sim, claro. Dum-Dum. Havia-me esquecido, mas sabia que estava relacionado com projétil. Bem, pelo que tenho lido nos jornais, você continua de gatilho armado.

— Principalmente com quem tem dinheiro saindo pelos ladrões.

Longe de qualquer constrangimento, Jarbas começava a se deliciar com aquela pequena guerra particular.

— Cléber — disse o juiz —, não me lembro de você ter dito que estudou com o dr. Guilherme Sale.

Foi Guilherme quem respondeu:

— Nunca estudamos juntos, dr. Jarbas. Apenas moramos durante alguns meses debaixo do mesmo teto e freqüentamos a mesma faculdade, certo, Xeque? Seu sonho era ser promotor. Parece que conseguiu.

— É verdade — disse Cléber. — E você falava em ser o terror dos promotores. Parece que também conseguiu.

Foi um diálogo irônico, curto e aparentemente terminal. Guilherme fez menção de ir embora. Jarbas, meio confuso, também fazia isso. Cléber permaneceu onde estava.

Mas o juiz lembrou-se:

— Ah Cléber, você sabia que o dr. Guilherme está com o caso da filha do Juca Penedo?

— É mesmo? — alegrou-se Cléber, uma alegria jocosa. — Mas que ótimo. Era tudo o que eu pedia a Deus, que um dia pudesse me defrontar num tribunal de júri popular com você, Dum-Dum.

Jarbas arranjou uma pequena tosse para arrefecer o clima que ele mesmo armara. Mas foi Guilherme quem disse:

— Então vamos continuar rezando juntos para que isso aconteça, Xeque.

Saíram da sala do promotor. Guilherme ia em silêncio.

— Parece que vocês dois estão um tanto... eu diria que extremados. Acho que não fui feliz em levá-lo até o Cléber.

— Não se culpe, dr. Jarbas.

Como Guilherme nada mais acrescentasse, o juiz voltou:

— Você fica em Goiânia até quando?

— Só vim providenciar a liminar do *habeas-corpus* para José Roberto Moura.

— Considere-o acolhido, pois tenho certeza de que você a apresentou com respaldos legais.

— De fato. Examinei o processo e constatei que houve irregularidades no indiciamento policial, dr. Jarbas.

O juiz estendeu a mão para Guilherme.

— Pois então pode cuidar de sua volta.

Até então o juiz esperava que Guilherme se abrisse acerca do incidente com Cléber. Como não o fez, ainda segurando-lhe a mão Jarbas perguntou baixinho para que ninguém mais escutasse:

— Mas me diz... tudo não passou de uma brincadeira, não é mesmo? Vocês dois não têm de fato nenhuma rixa antiga, ou têm? Isso seria ótimo, quero dizer: seria uma luta fantástica num júri popular.

Guilherme achou graça da brincadeira do juiz.

— São coisas da juventude, dr. Jarbas. Bobagens.

— Ah — fez Jarbas como que decepcionado.

— O meu duelo com o Cléber ainda não vai ser desta vez.

— Não vai? — o queixo do juiz caiu. Frustração.

— Eu não estou com o caso de José Roberto Moura. E tirei férias dos tribunais, talvez de um ano.

— Ah! Que pena.

Finalmente Guilherme conseguiu escapulir dos braços do juiz. Entrou no carro e rumou para Brasília.

QUARENTA minutos mais tarde ele discava para o hotel onde Miro Gomes se hospedara.

"O dr. Valdomiro Gomes não está no momento", informou a telefonista, "mas ainda continua hospedado aqui. Ele deixou um número, caso lhe telefonassem. Qual o seu nome, senhor?"

— Guilherme Sale.

"O recado é para o senhor mesmo. Quer anotar?"

— Pode dizer.

Pouco depois Guilherme completava outra ligação. Djane atendeu.

— Sim? Djane.

— Ah, eu gostaria de falar com Miro Gomes. É Guilherme. Ele está?

— Um momento, por favor.

Djane estendeu o aparelho para Miro Gomes, sentado do outro lado da mesa.

— É para você, do seu amigo advogado.

Miro pegou o fone.

— Alô, Capitão. E aí, terminou?

Miro ficou escutando as novidades. Depois disse:

— Então foi ótimo, Capitão, pois também já estou terminando. Encontro você no hotel dentro de uma hora.

Quando Miro Gomes colocou o fone no gancho, Djane disse:

— Pensei que o seu amigo fosse advogado.

— E é. Capitão é um apelido que eu lhe coloquei quando ele me tirou de uma encrenca anos atrás.

— Entendo.

— Mas onde paramos? No nosso itinerário de amanhã?

— Não, já acertamos isso. Vamos sair de Brasília no máximo até às oito horas. Você falava num jantar de comemoração para hoje.

— Ah, sim, claro — entusiasmou-se Miro. — E então, tem compromisso para esta noite?

— Nada importante que eu não possa dispensar. Hoje é um dia especial para mim.

— Que tal às nove horas?

— Tudo bem.

Miro Gomes fechou a pasta de couro, ergueu-se.

— Você faz objeção de que o jantar seja a três?

— Absolutamente — disse Djane também saindo do lugar.

Miro apanhou sua pasta e caminharam rumo à porta.

— Tem preferência de restaurante? — ele perguntou.

— Tenho, fica aqui no Lago Sul. Vou lhe dar o endereço.

Djane voltou à sua mesa e de lá retornou com um cartão. Miro Gomes leu.

— E onde eu apanho você, Djane?

— Vamos ser mais práticos: nos encontramos no restaurante, está bem?

— Perfeito — disse Miro Gomes guardando o cartão no bolso do paletó. — Então até às nove, Djane.

— Até às nove.

ERAM exatamente 20h45. Miro Gomes dirigia o Mercedes sem muita pressa, já nas imediações do Lago Sul. Guilherme voltou a falar sobre a sua ida a Goiânia. Agora o assunto-pivô era o promotor Cléber de Godói, o Xeque.

— Ele era inteligente, arguto, e tinha grana. Quando cursávamos a São Francisco ele vivia com os bolsos abarrotados de dinheiro. Suponho que ainda viva, se não consumiu a fortuna da família. O pai dele era industrial no interior de São Paulo, artefatos de ferro, esquadrias, máquinas pesadas, por aí afora. O Cléber não era apenas boçal, ele se autopromovia comprando e pagando amizades. Foi assim que durante um tempo ele me conservou por perto. Cheguei a morar num apartamento dele lá na Angélica, bem próximo do centro. O apartamento era amplo, confortável, mas eu não agüentei a barra. Preferi dividir uma *kitchenette* na 14 Bis com outro colega.

Guilherme fez uma pausa.

— Bem, você só mencionou a parte física e geográfica da questão — disse Miro Gomes. — Que tal abordar o osso atravessado na garganta?

— Nada disso, vou ficar por aqui. São cinzas que não quero revolver.

Depois Guilherme acrescentou em tom de pilhéria:

— Ele está fazendo fé que podemos nos encontrar no tribunal nesse caso do filho do Deocleciano. Vi essa vibração nos olhos dele, quase um ódio querendo explodir.

— E ele, o que será que ele viu nos seus olhos, Capitão?

— Preciso responder? Talvez eu seja tão vaidoso quanto ele, ou ainda mais. Talvez eu também queira fazer uma demonstraçãozinha da minha habilidade profissional diante dele. Ou até mesmo humilhá-lo em público, se for possível.

— Esta última hipótese é a mais correta. Não quero perder por nada esse julgamento, Capitão.

— Foi o que o juiz Jarbas disse. Mas isso não vai acontecer.

Guilherme mudou de assunto.

— E você? Me conta como é que foi com a, qual é mesmo o nome dela? Jane?

— Djane. Tudo perfeito, Capitão, e estou quase me apaixonando. Ela é um anjo. Cheguei até a me arrepender de ter incluído você neste jantar, sabia? E não se esqueça de uma coisa: ela detesta ser chamada de doutora ou médica.

— Por quê?

— Traumas, Capitão. Todos temos as nossas. Ela tem uma historiazinha bastante triste. Não quer nem ouvir falar em medicina, não nessa medicina convencional.

— Quantos anos ela tem? Você descobriu?

— Pelos documentos dela, tem 37 aninhos e está na flor da beleza. Parece ter 27. Ela é um anjo excepcional. Depois você me conta.

— O Duarte me proibiu emoções fortes, você sabe.

Miro Gomes riu.

— Não se esqueça de que você não vai entrar em campo, Capitão: vai ficar no banco dos reservas.

Chegaram ao restaurante. Estacionado o carro, Miro e Guilherme dirigiram-se para a entrada. O *maître* sorriu para os dois.

— Por favor, cavalheiros, os senhores fizeram reserva?

— Bem — disse Miro Gomes batendo os olhos no ambiente —, estamos com uma pessoa, Djane Leal.

— Oh, claro, perfeito. Nós simplesmente amamos a dra. Djane. Ela telefonou reservando uma mesa e disse que não ia demorar. Sigam-me, por favor.

Acomodaram-se. Miro Gomes ia pedir uísque com soda, mas Guilherme fez um engraçado arremedo da voz de Duarte: *Esqueça o uísque, Gui. E também as mulheres.*

Então resolveram conversar até que Djane chegasse.

12

OS DOIS ergueram-se quando a viram.

Talvez porque Miro Gomes tivesse formado outro tipo em sua cabeça — Guilherme não sabia —, mas o fato é que à primeira vista ele ficou um tanto decepcionado. Não que aquela mulher, num costume todo branco diante dele, não lhe enchesse os olhos — ou não parecesse um anjo. A questão era que aquele anjo parecia não se preocupar com olhos mortais. Era como se a sua bela e marcante presença — rosto expressivo, olhos vivos, escuros cabelos soltos — fosse uma imposição e uma exposição pública que os meros humanos deviam aceitar sem maiores comentários.

Isso porque o potencial feminino daquela mulher que o olhava de frente encontrava-se, por algum motivo que não lhe ocorria, enjaulado. Por isso mesmo ele pensou, assim que lhe tocou a mão: Aí está, Guilherme: desvende-a.

— Oi — disse Djane sorrindo, colocando a bolsa de verniz sobre uma das cadeiras vazias. O primeiro sorriso suave foi para Miro Gomes, depois para o amigo dele. Ela quase não usava maquiagem. Miro lhe apresentou Guilherme e em seguida os três se sentaram.

— O Miro fala muito da amizade de vocês dois, dr. Guilherme, e do quanto se divertem juntos.

— Espero que você não tenha acreditado nele.

Djane voltou a sorrir.

— Esperaram muito?

— Uma eternidade — Miro respondeu. — E agora, o que vamos beber?

— Talvez um vinho branco caia bem — disse Djane. — O que vocês acham?

— Achamos que cai bem — quem falou de novo foi Miro Gomes. A idéia dele era um uísque, mas tentou esquecer.

Guilherme ainda estava como que hipnotizado, sem fala. Não olhava diretamente para o rosto de Djane, mas só ele sabia quanto desejava fazer isso.

Pediram o vinho ao garçom. Instantes depois, olhando para os lados, Miro Gomes reconheceu determinada pessoa.

— Vocês vão ter de me dar licença um minuto — ele disse afastando a cadeira e pondo-se de pé. — Acabo de ver um velho conhecido de Anápolis e preciso falar com ele.

Enveredando-se por entre mesas, lá adiante Miro Gomes foi cumprimentado em pé um homem alto e gordo. Em seguida sentaram-se.

Djane e Guilherme sorriram um para o outro, levemente.

— Bem — disse Guilherme —, é como naqueles velhos filmes. Parece que tudo foi arranjado certinho desde a minha saída de São Paulo para que pudéssemos, enfim, estar a sós.

Agora Djane riu.

— Com toda essa multidão à nossa volta?

Chegava o vinho branco e o garçom serviu duas taças.

— Vamos aguardar um momento para pedir o jantar — disse Guilherme ao garçom e este se foi.

Logo estavam sem assunto. Djane mantinha a taça entre as mãos sobre a mesa, pálpebras abaixadas e olhar perdido no vinho.

— O que a bola de cristal sabor uva tem para dizer do meu futuro? — perguntou Guilherme.

Ela ergueu os olhos. Guilherme conferiu que eram castanhos-claros. E lindos.

— Desculpe — ela disse. — Acho que me distraí um pouco.

Isso soou como uma barreira. Ele mudou de assunto.

— Que tal falar do contrato que assinou com o Miro?

Ela tocou os lábios na taça. Mas seus olhos continuavam dirigidos para o rosto de Guilherme.

— Acho que fiz um bom negócio. É a realização de um projeto começado há três anos. Mas nunca imaginei que chegasse dessa forma, tão cedo e tão... tão, como vou dizer? De uma forma tão facilitada. Até parece um sonho.

Ele tomou um pequeno gole de vinho e o fez apenas para se movimentar. Pretendia seguir as recomendações médicas. Antes que perguntasse qualquer coisa, ela disse:

— O Miro fala muito de você.

— Prefiro continuar falando de você. Gosta do que faz?

A taça foi devolvida à mesa, mas Djane não retirou dela as mãos. Agora ela sorria de leve.

— Adoro. Cada dia mais. Sabe, quando mocinha eu sonhava em vestir uma roupa toda branca — ela riu —, e logo associei isso com o sonho de ser médica. Mas...

Súbito ela parou de falar. Perdia o sorriso.

— Qual foi a decepção que tornou o seu sonho e a sua conquista inúteis?

— Eu não quero falar sobre isso. Simplesmente o sonho acabou.

Ficaram em silêncio. Depois ele perguntou:

— E quanto ao seu futuro? Aos projetos da nova clínica?

— Tem certeza de que quer ouvir falar do meu trabalho?

— Hum-hum. O Miro está entusiasmado.

Djane sorveu outro gole de vinho e abaixou a taça. Olhou firme para o rosto de Guilherme. E disse, já de novo mais solta:

— O Miro é fã dos cristais, das fadinhas... dos gnomos...

— E dos bons negócios.

— Também — ela riu. — Já eu acredito mais na terra do que no ar. Pois é da terra que extraímos essências, matérias que podem... que podem nos transmitir incalculável energia cósmica e poder mental capaz de tudo, até de remover montanhas.

Djane soltava-se ainda mais — talvez já efeito do vinho.

— Partamos do princípio de que a luz é uma energia divina, e a luz tem cores. Assim, como partículas do Todo Divino que somos, o nosso corpo também é regido por cores. São os chakras. Aborreço você?

— Bem longe disso. Continue.

— Vejamos o meu caso. Eu tive uma fratura tripla no sacro, e no chakra o esqueleto é regido pela cor vermelha. Momentos antes de eu ser curada eu tive o que se caracterizou chamar de visão. Tudo à minha volta ficou vermelho cor de sangue. Depois que tudo passou, eu vi um homem ao lado do meu leito, e já não era uma visão. Ele era real. E ele me incentivou a deixar o leito e caminhar.

— E você caminhou.

— Hum-hum. E totalmente curada. Mais tarde, graças àquele homem, eu aprenderia que não havia sido o acidente o causador da fratura na minha espinha: fora a excessiva carga do meu corpo energético, ou emocional. Eu acabara de sofrer uma grande decepção, e em seguida outra. E o conjunto disso desestabilizou o meu sistema emocional. Resultado: enfiei o carro na traseira de um caminhão.

Djane esboçou um sorriso.

— Daí eu me encontrei, ou fui encontrada. Conheci um homem excepcional que me ensinou os primeiros passos dentro do que chamamos de *Em busca da Pérola do Conhecimento Divino.*

— E quem é esse mágico?

Djane emendou o sorriso.

— Marion Cordeiro.

— Acho que andei lendo sobre ele, ou sobre alguém que fala dele. Não é aquele escritor bruxo?

— Ele mesmo — ela disse rindo. — Já leu algum livro dele?

— Não. Ainda não me despertou a curiosidade.

— Você quer dizer que ainda não teve interesse. Mas tudo tem seu dia. Marion dirige o Círculo de Aquário, sediado em Brasília. Graças a ele eu descobri que buscava longe o que estava bem perto, em nossa própria fazenda lá em Altiplana. É lá que vou construir o meu centro de terapia alternativa. Sem drogas medicinais que, ao invés de curar, matam. Nada de compromisso com a ciência dos homens, de pressões administrativas. Enfim: tudo o que eu sempre quis.

— E você está sozinha nesse projeto?

— Não. Já tenho a promessa de um casal de terapeutas que quer trabalhar comigo, o Spencer e a Sueli. São maravilhosos. Eles vieram do Sul e construíram a Pousada das Estrelas. Você precisa conhecer o lugar, é lindo. Foi a única coisa boa que se salvou do golpe que o prefeito nos deu. Desculpe. É um caso de desapropriação ilegal de terras da nossa fazenda, entende?

— Acho que escutei qualquer coisa do Miro a esse respeito.

— Suponho que sim, ele também saiu prejudicado. Mas o meu projeto prevê a contratação de pelo menos mais 20 terapeutas.

Djane bebericou outro gole de vinho e voltou:

— E com isso eu redescobri o lugar onde passei a minha vida até os 18 anos, que foi quando vim me preparar para entrar na faculdade de medicina aqui em Brasília. A nossa fazenda tem um recanto que parece um paraíso. Uma mata natural ao pé de um morro... uma linda cascata que desce como um véu... e o riacho com seixos e plantas exóticas, tudo num bosque maravilhoso. É um lugar lindo, calmo. E é lá que vai ser a minha clínica. Você sabia que os homens da antigüidade viviam centenas de anos porque andavam em total harmonia com a natureza?

Djane empolgava-se cada vez mais com o assunto. Esquecia-se de que estava num restaurante com um homem até minutos atrás desconhecido.

— Acho que o vinho já me subiu à cabeça! — ela disse em dado momento, rindo.

Guilherme estava como que encantado pela voz de Djane. Deixou que ela continuasse falando.

— Se eu tiver de nomear cientificamente o que faço, embora tudo esteja dissociado da ciência convencional, eu diria que trabalho com psicofisiologia pura. Concentração passiva. Funciona assim: apanhamos o indivíduo na rua, ágil e ansioso, enfim, estressado, com ondas cerebrais de até 28 ciclos por segundo, característica de estado Beta.

— Deixe-me ver. Alguém com o coração quase explodindo, que é o meu caso.

— Verdade? Então o seu chakra afetado é o verde. Caminhadas dentro de um bosque, pisando em águas que não conhecem hidrômetros. Esse é o seu caminho de energização. Mas a cura sempre tem duas faces, e o meu método emprega as duas. Além do contato com a natureza, eu condiciono o doente a dormir. Sem medicação alguma posso levar você a um sono profundo, com menos de 4 ciclos, estado Delta, e é aí que quase sempre a cura se completa. Só descarto a possibilidade de um problema estritamente somático.

— E é tão simples assim?

— Hum-hum. O segredo está em que a concentração ativa não induz ao relaxamento, da mesma forma que o desejo impaciente de dormir afugenta o sono.

Guilherme estava atento ao assunto. Mas a sua maior empolgação era com aquela mulher diante dele. Para desmantelar qualquer suspeita ele disse:

— Interessante. Eu nunca tinha pensado nisso.

— Por isso — seguiu Djane falando —, o meu processo pode levar você à concentração passiva.

— E como você consegue fazer essa mágica comigo? Amarrando meus braços e minhas pernas numa cama da sua clínica?

Djane riu.

— Não, claro que não. Pelo contrário, você seria o paciente-agente.

— Como assim?

— Deixando que o sono aconteça, ele acontece. Essa é a base de tudo.

Guilherme refletiu uns instantes. Depois riu abafado. Olhou firme para o rosto de Djane.

— A sua palestra foi como um bálsamo, Djane. Se eu lhe disser que me sinto curado você acredita?

Ela voltou a rir.

— Não, não acredito.

— Não? E por quê? Eu sinto que estou curado.

Djane ainda ria.

— Então suponho que na semana que vem você vai estar de volta aos tribunais, e o seu médico vai achar que foi uma cura espantosa.

— É, o Duarte vai vibrar quando eu lhe contar.

— Certo. E então ele vai querer saber como foi o milagre, qual o método a que você se submeteu. E você responde: o método eu não sei, mas sei que o vinho é branco e é ótimo.

Guilherme gargalhou chamando a atenção da mesa vizinha. Depois ambos riram baixinho feito duas crianças peraltas.

— Eu conheço bem o Duarte — voltou Guilherme. — Ele vai me perguntar se eu bebi vinho com uma loira ou morena. E quando eu lhe falar de você... bem, ele vai dizer que entendeu tudo.

Djane estava corada, pelo vinho e de tanto rir. Guilherme consumiu uns últimos espasmos da sua extroversão.

— Mas sabe o que eu penso, Djane? E agora estou falando sério. Eu penso que Deus usou comigo esse truque de coração cansado só para me trazer a este restaurante.

— Hum! Gostei do elogio — ela disse.

Nesse instante voltava Miro Gomes. Não se sentou.

— Capitão — ele disse —, vou ter de mudar meus planos. Preciso ir ainda esta noite com o Zenildo para Anápolis e amanhã cedo de lá para Palmas, no Tocantins. Estou no faro de uma obra para um ou dois anos. E preciso de socorro. Amanhã você pode ir com a Djane até Altiplana e cuidar da papelada para mim? Você sabe o que é: firmas, registro do contrato, etc. Depois de amanhã eu encontro você aqui em Brasília. E então? Posso contar com você?

Guilherme não teve tempo de abrir a boca. Miro voltou:

— Preciso de uma resposta agora, Capitão, tenho de avisar o Zenildo que vou com ele.

Agora Guilherme olhava para Djane. Os olhos dela continuavam lindos mas impenetráveis. Então ele concordou.

Quando Miro Gomes já retornava para a mesa do pessoal de Anápolis, o olhar de Guilherme encontrou em cheio o de Djane. Mas foi um contato breve. Logo os olhos dela debandaram para a taça sobre a mesa.

Guilherme soltou uma risada com a lembrança.

— Ontem conheci um sujeito, um pastorzinho meio maluco, que disse algo intrigante. Ele falou que não adiantava fugir: Deus ia me levar de volta a Altiplana. Você acredita que isso possa estar acontecendo?

— Eu acredito em todas as coisas inacreditáveis. Mas qual o problema desse pastor?

— Parece que é um amigo deles envolvido num assassinato.

— Ah, acho que eu sei. Deve ser o caso que a Divina me contou. Parece que o julgamento vai ser ainda neste mês.

— Quem é Divina?

— Não vou dizer que ela é empregada lá na fazenda, porque a Divina é como se fosse da nossa família. Cuida de papai e também de mim quando vou lá num fim de semana. Tomei conhecimento desse caso quinze dias atrás.

Djane ficou em silêncio. Invertendo o rumo da conversa, Guilherme ergueu a taça.

— Vamos fazer um brinde? Quero brindar à vida do Duarte. Graças a ele estou aqui, bebendo vinho com uma bela e inteligente mulher, e bem longe dos problemas dos tribunais.

Djane ergueu a sua taça e fizeram o brinde. Então ele disse:

— Que tal pedirmos o nosso jantar? O Miro tem diversos tipos de fome, e eu acho que ele já está matando a principal.

Ela sorriu aquiescendo.

DUAS horas mais tarde Guilherme ainda não conseguira dormir. Acendeu o abajur junto à cama e viu as horas. Era 1h40 da madrugada. Aquele apartamento vivera alguns momentos de intensa prosa, quando ali ainda estiveram de passagem Miro e seu amigo do Tocantins. Mas depois partiram. E agora o sono não vinha. Ele ainda pensava em Djane. Ela era a sua insônia.

O telefone tocou. Achando que fosse um último recado de Miro Gomes, ele ergueu o aparelho.

"Guilherme? Eu acordei você?"

Ele sentiu um calor intenso correr-lhe o corpo todo.

— Não, Djane... eu não consigo dormir. E você?

"Eu também não. Mas acabo de tomar um banho frio e isso fez minha cabeça voltar ao normal."

Súbito ele percebeu que era a voz de outra Djane. Uma Djane congelada.

"Estou ligando para lhe pedir desculpas por esta noite."

— Desculpas?

"Falei demais. O vinho foi o culpado."

Decididamente aquele não era o tom de voz que tanto o encantara durante o jantar.

— Mas que idéia! Foi ótimo conhecer você, Djane. E gostei muito de ouvir você falando. Eu pensava exatamente nisso quando você ligou.

Nenhuma resposta.

— Djane — voltou Guilherme —, você está aí?

"Sim, estou. Era só isso que eu queria lhe dizer, que me desculpe. Agora posso dormir tranqüila."

— Espere... — disse ele antes que ela desligasse —, mas e quanto à nossa ida para Altiplana?

"O que tem ela? São negócios, não são? Boa noite, e mais uma vez me desculpe por qualquer coisa."

Quando ele disse boa noite, Djane já desligava. E agora sim ele tinha motivos para perder totalmente o sono.

Consultou as horas e resolveu telefonar para Duarte. Queria narrar-lhe com detalhes tudo o que vivera desde a saída de São Paulo. Ao citar Djane, ele disse:

— É um anjo, Dudu, mas carrega uma foice na mão.

"Uma guerreira ou uma incógnita?"

— As duas coisas.

"Bem, esse já não é o descanso que eu queria para você", disse Duarte em tom de brincadeira. "Emoções... vinho... uma bonita mulher complicada. E o que vem agora?"

— Se o meu coração explodir você é o culpado. Estou aqui por sua causa.

Duarte riu.

"Mudando de assunto, Gui, o Antunes me ligou querendo saber notícias suas."

— Por quê? Ele sabe o número do meu celular.

"Você o conhece melhor do que eu, ele não vai fazer isso."

— E por que não?

"Ele não quer lhe anunciar problemas."

— Que problemas?

"Bem... parece que é algo relacionado com o Edu."

— Ah, essa história já é velha, e o Antunes sabe como controlar tudo. Bem, agora vou tentar dormir um pouco.

"E o Miro, o que foi feito dele?"

— Virou fumaça, como sempre. E me deixou serviço. Amanhã cedo tenho de ir com o anjo da foice até Altiplana para registrar um contrato.

"Mas aposto que você está gostando disso."

— A questão é justamente essa, Dudu. Você sabe como gosto de enfrentar desafios.

"E do que você tem medo? Você sempre venceu os desafios."

— Tenho medo de me apaixonar.

"Ótimo. E que ela mantenha a foice sempre afiada. É o que lhes desejo como presente de casamento."

— Sai dessa, Dudu! Você ficou maluco?

"Você diz isso pela foice ou pelo casamento?"

— Pelas duas coisas, claro.

"Então leve tudo na esportiva. Faça de conta que é um colegial em férias na casa de amigos de um tio excêntrico. O tio excêntrico é o Miro Gomes, lógico. Boa noite, Gui. E cuide-se."

13

NOS ÚLTIMOS 12 anos, os cofres do município estiveram nas imensas garras deles dois. Duas vezes Saturnino Flores fora levado à administração da prefeitura de Altiplana, e entre essas duas gestões Nicanor Gonçalves tivera o seu mandato.

Eram sete horas da manhã de quarta-feira. Estavam agora os dois num impasse aritmético, quando aponta a terceira esperada personagem: Raimundo Melo, presidente da Câmara quase vitalício. O lugar era uma touceira de beira de mato, e aquelas duas caminhonetes e o automóvel de Raimundo Melo não podiam ser achados nem vistos. Mesmo de avião.

Saturnino Flores não tinha do que reclamar. Pelo contrário. Ele já espremera além da conta o bagaço das finanças municipais. Necessitava agora era de um bom acordo que lhe garantisse o menor aborrecimento possível. Queria a aprovação das contas da sua administração, e para isso ele precisava brigar pela permanência de Raimundo Melo à frente da Câmara.

Porém, antes ele precisava amaciar o terreno — depois semear o seu joio. Não podia dizer assim, na cara de Raimundo Melo, que o lugar dele era na presidência da Câmara, e não como candidato a vice-prefeito na chapa de Nicanor.

Nicanor Gonçalves, por sua vez, ficou sondando os olhinhos do prefeito Flores. E resolveu sair na frente. Bajulou:

— Você não tem mesmo do que reclamar, Flores. Tem a sua mamata lá na madeireira esperando. Perto disso a prefeitura é uma quirela. Você é homem de cabeça.

O silêncio de Flores bateu carimbo em cima. Ele ficou matutando naquelas palavras. Foi bom que Nicanor cantasse aquilo em prosa e verso. Que todos soubessem que ele, Saturnino Flores, continuava chefe de respeito em toda a região — na política e nas finanças.

Súbito Nicanor desanda:

— Ora bem pois, mas vamos ao nosso propósito, Flores. Tem muito pano pra ser costurado.

Claro que a costura não podia ser feita com linhas brancas. Nenhum dos três era bobo —, ainda que cada um fosse extremamente compreensivo com as subtrações alheias. Se Nicanor enriquecera no seu mandato, Flores não tinha como se queixar. E o assunto era o seguinte: Nicanor queria a confirmação de Raimundo Melo em sua chapa. E queria o apoio do prefeito.

Mas para que o carro entrasse na trilha — Nicanor sabia disso muito bem —, ele e o compadre Raimundinho primeiro teriam de cutucar o boi. Então gastaram alguns minutos atirando uma enorme luva de pelica bem na cara do prefeito Flores — e isso queria dizer que o chão e o patrimônio do município nunca haviam sido tão emburacados como nos últimos três anos e meio.

Até que chegou a vez de Saturnino Flores. Entrou de sola. Abordou as muitas e muitas outras verbas futuras — federais, estaduais, municipais, impostos reajustáveis, taxas idem, tráfico de influências em diversos corredores e etc. etc. —, tudo nas mãos do próximo prefeito.

A trinca de urubus gargalhou gostoso, e isso abriu uma brecha para que Raimundo Melo se lamentasse. Estava cansado de bater colher de pau no fubá alheio. Queria a vice-prefeitura. Já estava cansado de ser eterno-líder-da-Câmara. Não estava disposto a aceitar conchavos de segunda classe. Queria ser vice e assim preparar a cama para daí a quatro anos — com a bênção do prefeito Nicanor e o indispensável apoio de Flores.

Nicanor sorriu aberto ao escutar Raimundo Melo chamá-lo de prefeito. Retribuiu:

— Você sabe que a minha bênção já está dada, compadre Raimundim.

— Só tem um porém — disse Flores ofuscando a festa da dupla: — Eu quero que o Raimundinho continue na presidência da Câmara neste meu final de mandato. Era isso o que eu queria falar.

— Hã? — grunhiu Raimundo Melo, embasbacado. Olhou aflito para Nicanor. — Compadre... e o nosso acordo?

Nicanor piscou os olhinhos e passou a mão no queixo. Longe de ele desprezar a influência eleitoral do prefeito Flores. Além do que, a corda mais fraca — a que devia rebentar — era a do compadre Raimundinho.

— Mas o que é isso, compadre Nicanor? — choramingava o presidente da Câmara. — Pensei que o nosso acordo já estivesse pronto, só faltando o apoio do prefeito Flores. Em vez disso... ô gente! Foi pra isso que você me trouxe aqui? Pra escutar que de novo vou ser vereador?

O homem estava indignado. Nicanor escorreu outra vez a mão no queixo. Saturnino Flores coçava a goela.

— O prefeito Flores tem razão, Raimundinho — desentalou Nicanor. — Você vai ser eleito vereador e de novo vai assumir a presidência da Câmara. E agora também vai continuar onde está. O Flores precisa de você.

Raimundo Melo azedou. Saindo Flores de licença, ele já estava de bagagem pronta para assumir a prefeitura até a virada do milênio.

— Vai não, Raimundinho — sentenciou Saturnino Flores. Eu tiro licença e quem assume é o Zé Mauro.

— Mas e a próstata do homem? — insistiu Raimundo Melo.

— Que mané-próstata que nada. Tudo lorota. Já falei com ele. E ele assume.

Raimundo Melo inquietou-se no lugar e buscou socorro na passiva cara de Nicanor Gonçalves. Agora era Nicanor quem coçava a goela. Flores voltou:

— Nunca se sabe da reação do Isidoro. E eu quero garantia que as contas da minha gestão vão ser aprovadas.

Isidoro era o líder da oposição na Câmara — aquele mesmo fazedor de encrencas que iria segurar o martelo na Câmara na eventual ausência de Raimundo Melo.

— Quero o Zé Mauro me substituindo e você na presidência da Câmara, Raimundinho — Flores confirmou a sentença.

Quando Raimundo Melo ia abrir a boca, Flores a fechou:

— Em troca, garanto que você assume a prefeitura daqui a quatro anos e meio.

Agora Raimundo Melo alvoroçava-se.

— E eu também garanto — carimbou Nicanor dando um passo adiante e colocando a mão esquerda no ombro de Raimundo. — Então fica tudo acertado desse jeito, compadre Raimundim.

O acordo foi aceito. Só que Raimundo Melo recitou o custo da aprovação das contas da prefeitura — e isso ameaçou botar abaixo a cumeeira da casa.

— Tudo isso? — estrilou Saturnino Flores.

Raimundinho explicou que de outras Câmaras ele não sabia, mas na sua o preço de alguns sempre sobe em final de mandato.

— Que seja — quis aceitar Nicanor.

— É caro — sustentou Flores.

— Então o compadre Raimundim vai rachar o preço — sugeriu Nicanor.

— Não posso — disse Raimundo Melo criando pose. — Prefeito afastado na hora da aprovação das contas é meia confissão de culpa, e a bomba fica na minha mão. Isso tem preço.

Flores resolveu fazer um pequeno discurso em sua defesa.

— Bem, em situação normal sim. Mas e isso que aconteceu lá em casa? A desgraçada morte do meu Masinho, e esse julgamento doloroso de logo mais? Isso tapa qualquer boca.

— Isso é uma verdade — Nicanor pegou a questão. — A morte do Masinho e toda aquela choradeira no cemitério fizeram subir o seu prestígio popular, eu reconheço. O ibope da língua do mercado velho lhe daria uma aceitação quase maciça, pudesse você ser reeleito de novo.

— Porém — agora Nicanor enfrentou a cara de Raimundo Melo —, porém este acordo pode lhe render quatro anos na cadeira de prefeito, homem. E quem sabe depois mais quatro? Aceite o preço.

— Hum — já fez Raimundo Melo espremendo o queixo.

Então Nicanor riu de boca fechada. Quem fosse apoiado por Flores já podia tirar medidas para o terno da posse. Ele quis confirmar:

— Hum... e quantos votos mesmo eu vou ter acrescentado depois deste nosso acordo, Flores?

— Antes eu tinha falado em quanto, Nicanor?

— Hum... coisa assim de dois mil e oitocentos

— Falei em mil e quinhentos, Nicanor. Mas subo pra três. Três a três e quinhentos.

Os olhos de Nicanor arregalaram-se. Sorriu francamente.

— Negócio fechado, Flores. Considere de contas aprovadas. E pode tirar sossegado a sua licença. O compadre Raimundim, que não é nenhum bobo, garante.

Falou-se ligeiro em quando a propina para os vereadores seria liberada, e uma solução satisfatória foi encontrada.

Em seguida os três se separaram.

14

NAQUELA quarta-feira, Djane e Guilherme chegaram na fazenda Alvorada em torno das dez da manhã, ele no Golf e ela na sua Quantum.

Clementino Leal era um homem forte pela idade, 73. O rosto corado e os cabelos e bigodes brancos davam-lhe um aspecto de sabedoria. Sua prosa era mansa.

Divina entrou na sala trazendo uma bandeja com um bule de café e queijo da roça. Divina era uma simpática e forte negra de 51 anos, cabelo curto e encarapinhado. Os seus olhos oblíquos transmitiam muita paz — e de seus lábios nunca ninguém daquela casa escutava inconveniências ou ficava sabendo de assuntos fúteis. Djane a tinha como uma segunda mãe.

Logo o assunto passou a ser a perda daqueles 111 hectares de terra para o prefeito de Altiplana.

— Pra falar a verdade, dr. Guilherme — disse Clementino —, eu até que já esqueci isso. A gente tem mais é que deixar essas coisas de lado.

Guilherme estava parado junto à porta e ainda voltado para fora, como se conferindo cada centímetro daquele luminoso dia rural. Bem perto dali, ele viu uma porção de galinhas na insana luta de ciscar o terreiro em busca de qualquer coisa. Por isso não percebeu que Djane chegava ao seu lado. Acabaram por sentar-se na mureta da varanda.

Ele perdeu alguns minutos olhando os morros. O cume do maior deles terminava num platô alongado. Ele não entendia tal coincidência. Era o morro do seu sonho. Voltou o olhar à esquerda e viu a relva extremamente verde que vinha se alongando até as proximidades da casa. Em determinado momento, achou que poderia enxergar o tribunal do sonho — e ele feito réu, um réu cabisbaixo, derrotado. Um réu sem defensor. Procurando livrar-se da idéia, voltou-se para Djane.

— Isto aqui é como você disse, é muito bom, muito tranqüilo. Agora entendo por que seu pai fala que, ao morrer, quer ser enterrado neste lugar.

— Eu percebi que ele ficou contente com a sua presença. Acho que ele sente falta de pessoas para conversar. Homens, quero dizer.

— E aqui não mora mais ninguém? Eu vi um homem passando a cavalo.

— É o Sinésio, o retireiro de papai. Mora com a mulher e dois filhos mais acima. Papai só tem alguma lavoura para consumo, que ele empreita. E o resto são invernadas. Nelores, gado de corte. Dá pouco trabalho e é um negócio seguro. Claro que papai tem o Sinésio para conversar, mas é diferente.

— Eu entendo.

— E de vez em quando tem também Marion.

— Marion? Aquele seu amigo bruxo?

Djane segurou o riso.

— Ele não é bruxo. É um sensitivo.

— Bem, eu não entendo nada disso. Qual a diferença?

— Muitas. Os magos perpetuam conhecimentos de tradições milenares e costumam praticar rituais. Já os sensitivos percebem o mundo superior, e penetram nele através da meditação.

— Hum. Quer dizer que é aqui na fazenda de vocês que ele faz esses contatos imediatos de terceiro grau com os extraterrestres.

Guilherme afirmara. Embora sabendo que ele estava brincando, Djane disse:

— Não são extraterrestres. São seres cósmicos. E eu vou fazer de conta que não escutei você.

— Você está certa, desculpe a brincadeira. Mas me fale mais desse Marion. Do que ele vive? De contemplar o morro?

Djane voltou a rir.

— Não dá para você conversar sério?

— Estou de férias, mas vou tentar.

Ainda querendo rir da cara que Guilherme fazia, ela ficou abanando a cabeça. Depois disse:

— Marion viaja pelo mundo, e de vez em quando ele faz uma temporada na Europa, em especial no Sul da França. Ele adora Lyon. Seus livros estão traduzidos em diversas línguas, e é disso que ele vive. Satisfeita a sua curiosidade?

— Quase. Me fale de Altiplana. Diz o Miro que este lugar vai ser conhecido mundialmente neste terceiro milênio.

— Altiplana já é considerada a cidade mais mística do país, endereço certo para milhares de pessoas do mundo todo. Muitos são discípulos de Marion. Chegam, se hospedam na pousada, passam dias em meditação e aprendizado no bosque... tomam banho de cascata, nadam no Poço Mágico...

— Depois voltam recauchutados para seus países — juntou Guilherme.

— Alguns deles já se transferiram definitivamente para cá e construíram suas casas ecológicas. E tem também os ecoturistas. A cada dia aumenta o número deles. Foi por isso que eu optei pela terapêutica. A ordem não é unir o útil ao agradável?

— Acho que sim. Mas deixe-me ver se entendi. Você endireita a mente e a coluna das pessoas, enquanto isso Marion lhes vende passagens para o cosmo.

Finalmente Djane fez um som de chacota.

— Você é assim tão... tão crítico e mordaz nos tribunais de júri? É assim que você vence suas causas?

— Moça, estamos falando de sensitividade, e não de criminalidade.

Djane guardou o riso que ia começar e disse:

— Mas eu entendo você. O que você lê em jornais e revistas não é levado a sério porque você não se interessa pela dimensão do assunto. Mas é algo bastante elevado. No começo das grandes idéias, idéias que modificaram o mundo em todos os tempos, elas sempre foram repelidas. Veja o caso de Galileu. Para não ser morto pela inquisição, ele teve de concordar que a Terra é o centro do universo.

Súbito Djane silencia.

— Por que você parou de falar? Gosto de ouvir sua voz. Continue.

— Achei que não. Você não leva a minha conversa a sério.

— Mas você eu levo.

Ela o olhou em silêncio. Depois saiu da mureta.

— E então? — ela disse — Vamos à cidade registrar o contrato? Talvez o cartório feche para o almoço.

— Certo. Vamos resolver esse assunto. É para isso que estou aqui.

FORAM na Quantum de Djane diretamente ao Cartório de Registro de Imóveis, Títulos e Documentos. A missão de Guilherme naquela cidade era muito simples: providenciar o registro do contrato lavrado entre Djane e a financeira.

Muito embora a papelada exigida pelo cartório — certidão vintenária das terras, negativas de protesto, de ônus municipais, estaduais etc. — já estivesse pronta, na última hora surgiu um problema.

— Falta um documento — disse o oficial. — A Carta de Anuência do sr. Clementino. — Ele é co-proprietário da terra que vai ser alienada.

— Eu devia ter examinado tudo antes — lamentou Guilherme com Djane.

— A culpa não é sua, não era sua tarefa. Vamos buscar papai.

O oficial informou que o cartório ia fechar dentro de dez minutos para almoço e só abriria às duas da tarde.

— Você tem uma máquina de escrever e papel lá na fazenda? — perguntou Guilherme a Djane.

Ela disse que tinha. Guilherme voltou-se para o oficial.

— Digamos que eu traga a anuência do sr. Clementino às duas horas. Quanto tempo vai levar o registro?

— Quanto tempo? Três, quatro dias.

— Quatro dias? — Guilherme levou um pequeno susto. — Tem certeza de que não pode sair antes? Tenho de viajar amanhã.

— Bem, vejamos.

O homem foi até a mesa do fundo onde um jovem digitava num teclado de computador. Falou com ele e instantes depois retornou para o balcão.

— O máximo que podemos fazer é para amanhã depois do almoço.

— Isso significa amanhã depois das duas horas da tarde — disse Guilherme. — Bom seria ter o documento registrado pelo menos até ao meio-dia. Isso seria possível?

— Tudo bem. Amanhã às onze horas, desde que me tragam a anuência com firma reconhecida até no máximo às duas e meia de hoje.

Agradeceram e retornaram ao carro. Quinze minutos depois estavam de volta à fazenda.

Guilherme redigiu a Carta de Anuência de Clementino Leal autorizando a hipoteca da Fazenda Altiplana. Enquanto o pai de Djane assinava o documento, Guilherme aproximou-se dela.

— Você sabe o que está fazendo, não sabe? — ele perguntou. — Toda a fazenda vai ficar alienada.

Quem respondeu foi o próprio Clementino Leal:

— Não tem importância, dr. Guilherme. Fico contente porque minha filha vai construir a clínica dela bem aqui. Melhor que isso impossível.

E isso encerrou o assunto.

Logo Divina pôs o almoço na mesa.

Após o almoço Clementino arrastou Guilherme para a varanda e reatou alguns casos já meio contados. Instantes depois Djane chegou dizendo que Divina estava com problemas na chaminé do fogão. Deixando os dois na varanda, Clementino foi ver o assunto da chaminé. Então Guilherme quis saber de Djane onde exatamente ia ser construído o Delta.

— Está vendo aquela mata lá embaixo? É lá que começa a área que eu separei. Mas quero ficar o mais longe possível da cerca do sítio do prefeito.

— Entendo. Será que existe alguém em Altiplana que não tenha alguma coisa contra esse prefeito?

— Boa pergunta.

— E por que você, que é mais esclarecida que seu pai, não agiu a tempo de evitar a desapropriação?

— Na época eu estava fora, com o meu casamento cheio de problemas. Fiquei sem o menor interesse nesta fazenda. Por mim papai já podia ter vendido tudo há anos e ido para Brasília. Mas agora é diferente.

Djane consultou o relógio do pulso:

— Está na hora. Vamos?

Clementino chegava.

— Acho que seria bom me despedir agora do senhor — disse Guilherme. — Vou ver um hotel em Altiplana. Amanhã, assim que o cartório me liberar, volto para Brasília.

— De jeito nenhum você vai embora, dr. Guilherme. Assunto resolvido. Você vai é continuar aqui na fazenda. Acomodação tem até de sobra, imagine se vou deixar você dormir num hotelzinho da cidade.

Guilherme olhou para Djane.

— O que você acha? Estarei sendo inconveniente se aceitar a gentileza de seu pai?

Ela sorriu. — Acho que não.

Djane foi apanhar a bolsa. Em seguida rumaram para a Quantum.

Uma hora mais tarde já retornavam do cartório

O SOL avançava na tarde. Djane surgiu na varanda onde o pai contava casos antigos a Guilherme.

— Que tal fazermos uma caminhada? — ela convidou.

Guilherme levou um pequeno susto. — Eu?

— Acho que vai lhe fazer bem.

— Vai, dr. Guilherme — incentivou o velho —, você vai gostar.

Quinze minutos depois já atingiam a borda da mata. Guilherme apenas trocara de calças e calçara tênis que nunca haviam sido calçados. Sentiu-se ridículo. Mas Djane vestira uma bermuda cáqui e uma camiseta branca. Seus tênis eram de alguém que gostava de fazer caminhadas.

A tarde estava esplêndida naquela trilha guarnecida pelo bosque que circundava o Morro das Estrelas. Era uma trilha estreita, então Djane ia na frente, leve e ágil. De vez em quanto ela interrompia os passos, voltava-se e dizia que conversar e caminhar não funciona. Isso arrefecia o entusiasmo de Guilherme.

— Vê se me entende — ele tentou justificar-se —, eu sou um estreante.

— Não acredito — disse Djane sem olhar para trás.

— Acredite. Nunca fiz caminhadas em minha vida, a não ser rodeado por um promotor, um juiz, sete jurados e um réu.

— Então aproveite. Talvez amanhã você sinta falta disto.

Caminharam durante vinte minutos. Djane parou debaixo de uma grande árvore. Ela estava ótima, apenas um pouco mais corada. Porém, Guilherme já reclamava dos tênis.

Ele olhou para trás, para a trilha que sumia lá adiante.

— E pensar que vou ter de vencer isso de novo...

Djane riu. Súbito se olharam em silêncio. Mas foi um olhar efêmero, logo ela deu dois passos de lado. Ergueu o braço, puxou um galho e arrancou uma folha. Depois de cheirá-la, a deu a Guilherme. Ele também a cheirou.

— Canela! Ah! Numa travessa de arroz-doce isto é uma delícia.

— Prefiro vê-la onde está, no pé. Quando o vento sopra forte, o perfume se espalha. Foi meu avô Manoel quem andou plantando alguns pés de canela por aqui.

Começaram a retornar, agora em forma de passeio. Ela olhou à esquerda e para cima.

— Segundo Marion, esse morro é um lugar sagrado desde a antigüidade. Houve um tempo em que aí em cima aportaram seres cósmicos em suas naves espaciais. Já pensou que privilégio o nosso? Tem hora que eu fico assustada diante de tudo isso.

— Você acredita nesse Marion, ou no que ele ensina?

Era uma pergunta marota.

— Nas duas coisas. Isso deixa você preocupado?

— Imagine!

Guilherme resolveu deixar de ser ranheta — o que nada mais era do que uma forma de escapar ao desejo de gritar àquela mulher que ele estava se apaixonando por ela.

Mas aquela mulher andando ao seu lado nada tinha a ver com a Djane expansiva com quem ele gargalhara numa mesa de restaurante. Esta mais parecia uma entusiasta membro de algum clube esotérico. Bela, sim, mas que parecia levitar acima de meros olhos mortais.

Como Guilherme a fitasse demoradamente em silêncio, ela olhou para ele e perguntou: — O que foi?

— Nada. Só estava pensando onde foi que ficou a Djane.

— A de ontem à noite? Dentro da taça de vinho daquele restaurante — ela disse querendo rir.

— Não essa Djane. Estou me referindo à outra, àquela menina de 16 anos que sonhava em vestir uma roupa branca de médica.

Ela fechou o semblante.

— Por que você quer saber das coisas ruins que me aconteceram?

— Não é bem isso que eu quero saber. Queria saber por que aconteceram.

Ela guardou breve silêncio. Então disse:

— Acho que tudo começou com determinadas palavras de meu avô Manoel. Ele era um pouco de tudo, sabe? Conhecia agrimensura, construía casas, apurava rebanhos bovinos, lapidava cristais... lia livros em francês, inglês... às vezes era poeta — e também mulherengo. Minha avó Matilde sofreu muito com ele.

— Tudo isso morando aqui na roça.

— Morando aqui na roça.

— E onde se encaixa o sonho da neta?

— Prefiro ir direto ao fim do sonho. Aconteceu há quatro anos. Eu tinha 33, e de repente quis me livrar dos olhos de meu avô. Ele já havia morrido, mas cada vez que abria determinado livro eu via os olhos dele. Era como se... se me vigiassem os passos através de uma simples dedicatória escrita quando eu tinha 16 anos. Desde essa idade, as palavras que ele escreveu vinham... vinham tirando da minha cabeça a idéia de amar e ser amada — de ser normalmente feliz, entende? Então um dia, já com 32 anos, eu fechei o livro e me casei. Fim de um breve sonho de ser feliz. Um ano depois já estava separada.

Caminhavam lado a lado. Djane falava com os olhos na trilha que seus pés iam vencendo. Ela contou sobre a paciente que perdera num choque anafilático antes da cirurgia. E da decepção conjugal que a levara ao acidente.

— Concluindo — ela disse, olhando para ele: — a razão estava com meu avô. Ele escreveu que o homem, errado ou certo, dorme com um olho fechado e outro aberto. — Guilherme gargalhou.

— Você ri, mas hoje eu sei que isso é verdade.

— Não ri de você, ri de seu avô. Por ter sido mulherengo, como você disse, ele a sugestionou a não confiar nos homens.

— Sugestão ou não, o fato é que o único homem que eu conheci me traiu com a minha secretária. Um enredo de novela barata, por sinal.

O tom meio azedo das palavras de Djane calaram Guilherme. Instantes depois, ela volta a dizer:

— É como eu lhe disse ontem à noite no restaurante: depois daquele meu acidente, eu reaprendi a gostar daqui da fazenda. Antes, quando eu era casada, ficava até dois meses sem ver papai. Agora não. Tenho uma pequena clínica terapêutica na minha casa lá em Brasília, e um bom número de clientes. Mas só fico em Brasília três dias por semana, o resto eu passo aqui. E agora estou engajada mais que nunca no projeto Delta.

— Então cirurgias nunca mais.

— Nunca mais.

Terminaram a caminhada em silêncio.

NAQUELA noite Guilherme viu Djane sentada lá fora, na mureta da grande varanda. Caminhou até lá. Era uma noite de nuvens pouco densas. A lua sumia para logo reaparecer.

— Não me lembro de ter visto tantas estrelas em minha vida. Isto é lindo.

Djane nada disse. Guilherme continuou em pé perto dela. Ela voltara a introverter-se. Ele tentou um diálogo.

— Seu pai me contou que tem uma boa pesca aqui perto.

— É, fica lá em cima, no rio da divisa. Você gosta de pescar?

— Preciso gostar, segundo o Duarte.

Ele viu os olhos de Djane brilhando na semi-escuridão da varanda.

— Costumamos deixar as luzes apagadas na primeira hora da noite para não atrair as mariposas — ela disse. E acrescentou: — Quer que eu fale a papai para levar você amanhã? Talvez pegue uns peixinhos.

— A idéia até que seria boa, mas eu tenho de ir ao encontro do Miro. E você? Quando volta para o seu trabalho em Brasília?

Ela ergueu a cabeça, olhou para ele e ia dizer alguma coisa. Mas consumiu-se no silêncio diante do que os olhos dele queriam dizer aos seus.

— Incrível! A lua está dentro de seus olhos — ele disse.

E o beijo aconteceu, suave, quase roubado, um beijo morno que funcionou como uma busca e ao mesmo tempo uma promessa — para Guilherme. Mas para Djane não: para ela foi como se tivesse cometido um pecado. Virou a cabeça, o olhar perdido na noite.

Clementino Leal surgiu na porta da sala.

— Filha, a Divina quer saber se desfaz ou não a sua mala.

— Eu vou ver, papai.

Antes de entrar ela disse a Guilherme que não demorava. Então ele ficou aguardando.

Quinze minutos mais tarde, Djane retornava. Encontrou Guilherme encostado no pilar da mureta. Sentou-se a meio metro dele. Agora era a vez de Guilherme parecer distante. Ela nada perguntou.

A varanda continuava apenas com a luz da Lua. Então Guilherme disse:

— Sabe, eu estava pensando numas coisas que me têm acontecido nos últimos três meses. Começou com uma terrível dor no peito enquanto eu fazia a tréplica do meu último caso.

— Que você acha que ganhou por causa da dor no peito.

— É. Foi o Miro quem lhe contou?

— Hum-hum.

— Pois bem. Começou aí. Depois apareceu o caso do filho de um amigo meu, e precisei vir até Goiânia. E eu vim com o Miro. Lá em Goiânia eu reencontrei um velho colega de faculdade, alguém que, se estivesse debaixo de sete palmos de terra, suponho não faria falta a ninguém. Antes disso, aqui mesmo em Altiplana, entrei apressado numa avenida e quase que um Gol me leva o pára-lama do carro. Em seguida esse mesmo Gol me alcança e o motorista, um pastor meio maluco, me disse que eles estavam me esperando aqui na cidade para defender um caso, justamente esse do rapaz que matou o filho do prefeito. Já lhe contei isso naquele restaurante.

Guilherme seguiu dizendo:

— E aqui estou, dependendo que alguém como o Miro Gomes se lembre de mim. Entendeu onde eu quero chegar? Sempre vai surgindo uma coisa, e eu protelando a minha volta para São Paulo.

Parando de falar, Guilherme ergueu-se. Pareceu aos olhos de Djane que ele estava cansado.

— Você está bem? — ela quis saber.

— Se for normal sentir uma pilha de tijolos adicionada no peito, estou. Mas por via das dúvidas, acho bom tomar o meu remédio. Faz dias que não faço isso.

Ele vai ao quarto e, ao voltar, dá com Djane segurando um copo com água.

— Obrigado, Djane, mas já engoli a seco.

Ela colocou o copo sobre a mesa da sala e voltou para a varanda. Guilherme já retornara à mureta.

— Bem — ela disse querendo brincar com ele —, parece que o Miro é o culpado de tudo isso. Se o meu Delta estivesse pronto, eu ia internar você para um tratamento de 30 dias, no mínimo.

— E eu ia agradecer ao Miro, claro. Mas, tratamento por tratamento, o Miro para mim é como uma piada. Uma piada que eu sempre posso sacar do bolso para rir quando não há outro remédio. Não foi à toa que o Duarte me prescreveu uns dias viajando com ele. Mas não é isso agora. Não é o Miro Gomes que está atrapalhando as batidas do meu coração.

— E o que é?

Novamente Guilherme viu a lua nos olhos de Djane. E mais uma vez ela disfarçou uma fuga.

— Você me perguntou o que é, e eu vou responder. Ontem à noite eu conheci uma mulher maravilhosa num restaurante em Brasília. Ela continua maravilhosa... mas quando ela está aqui não sei onde encontrá-la. Eu sempre fui acostumado a ter o que quis, sabe? E agora não sei onde ela ficou.

— Já lhe disse: dentro de uma taça de vinho branco, safra 83.

Guilherme tocou o dedo no queixo de Djane e fez que ela o olhasse de frente.

— Quem é você, afinal?

Foi um olhar tão forte quanto efêmero — e isso porque ela escapou voltando-se para a noite lá fora.

Seu idiota — o juiz da mente de Guilherme o acusava. Você acaba de estragar tudo.

Em pé diante dele Djane disse:

— Tente esquecer a mulher de ontem à noite, por favor. Ontem à noite nunca existiu.

Ficaram um momento em silêncio, então ele disse que ia apanhar o celular. De repente sentira que Antunes estava falando dele em São Paulo.

— Não quer usar o nosso telefone?

— Não compliquemos.

— Você quem sabe. Mas o escritório vai estar aberto a esta hora?

— Não. Mas eu conheço os hábitos do Antunes. Ele já deve estar metido num pijama e com um livro na mão.

Guilherme foi e voltou do quarto em poucos segundos. Djane continuava na varanda. Ele se sentou na mureta e completou a ligação. Djane entrou.

"Estava justamente pensando em você, chefe", disse de cara Antunes.

— Eu imaginei isso. Como andam as coisas?

"Tudo bem. Aquele sujeito de Moji desistiu da questão. Parece que entrou num acordo com a mulher dele."

— Ótimo. Um assassinato a menos.

"E você, quantos peixes já pescou?"

— Nenhum.

Discretamente Guilherme resumiu alguma coisa em torno do que Miro lhe jogara nas costas. No final Antunes entendeu que a viagem estava longe de ser desagradável.

"Bom, uns dias comendo queijo goiano e bebendo café da roça ergue o ânimo de qualquer um. Mas, chefe, eu estava torcendo para você me ligar. É o Edu."

— Já imaginava. E o que é desta vez? Foi requisitado para ser guarda-costas do papa?

"Ele não iria tão longe. Mas se ele não chegou aí, está chegando."

— O quê?

"Não tive como segurá-lo, você conhece o temperamento dele."

— Mas o que ele vem fazer aqui, não falou?

"Suponho que conversar com o pai dele."

— Ah, Antunes, pelo amor de Deus! Estou falando sério. Que diabos ele quer de mim agora? Ele tem ido trabalhar?

"Não. Disse que está querendo ir trabalhar para o dono da L. Santana."

— O quê? Mas eles só contratam espiões industriais.

"Eu sei. E o Edu também sabe. Mas acho que é disso que ele gosta. O Edu viu todos os filmes de James Bond, não se esqueça."

— E de Bruce Lee também. E o que ele quer de mim, não lhe disse?

"Acho que um empurrãozinho. O Edu é muito eficiente no que faz, sempre foi, porém tem um defeito grave para um investigador: dispersão. Ele esbanja energia, então acha que pode resolver mil casos a um só tempo. Eu tenho vivido mais perto dele e sei. Então suponho que o Santana também tema isso."

— Entendi. E ele quer um aval meu contra perdas e danos.

"Quem sabe? Mas posso estar enganado."

— Você sabe que não está.

"Não, não sei. Pelo menos não tenho certeza. Talvez o Edu não precise de você, mas gosta de arranjar as coisas de modo a parecer que sim."

— E por que ele faria isso?

"Não sei. Um psicólogo poderia explicar. Talvez o Edu esteja sacudindo outro brinquedo para chamar a atenção do pai dele."

— Pelo amor de Deus, Antunes! Até você? Parece minha irmã Dalva falando. Isso tudo é bobagem, o Edu já fez 22 anos.

"Bem, chefe, falei o que sinto. E é como eu disse: talvez eu esteja enganado. Mas vê se não perde a calma com ele, certo? Que tal fingir que você é um mortal com alguns problemas e que precisa de ajuda? Talvez ele vire o disco e toque outra música. O que acha da idéia?"

— Fantástica! E você é um gênio, Antunes.

"Eu sei. E gosto da sua ironia. Mas agora que você ligou, eu vou dormir sossegado."

— Beijos nas crianças e outro na Beth.

"Cuide-se, chefe. E vá com calma com o meninão."

— Meninão?! Até você?

Desligaram rindo. Só que o riso de Guilherme era irônico. Ele nem percebera que Djane tinha entrado. Agora ela retornava.

— Tudo bem lá em São Paulo? — ela perguntou.

— Lá acho que sim. Só que agora os meus problemas estão chegando a 140 por hora, ou mais.

Caminhavam pela varanda, iluminada apenas pelo luar e pelas estrelas.

— Contemplar as estrelas é ótimo para descobrir que os nossos problemas são insignificantes demais — disse Djane. — Não são nada se comparados às estrelas.

— Você não conhece o Edu. Nem a Blackwind dele.

— Quem é Edu?

— Digamos que perante a lei ele é meu filho há 22 anos.

— E Blackwind? Isso é nome de quê?

— De uma moto. Faz até 250 por hora.

Parte 3

15

AS QUATROCENTAS cilindradas da moto foram freadas quase em cima do pequeno trevo que dava acesso ao posto de gasolina. Edu esperou que o caminhão passasse. Então dirigiu a moto até a primeira das bombas de combustível. Mas ele não queria abastecer. Precisava de informações.

— Ei, meu chapa — ele disse ao moço da bomba —, acho que estou perdido. Onde fica a entrada para Altiplana?

— Altiplana? Ixe! Fica do lado de lá de Brasília. Você já passou o trevo que vai dar na outra rodovia.

— Ah, essa não! Quantos quilômetros eu passei?

— Uns trinta.

Edu assobiou. Agradeceu ao rapaz, fez a volta e foi até o acostamento. Ali parou aguardando brecha para entrar na pista e retornar.

Não teve tempo de sair. O Uno, como que desgovernado, veio da pista à esquerda e quase o pegou. Parou a meio metro.

— Seu doido! — gritou Edu. E ia gritar mais ainda, quando viu que aqueles cabelos curtos não eram de um homem. A moça chorava com a cabeça caída sobre o volante. Ele se arrependeu do grito. Desceu da moto e deu a volta no carro. — Ei, tudo bem com você?

A moça ergueu a cabeça e ficou olhando para ele. Ainda estava assustada.

— Tu-tudo bem agora. Acho que... acho que perdi a direção.

Mas Edu não pensava assim. Vira algo estranho na roda dianteira direita, escondida além do normal. Enfiou-se debaixo do carro. Em meio minuto punha-se de pé e voltava para perto da moça. Ela chorava com a cabeça no volante.

— Calma — disse Edu —, você não teve culpa. A junta da tração estourou, e o que você teve foi muita sorte de não estar em alta velocidade. Ia pra longe?

— Taguatinga.

A moça olhou para trás e Edu viu que ela se perturbava de novo. Acompanhou-lhe o raio de visão. Parada além das bombas do posto, ele viu uma Parati vermelha.

— Eu não posso ficar aqui — ela disse, nervosa —, tenho de ir embora.

Edu conferiu que ela temia os dois homens que estavam na Parati.

— Mas neste carro nunca — ele disse abrindo a porta. — Se você me mostrar o caminho, eu a deixo onde você quer ir. Acha que consegue ir comigo na moto?

Ela saiu do carro.

— E eu tenho escolha? — ela disse, voz sufocada, ainda com olhar lá trás. — Quero ir embora daqui o mais rápido possível.

— É a Parati, não é?

— É.

— Então vamos. Monte e segure-se firme em mim.

Pouco depois a moto percorria velozmente a pista por entre um grande espaço de eucaliptos. Depois de um balão, a moça pediu que ele entrasse à esquerda. Ela, então, olhou para trás.

— Na próxima quadra dobre também à esquerda.

Outra vez ela olhou para trás.

— Agora vire à direita e depois à esquerda. Dá pra você andar um pouco mais rápido?

Edu bateu os olhos no retrovisor. A Parati vermelha surgia pequena lá atrás.

— Tudo bem. Segure-se firme que vamos voar.

A moto arrancou quase que vertiginosamente. Novas curvas à esquerda, à direita e à esquerda surgiram, até que Edu se viu no que lhe pareceu um beco sem saída. A rua terminava num enorme galpão aberto, destinado a feiras livres. Algumas Kombis iam e vinham por entre estreitas ruelas demarcadas na grande área coberta.

— Entre aqui, rápido! — ela disse apontando para a esquerda. Mas não se tratava propriamente de um caminho.

— E isto tem saída? — perguntou Edu, já começando a percorrer a trilha.

— É o lugar de carga e descarga da feira e não tem saída. Mas você faz uma. Está vendo aquele vão entre as duas muretas?

— Estou.

— É o nosso caminho. Só tome cuidado para não atropelar ninguém, pois é um dos vãos de acesso dos feirantes.

Edu seguiu até o final, virou à direita e começou a vencer mais devagar o espaço até o vão entre as muretas. Uma mulher passava com uma criança pela mão. Ele aguardou alguns segundos.

— Agora! — ela disse.

Ele disparou para atravessar a calçada.

— E agora, para a esquerda?

— Direita! E vai embora, rápido!

Quando Edu ia fazendo a curva à direita, a Parati apontou lá atrás, na boca da feira. E ali ficou.

— Eles nos perderam — disse a moça, aliviada. — Agora siga em frente, até o grande trevo da rodovia.

Logo ganhavam uma estradinha de terra batida.

— Agora pegue essa rua — ela disse. — Quando chegar naquele *outdoor*, cruze a pista e entre à esquerda.

Edu foi. Segundos depois a moça adiantou a cabeça um pouco para dizer:

— O meu nome é Cristina, mas pode me chamar de Cris.

— O meu é Eduardo, Edu.

— Bem-vindo a este nosso inferno, Edu.

16

SENTADO na poltrona da sala que lhe servia de escritório em sua casa, Saturnino Flores tentava encontrar a solução para um impasse. Norma chegou com o copo de laranjada.

— Carreguei no açúcar — ela disse. — Quem sabe você se acalma um pouco.

Flores bebeu todo o conteúdo num gole só. Depois, sem olhar para o rosto de sua mulher, ele perguntou:

— Norma... o que você faria se desse alguma coisa pra alguém e depois precisasse tomar de volta?

— É só por causa disso que você está sofrendo? — ela disse apanhando o copo para levá-lo à cozinha. E concluiu enquanto caminhava: — Uma vez você me deu um carro novinho. E no dia seguinte vendeu.

Debaixo do portal ela parou, voltou-se:

— Até parece que algum dia você pensou nos outros, Nino.

Ora, aquilo não era ajuda, ponderou Saturnino Flores. Tinha cheiro de acusação.

Em instantes Norma retornava da cozinha.

— Mas qual é o problema? Quem é a sua vítima desta vez?

Saturnino Flores explicou. Durante a campanha das eleições, quatro anos atrás, num discurso pomposo ele dissera ao padre José Maria que, se eleito, o topo do Morro das Estrelas seria da igreja. Seria doado.

— Falei que ele podia fazer o que quisesse com ele. Mas foi de maneira informal, entende?

— Eu entendo. Foi como as suas outras promessas de campanha, *senhor pai dos Sem-Teto.* Tolo de quem acreditou em você, como eu há 25 anos.

— Mas que droga! Norma, estou falando de um assunto sério, e você me vem com sua choradeira de novo?

Minutos depois, já acalmado, Flores explicou:

— Então, baseado no que eu disse, o padre traçou os planos pra erguer uma imagem do padroeiro bem lá em cima. Um tempo depois, ele juntou uns rabiscos no papel e disse que seria uma capelinha. E logo adicionou ao projeto uma escadaria em caracol... um quiosque de venda de santinhos, velas... uma pequena lanchonete, e sei lá mais o quê. E agora ele fala em começar as obras depois da festa do padroeiro. Areia no pé do morro ele já está ajuntando, que eu sei.

Como o marido tinha parado de falar, Norma disse:

— E você descobriu que não pode efetivar a doação do morro, não é isso?

— É. Eu precisei ceder o platô do morro a um grupo de investidores de Brasília. Eles têm um projeto que pode ser uma colher de chá para o nosso município, entende? Turismo.

— Turismo em cima do morro?

— Turismo esotérico, Norma.

— O quê?

Saturnino Flores deu algumas explicações à sua maneira. E concluiu:

— Então agora tenho de tirar o padre José Maria e a capelinha dele da jogada.

— Bom, conhecendo você como eu conheço, sei que não está apenas desvestindo um santo para vestir outro. Deve ter mais coisa. Mas eu não queria estar na sua pele, Nino.

— Hum — o prefeito fez tragicamente.

Em cima da mesinha de canto havia um cesto. Dentro dele, revistas. Saturnino Flores precisava fugir dos problemas, então ele puxou uma das revistas. Abriu-a no meio. E ali estava, de mão beijada, a solução:

Ecologistas protestam contra a devastação dos morros fluminenses.

Ora, sim senhor! Ali estava a resposta que ele precisava — um ecológico motivo para tomar de volta o que ele tinha doado. Ainda era o prefeito de Altiplana. Ainda mandava — e a prefeitura não fornecera o título da terra. Bastava rasgar o requerimento do padre José Maria ao meio e entregar-lhe as sobras para que ele tocasse fogo.

— E que o padre vá vender os santinhos dele noutro lugar. Fim de conversa.

Vinte minutos depois, Saturnino Flores já estava atrelado na cadeira giratória de seu gabinete na prefeitura. Durante algum tempo ele ficou olhando para as novas portas do armário. Refletiu. E se o incêndio tivesse ocorrido de madrugada? A prefeitura toda teria virado cinzas, porque corpo de bombeiros Altiplana nunca teve.

Largou de lado o assunto, não tinha tempo a perder. Ergueu o interfone, discou o número de Lucélia. Nada. O característico zumbido de cigarra havia voltado. O sistema estava inútil outra vez. Levantou-se e foi chamar a secretária.

Aberta a porta do gabinete, ele deu de cara com o padre José Maria. A encrenca chegava mais cedo do que a imaginação — remoeu-se Flores. Não fazia nem dez minutos que ele tinha mandado avisar o padre para vir à prefeitura — e que o assunto era a Morro das Estrelas. Viera voando. Certamente o padre devia estar pensando em doações de fim de mandato etc. Pois sim.

Saturnino Flores fez o padre entrar. Em seguida, muito no seu estilo, ele matou a cobra e mostrou o porrete. O boquiaberto padre ficou piscando os olhinhos. Desdoação?

— Mas essa palavra nem existe no dicionário do Aurélio, prefeito Flores.

— Vamos deixar de lado o dicionário do Aurélio, padre. Motivos ecológicos me levaram a tomar a medida drástica, e eu sinto muito — disse o prefeito, mãos abertas para cima, como quem lamenta profundamente o ocorrido. — Choveram cartas e telegramas de todos os cantos do país, e até do exterior. Todo o mundo é contra a depredação daquele morro. Não acredita? Pois vou lhe mostrar.

O prefeito ficou abrindo e fechando gavetas, remexendo papéis, ganhando tempo e criando suspense para impressionar o padre.

— Mas onde será que me enfiaram a pasta dos protestos ecológicos? — ele disse depois de abrir alguns gavetões do arquivo de aço bem às costas do padre. — Ah, aqui está.

Voltou à mesa trazendo a pasta. Com cara de derrotado, padre José Maria mantinha-se na cadeira diante da mesa.

Depois de insinuar breve pesquisa, Flores recostou-se no lugar pondo a pasta a uma distância ainda maior dos curiosos olhos do padre. Uma pasta sem nada dentro.

— Vou ler um pedaço do ofício para o senhor, padre José Maria —. Flores pigarreou. — Hum... aqui está: "Portanto, confiamos no elevado espírito cívico dessa Prefeitura, certos de que vá agir na defesa do povo não só de Altiplana, mas do Estado, do País, do mundo todo. O Morro das Estrelas é um patrimônio da humanidade." Assinado: Darcy Ribeiro, ecologista.

Flores fechou rápido a pasta.

— Quê? — fez o padre. — Mas o professor Darcy Ribeiro não foi ecologista... foi antropólogo. E ele já morreu.

— Claro que morreu, e quem não sabe disso? — matou em cima o prefeito. — Este manifesto foi escrito três dias antes da morte dele. O fato, padre José Maria — disse Flores segurando a pasta com ambas as mãos —, é que eu não tenho forças para enfrentar cientista nenhum. Quem sabe o próximo prefeito, hã?

O padre suspirou fundo.

— E eu que já tinha encomendado algum material da capela!...

— Cancele, padre — disse o prefeito devolvendo a pasta ao arquivo.

Habilmente Flores conduziu o sacerdote até a porta de saída.

— Hoje isso é comum, e com três ou quatro telefonemas o senhor desmancha tudo. Mas me diz, padre, e a barraca-bar? Ela está rendendo mais este ano? Não fosse o meu luto, eu ia participar. Mas vou pedir à Norma que asse uns franguinhos e mande ao festeiro de sábado. Hoje o dia está quente, não está, padre? E o padre Jacinto, como é que vai ele? Passe bem, padre José Maria.

— Arre! — disse Saturnino Flores tão logo se viu sozinho. — Que luta!

17

MOTO parada, Edu não desligou o motor nem desceu. Cristina olhava de um e outro lado da rua.

— Põe a moto no quintal e desce um pouco — ela disse.

Edu entendeu. Ela ainda estava com medo. Talvez tivesse receio que, pela moto, os homens da Parati a descobrissem.

Cristina abriu o pequeno portão de ferro, e ele entrou com a máquina, colocando-a ao lado da casa. Enquanto isso ela já batia na porta da frente e chamava alguém. Segundos depois uma jovem de 14 anos apontou o rosto.

— Me desculpe, Florinda — disse Cristina —, demorei porque tive uns problemas. A Leila se comportou direitinho?

A jovem disse que sim e se foi. Cristina explicou a Edu que Florinda era filha de uma vizinha, e costumava fazer companhia a Leila.

E agora chegava Leila, nove anos, olhos grandes, vivos. E curiosa.

— Quem é você? Essa moto é sua?

— Sim, é minha. Tudo bem, Leila?

— Tudo.

Entraram. Cristina pediu à menina que fosse buscar dois copos com água na bandeja pequena.

Depois de beber a água, Cristina suspirou aliviada e sentou-se numa das poltrona da sala. Edu continuou parado junto à porta. Devolveu o copo à menina.

— Não quer sentar um pouco? Deixe-me pelo menos lhe agradecer.

— Não foi nada — ele disse sentando-se na outra poltrona. Encostada no batente divisório entre a saleta e a cozinha, a menina espreitava a conversa com bastante interesse.

— Mesmo assim obrigada, Edu. Naquela hora eu vi você na moto, mas nem buzina eu tinha pra avisar. Aconteceu tudo num segundo, e eu não conseguia controlar o volante do carro.

— Mas tudo acabou bem. Só o seu Uno. Vai precisar de um mecânico.

— É. E vou cuidar disso agora mesmo.

Apanhando uma agenda de sua bolsa, ela separou um número e fez a ligação. Enquanto aguardava, ia dizendo a Edu:

— O sr. Agenor é ótimo, e eu tenho certeza de que ele vai buscar o meu carro. A oficina dele fica aqui pertinho.

O homem atendeu e Cristina contou o que havia acontecido.

"Se foi a junta da tração, você vai gastar um bom dinheiro, Cristina, e só vai poder apanhar o carro amanhã à tarde."

— Não fala isso, seu Agenor. Eu preciso viajar amanhã cedinho. E quanto é que o senhor acha que vou gastar?

"Por que você não entrega o carro? Ou já desistiu de vender?"

— Não, ainda não, mas antes tenho de ir a Formosa. Estou pensando em vender o carro lá. Ou então trocar por outro mais barato.

"Aproveite a oferta daquele moço, Cristina. É boa. Ontem à tarde ele voltou a perguntar o que você decidiu. E você sabe que aqui em Brasília carro pega melhor preço. Venda aqui e compre outro lá em Formosa que você sai ganhando."

— É mesmo, seu Agenor? Mas e o conserto?

"Eu falo com o moço. Quem sabe ele assume as despesas?"

— Se for assim tudo bem. Eu vendo. Mas olha, seu Agenor, tem de ser rápido, quero resolver isso ainda hoje.

O mecânico ficou de dar uma resposta meia hora depois.

— O sr. Agenor acabou me dando uma boa idéia — disse Cristina a Edu. — Amanhã eu pego o ônibus e vou pra Formosa. Lá compro outro carro mais barato.

Ficaram em silêncio alguns segundos. Edu observava o rosto de Cristina. Então ele disse:

— Sabe, eu tenho a impressão de que já vi você em algum lugar. Você já morou em São Paulo?

— Nunca. Mas você é de São Paulo, não é? Eu vi a placa da moto.

— Nasci lá.

— E veio de lá até aqui de moto?

— Vim. Só parei rapidinho três vezes pra abastecer e comer alguma coisa.

— Puxa!

Edu cruzou as pernas. Descontraía-se.

— Estou acostumado. Sempre faço viagens longas. Eu gosto. Uma vez fui de São Paulo a Florianópolis sem dormir.

— Céus! E em que você trabalha?

Edu descruzou a perna.

— Bem, eu sou investigador. Trabalho com meu pai, ele tem um escritório de advocacia em São Paulo.

— E veio a Brasília a serviço?

— Eu não estou indo a Brasília. É que errei o caminho. Era pra entrar trinta quilômetros antes daquele posto. Você conhece Altiplana?

— De nome. Cidade dos cristais, e dos gurus, dizem. Tem parentes lá?

— Não. É que meu pai veio pra descansar uns dias, e eu tenho um assunto urgente a resolver com ele.

— Ah.

Após breve silêncio Edu perguntou:

— Quem eram aqueles dois homens da Parati?

Foi da boca de Leila que saiu a pronta resposta:

— Ah, a Cris está fugindo deles.

— Leila! — gritou Cristina. — Vá pro seu quarto.

A menina obedeceu. Passado um momento, Edu fez outra pergunta:

— E você mora em Brasília?

— Moro, com meus pais. Mas estou há uma semana aqui na casa de tia Neide, e amanhã vou pra casa de tia Guiomar, em Formosa. Minha mãe, tia Neide e tia Guiomar são irmãs.

Cristina deixou a poltrona.

— Olha, vou passar um café, é rapidinho.

— Não é preciso — disse Edu levantando-se da poltrona. — Já vou andando, está ficando tarde e eu ainda tenho chão pela frente.

— Mas antes beba uma xícara de café pra despertar. Os seus olhos estão cansados, vermelhos. É só um minuto.

Cristina foi para a cozinha, e Edu deixou-se cair de novo na poltrona. Súbito ele escutou o sussurro desde a porta do quarto:

— Minha mãe fala que a Cris tá fugindo porque ela é boba.

Leila estava de cabeça apontada na porta entreaberta do quarto. Falara quase num cochicho. Edu achou graça. A menina parecia ansiosa para continuar. Sussurrou outra vez:

— Você viu a Cris na televisão.

— Quê?

A menina espichou o pescoço e continuou em voz baixa:

— Sabe a Toninha, aquela manicure da novela das sete? É a Cris. Minha mãe fala que ela é boba porque largou tudo lá no Rio de Janeiro e veio embora.

— Verdade?

— Verdade. Espera só um pouco. Vou mostrar uma revista pra você ver que não estou mentindo.

— Leila! — ralhou Cristina da porta da cozinha. A menina parou, olhos arregalados. — Entre, feche a porta desse quarto e vê se sossega.

Cristina trocou um olhar com Edu, abanou a cabeça duas vezes, ameaçou sorrir e retornou à cozinha.

Meio minuto depois, Edu escutou uma bandeja de aço inoxidável caindo no chão. De um salto dirigiu-se à cozinha. Meio caída sobre a pia, a cabeça de Cristina volteava como se lhe faltasse o ar.

— O que foi? — assustou-se Edu, tentando ajudá-la.

— O rádio — balbuciou Cristina, grogue —, desligue... desligue...

Só então Edu escutou o som que vinha do quarto de Leila. Mesmo sem saber o que estava acontecendo, correu até lá e emudeceu o radinho.

— A Cris está passando mal, Leila — ele disse à menina e retornou para a cozinha.

Cristina cambaleava da pia para a cadeira e ali sentou-se. Em seu ouvido interno já não havia sons estilizados do ponto cantado, da percussão e do cântico que faziam o refrão da música do radinho de Leila. O chamado cessara. Aquela opressão monstruosa que tendia a consumir-lhe as forças e levá-la a uma possessão involuntária. Mesmo ainda pálida, pouco a pouco ela foi recuperando o equilíbrio.

Edu sentou-se ao lado dela. Leila também já estava ali, meio assustada.

— O que foi, Cris?

— Não foi nada, Leila, já passou. Mas vê se deixa aquele radinho em paz, por favor.

— Por quê, Cris? Você não gosta daquela música?

— Vai pegar a toalha e tomar o seu banho, Leila. Não espere a sua mãe chegar, como ontem.

A menina saiu. Edu disse:

— Achei que você ia desmaiar. Por que você ficou daquele jeito? Não acredito que tenha sido o som de um rádio.

Cristina olhou para ele e sua voz saiu sôfrega.

— Não quero falar nisso, Edu.

Deixando a cadeira, foi apanhar a chaleira, em que a água já fervia.

Cinco minutos depois, Edu já estava devolvendo a xícara vazia à bandeja. Nesse instante o telefone tocou, e Cristina foi atender. Era o mecânico com o retorno. O negócio do carro estava fechado, só que o dinheiro ia sair na tarde do dia seguinte. Cristina aceitou e pediu que Agenor viesse buscar a chave do Uno. Em seguida voltou à cozinha.

Edu bebia mais um gole de café.

— Você tem certeza de que está bem, Cris?

— Tenho — ela disse sentando-se à mesa. — Você precisa ir, não é mesmo?

Talvez não devesse ir agora, Edu refletiu. Não gostava da idéia de deixar Cristina sozinha com Leila. A moça ainda estava tensa.

— A que horas sua tia chega?

— Normalmente às sete da noite; depende do trânsito.

Edu consultou as horas. Eram 6h15 da tarde.

— Vou esperar mais um pouco — ele disse.

Cristina passou o resto da tarde na poltrona junto à janela entreaberta da sala. Dali, conversando com Edu, ela podia ver todos os veículos que passavam na rua. E ela viu quando a tia chegou.

Aos 48 anos, Neide já completara três de viuvez. Não tinha vida fácil. Trabalhava oito horas por dia e passava outras três dentro de um ônibus. Mas era bem-humorada.

Depois de ouvir o inflamado relato de Cristina a respeito da providencial colisão com a moto de Edu, Neide disse:

— Pois então sossega aí, moço, que em meia hora tem comida quentinha.

— Não dá, dona Neide, tenho de ir. Preciso ver se chego ainda hoje em Altiplana.

— Altiplana? Ora essa! Pois então você vai jantar e dormir aqui na sala num colchonete. E espero que caiba nele. Amanhã vocês dois madrugam e vão de moto.

— O quê, tia?!

— Que cara é essa, Cris? Por acaso eu falei alguma bobagem? Você se esqueceu que Altiplana fica a meio caminho de Formosa? E então? Aproveite a garupa da moto do Edu e esqueça a complicação de pegar um ônibus em Brasília. Lá em Altiplana você faz isso, e amanhã à tarde vai estar na casa de sua tia Guiomar.

— Tia! — disse Cristina um tanto sem graça —. A senhora nem pergunta se o Edu está disposto a me levar?

— Claro que eu a levo, Cris, qual o problema?

Cristina mencionou à tia a venda do carro. Neide assumiu a tarefa.

— Amanhã estou de folga, tenho de fazer uma consulta no Hospital de Base. Pode deixar que falo com seu Agenor e ele ajeita tudo. Deixe a transferência assinada e pronto.

— Mas eu vou precisar do dinheiro, tia, e só sai amanhã à tarde.

— O dinheiro eu boto na conta da Guiomar e você retira lá em Formosa. Eu tenho o número da conta dela.

Cristina olhou para Edu. Ele continuava com cara de quem estava gostando da idéia.

— Tudo bem — disse Cristina. — Vou arrumar a minha mochila.

MANHÃ seguinte, já iam deixando Planaltina para trás quando Cristina deu um toque em Edu.

— Não dá pra você ir mais rápido? Acho que estamos sendo seguidos.

Edu deu uma olhada no retrovisor e viu um carro vermelho à distância.

— Tudo bem. Segure-se.

Logo perdiam o carro de vista.

— Fica prevenido que vamos ter de entrar à esquerda — disse Cristina.

— Falta muito?

— Uns 40 quilômetros. Se você mantiver esta velocidade, a gente fica livre deles. Aposto que eles vão passar direto pra Formosa.

Foi o que aconteceu. O carro vermelho seguiu em frente. Estacionada a moto a quinhentos metros na outra pista, Edu e Cristina viram quando ele passou. Então Edu seguiu viagem, agora mais tranqüilo.

ERAM 7h30 quando paravam diante de uma padaria no centro de Altiplana. Edu desceu e se aproximou do homem do caixa. Tirou um papel do bolso do blusão e leu o nome que conseguira de Duarte.

— Por favor, preciso de uma informação. Como posso chegar até a fazenda da dra. Djane?

— Não conheço. O que ela é?

— É médica, eu acho.

— Médica? Hum... Não conheço nenhuma médica aqui em Altiplana.

Uma empacotadora de pães de fôrma esticou o pescoço e disse:

— O sr. Clementino Leal tem uma filha que é médica em Brasília. Não sei direito o nome, mas deve ser ela. Eu tenho uma amiga que trabalha na casa deles, a Divina. Já estive lá duas vezes.

— Sei que eles têm uma fazenda — informou Edu.

A mulher aproximou-se do balcão.

— Então é ele mesmo, e a fazenda é pertinho da cidade. Você volta por onde veio, e depois de uns três quilômetros vai ver uma entrada à direita. Siga mais um quilômetro e entre no mata-burro.

— À direita ou à esquerda?

— À esquerda. Do mata-burro você vai enxergar a casa, é bem grande e com uma varanda enorme dos lados.

18

BOM-DIA! — disse Djane, descontraída, ao ver Guilherme apontando na sala. — Papai sempre diz que quem pula cedo da cama dormiu muito bem, ou então nem fechou os olhos. Qual é o seu caso?

— Acho que não fechei os olhos. Mas isso sempre me acontece quando estou trabalhando num processo.

— Processo? — ela achou graça. — Pensei que estivesse de férias. Que processo?

— De culpa. Às vezes me acuso, às vezes me defendo.

— Que loucura! — ela voltou a rir. — Todos os advogados criminalistas são assim, tão engraçados como você, quando estão fora do tribunal?

— Nem todos. A maioria só é engraçada no tribunal.

— Ah, sei. E em que fase do processo você está agora?

— Bem, acho que hoje vou estar o dia todo no banco dos réus. E peço permissão à mística Djane para perguntar à médica: esse pessimismo não poderia ser um efeito colateral do remédio que o Duarte me passou?

— Hum-hum. Poderia, mas acho que não é. Você não tem cara de doente.

Ela deixou de lado a brincadeira para dizer:

— Pois eu dormi muito bem. Aliás, fazia muito tempo que não dormia assim.

Caminhavam na direção da cozinha.

— Deve ter sido porque você está sentindo que a sua clínica sideral já existe.

— Bom-dia, Divina — disse Djane entrando na cozinha.

— Bom-dia, Djane. Bom-dia dr. Guilherme.

— Bom-dia, Divina. E seria melhor ainda se você esquecesse o doutor.

— Ah, isso não dá. Com a Djane já estou acostumada, ajudei a trocar as fraldas dela. Mas com o senhor não. Deixa eu ser como sou.

— Que seja. E o seu café está cheirando bastante.

Divina apanhou uma xícara, um pires e serviu café para Guilherme. Djane não quis. Preferiu coalhada.

Minutos depois estavam na varanda. Djane falava a respeito de Divina.

— A Divina me contou sobre aquele moço que vai ser julgado dentro de alguns dias. Ele tem mulher, e ela ainda continua na cidade. Coitada, fiquei com pena dela. São do Rio de Janeiro, músicos, e só tinham vindo aqui para um *show* no ginásio. A renda foi toda para a Missão dos drogados, segundo a Divina.

— Missão dos drogados? — perguntou Guilherme — O que é isso?

Clementino Leal acabara de chegar. E foi ele quem respondeu:

— Bem, eu acho que Missão dos drogados é um nome um tanto cruel, mas é assim que aquele lugar é conhecido na cidade. Eles lidam com pessoas viciadas em drogas. Mas quanto ao moço que vai ser julgado, dr. Guilherme, a Divina põe fé que ele ainda sai livre. Ela fala que as provas vão surgir.

— Eu não acredito que a fé possa mudar o rumo de um julgamento, sr. Clementino. Mas pode ser que a Divina saiba de alguma prova definitiva que inocenta o acusado.

— Disso ela não falou.

O assunto morreu. Logo Djane se inflamava com aquela bela manhã — e também com tudo o que lhe estava acontecendo. Guilherme deixou que ela falasse à vontade. A alegria dela devia-se ao desejo de iniciar as obras do projeto. Ela queria agilizar esse processo o mais rápido possível para poder permanecer todo o tempo ali na fazenda.

— O Miro falou que pretende ficar aqui na primeira semana das obras — ela disse. — Isso não é ótimo?

— Se isso deixa você contente, é.

Clementino sentara-se na mureta da varanda, com os pés do lado de fora. Tirou as botas.

— É, vai ser bom — disse o velho. — Pelo menos eu me distraio vendo o movimento.

— E vai se distrair durante uns bons dois anos, papai.

— Tanto assim?

— São dois mil metros quadrados de construção. Acha que é fácil? E tem ainda a parte externa, os jardins, a limpeza do bosque. Ah! Vai ser bom ver nascer desde os alicerces algo que eu sempre quis. Falei com o Miro que quero um desvio de água da mina da cascata até a clínica, e ele me garantiu isso.

Guilherme limitava-se a escutar. Em todo aquele entusiasmo de Djane ele via algo que não conseguia definir. Poderia ser um fiapo de inveja, mas soava como indelével irritação. Talvez fosse um pequeno ciúme por ver o nome de Miro Gomes tantas vezes repetido naquela casa — e pela voz de Djane.

Clementino, botas nas mãos, seguia só de meias para o interior da casa.

— Aonde o senhor vai com essas botas sujas, papai?

— Vou lavar no tanque.

— Então por que não dá a volta por fora? A Divina está limpando a sala.

O velho fez isso. Guilherme já estava parado bem diante de Djane. Ela continuava sentada na mureta e percebeu que o semblante dele estava carregado.

— No que você está pensando? — ela perguntou.

Mas não houve tempo de responder. Os ouvidos de Guilherme logo captavam o ronco da moto, como quem ouve o urro de uma onça à distância.

Meio minuto depois Edu parava a moto a dois metros da estreita calçada que circunda a grande varanda. Guilherme ficou pasmo quando viu a mocinha na garupa. Ora, ora, aí está, Guilherme, seu cego. Aí está o motivo de todo aquele assédio do Edu nos últimos dias. Dose dupla. Que irresponsabilidade!

— Oi — disse Edu ainda sem se desvencilhar da moto.

Guilherme sentiu um pequeno latejar nas têmporas. Pensou em descarregar o que lhe ia pela mente — mas por respeito a Djane ele se controlou. Arrastou Edu consigo para longe das mulheres. Ali Guilherme escutou pouco, falou muito, disse três ou quatro "nãos", meio sim, e logo o breve encontro criava um impasse insustentável entre ambos.

Mas como não estavam trancados num apartamento, tiveram de engolir a vontade de berrar um com o outro. Foi um curto instante de guerra meio insonora, quase só de gestos, nervosos passos de lado, caretas.

Ainda na garupa da moto, Cristina estava sem jeito vendo a cena entre pai e filho. Meio sorriu para Djane, e esta fez o mesmo. Mas não se falaram.

Edu voltava. Como que envergonhado, ele se despediu de Djane com um aperto de lábios, ligeiro gesto de cabeça, e montou na máquina. Sem dizer qualquer palavra, sem mesmo olhar de novo para o pai, ele injetou combustível e o escapamento explodiu. Nem Cristina teve tempo de se despedir.

Logo a breve passagem de Edu e Cristina deixavam na varanda da fazenda apenas o longínquo urro de onça se afastando.

Quando Guilherme resolveu enfrentar os olhos de Djane, ele achou que ela talvez fosse lhe passar um meio sabão. Mas o sinal do celular preso à cintura o salvou.

Sacando-o num gesto brusco, Guilherme atendeu.

— Quem é?

"Ei, Capitão, o que é que há? Você parece assustado."

19

AO TERMINAR de preencher a ficha, Edu a entregou à jovem recepcionista do hotel. Com a mochila aos pés, Cris aguardava sentada no extenso divã que tomava toda a parede do saguão. Sentia-se exausta, e não só fisicamente. Achou que o cérebro fervia. Na verdade ela já estava cansada de fugir, e tinha sido isso que a levara a aceitar a idéia de Edu de parar em um hotel.

Quinze minutos antes, tinham estado na rodoviária, mas quando a moça já ia comprar a passagem para Formosa, Edu pediu que ela ficasse. Depois de um dia e uma noite de descanso, livre do temor que vinha vivendo lá em Brasília, ela podia ir para Formosa. Ele próprio comprometeu-se a levá-la de moto até a porta da casa de sua tia Guiomar. Então ela cedeu.

Edu voltou da portaria e sentou ao lado de Cristina.

— Você está bem, Cris? Estou achando você tão pálida.

— Estou só cansada, Edu.

— Então vamos subir.

Já no segundo andar, Edu parou diante de uma porta e conferiu o número ligado à chave.

— Você fica neste, eu no outro em frente.

— Mas por que você quis dois apartamentos? Pra que tanto gasto?

— É o certo, Cris. Esqueça o gasto. Quero que você fique à vontade.

Cristina entrou e fechou a porta. Edu foi para o seu apartamento. Dez minutos depois ele saiu e deu dois toques na porta de Cristina. Ela abriu.

— Vou dar um giro por aí, Cris, preciso comprar um xampu. E você? Não precisa de alguma coisa?

— Não, nada, Edu.

— Não demoro.

— Edu — ela chamou e ele voltou. — Eu... eu quero mais uma vez lhe agradecer por tudo. Mas eu não queria que fosse assim.

Ele procurou sorrir.

— Deixa disso, Cris. Está tudo bem. Estou contente de ter podido ajudar você a escapar daqueles caras, sejam quem for.

— Não estou falando deles, Edu. Estou falando de seu pai. Me desculpe. Por minha causa vocês discutiram, e isso está me incomodando.

— Ah, não! Por favor, você não teve culpa de nada, meu pai é assim mesmo. Ele... nós dois temos tido uns problemas lá em São Paulo, é isso.

— Não precisa explicar nada, Edu. Eu disse o que sinto.

Comprimindo os lábios, ele disse:

— Gostei de ter conhecido você, garota. Isso é o que importa. Vai, toma o seu banho que eu não demoro.

A volta que Edu deu no comércio local demorou 35 minutos. Ao retornar, nem sinal de Cristina. Apenas um bilhete.

O TELEFONEMA de Miro Gomes funcionou como a gota que faltava para saturar a paciência de Guilherme. Ele mal podia acreditar que Miro estava ligando de São Paulo.

"O que é isso, Capitão?", brincava Miro, "fique calmo. Eu não dei o trote em ninguém. Lá em Anápolis nós íamos mesmo tomar um bimotor para Palmas, mas aconteceu que a reunião foi adiada para a semana que vem. Então, sabe como é, em Brasília uns deputados me arrastaram pra um jatinho, e eu voltei."

A mão esquerda de Guilherme tremia. Ele mudou o telefone para a outra. Sua língua estava travada, as têmporas latejavam, o braço esquerdo pesando. Miro era um irresponsável. Devia xingá-lo, mas temeu que Djane ou o pai dela ou Divina pudessem escutar.

"Mas me diga, Capitão, o que você está achando do divino anjo? Ela conquistou o deus dos tribunais?"

— Deixa de ser idiota, Miro — isso Guilherme não conseguiu reter. — E antes que gaste mais dinheiro no interurbano, saiba que amanhã à noite já vou estar descansando aí no meu apartamento. E vê se me esquece por um ano. Ou dois.

Miro ainda ria.

"Não acredito que sinta falta deste inferno, Capitão."

— Talvez sinta, principalmente de demônios como você.

"Pois trate de refrescar a cuca, Capitão. Lembre-se da receita do Duarte e tente fisgar uns peixinhos com o velho Clementino. Isso dá tempo pra eu chegar aí na próxima semana."

— Até amanhã aí em São Paulo, Faquir.

Guilherme bateu o telefone. Djane aproximava-se, e vinha querendo rir.

— Vocês parecem duas crianças — ela disse.

Guilherme procurou não dramatizar.

— Não sei se com o resto do mundo o Miro é assim, um irresponsável, mas sei que comigo ele não leva nada a sério. Acho que no fundo ele é meio maluco.

Djane continuava a rir. O telefone da sala tocou, e ela foi atender. Era Miro Gomes outra vez.

"O Guilherme nem me deu tempo de dizer que eu queria falar com você, Djane. É sobre o plano nacional de saúde. Que tal *Plano Delta de Saúde Natural?* O nome foi bolado por uma equipe de publicitários."

Nos cinco minutos seguintes Djane riu, escutou, riu de novo — divertiu-se com a incrível personalidade de Miro Gomes. Por fim passou o aparelho para Guilherme.

— O Miro disse que tem só um recadinho para você — ela disse.

Guilherme livrou-se de uma dose maciça de ar dos pulmões e apanhou o telefone.

— Fala.

"Já dei o recado para o nosso anjo, Capitão. Controle-se até que eu chegue aí. Tchau."

— O quê?

Miro Gomes desligara. Retribuía a gentileza de pouco antes. Enquanto Guilherme olhava para o telefone, mudo, Djane voltava a rir.

— O que foi que ele falou para você, posso saber? — perguntou Guilherme.

— Ele não lhe disse?

— Não, não disse.

— Ele falou que quarta-feira que vem ele vai chegar aqui com altas personalidades internacionais, e de helicóptero. Eles vêm para o lançamento da pedra fundamental da clínica. E o Miro disse mais, claro. Pediu para eu fazer com que você vá pescar com papai até que ele chegue.

Guilherme deixou-se cair sentado na poltrona ao lado. Djane tomou a outra. Ela ainda achava graça da cara que ele fazia.

— E sabe o que mais ele disse?

— Não.

— Me deu os parabéns. O *Plano Delta de Saúde Natural* já é uma realidade. Já pensou? Um plano nacional.

— Meus parabéns — meio ironizou Guilherme. E juntou um molho picante: — Principalmente pelo belo contrato que você assinou.

Até então Djane ria, mas súbito as últimas palavras mudaram o clima dentro daquela sala. Depois de pequena introversão, voz sem enfeite, ela disse:

— Não é a primeira vez que você insinua isso, como se o contrato fosse péssimo para mim.

— Sim, de fato. Acho que eu já insinuei isso.

Olharam-se firme, mas não nos olhos. Djane irritava-se com as meias palavras de Guilherme.

— O que você está querendo provar, afinal? — ela perguntou, já com pouca paciência. — Eu não vi nada de errado no contrato.

— Não vamos voltar a esse assunto, Djane. Sei que a aborrece. Talvez você devesse consultar um advogado.

— E agora, Guilherme? Por que essa ironia? Diga. Será que o problema está mesmo no contrato?

Ele passou a mão no queixo e se pôs de pé.

— Olhe, talvez você tenha razão. Talvez eu esteja procurando ver o que não existe. A chegada do Edu me irritou. Deve ser isso.

Só faltou ele dizer a verdade: que o problema não era Edu nem o contrato: era Miro. Mas ele se calou. Seria ridículo, aos 45 anos, mostrar tanta insegurança numa reles cena de ciúme juvenil.

Ainda em pé, por alguns segundos ele ficou olhando para o rosto de Djane. Onde estaria aquela mulher maravilhosa que ele conhecera num restaurante em Brasília? Existira de fato aquele encontro? Onde teria ficado?

Decidida, Djane foi até o quarto e de lá retornou trazendo uma quarta-via do contrato. Guilherme estava de volta à poltrona. Ela sentou-se na ponta do sofá e durante algum tempo ficou lendo. A pequena raiva já passara. Mas foi com reservas que ela falou:

— Juro que não vejo nada de errado neste contrato.

Também com a voz já bem mais controlada, até mansa, Guilherme não precisou pedir o contrato ao dizer:

— Leia de novo a cláusula das garantias, Djane. Você vai ver que por 10 hectares de terras você onerou 5 mil.

— E qual o problema? Haveria outra solução? Por acaso eu devia ter desmembrado os 10 hectares para cedê-los ao projeto?

— Seria o caso, mas você acha que a financeira iria aceitar isso? Se você comparar essa cláusula com a seguinte, a que torna as terras inaliáveis, vai ver que você não pode dispor de um centímetro que seja do imóvel geral, sem que a financeira dê consentimento, o que não é um termo justo, diga-se.

Ela não se deu por vencida. Abandonou o sofá batendo os dedos no papel.

— Mas eu posso liquidar o contrato, ou separar os 10 hectares e vender o restante das terras. Tenho esse direito.

— Será que tem? Existe uma cláusula dizendo que a liquidação antecipada só será possível se houver descumprimento de alguma obrigação, de ambas as partes.

Ela tornou a bater na cópia do contrato.

— Simples: então eu deixo de pagar as prestações.

— E aí eles pagam do bolso deles. E as terras da fazenda continuam bloqueadas.

Djane nada respondeu. Queimava de ódio. Mas a sua irritação não era com as cláusulas do contrato — era com aquela... com aquela soberba implicância de Guilherme.

— E lhe digo mais — ele voltou: — Se comparar essas duas cláusulas com a que cita o orçamento e o cronograma anexos, vai ver que o não-cumprimento desta última não lhe dá o direito de rescindir o contrato. Ou seja, se a construtora quiser atrasar a construção, digamos... três, quatro anos ou mais, nada a impedirá de fazer isso. Não foi à toa que já estabeleceram que a construção vai ser em duas etapas. A construtora pode alegar inúmeros motivos perfeitamente aceitáveis em qualquer tribunal. O Brasil é um país financeiramente instável, e qualquer ronco noturno da Dow Jones em Nova York, ou da turma asiática, perturba o nosso sono. E os cinco mil hectares da fazenda continuam presos. Ou seja, a fazenda toda.

— E por que eles fariam isso? Para quê?

— Excelentes perguntas. Talvez o Miro possa responder.

Djane controlou-se para não aceitar palavras que lhe desciam à boca, mas Guilherme bem que merecia ouvi-las. Em nenhum momento ela pensou em procurar tais cláusulas no contrato. Ficou ali, com as três folhas de papel na mão, achando que tudo não passava de uma absurda e eventual hipótese. Pior: intriga. Gratuita intriga de Guilherme.

— Como vê, está tudo na mãos do Miro.

— Miro! Miro! Miro! Que é que há, hem Guilherme? — explodiu finalmente Djane.

Divina apontou a cabeça na semi-aberta porta da cozinha. Depois a fechou com cuidado.

— Por acaso você está procurando me indispor com o Miro? — voltou Djane. — É isso?

Depois, devolvendo-se ao sofá, mais controlada:

— Afinal, vocês vieram juntos... pareciam tão amigos. O que foi que houve entre vocês dois? Por que você procura me alertar contra ele?

— E eu estou fazendo isso, Djane? Acho que não. Eu e o Miro somos amigos, quem disse o contrário? Estou apenas falando de um contrato que você fez com uma financeira.

— Claro que é contra o Miro! Eu vejo isso nos seus olhos.

Por um momento, Guilherme olhou firme para Djane. Ela permaneceu com a cabeça abaixada, nas mãos o contrato. Quando ela levanta os olhos, ele já vai caminhando pelo corredor dos dormitórios. Talvez ele tenha ido buscar o remédio — ela se remoeu. Tanta discussão por nada.

Durante os dezessete minutos que Guilherme ficou no quarto, Djane caminhou diversas vezes ida e volta até a varanda. Numa delas, ela pára diante do telefone. Fica imóvel durante alguns segundos, então puxa a lista e busca um número. Depois ergue o aparelho e disca.

Do quarto Guilherme escutou Djane falando ao telefone, mas não conseguiu entender palavra alguma. Depois, quando ele apontou no começo do corredor, Djane completava uma segunda ligação.

Mesmo surpreendida ao ver a mala que Guilherme trazia, Djane ficou firme.

— Por favor — ela disse à pessoa que a atendeu —, me ligue com Miro Gomes. É Djane, de Altiplana, Goiás.

Na sala, Guilherme pôs a mala no chão, mas não saiu do lugar. Continuou olhando para Djane. E ela também olhava para ele, mão direita segurando o aparelho, e a esquerda brincando nervosamente com a lista telefônica. Mas ambos os olhares careciam de profundidade. Eram frágeis e morriam covardes a meio caminho.

— Miro? É a Djane. Liguei porque... bem, eu estou confusa. Acabei de falar com o oficial do cartório e... bem, é que eu mandei suspender temporariamente o registro do contrato.

"Você o quê?"

Miro falava, fazia perguntas, e enquanto isso Clementino Leal entrava em casa. Viu Guilherme, viu a mala e se preocupou.

— Eu sei, eu sei — dizia Djane ao telefone —, mas hoje é quinta, e daqui a quarta-feira tem uma semana, você pode avisar o pessoal da financeira. Não estou dizendo que vou rasgar o contrato... apenas quero um tempo. É assunto meu, pessoal. Preciso refletir mais um pouco.

A voz metálica de Miro Gomes ressoava até os ouvidos de Guilherme.

— Por favor, me entenda — disse Djane. — Eu resolvi que vai ser assim. Preciso de alguns dias para pensar melhor.

Em dado momento Djane estendeu o aparelho na direção de Guilherme.

— Ele quer falar com você.

Guilherme aproximou-se e pegou o telefone das mãos de Djane. Agora os seus olhares tiveram uma breve oportunidade de encontro, que logo se desfez porque Djane deixava a sala rumo ao corredor dos dormitórios.

"O que foi que você me aprontou aí, hem Capitão?"

Foi um tom de voz azedo, quase um arroto esticado. E para essas ocasiões Guilherme sempre levava um eficaz antiácido no bolso: desligou sem dizer uma só palavra.

Tirando os olhos da mala, Clementino Leal acercou-se de Guilherme. O velho nada disse. Nem precisava. Tinha os olhinhos um tanto umedecidos. Desse sentimento quase paternal Guilherme experimentou um bocado.

— Já estou indo embora, sr. Clementino. A nossa pescaria fica para outra vez. Era hoje ou amanhã. O que eu tinha de fazer aqui está feito, e já é hora de eu voltar para São Paulo.

Djane retornava. Tinha ido lavar o rosto, mas voltava como quem tivesse readquirido forças.

— Papai vai sentir sua falta — ela disse, firme, vendo o pai caminhar meio cabisbaixo rumo à varanda. — Foram só dois dias, mas marcaram para ele. Eu conheço papai, e sei que ele vai sentir.

— Eu também vou. Mas tinha de acontecer.

Guilherme empunhou a mala e começou a afastar-se. Djane o seguia pouco atrás. Lá fora ele parou, voltou-se.

— Olha, Djane, eu... eu quero que me desculpe. Acho que passei dos meus limites, fui ingrato depois de toda essa hospitalidade de vocês. Eu confesso a minha culpa. Me perdoe.

— Deixa disso — ela disse com o olhar meio perdido.

Voltaram a caminhar. Djane ia de braços cruzados.

— De qualquer forma estraguei os seus sonhos — disse Guilherme. — Mas vá em frente, reexamine bem o contrato, e se achar que lhe serve como está, assine. A vida é assim mesmo. Para crescer temos de assumir riscos. A vida em tudo é uma seqüência de riscos.

Aproximando-se de Clementino, Guilherme estendeu-lhe a mão.

— Foram momentos ótimos aqui na fazenda, sr. Clementino. Sei que nunca vou esquecer.

O velho não teve palavras — ou força para dizê-las. Com ambas as mãos ele segurou a de Guilherme.

Depois foi a vez de olhar para Djane. Ela se apoiava no braço e no silêncio do pai.

— Tchau, Djane. Gostei de conhecer você.

Não se deram as mãos. Nem tiveram coragem de se olhar nos olhos. Apenas repartiram ao meio a combustão espontânea que se transmitiam.

Quando Guilherme já tinha colocado a mala no carro, escutou de Clementino:

— Volte sempre... a casa é sua.

Porta aberta. Fechada. Chaves no contato. Partida. Atos mecânicos. A mente paralisara como se o eixo do próprio mundo houvesse parado. Marcha à ré e manobra.

Agora Guilherme estava a poucos metros diante dos dois.

— Obrigado, sr. Clementino — ele disse.

E arrancou com o carro.

Firme e muda feito uma esfinge, Djane ficou algum tempo lá, em pé ao lado do pai, vendo o carro sumir já na curva do asfalto que levaria Guilherme à rodovia — e para a distante São Paulo. Naquele momento nada conseguiria convencê-la do contrário: ela sabia que Guilherme tinha ido embora magoado.

Foi quando Djane sentiu a mão do pai em seu braço.

— Você gosta dele... não gosta, filha?

Então ela se soltou nos braços do pai. E chorou. Não se lembrava da última vez que havia chorado no ombro dele.

20

DE LONGE, Neimar viu o caminhão da prefeitura parado diante da Projovem. Dois homens mexiam no cavalete de registro da água.

— Não acredito! Era só o que faltava!

Ele foi depressa até a frente e parou onde os homens trabalhavam. Um deles acabava de aplicar o alicate no lacre metálico. O fornecimento de água estava cortado.

— Ei! Mas o que é isso?

— Corte de água — informou laconicamente um dos homens.

— Mas por quê?

— Por falta de pagamento, o que mais? Dois meses.

— O quê? Que absurdo! Esperem só um momento que eu vou buscar as contas pagas, e pagas antes do vencimento.

Os homens esperaram. Mas esperaram recolhendo a caixa de ferramentas e assumindo seus lugares na cabina do caminhão. Antes que o motorista desse partida, Neimar chegou sacudindo as duas contas pagas. Inutilmente. Os homens nem quiseram ver.

— Se teve algum engano, então o senhor precisa ir reclamar lá na prefeitura. Nós não podemos fazer nada. Só cumprimos a ordem de serviço.

O caminhão foi embora deixando Neimar inconformado. Marta e Marlene apontavam no portão lateral.

— Ah! Senhor! — clamava Neimar — me controle para eu não mandar o prefeito para o inferno!

— O que houve, amor? Por que você mandou o prefeito pra lá? — perguntou Marta.

— Não, meu bem, eu não mandei. Ainda não, só pensei alto. Mas retiro o que eu disse: Senhor, não deixe ele ir para o inferno antes de conhecer a tua justiça.

— Você continua querendo que ele vá pro inferno.

— É verdade. Então eu troco: Muda aquele homem, Senhor. Permite que ele experimente na pele o peso de te servir.

— Agora melhorou. Mas o que foi que houve?

— Ficamos sem água, Marta, só isso. Primeiro foi a luz. Depois largaram o nosso lixo durante uma semana. E agora essa com a água. Até quando vamos agüentar isso?

Marta deu um suspiro. Ao lado, Marlene nada disse.

— O que você tem de fazer agora, amor, é levar esses recibos na prefeitura e reclamar.

— É o que vou fazer. E vocês, já estão indo para a ronda na rodoviária?

Antes que respondessem, Juvenal chegava.

— Pastor... o senhor viu o muro do outro lado?

Neimar esticou o pescoço e percebeu que tinham pichado o muro. Foi até lá.

Fora da cidade, seus maconheiros!

Neimar balançou a cabeça.

— Tem hora que me dá vontade de largar tudo.

— Nunca! — decretou Marta. — É isso mesmo que eles querem. Temos mais é de continuar lutando. Vamos, Marlene. Vamos pra rodoviária.

— Vá devagar, meu bem — disse Neimar —, cuidado com o Calebe, já está chegando o dia.

— Não se preocupe — disse Marta acariciando o enorme ventre —, um dia ele vai saber que já ajudava a mãe a pescar antes mesmo de nascer.

21

TIANA LIMA demorou para puxar o cordão do sinal e o ônibus passou quarenta metros do trevo de Altiplana.

— Eu já ia passando do meu destino — ela disse ao motorista. — Obrigada, moço.

Ela desceu e começou a voltar pelo acostamento. Pensava num bom prato de lentilha e no salário mínimo de viúva que ia receber hoje.

— Hoje você pode fazer essa extravagância, Tiana — ela disse a si mesma. — Pode comprar meio quilo de lentilha.

Súbito, quando ia chegando ao trevo, o carro entrou, bateu nela e a jogou contra os tufos de capim do acostamento.

Rápido Guilherme parou o Golf e voltou até onde a mulher estava estendida no chão. Ela batera a testa no asfalto e desmaiara. Curiosos iam se juntando. Rapidamente ele pediu que alguém o ajudasse a levá-la para o seu carro. Ele pensava numa fratura interna e possível hemorragia. Viu o óculos caído, e o guardou na sacola da mulher.

Quinze minutos depois, ele já estava no balcão do hospital pedindo depressa uma maca. Logo dois homens passavam com a padiola. Enquanto isso ele preenchia uma ficha de responsabilidade.

Em dois minutos os homens voltavam de padiola vazia.

— Qual é o carro? — um deles perguntou a Guilherme.

— O Golf azul parado bem aí na frente.

— Alguém deve ter brincado com o senhor. Lá dentro não tem ninguém.

Guilherme foi ver. A mulher desaparecera.

AO FAZER a volta com a moto, Edu viu o pai parado em pé ao lado do Golf. Guilherme também o viu, então começou a caminhar ao seu encontro. Edu estacionava a moto junto à praça e praticamente diante do hotel em que estava hospedado. Encontraram-se e ficaram alguns segundos olhando um para o outro em silêncio.

— O que houve? — perguntou Edu. — Está perdido nesta aldeia?

— Mais ou menos. E a sua namorada, onde você a deixou?

Edu continuava sentado na moto. Nada respondeu.

De novo Guilherme:

— De que família lá em São Paulo você roubou a moça?

— Aposto que você nem escutou o que eu contei sobre a Cris.

Guilherme olhou de um lado, do outro, controlou-se para não perder a calma.

— Larga essa moto aí e vamos nos sentar naquele banco do jardim. Temos de acertar de uma vez por todas os nossos ponteiros, moço.

— Acho bom mesmo — disse Edu saindo da moto.

Foram para o banco do jardim.

TIANA sacou o dinheiro da aposentadoria e rumou para o mercado. Não encontrou lentilha. Adquiriu algumas mercadorias e as colocou na sacola.

Quinze minutos mais tarde ela já estava entrando na rodoviária. Só então se lembrou de passar a mão no galo da testa.

— Continua aqui — ela disse a si mesma. — Sei que não era a minha hora de morrer, mas pra ganhar uma carona será que eu tinha de ser atropelada desse jeito, Senhor?

Ela viu a jovem cabisbaixa sentada no banco. Parou.

— Por que você está chorando desse jeito, menina?

Cristina ergueu a cabeça.

— Eu não estava chorando.

— Os olhos não, mas o coração sim.

Então Cristina desata a chorar convulsivamente.

De longe Marta e Marlene viram a cena. Aproximam-se. Tiana olha para as duas.

— Esta menina está fraca, precisa comer alguma coisa.

Sorrindo e meio encurvando-se apesar da enorme barriga, Marta põe a mão no ombro de Cristina.

— Vem, nós temos um bom e quentinho prato de sopa de lentilhas para você.

E virando-se para Tiana:

— E para a senhora também.

Tiana abriu o sorriso. E deixou de lado o ônibus que ia pegar.

O BANCO era de granito e cercado por arbustos simétricos sob a imensa copa de uma árvore.

— E aqui estamos nós dois — disse Guilherme, azedo —, num banco de jardim perdido no fim do mundo, de volta aos velhos problemas. E eu nem devia estar aqui, era para estar bem longe não fosse aquela... Deixa pra lá.

Ele olhou para Edu.

— E quanto a você? De repente esquece São Paulo, esquece a L. Santana, o Scorzzi... o trabalho no escritório e fica com a cabeça rodando em volta de uma moça que conheceu ontem?

Edu ia retrucar, mas Guilherme voltou, incisivo:

— Sabe, o que eu acho é que você sempre procura problemas para fugir de resolver os seus. Concorda?

— Não, não concordo.

— Então você é um tolo, um tolo que vive caçando problemas porque gosta de problemas. Primeiro resolva os seus, moço.

Discutiram durante 45 minutos. Uma última enxurrada de acusações de Guilherme fez com que Edu desse um pulo do banco de granito.

Caminhava para atravessar a rua, quando o Gol branco de Neimar parou bem diante do hotel. Neimar saiu do carro e aproximou-se.

— Pela moto que estou vendo você é o Edu, não é?

— Sou eu.

— Meu nome é Neimar. A Cristina está esperando você lá na Missão.

— A Cris? — animou-se Edu. — E onde fica esse lugar?

— Atrás da rodoviária, é a última rua da cidade. Você vai ver o casarão com o nome Missão Projovem. Se quiser me seguir, estou indo pra lá.

— Eu vou em seguida — disse Edu olhando para o banco onde estava seu pai.

Só então Neimar enxergou e reconheceu o criminalista de São Paulo. Sorriu por dentro. Obrigado, Senhor. Eu sabia que ele ia voltar.

— Tudo bem — disse Neimar a Edu. — Nós vamos esperar vocês lá na Missão.

— Vocês? — estranhou Edu.

— É — disse Neimar olhando sugestivamente para o banco onde estava Guilherme.

Neimar voltou ao Gol e saiu. Enquanto isso Edu retornava para perto do pai. Tirou do bolso o bilhete deixado por Cris.

Edu, desculpe se eu piorei as coisas entre você e seu pai. Obrigada por tudo, Cris.

Guilherme leu em silêncio. Depois devolveu o bilhete a Edu.

— Acho que o mínimo que você podia fazer agora — disse Edu — era ir pedir desculpas a ela. E isso não aleija ninguém. Afinal, ela tinha decidido ir embora porque achava ser a causa da nossa discussão, o que não é verdade. Concorda?

Em silêncio Guilherme se levantou do banco.

— Tudo bem, vou ceder mais uma vez aos seus caprichos, moço. Mas não espere que eu me ajoelhe aos pés de sua namorada.

— Ela não é minha namorada.

— Claro que é, seu tolo. Vou apresentar a ela as minhas desculpas e em seguida cair fora. Já era para eu estar quase na metade do caminho.

EU QUE peço desculpas, dr. Guilherme — disse Cristina. — Afinal, só vim trazer transtornos à vida do Edu.

— Bem, isso já é um assunto de vocês dois.

Guilherme ergueu-se do banco de madeira extenso, que servia para acomodar os rapazes junto à mesa durante as refeições. Cristina permaneceu sentada no banco. Na sala só estavam ela, Edu e Guilherme.

Então Tiana Lima entrou. Ela vestia um avental e vinha com uma panela de alumínio e um pano nas mãos. Parou e colocou a vasilha e o pano sobre a mesa. Não desviava os olhos de Guilherme.

Na porta que dava para o corredor lateral surgiram Neimar, Marta e Isabel. Todos viram que Guilherme estava meio perplexo.

— Quem... quem é a senhora, afinal? — ele perguntou a Tiana, olhando-a de frente.

Corrigindo com um dedo o óculos em cima do nariz, ela disse:

— E por que o senhor quer saber?

— Por causa desse seu galo na testa.

— Hum, sei —. Tiana olhou fundo nos olhos de Guilherme. — Muitos e muitos séculos antes, moço, Deus já tinha preparado um batalhão de pedras no espaço... esses meteoritos que vocês falam... pra que viessem chover na cabeça dos inimigos de Josué, bem no dia e na hora em que o exército de Israel estava cercado. Porque é assim que Deus controla tudo, até a impiedade do ímpio. Dele, nada nem ninguém escapa. Nem a pedra, pois dela ele tira água. Você não veio por sua vontade, moço: foi arrancado de onde vivia pra estar aqui hoje.

As têmporas de Guilherme latejaram, seu rosto ganhou calor. Pouco a pouco, como num começo de vertigem, ele achou que a fronte ia doer, o braço esquerdo formigar e retornar aquela terrível sensação de peso no peito que ele sentira no tribunal de júri em São Paulo. Mas nada disso aconteceu — a não ser a meia tontura que o fez voltar ao banco. Ali Cristina ainda continuava sentada ao lado de Edu.

Tiana pegou a panela e o pano.

— Feitiçarias — ela disse olhando cada um dos que ali estavam. Seus olhos pararam em Neimar. — Feitiçarias, pastor.

Parte 4

22

O SOL já se tornara um disco avermelhado no platô do Morro das Estrelas, mas Djane não sentia vontade de voltar para casa. Ela estava no exato local onde seria construído o Delta. Sentia-se confusa. Precisava refletir e tomar a decisão certa.

Então ela enxergou Marion Cordeiro vindo lá de baixo, da trilha que ia dar no bosque da Pousada das Estrelas. Ela desceu ao encontro dele.

— É bom ver você de novo, Djane — disse Cordeiro.

— E é bom estar de volta a este paraíso, Marion. Você fica até quando?

— Só volto a Brasília depois do dia 13.

Começaram a caminhar sem pressa na direção do bosque.

— Mas você não parece totalmente feliz — ele disse.

— Acho que não. Tudo vinha muito bem, mas de repente a minha cabeça ficou cheia de dúvidas.

— Dúvidas?

— É sobre o Delta. Eu estava tão entusiasmada, e no entanto agora...

Djane não concluiu.

— Às vezes damos mais valor a pensamentos que vêm do exterior, mas a verdade de cada um está em sua própria mente. Qual é a sua verdade, Djane?

Djane parou e Marion Cordeiro também.

— Não existe o mal, se não o concebermos — ele disse. — Nem existe a dúvida, se nos escutarmos. A nossa mente sabe o que nos convém, ela já viveu múltiplas vidas. Não mude os seus planos, Djane. Nada e ninguém tem o direito de decidir por você. Só você. Obedeça a si mesma, ao que o seu pensamento absorve durante os períodos de meditação profunda, e você alcançará o que deseja. Sobretudo, afaste-se das pessoas que a contradizem. Só assim você conseguirá fazer a Grande Obra.

Djane nada disse. Cordeiro continuou:

— Todos nós, do Círculo de Aquário, estaremos reunidos aqui no próximo dia 11. Exatamente às 8h01 da manhã, durante o primeiro eclipse solar do milênio, teremos no platô do Morro das Estrelas o Ritual da Mandala Sagrada. Ele vai marcar a chegada da Quarta Dimensão, que certamente trará transformações para o planeta. Será um momento de revelações cósmicas importantes. Quero você no nosso círculo de meditação, Djane.

— Sim, mestre. Eu estarei lá.

— E seria bom se você esquecesse um pouco as suas preocupações materiais, e também pudesse participar do encontro de amanhã de manhã, lá na pousada. A Sueli e o Spencer estão com saudades de você.

— E eu também deles. Mas vamos ter bastante tempo. Pretendo ficar por aqui, descansando até o início da construção do Delta.

Marion Cordeiro sorriu.

— Gostei dessas palavras. Estou contente por você ter escutado a sua consciência, Djane. Agora volte para casa, já vai escurecer.

Cordeiro desceu e Djane retornou.

23

PELA PRIMEIRA vez em suas vidas, naquela quinta-feira Edu dormia sob o mesmo teto que o pai — e num hotel. Cristina ficara alojada em companhia de Isabel, na casa de Marta e Neimar.

— Devo estar perdendo a forma — Guilherme voltou a reclamar. — Não sei o que me segura aqui nesta cidade, nem o que me deixou assim meio bobo. Não acredito que seja pelo que escutei daquela mulher.

O telefone do hotel tocou. Edu atendeu e passou ao pai. Era Miro Gomes.

"E aí, Capitão? Aproveitando o recesso?"

— Como foi que você me descobriu?

"Eu tenho meios, Capitão. Tenho um bando de anjos a meu serviço que levam e trazem recados para mim. Acontece que um deles passou voando em cima do hotel e viu o seu Golf azul-marinho."

— Está bem. Então diga aos seus anjos que eu já estou perdendo a graça.

"O que é isso, Capitão? Onde está o seu espírito esportivo? Telefonei só para dizer que aquele impasse com o seu anjo já foi resolvido."

— Meu anjo? Do que você está falando?

"Da Djane, de quem mais? Ela acaba de me ligar, e já marcamos para o sábado da próxima semana um jantar lá na fazenda. Jantar de comemoração, claro. Vamos assinar um novo contrato e seguir em frente. Ela está mais entusiasmada que nunca, Capitão. Estou convidando você para esse jantar."

— Diga a ela que eu agradeço, mas vou estar ocupado.

"Nunca que eu vou dizer isso. Não quero deixar a coitadinha triste. Sabia que ela está começando a se amarrar no rei dos tribunais?"

— Deixa de lorota, Miro. O que você está querendo de mim? O que você está tramando?

"Ei, Capitão, que mau humor é esse? Zangado por quê? As férias não estão boas?"

Guilherme ficou em silêncio.

"Está bem. Vou deixar você dormir um pouco. Acabo de chegar a Brasília e vou ficar aqui por uns dias. Hoje ainda é quinta-feira. Depois a gente se fala. Tchau."

Miro Gomes desligou.

— Esse Miro está ficando doido.

Rindo, Edu disse:

— Ele sempre foi. E eu estou estranhando.

— Estranhando o quê?

— Acho que tem algum parafuso perdendo a rosca na sua cabeça. É a primeira vez que eu vejo você não trocar gracejos com o Miro.

— É. E eu fiquei com a impressão de que ele está querendo me comprar.

Ambos estavam sentados em camas paralelas. Edu se ergueu insinuando:

— Também, eu não sei em que pé estava o relacionamento de vocês três...

Guilherme o olhou.

— De nós três quem?

— Que é isso, velho? Está perdendo a prática? Ou está querendo brincar comigo? Está na sua cara, qualquer um vê. Você e o Miro sempre tiveram diálogos de feira, e agora de repente vejo você gelado desse jeito. Eu acho que é aquela mulher no meio de vocês dois.

— Deixe de ser bobo.

Após algum silêncio Edu voltou:

— Bom, que alguma abelha picou você, picou.

O telefone do hotel soou de novo. Edu atendeu. Era Neimar. Ele queria falar com Guilherme.

"Dr. Guilherme, recebi agora pouco a informação de que o pedido de mudança da data do julgamento do Sérgio foi negado. Vai ser mesmo daqui a 12 dias."

Guilherme nada disse.

"Eu telefonei porque... bem, tudo está acontecendo rapidamente, e a pergunta de todos nós aqui é uma só: Afinal, o dr. Guilherme vai atuar no caso ou não vai?

Antes que Guilherme respondesse, Neimar juntou:

"Sei que você vai atuar. É isso que Deus quer, acredite."

— Pastor, no meu trabalho eu não costumo depender de nenhum tipo de fé, me perdoe a franqueza. Mas resolvi ficar mais dois ou três dias. Se nesse meio tempo surgir alguma evidência forte a favor do seu protegido, talvez eu o defenda.

"Glória a Deus!"

— Mas deixe os fogos de artifício para depois. E não se esqueça do que eu disse: *se* surgir uma prova convincente de que Sérgio não matou aquele rapaz.

"Entendido. Ela vai surgir, acredite. Boa-noite, dr. Guilherme."

NEIMAR entrou em contato com o advogado Palmas. Fato quase inédito, Palmas não estava bêbado àquela hora da noite. Neimar falou de Guilherme.

"É mesmo?", perguntou Palmas como que duvidando. "Guilherme Sale, o criminalista de São Paulo?"

— Em pessoa.

"Como vocês conseguiram?"

— Orando, dr. Palmas. É assim que as montanhas se despregam do solo e caem no mar.

"Hum", fez Palmas. "Pelo menos eu refresco a minha cabeça."

— E como é que o dr. Guilherme vai entrar no processo, dr. Palmas? O que tem de ser feito?

"Nada. No dia do julgamento, quando o juiz perguntar ao Sérgio se ele tem advogado, o Sérgio responde que sim e dá o nome do dr. Guilherme. Com isso eu fico livre. E isso, sim, eu considero um milagre."

— Bom para o senhor e ótimo para nós, não é mesmo?

DEZ horas da manhã seguinte.

A Quantum venceu os 800 metros de terra da casa-sede da fazenda até a entrada. Dali, tomando a esquerda, desceu pela pista asfaltada mais 1.500 metros. Nos fundos do sítio do prefeito Saturnino Flores, Djane tomou a pista que a levaria à Pousada das Estrelas, bem no coração do bosque e junto à cascata. Minutos depois parou o carro no amplo estacionamento da pousada.

Era um lugar esplendidamente fresco, impregnado do cheiro da mata e do som que vinha das águas caindo para formar o Poço Mágico. Dez ou doze pessoas nadavam no poço, ou simplesmente deixavam-se ficar imobilizadas e recebendo o sol intermeado pela copa das árvores.

Djane saiu do carro e ganhou os degraus de acesso à plataforma da pousada. De longe, lidando com plantas, Sueli a viu.

— Djane! Ei! Estou aqui!

Abraçaram-se. Logo chegava Lauro Spencer, marido de Sueli. Ele tinha 48 e ela 46 anos. Ambos eram terapeutas e proprietários da pousada. Conversaram durante quinze minutos, e quem mais falou foi Djane. Falou de seu entusiasmo com o Delta. O casal vibrou.

— E Marion? — perguntou Djane.

— Está na cachoeira, onde mais? — disse Sueli. — Você sabe que a água é um elemento sagrado para ele.

— Herança do Ganges e do Yamuna — completou Spencer.

— Eu pensei que ia ter reunião agora de manhã — disse Djane.

— Ia ter — disse Sueli —, mas foi transferida para a parte da tarde. O Bôscoli ligou de Brasília dizendo que ele e outros três iam atrasar um pouco. Se você tem alguma coisa a fazer, aproveite agora.

— Acho que vou aceitar a sua sugestão, Sueli. Tenho de ir ao banco resolver um assunto de papai.

— Chegando até as duas da tarde está ótimo — disse Spencer.

Djane despediu-se e foi embora.

CRISTINA escreveu seu nome e o número do telefone da Missão num papel e o entregou à funcionária do banco.

— Pode ficar sossegada — disse a funcionária do banco. — Assim que a ordem de pagamento chegar eu ligo.

Cristina agradeceu. Quando estava prestes a sair, súbito pânico: viu dois homens conversando na porta do banco. Retrocedeu o passo e se escondeu do outro lado do cliente que a funcionária agora atendia. Sorrindo, a funcionária perguntou se ela queria mais alguma coisa. Não, não queria. Agradeceu, mas continuou ali, sem coragem de olhar outra vez para a porta do banco. Pegou um formulário de propaganda de seguros e fingiu ler.

Minutos depois o cliente do lado se foi e a funcionária cuidou de saber se Cristina estava interessada em seguros.

— Não, só estou olhando — ela disse, e a funcionária se afastou.

Cristina mantinha-se meio de costas para a saída do banco, sem coragem de olhar para trás para saber se os dois homens continuavam lá.

Súbito toque em seu ombro e ela estremece.

— Ah, me desculpe, eu assustei você?

Cristina sorriu livrando-se do susto.

— Oi, dra. Djane. Quem pede desculpas sou eu. Eu estava distraída.

— Tudo bem com você, Cristina?

— S-im, tudo bem.

Djane sorriu meigamente ao perceber que Cristina estava a ponto de chorar.

— Não, você não está bem, menina. Você está com o seu emocional a zero. Mas eu vou ajudá-la. Me espere só um minuto que preciso sacar um dinheiro.

NA PROJOVEM, Marta entrou na sala e sentou-se ao lado de Neimar. Ele fechou a Bíblia, trouxe a esposa para mais perto dele e afafou-lhe os cabelos. Depois de tentar escutar algum movimento do pequeno Calebe, Neimar afastou a cabeça do ventre de Marta.

— Você deve estar cansada, não é meu bem? — ele disse.

— Mas está valendo a pena. A posição em que chegamos significa vitória final.

— É verdade. Foi Deus quem trouxe o dr. Guilherme até aqui, e o trouxe para vencer. Concorda?

— Claro — disse Marta encostando mais a cabeça no ombro do marido. — E a decisão tomada pela Tiana de ficar aqui alguns dias me aliviou bastante. Ela viu a minha barriga e ficou com dó. Não me deixa nem entrar na cozinha, lá da Missão e daqui de casa.

— Eu sei. E ela só aceitou ficar nessas condições. É um anjo que Deus nos enviou. Deus abençoe a nossa irmã Tiana. Mas e a Isabel?

— Ela está lá, no quarto. Já fiz de tudo pra ela sair e arejar um pouco a cabeça. Mas a resposta dela é sempre o choro. Coitada, ela tem sofrido tanto.

— Logo isso tudo termina.

Segundos de silêncio e Neimar pergunta:

— Marta... e a Cristina?

— Ontem à noite ficou naquilo que você viu, calada. Acho que o que você falou não entrou no coração dela. Ela tem um bloqueio, você já percebeu?

— Claro.

— Ontem à noite, ela falou com uma tia de Taguatinga, parece que é sobre um carro vendido. Hoje ela saiu cedo dizendo que ia até o banco.

O telefone toca e Marta atende.

"Eu queria falar com o dr. Guilherme, por favor."

— Ele não está aqui. Quer deixar recado?

"Sim, quero, por favor anote o meu número."

Marta fez sinais a Neimar e ele pegou a esferográfica e o pequeno bloco. Neimar anotou o número.

"Peça que ele me ligue ainda hoje, se for possível. E obrigado pelo gentileza, minha senhora."

— Por favor, qual é o seu nome?

O homem já tinha desligado.

ERAM 2h10 da tarde quando Djane parou a Quantum no estacionamento da Pousada das Estrelas. Saíram do carro e logo viram Marion Cordeiro vindo ao encontro delas.

— Escutei o barulho da sua Quantum, Djane — ele disse com brandura. — Você chegou dez minutos atrasada, mas vejo que tem um bom motivo.

— Sim, tenho. Eu trouxe alguém que não sabe o que está acontecendo na vida dela. Ela está sem objetivos.

Cordeiro sorriu paternalmente para Cristina e a olhou no fundo dos olhos.

— Sei que o seu nome é Cristina, filha, mas vou chamá-la como a chamam as pessoas de sua intimidade: Cris. Você chegou num momento importante. Vamos, juntemo-nos aos demais.

Sentindo um calor incomum percorrer-lhe o corpo, Cristina seguiu Djane. Marion Cordeiro as conduziu até uma clareira do bosque. Ali estavam cerca de 60 pessoas, homens e mulheres vestindo roupas brancas, todos em posição de lótus no chão de terra batida. Era um lugar agradável. Só alguns esguios raios do sol conseguiam atravessar a entrelaçada copa das árvores.

Quase ritualmente, Djane e Cristina reclinaram-se no espaço que lhes foi aberto por Sueli e Spencer. Djane logo assumiu a posição de lótus, mas a inexperiência de Cristina — ou cisma — a deixou sentada sobre uma das pernas.

Diante do grupo Cordeiro disse:

— Temos aí a Cris, que depois vocês vão conhecer melhor. Ela não sabe o que está acontecendo em sua vida, e se vê sem objetivos.

Cordeiro começou a circular lentamente.

— Mas ter objetivos na vida não leva a lugar nenhum: é preciso ter *o* objetivo. E o primeiro passo é saber que existe um universo paralelo ao nosso: o universo dos espíritos evoluídos. São esses mestres cósmicos que nos ajudam no caminho da evolução.

"Faço minha a mensagem do Bhagavad-Gita: *Submetam-se e cultuem os mestres cósmicos que alcançaram o clímax da evolução espiritual, porque assim descerá sobre vocês a proteção superior. A prosperidade que vocês buscam lhes será entregue como prêmio do culto que lhes prestarem. Aquele, porém, que goza desses dons e prospera retendo tudo para si, sem nada restituir aos céus de onde saiu, esse é ingrato e ladrão.*

"Precisamos conduzir tudo dentro do axioma de que o conhecimento é inesgotável e nos faz eternos discípulos, até o dia da plenitude cósmica. Para isso, temos de lutar a favor do nosso semelhante, e não contra ele. Nós, os mais evoluídos, temos o dever de estender a mão aos que rastejam na terra."

"E aqui estamos nós mais uma vez neste lugar sagrado", continuou Cordeiro olhando através de uma brecha na copa das árvores, que deixava enxergar um pedaço do platô do Morro das Estrelas. "Sagrado desde a antigüidade, embora poucos o saibam. Houve um tempo em que ali, no platô desse morro, aportavam seres cósmicos em suas naves espaciais. Eles trouxeram conhecimentos ao embrionário mundo humano de então; conhecimentos que até hoje prevalecem."

"Mas agora chegou o momento para que esses seres cósmicos retornem. Profundas mudanças vão ocorrer no mundo, e só com a presença entre nós desses seres evoluídos é que a humanidade conseguirá viver o milênio da transformação — o milênio da paz e da justiça entre os homens."

Fez-se profundo silêncio no bosque. De longe ouvia-se apenas um ou outro som de pássaro. Nada mais.

Então Cordeiro começou a andar parando diante de Cristina. Agachou-se e ergueu-lhe o queixo com a ponta dos dedos da mão direita.

— Não lute contra você mesma, filha. Não interrompa nem faça regredir a sua evolução espiritual. Você procurou e achou, bateu e a porta lhe foi aberta. Alegre-se! Você finalmente chegou ao limiar da liberdade. De agora em diante você vai evoluir até alcançar o nível mais alto reservado para os seres humanos que se preocupam com a perfeição final, e não com esta efêmera passagem pela terra.

24

NAQUELA tarde, Guilherme lia o jornal na cama. Bateram na porta, e ele foi atender. Era o rapaz do hotel trazendo um envelope grande e pardo.

Além de um calhamaço de folhas contendo inúmeras xerox, dentro do envelope Guilherme encontrou uma lauda datilografada:

O meu nome não vem ao caso, mas tenho interesse em que a verdade apareça, doa a quem doer. Sei que o senhor é um advogado astuto e vai acabar mexendo com meia cidade, por isso estou oferecendo minha colaboração. Gostaria de ver o nosso prefeito no banco dos réus. O que estou fazendo pode não ser digno, mas não é nada comparado com a sujeira que ele tem feito esses anos todos.

Um cidadão anônimo.

Eram xerox de notas fiscais com a observação "fria" nos cantos. Xerox de um duplo orçamento — um deles com valores quadruplicados em relação ao outro. Guilherme franziu a testa ao ver nesses dois orçamentos o característico logotipo VG da construtora de Miro Gomes.

E havia mais: Um relatório anexo dizia que, de 95 a 98, a prefeitura de Altiplana gastara pequenas fortunas em produtos que iam desde um anel de diamante até serras paralelas e duas máquinas empilhadeiras.

Edu entrava no quarto.

— Veja isto que acabo de receber — disse Guilherme passando-lhe parte dos papéis.

Durante alguns minutos, Edu ficou tentando entender as maciças falcatruas municipais.

— Mas pra que servem serras paralelas e máquinas empilhadeiras? A prefeitura administra alguma serraria?

Guilherme releu a carta anônima.

— Aposto que a pessoa que enviou isto é uma mulher, e possivelmente trabalha na prefeitura.

— Por quê?

— Veja a linha da nota fiscal do anel de brilhante. Está grifada. Indignação. Só uma mulher pode fazer isso. Indignação com uma pitada de inveja. E suponho que somente alguém da prefeitura possa ter acesso aos documentos para tirar as xerox.

Guilherme ergueu-se da cama e começou a circular. Refletia. O telefone do hotel tocou e Edu atendeu. Era Neimar.

"Eu queria falar com seu pai, Edu, mas antes me deixe perguntar uma coisa: você sabe da Cristina?"

— Da Cris? O que tem ela?

"Saiu cedo dizendo que ia até o banco e ainda não voltou. A Marta achou que ela estivesse com você."

— Não, não vi a Cris hoje.

"Bem, ela deve ter os seus motivos. Ela deve aparecer a qualquer momentoe, não é mesmo? Posso falar com seu pai?"

— Claro — e, estendendo o fone para Guilherme, disse: — É o pastor Neimar.

Antes que Neimar falasse qualquer coisa, teve de ouvir:

— Parece que andou acontecendo um equívoco, não é, pastor? Saí à rua para dar uma voltinha e duas pessoas me pararam para perguntar se era eu o novo advogado do moço que matou o filho do prefeito.

Neimar assimilou o tom crítico na brincadeira de Guilherme.

"Se há alguma culpa é minha, dr. Guilherme, me perdoe. Mas pela fé eu já o considero no caso.

— Acho que já lhe disse que fé não ganha causa num tribunal.

"Talvez ganhe essa do Sérgio. Porque Deus...

— Vire esse disco, pastor — cortou Guilherme.

"Bem, o que eu quero dizer é que há algumas evidências que comprovam o que estou dizendo."

— Por exemplo?

"Não acredito que a nossa querida irmã Tiana tenha vindo a esta cidade por acaso. Ela foi enviada por Deus."

— Você não consegue respirar sem pôr Deus no meio? Mas por que você diz isso?

"É que não existem acasos nem coincidências no mundo, dr. Guilherme: só providências."

— Sei — ironizou Guilherme brincando. — Deus está consertando o mundo mandando meia dúzia para cá, uma dúzia e meia para lá. Até agora não escutei nada que se aproveite num tribunal de júri. E não é *por acaso* que eu faço essa afirmação. Afinal, o acaso não existe, não é mesmo?

Neimar deu uma risadinha aceitando a brincadeira.

"Bem, de qualquer forma a irmã Tiana veio e fez o que tinha de fazer. Não fosse ela, você hoje estaria em São Paulo."

— E devia estar. É bem difícil crer que Deus encaminhe alguém para ser vítima de um atropelamento.

Agora Neimar riu.

"Ela não veio para ser atropelada, dr. Guilherme: veio para impedir que você escapasse pela segunda vez."

— Sei. E o salário dela foi um galo na testa.

"Bem, para ela é como se fosse uma coroa. Mas não foi por isso que eu liguei. É que um homem telefonou querendo falar com você, e se possível ainda hoje."

— Quem?

"Não conseguimos pegar o nome dele. Mas o número do telefone ele deixou. Quer anotar?

Guilherme anotou o número. Antes que desligassem, ele perguntou:

— Mas como está o galo de dona Tiana?

"A coroa?", Neimar brincou.

— O galo, pastor, a protuberância na testa ocasionada pelo atropelamento do qual sou agente ativo. É que não quero complicações.

"Ah, entendi. Mas esqueça aquele galo, dr. Guilherme. Deus cuida dele."

— Sei. Mas qualquer problema me avise.

Desligaram. Guilherme ficou alguns instantes em silêncio. Edu fazia a barba no banheiro. Então Guilherme apanhou o celular e teclou alguns números.

— Antunes?

"Fala, chefe. Por pouco que você não me pega mais no escritório. A sexta-feira acabou ficando tranqüila. Já estou pensando em pegar a Beth e as crianças e tentar ir ver o sol lá da baixada. Mas como vão indo as suas férias?"

— Pior que num tribunal. Liguei porque estou precisando de umas pesquisas.

"Diga."

— Quero que vasculhe a vida do Miro.

"O quê? Do Miro Gomes?"

— Ele mesmo. Vasculhe de ponta a ponta empresas, ações, contas bancárias, contratos, tudo o que estiver ligado a ele me interessa. De quanto tempo você precisa?

"Pelo menos dois dias. Mas hoje é sexta. Só segunda-feira."

— Esqueça a praia por enquanto e, se for preciso, avance na verba. Entre em contato com o Neves. O escritório dele funciona 24 horas, incluindo sábados, domingos e Natal. E a maioria das respostas vai sair eletronicamente, você sabe. Dá para você me enviar alguma coisa até sábado?

Em vez de responder Antunes riu.

"Onde foi que o Miro mordeu, chefe? No seu coração?"

— Por acaso você voltou a falar com o Duarte, é?

"De vez em quando."

— Eu sabia. Mas depois lhe conto o que está acontecendo, e vai depender do que você me conseguir.

"É, acho que essas férias acabaram trazendo mais aborrecimentos para você. O Edu chegou aí?"

— Está se cuidando, fazendo a barba. Talvez ele fique por aqui mesmo. Encontrou uma distração.

"Deixe-me ver: uma moto de quantas cilindradas?"

Guilherme riu.

— Ela tem vinte anos e é bonitinha. O nome dela é Cristina Bandeira.

— Aquela atriz da TVMAR do Rio? Ou é mera coincidência?

— Sem coincidência. Estou começando a acreditar que isso não existe.

"Ah, mas que ótimo para o Edu! E que pena também. Não sei como vou me virar aqui sem ele. Mas espero que não seja uma doença contagiosa. Tenho medo de que de repente você resolva tirar leite de vaca e me largue sozinho nesta enfermaria de doidos."

Guilherme riu.

— Enfermaria de doidos! Afaste-se do Duarte por um tempo, Antunes. Aguardo a sua chamada.

Desligaram. Em seguida Guilherme discou o número fornecido por Neimar. Atendeu uma voz de mulher.

— Quem fala é Guilherme Sale, me deixaram esse número e eu...

"Ah, dr. Guilherme, um momentinho."

Foi feita a conexão interna.

"Dr. Guilherme?"

— Sim. Quem é?

"Jarbas, dr. Guilherme!", ecoou a voz eufórica do juiz Jarbas. "Você nem imagina o alvoroço que ocasionou a notícia aqui em Goiânia esta manhã! O Cléber deu pulos de alegria, e eu também, confesso. Já removemos todas as montanhas que estavam diante de nós dois, e o promotor e o juiz anteriormente nomeados para o caso desistiram a nosso favor. Eu e o Cléber vamos estar aí nesse duelo!

— Quê?

"Depois disso, dr. Guilherme... depois de presidir a mesa de um tribunal de júri popular que tem de um lado Cléber de Godói, e de outro nada menos que o maior criminalista do país... depois desse belo presente, eu posso começar a escrever as minhas memórias, e pensar na aposentadoria. E é o que vou fazer."

"Ah! sim," juntou Jarbas, "use e abuse deste telefone, caso precise de algum expediente, extemporâneo ou não... notificação a testemunhas... sindicâncias. O que quiser. Mandarei que se cumpra imediatamente."

Despediram-se e Guilherme fechou o celular quase num soco. Ainda sentado na cama, ele terminou de digerir a notícia. Depois saiu andando. Mudo.

Quem diria! Que bela peça a vida estava pregando neles dois! Ele e o Xeque defrontando-se depois de 23 anos! Defrontando-se não mais num bate-boca de corredor de faculdade — mas no tribunal de um júri popular. Se acasos não existem, então um poder qualquer está trabalhando dia e noite para que eles se encontrem ali, naquela cidadezinha.

— Pois ele vai se arrepender de ter nascido — acabou dizendo Guilherme.

— Quem? — perguntou Edu desde a porta do banheiro, meia cara ainda ensaboada.

— Estou pensando alto, só isso. É que acabo de saber que o promotor que vai atuar no caso de Sérgio é um velho conhecido meu.

— E pelo que escutei vocês são inimigos de morte — disse Edu, sumindo de novo na porta do banheiro.

— Acertou.

Um minuto depois, Edu veio do banheiro e pegou a chave da moto. Estava introvertido.

— Que cara é essa? — perguntou Guilherme.

— Por quê? Ainda tenho sabão de barba?

— Tem, no seu cérebro. Aconteceu alguma coisa com a sua namoradinha?

— Ela não é minha namoradinha, já falei — disse Edu abrindo a porta para sair.

— Então por que esse sabão de barba no cérebro?

NAQUELA mesma noite, Edu encontrou Cristina na Missão. Ela estava radiante.

— Estou tão feliz! Finalmente encontrei o meu caminho, Edu. Encontrei um apoio fantástico na Djane, e ela me levou até Marion Cordeiro.

— Marion Cordeiro? Aquele guru?

— Ele mesmo. Ele é um homem maravilhoso, profundo, um mestre. A Djane me chamou para passar uns dias lá na fazenda com ela.

— E... e você aceitou?

— Lógico! Só vim apanhar a minha mochila. Você me leva?

— Sim, claro.

25

NA NOITE do dia seguinte, sábado, faltavam quinze minutos para as onze horas quando o celular de Guilherme tocou. Era Antunes com o retorno.

"Se você me conseguir um número de fax, eu passo o material todo, chefe. Mas deixe-me adoçar a sua boca com alguma coisa. O Grupo VGOMES — se você não sabe, fique sabendo —, se expande a todo momento e nas mais variadas direções: construção civil, incorporação de imóveis, exportação de soja, suco de laranja, celulose, duas imobiliárias, Rio e São Paulo, comércio de madeira, uma empresa de consultoria, e — pasme! — franquias de artigos esotéricos não só no Brasil mas, por enquanto, em Buenos Aires, Montevidéu e Paris. Em desenvolvimento, para implantação em todo o território nacional, está um plano de saúde alternativo.

"Na área de consultoria uma novidade: os diretores da empresa não são graduados na Getúlio Vargas: são mestres em astrologia. Consultoria de Astroanálise, esse é o nome. Parece coisa de doidos, mas se o Miro Gomes põe a assinatura dele então deve funcionar. E ouça isto aqui: há dois meses cerca de 180 empresários se reuniram num clube aqui da Avenida Paulista, e o tema tratado — o carro-chefe dos assuntos — foi a astrologia. Foi o Miro quem fomentou a reunião, e todos os empresários receberam de coração aberto — e de bolso também — uma mensagem que, dizem, pode multiplicar seus ganhos em poucos anos. Acabo de falar por telefone com um deles, o Ubaldo, da Brastaço, e ele está entusiasmado. Você já notou grudado em carros uma faixa adesiva com um anjinho esbelto e a simpática frase *Eu Acredito nos Anjos*? Pois tem a marca registrada VG.

"Mas agora vem o principal, chefe. Você está sentado?"

— Na cama.

"Então segure-se. É chumbo graúdo. Isso tudo que eu adiantei é fichinha perto do que o Neves descobriu sobre a financeira CREDITUM. Você sabia que o Miro manda na CREDITUM? Nem eu."

Antunes ficou lendo relatórios durante nove minutos. O espanto fez com que Guilherme assobiasse duas vezes. Terminada a leitura — e diante do silêncio de Guilherme —, Antunes quis saber:

"Você caiu da cama, chefe?"

— Quase. Aguarde um minuto que lhe dou um número de fax.

Edu entrou em contato com Neimar e obteve o número do fax da Missão. Guilherme o passou a Antunes.

"Vou enviar em seguida. Mas me responda uma coisa: você não está trabalhando em nenhum caso, está? Quem pergunta é o Duarte."

— Diga a ele que estou ótimo, ótimo mesmo. E que nem me lembro dos comprimidos que ele me receitou. Dê um beijo na Beth e nas crianças por mim.

"Claro. Amanhã cedinho vamos descer a serra, ainda dá tempo de ver o sol. Cuide-se"

GUILHERME não conseguia pegar no sono. Nem Edu. Quarto às escuras, em dado momento Edu pergunta de sua cama:

— Aposto que a marca no cabo do martelo que bate na sua cabeça é VG.

O silêncio de Guilherme confirmou.

— E sabe o que mais, velho? — perguntou Edu olhando de lado para entrever na semi-escuridão o perfil do pai. — Pra mim você já está no caso do Sérgio.

Guilherme nada respondeu. Edu voltou:

— Só que você não faz isso pelo Sérgio.

— Então por quem? — perguntou Guilherme sem mudar de posição. Estava deitado de costas e sem travesseiro, costume seu quando o sono fugia.

— Não se faça de desligado. Conhecendo o seu método de trabalho, sei que já está bolando uma maneira de fazer o Miro cair sentado na cadeira das testemunhas.

— E por que eu faria isso?

— Por que eu não sei, mas *por quem,* sim: pela mulher que está tirando o seu sono. Diante dela você quer que o Miro seja o bandido. E você o mocinho, claro.

— Deixa de ser tonto e dorme. Você é investigador. De psicologia não entende nada.

— De psicologia não. Mas sou formado em Guilherme Sale.

— Você não perde uma, hem?

Edu aquietou e fechou os olhos para dormir. Mas não conseguiria facilmente. Ele pensava em Cristina.

Deitado de costas, olhos abertos e mãos entrelaçadas sob a cabeça, Guilherme começava a fixar na mente a idéia de que viera àquele fim de mundo para lavar em público não apenas a roupa suja de seu velho amigo Miro Gomes — mas também a de Cléber de Godói.

E isso estava longe de deixá-lo triste. Pelo contrário: agia nele como um tônico.

A MANHÃ de domingo trazia definições. Enquanto tomavam o café no restaurante do hotel, Guilherme dizia a Edu:

— Independente, do que possa surgir até o dia do julgamento, eu resolvi que vou defender o Sérgio.

— Qual a novidade? Como se eu já não soubesse!

— É, você sabia. Mas a situação do Sérgio me tocou. Ele não tem quem o defenda. Esse advogado, Palmas, só vai atuar como dativo para não parar na cadeia.

— Não precisa explicar. Fico contente com a sua decisão. Mesmo sabendo que nela o Sérgio tem pouco peso, ou nenhum.

Não foram palavras ofensivas. Além disso, Guilherme já estava acostumado com as farpas de Edu. Mas parou com a xícara de café.

— Já vai começar logo de manhãzinha, moço?

— Qual o problema? Doeu?

Edu quis rir. Guilherme não.

— Deixa de ser trouxa.

— Sabe — voltou Edu —, mesmo sem conhecer o Sérgio, fico contente por ele. Claro. Ele tem sorte em poder contar com um advogado como Guilherme Sale.

— Não enche, Edu.

— Só tem uma coisa: nós temos apenas nove dias para trabalhar, tirando hoje.

— *Nós* temos? Nem espera que eu o convide?

Edu afastou a sua xícara.

— Olha, mesmo que você não pegasse o caso do Sérgio, eu ia trabalhar nele. Sabia?

— Ah que gesto lindo! E quando foi que você resolveu isso? Antes ou depois de pôr açúcar no seu café?

— Bem antes.

Guilherme se ergueu da mesa. Edu fez o mesmo.

— Escute aqui — disse Guilherme encarando-o —, que tal evitarmos ceninhas desagradáveis e deixar que todos pensem que somos pai e filho exemplares? Hã?

— Por mim tudo bem. Mas, sabe, eu acho que o meu pavio ainda é um pouquinho mais longo que o seu. Além do mais, se eu disse que o Sérgio tem sorte é porque sei que você vai fazer tudo pra vencer mais essa. Conheço você. É pura questão de orgulho.

Dito isso, Edu pegou o capacete do lado e saiu para montar na moto e disparar.

26

A SEGUNDA-FEIRA amanheceu com sol forte. As pequenas janelas das celas, no entanto, não tinham direito a ele. Isso, porém, não impedia que Sérgio agora vivesse um breve momento de felicidade.

— Isa... — ele disse abraçando sua mulher — não chore mais, desse jeito você seca.

Em outra ocasião essas palavras poderiam arrancar risos. Mas não hoje. Então Sérgio beijou também as mornas lágrimas que atingiam os lábios de Isabel.

Depois, ainda de mãos ligadas, sentaram-se na estreita cama da cela. Sérgio não parava de afagar os cabelos da esposa.

— Sabe, Isa..., eu tive um sonho, e nele eu sentia a sua presença ao meu lado, dia e noite. Todos me diziam que era mentira, que eu estava só, mas eu não conseguia enxergar essa solidão. Você sempre estava comigo. De tal maneira comigo que... que às vezes eu tinha a sensação de não saber onde eu terminava e você começava.

— Sérgio!...

Choraram abraçados. Depois, refazendo-se, ele disse:

— E também tenho tido pesadelos... Vejo o tribunal, ouço as perguntas... As mentiras que as pessoas usam para ferir. Tem hora que eu não acredito que tudo isto esteja acontecendo comigo. Será... será que Deus ainda não perdoou o meu passado, Isa?

— Claro que perdoou, amor. Jesus, o Cordeiro Santo sem pecado, se fez pecado por nós, e isso basta. É definitivo. Você não crê?

— Sim, creio.

— Temos de seguir confiando nele, amor. Deus nos trouxe de longe o dr. Guilherme, um criminalista experiente. Ele está aí fora. Só espera que eu saia para falar com você.

POUCO depois Guilherme e Edu viram Isabel apontar no corredor das celas e caminharam para lá.

— Como ele está? — perguntou Guilherme.

— Acho que agora está melhor. Vou esperar lá fora com o pastor Neimar.

O carcereiro levou e introduziu os dois na cela de Sérgio. Depois trancou e desapareceu. Sérgio estava esperando em pé.

— Olá — disse Guilherme. — Acho que sua mulher lhe falou de nós. Eu sou Guilherme.

— E eu Edu.

Deram-se as mãos.

Guilherme percebeu que Sérgio tinha chorado.

— Ainda não sei o que posso fazer por você, Sérgio, mas o começo sempre é um só. Podemos nos sentar?

— Claro.

Sentaram-se os três na beirada da cama, Sérgio no meio.

— Quero ouvir tudo o que lhe aconteceu nesta cidade — disse Guilherme.

Sérgio contou. Então, erguendo-se, Guilherme falou francamente:

— Em minhas defesas eu me baseio em fatos, não em fé. Já disse isso ao pastor Neimar. Mas neste seu caso aconselho que dobrem as orações. O quadro é crítico, e o nosso tempo, curto. Mas, considerando que você seja inocente, o que tenho a lhe dizer é que o embrulharam direitinho.

— E deram um nó — juntou Edu.

Essas palavras abalaram Sérgio. Percebendo isso, Guilherme deu-lhe um toque no ombro.

— Mas fique calmo, moço. Se lhe serve de consolo, ainda não perdi um caso.

DEZ minutos depois, Guilherme parava o Golf diante da Missão para que Isabel descesse. Em seguida ele, Neimar e Edu rumaram para a casa do advogado Genolino Palmas. O homem não estava.

Logo avistaram Palmas num bar das proximidades, exercitando oratória para outros dois semibêbados. Os três estavam ancorados no balcão. Guilherme abanou a cabeça e desistiu.

— Vamos esquecer esse Palmas. De nada ele vai me servir.

Neimar tinha afazeres na Missão. Antes de deixá-lo no local, Guilherme perguntou onde ficava a prefeitura.

— Na praça, ao lado da igreja católica.

Neimar desceu e Guilherme saiu com o Golf. Antes da prefeitura, ele queria ir ao fórum. Parou e entrou com Edu. Quando Guilherme disse seu nome houve um pequeno rebuliço. Logo o oficial de justiça veio cumprimentá-lo.

— Temos ordens para lhe facilitar tudo, doutor — disse o oficial.

Guilherme puxou o bloco de anotações do bolso da jaqueta e anotou alguns nomes. Traçou um risco em baixo de Valdomiro Cintra Gomes.

— Esse nome sublinhado é um caso especial. O domicílio dele é em São Paulo, mas ele está em Brasília e deve vir a Altiplana esta semana. Eu lhe darei o dia e a hora exatos para que lhe entregue a intimação.

— Entendi, doutor.

— Algum problema quanto a isso?

— De maneira nenhuma. O dr. Jarbas já me ligou. Vou lhe passar o telefone daqui do fórum e também de minha casa. Meu nome é Ariosto. Caso eu não esteja, deixe recado e em seguida entro em contato.

— Ótimo.

Guilherme recebeu os números e agradeceu. Depois saiu com Edu. Já perto do carro este disse:

— Quer dizer que você vai mesmo envolver o Miro? Vai ser necessário?

— Você mesmo viu as faturas frias pagas pela prefeitura.

— E daí? Falcatruas de lado, o que tem isso a ver com o assassinato de Masinho? Ou você está achando que o filho do prefeito foi morto por ordem do Miro?

Guilherme riu.

— Onde você foi buscar essa brilhante idéia?

— Por aí.

— Concentre-se no seu trabalho de investigador, moço. Eu estou indo atrás da minha intuição profissional.

Guilherme abriu a porta do carro e entrou.

— Intuição? Hum... entendi — fez Edu abrindo a porta do outro lado.

Guilherme deixou passar o gracejo de Edu. Ligou o carro e saiu sem pressa.

— Tentar adivinhar quem matou Masinho Flores é loucura, você sabe — disse Guilherme. — E só nos resta uma semana. Por enquanto só tenho em minhas mãos um punhado de nomes que podem render algum tempo no tribunal, enquanto você investiga. Isso satisfaz você?

— Quer dizer que você vai ficar passando mercurocromo no cotovelo que dói, enquanto eu corro por aí feito um doido — afirmou Edu.

— Certas palavras suas eu faço de conta que não escuto. Vamos agir da mesma forma que sempre agimos em São Paulo.

— Já sei o que vai dizer: *Você me dá o martelo, os pregos e duas vigotas, que eu...*

— ...Que eu arranjo um culpado para pregá-lo na cruz — concluiu Guilherme. — Qual o problema? Isso sempre funcionou, você sabe melhor que eu.

SÓ QUANDO Isolina acabou de falar foi que Lucélia Feltrino acertou o raciocínio. Assustou-se.

— Um ad-advogado?

— De São Paulo, dona Lucélia.

Pálida, Lucélia ergueu-se da cadeira, ajeitou o conjunto de brim azul-claro, umedeceu os lábios e foi.

— Sim, pois não?

Numa fração de segundos os olhos de Guilherme buscaram as mãos de Lucélia. O anular esquerdo levava uma aliança de ouro.

Nenhum anel de brilhante. Como quem incomodada, ela sumiu com a mão debaixo da outra.

— Bom dia, dona Lucélia — disse Guilherme apresentando-se. — Meu nome é Guilherme Sale, sou advogado criminalista. E este é o investigador Edu. Estamos precisando de informações sobre determinado loteamento.

— Ah! Sim, pois não — Lucélia se aliviou um pouco. — Qual das Cohabs?

— Nenhuma delas. Estamos interessados no loteamento das chácaras.

— Chácaras? Aquelas antigas chácaras da rua do matadouro?

— Não, as chácaras da rodovia de acesso à cidade. Aquelas mesmas que iam ser implantadas na área que pertencia à fazenda Alvorada da família Leal.

— Ah sei, me lembro. Mas aquele projeto foi cancelado há três anos.

— Eu sei. Só quero dar uma olhada no projeto. Se existir alguma lei municipal que impeça isso, eu posso trazer uma ordem judicial.

— Não, claro que não existe nada contra. Um momento, por favor.

Lucélia dirigiu-se à ala dos arquivos de aço e começou a abrir e fechar gavetas. Pediu socorro a Isolina.

— Ué, dona Lucélia, a senhora esqueceu que essa pasta ficava no armário do Sr. Flores? Não existe mais, foi queimada naquele incêndio.

Lucélia parou. — Hã?

Devagar ela voltou ao balcão.

— Bem — ela tentou justificar —, acontece que estamos no fim de uma administração e separando o que deve e o que não deve ser incinerado — o senhor compreende? No momento não está sendo possível localizar a pasta das chácaras.

— É uma pena — disse Guilherme retirando o bloco de anotações do bolso da jaqueta. — Então eu vou precisar do nome completo da senhora, por favor. E também o domicílio.

A surpresa levou a mão de Lucélia até a gargantilha do pescoço.

— O me-meu nome?

— Sim, para a intimação judicial.

— Inti-mação?

Guilherme olhou para a mulher.

— Não precisa ficar assustada, isso é praxe. A senhora não é a chefe da secretaria da prefeitura?

— S-sim, claro.

— Pois eu preciso de sua palavra diante do juiz.

— Pa-palavra? Que palavra?

— Nada grave, dona Lucélia. Apenas quero que a senhora confirme que eu não pude ter acesso a um documento público, e que dependo de um tambor de incineração da prefeitura.

Lucélia estava branca, sem fala.

— Ah, deixe-me explicar — voltou Guilherme —, eu sou o advogado de defesa de Sérgio Misk, o moço que vai a julgamento pela morte do filho do prefeito.

— S-sim, ouvi dizer que havia um advogado de São Paulo no caso.

— Perfeito. Então entenda, dona Lucélia: existem outros envolvidos nesse julgamento, e eu estou fazendo o cerco. Se eu disser aos jurados e ao juiz que não posso provar a minha tese porque o projeto de um loteamento de chácaras não foi encontrado nos arquivos da prefeitura, eu fico sem crédito. Concorda? Seu nome completo, por favor.

Meio gaguejando, ela deu nome e endereço.

— Obrigado, dona Lucélia. A senhora deverá receber a intimação judicial possivelmente amanhã. Tenha um bom dia.

Quando os dois saíram, Lucélia cambaleou até sua mesa de trabalho. Deixou-se socar na cadeira. Pensou. Súbito ela sai meio correndo, patina o salto alto no piso da secretaria, ganha a porta da rua e consegue impedir que o Golf de Guilherme vá embora.

— Por favor, dr. Guilherme — ela disse quase sem fôlego —, eu tenho uma proposta a fazer —. A mulher quase enfiava a cabeça dentro do carro. Guilherme chegou a afastar o nariz meio palmo. —

Eu lhe entrego aquela pasta das chácaras, e em troca o senhor anula a minha intimação.

— Negócio fechado, dona Lucélia. E quando vai ser isso?

— Ainda hoje à noite.

— Ótimo. Eu estou hospedado no Hotel Central.

— Eu sei, quarto 26.

— É, eu sei que a senhora sabe. A propósito, obrigado por aquele envelope de documentos que me enviou. Estão sendo preciosos.

— Então posso ficar tranqüila?

— Claro — disse Guilherme extraindo do bloco a folha que continha nome e domicílio de Lucélia. — Isto é seu.

Aliviada, Lucélia retornou para a prefeitura e Guilherme saiu com o Golf.

Seguiram em silêncio durante meio minuto.

— Põe para fora isso que você está pensando — disse Guilherme.

— Mesmo que você não pedisse eu ia fazer isso. É que estou vendo se consigo entender.

— Entender o quê?

— O que vai pela sua cabeça.

Guilherme riu. — Na minha?

Edu continuava sério. E falou sério:

— Continuo com o mesmo problema insolúvel: ainda tento descobrir se você está pesquisando pra defender o Sérgio, ou pra acusar o Miro Gomes.

— Escute, moço: você perde algum pedacinho se eu quiser fazer as duas coisas ao mesmo tempo?

LUCÉLIA voltou à prefeitura com outro ânimo.

— O que foi que houve, dona Lucélia? — quis saber Isolina. — A senhora passou que nem um foguete.

— Não foi nada — ela disse quase sorrindo. — Está tudo ótimo. Ótimo mesmo.

Lucélia voltou à sua mesa, ergueu o telefone e ligou para a loja.

— Adão?

"Fala, Lucélia."

— Tem gente na loja?

"Só vou dar o troco pra uma velhinha."

— Então em seguida faça o seguinte: desça aquela caixa que está no forro e a coloque no nosso quarto. Depois mande o Beto comprar mais um envelope grande como aquele outro. Compreendeu, Adão?

"Claro. Só isso?"

— Acho que já é tarefa demais pra sua cabeça.

NAQUELA noite, Guilherme ficou até tarde examinando o conteúdo do calhamaço de papéis enviados por Lucélia Feltrino dentro de outro envelope pardo.

Agora o quarto estava na semipenumbra. De sua cama Edu voltou a martelar:

— Até quando você vai ficar cercando esses assuntos que ligam o prefeito, o Miro Gomes e as terras que foram da fazenda Alvorada da família Leal?

Guilherme desconversou:

— Amanhã cedo só vamos conhecer aquela moça, Amanda, a que foi namorada de Masinho Flores. Depois disso você fica livre. Já tem idéia de onde começar?

— Nenhuma. Mas você sabe como é isso: quando tenho sede e procuro água...

— Você sempre acha um pote cheio — completou Guilherme. — Eu sei. E espero que isso continue funcionando. Só temos sete dias, incluindo sábado e domingo.

27

ERAM 8h20 da manhã de terça-feira. Guilherme parou o carro diante da loja de calçados onde trabalhava Amanda. Neimar entrou na loja e trocou algumas palavras com a moça. Em seguida foi cumprimentar o dono da loja. Depois retornou ao carro.

— Assim que terminar de atender uma cliente, ela vem.

Cinco minutos mais tarde, Amanda saía da loja. Guilherme pediu que Edu abrisse a porta traseira. Ela entrou e Neimar fez as apresentações.

— Fale-me de Masinho Flores, Amanda — pediu Guilherme.

De repente ela se mostrou aborrecida.

— Qual é? Foi pra isso que vocês me chamaram? Já estou noutra, percebem? Tem um cara aí gostando de mim, e eu tenho mais é que acertar a minha vida.

— Isso é natural. Mas também não podemos esquecer o que já passou. Você tem boas ou más recordações de Masinho?

Após breve silêncio ela disse: — Boas e más. Por quê?

— Calma, só estou querendo a sua ajuda para compor a personalidade dele. Como era Masinho?

— Ele era uma criança mimada, isso que ele era. Tudo o que ele queria o pai lhe dava. Vivia drogado. Quando eu o conheci, achei que isso seria passageiro. Mas não. Só eu sei quanto o seu Flores sofreu com o filho dele.

Guilherme mudou de posição para olhar Amanda de frente.

— Quantas vezes você viu Masinho e Sérgio brigando?

Ela fugiu com os olhos. Estava nervosa. Pegou um cigarro da bolsa, acendeu e tragou. Edu abriu a porta meio palmo para entrar ar fresco.

— Você chegou a ver os dois brigando? — insistiu Guilherme. — Ou digamos: discutindo um tanto sem controle?

Amanda tragou diversas vezes. Guilherme acionou uma tecla e abriu todos os vidros do carro.

— Não, nunca vi.

— Mas no laudo policial você declarou que eles discutiram.

— Acho que sim, mas é que... é que o delegado me confundia a cabeça. E além disso o Masinho me contou tudo sobre a briga deles dois.

— Que briga? Pelo que eu sei foi Masinho Flores quem provocou Sérgio naquela noite diante do ginásio de esportes. E testemunhas afirmam que Sérgio nem abriu a boca. E então? Ninguém briga sozinho.

Amanda se limitou a ficar consumindo o cigarro. Depois abruptamente deixou escapar:

— Quer saber de uma coisa? Ele foi e já foi tarde. Pra mim a morte dele foi um alívio. Ele me policiava feito um cão de guarda, vivia controlando as minhas amizades. Era um nojo!

Guilherme fez ligeiras anotações em seu bloco. Depois voltou:

— E o que você me diz do pai dele?

— Bem, o seu Flores sempre gostou de mim, e torcia pra dar certo com o filho dele. Ele achava que eu podia endireitar o Masinho. Os dois viviam às turras.

— Isso você viu? Ou também foi o seu namorado quem lhe contou?

— Das duas maneiras.

— E os motivos, você sabe?

— Eram muitos. Cada dia um. Qualquer coisa sempre era motivo de bate-boca entre eles dois. Pro prefeito era o fim ver o filho consumindo drogas.

Súbito Amanda declara:

— Sabe de uma coisa? Cansei dessa gente. E quero mais é que eles me esqueçam. O mesmo digo de vocês. Não me lembro de mais nada que possa lhes interessar.

Ela jogou na rua o resto de cigarro, pegou a bolsa e saiu do carro.

— Tudo bem, foi ótimo, Amanda. Se eu precisar de você posso procurá-la?

Ela deu de ombros e foi embora sem nada responder.

— E então, dr. Guilherme? — quis saber Neimar.

— Ela está mentindo.

— Concordo — disse Edu.

— Bem — disse Neimar —, a história que essa moça conta bate com outra que corre pela cidade, que o Masinho Flores consumia uma dúzia de *crack* por noite. O que eu posso dizer é que esse boato é bastante recente. Antes nunca ouvi falar que ele era viciado.

— E agora, velho? — perguntou Edu.

— Agora? Agora eu vou me debruçar no processo policial e queimar a cabeça. E você trate de sair à luta, sr. investigador.

Apesar do diálogo um tanto pessimista, Neimar não escondia o seu entusiasmo.

— Puxa! — ele disse. — Que equipe vocês dois formam! Nunca vi pai e filho tão unidos desse jeito num mesmo trabalho. Fico imaginando como seria bom se um fosse pastor e outro missionário.

A resposta de Guilherme e Edu foi uma dupla gargalhada.

— Pensei que a loucura fosse privilégio de certos advogados — disse Guilherme saindo com o carro.

MANHÃ seguinte, Guilherme deixou o quarto às 7h10. Não acordou Edu. Tomou a pista que liga Altiplana à BR e após três quilômetros entrou à direita. Seguiu descendo pela vicinal asfaltada. Logo ele deixava à direita a placa da Estância Flores e 500 metros abaixo o mata-burro da fazenda Alvorada. Seguiu em frente até o fim do asfalto. Coincidia também com a cerca dos fundos da Estância Flores.

Desceu do carro. Durante algum tempo ele ficou apreciando os trinta metros do despencar branco da cachoeira à sua direita e na encosta do Morro das Estrelas. Era um bonito espetáculo. Ali, no chão, nascia o riacho que se enveredava através do bosque. Uma estradinha de terra batida também adentrava o bosque, e ele supôs que ia dar na Pousada das Estrelas. Mas ele não estava ali para ver isso.

Voltando-se, ficou olhando o pasto que ia subindo lentamente até a casa-sede da Estância Flores. À esquerda ele viu a casinha que seria do retireiro. E viu o curral. Calculou as distâncias. Depois traçou linhas no bloco e fez anotações.

Voltava para o carro, quando viu Clementino Leal bem próximo da cerca que dividia sua propriedade com o sítio do prefeito. Caminhou até lá.

— Vi o seu carro descendo, dr. Guilherme. Bom-dia!

— Bom-dia, sr. Clementino.

— Só ontem de tardezinha fiquei sabendo que você acabou não indo embora, e que apanhou o caso daquele moço acusado de matar o Masinho Flores.

— É. E eu vim fazer umas pesquisas.

— E ia embora assim, sem me fazer uma visitinha? — brincou Clementino. — Vamos tomar um cafezinho. Entra no carro e sobe até lá em casa. Num instante eu corto caminho aqui por dentro.

— Está bem, sr. Clementino. Mas antes deixe-me lhe dizer algo.

Clementino Leal retornou o passo dado. Guilherme então lhe disse que o tinha convocado como testemunha.

— Eu? Testemunha? — surpreendeu-se o homem.

Para Guilherme era uma situação desagradável, mas ele procurou ser sincero.

— Bem, partamos do princípio de que o morto é o filho do prefeito. Isso me obriga a envolver Saturnino Flores no processo de defesa do Sérgio. O senhor me entende? Vou ter de explorar o lado negativo desses 111 hectares que passaram para as mãos do prefeito. Isso pode me dar uma boa base de apoio.

Clementino passou a mão no queixo.

— Eu entendo. Se for assim, se é pra falar do que aconteceu, então está tudo bem. Mas vamos subir.

Minutos depois Guilherme parava o Golf no pátio da casa da fazenda. Clementino já estava na varanda esperando. Logo Divina chegava com uma bandeja contendo pães de queijo e um bule de café fresco.

— Bom-dia, dr. Guilherme — ela cumprimentou.

— Bom-dia, Divina.

— O senhor sumiu.

— É. Mas os ventos me trouxeram de volta, e de passagem.

Djane surgiu na porta da sala. Parou.

— Eu apanhei o dr. Guilherme trabalhando lá embaixo e trouxe pra casa, filha — disse Clementino. Djane saiu para a varanda.

Guilherme ficou surpreso com aquela nova Djane. Bastante calma, ela parecia feliz. Sorria aberto.

— Oi, Guilherme.

— Oi, Djane. Você está muito bem.

— Acho que são estas pequenas férias que tirei do trabalho. Não voltei mais a Brasília.

— O dr. Guilherme parece que deu uma emagrecida, não deu, filha?

— É verdade — quem respondeu foi Guilherme. — Perdi uns quilos naquela caminhada e não recuperei mais.

— Acho que foi bom para você — disse Djane.

Clementino e Guilherme estavam sentados na mureta. Diante deles, numa mesinha, a bandeja trazida por Divina. Djane deixou-se na rede estendida de lado a lado daquele pedaço de varanda. Guilherme e Clementino beberam um pouco de café e comeram pão de queijo. A improvisada reunião parecia sem assunto.

Então Guilherme perguntou a Djane:

— E a Cristina, como vai?

— Ah, ela está ótima. Acabo de falar com ela lá no acampamento da pousada.

— Acampamento?

— É, o acampamento do pessoal do Círculo. É lá que a Cristina está. Você precisava ver, ela é outra pessoa. Encontrou-se.

— É mesmo? Mas eu pensei que ela estivesse aqui na fazenda com vocês, pelo menos foi o que escutei do Edu.

— E ele, como está? — Djane mudou de assunto.

— Birrento como sempre. E os negócios com o Miro, como vão? Ele tem aparecido?

— Sim, ele esteve aqui na sexta-feira passada, e ontem me ligou de Brasília. A financeira aceitou as minhas condições.

— Agora a hipoteca vai ser só de 100 hectares, dr. Guilherme — juntou Clementino. — O resto da fazenda fica livre.

— Vamos fazer um desmembramento dessa área — voltou Djane.

— Entendo — disse Guilherme. — Mas pensei que o projeto todo iria ocupar apenas 10 hectares.

— Sim, claro. Mas o custo das obras é bem maior que o valor de 10 hectares de terras da fazenda. E como eles vão me financiar tudo, é necessário uma garantia complementar para cobrir todo o investimento.

— Hum-hum — concordou Guilherme.

— Eu e papai achamos que foi uma excelente solução. O que você diz?

Guilherme entreabriu as mãos.

— Se vocês ficaram satisfeitos, tudo bem.

Guilherme percebeu que não era a resposta que Djane queria ouvir. Prudentemente, por sua vez Clementino também notou o rumo que a conversa ia tomar: saiu falando qualquer coisa sobre o gado. Então os olhos de Guilherme e Djane tiveram um breve encontro. Mas logo ela fugia.

Depois, olhando para o rosto dele, ela disse:

— Sabe, eu não queria ter sido a causa do abalo da amizade de vocês dois. Eu achei o Miro bastante sem graça com isso. O que eu poderia fazer para quebrar essa situação?

— Você não fez nada para agravar.

— Claro que vocês romperam uma harmonia de tantos anos por minha causa. Ou melhor, por causa do meu negócio com ele.

— Não foi exatamente assim. Acho que as coisas aconteceram da forma que tinham de acontecer. Só isso.

— Que seja. Mas eu estava pensando... Sábado próximo vou dar um jantar aqui na fazenda, e o Miro vai estar presente. Você não quer vir? Quem sabe tudo volte a ser como antes entre vocês dois?

— Ah, o jantar comemorativo. O Miro já havia mencionado isso dias atrás. Acho que ele já contava com a vitória.

— Vitória?

Palavra-chave, vitória — percebeu Guilherme. Djane já mudou o tom de voz. Saiu da rede, cruzou os braços e foi até a extremidade da varanda. Lá ela se voltou e disse:

— Por que insiste em continuar com essa insinuação de que eu estou sendo envolvida pelo Miro num negócio que não serve para mim?

Guilherme deixou a mureta e caminhou ao encontro dela.

— Eu não estou dizendo isso, Djane.

— Claro que está.

Tudo voltara ao clima da última quinta-feira.

— Então esqueça o que eu falei — disse Guilherme bem diante dela. E contemporizou. — Hum... a que horas sábado?

— Às sete.

Guilherme guardou um instante de silêncio.

— Bem, eu agradeço, Djane. Gostaria de vir, mas vou estar ocupado. Já na segunda começa o julgamento e eu ainda preciso fazer algumas pesquisas, além de mastigar um pouco mais o processo do meu cliente. Me desculpe.

Djane não insistiu.

— Acho que já vou — disse Guilherme. Caminhou até o carro, abriu a porta e entrou.

— Dê um abraço em seu pai — ele disse.

E se foi.

POUCO mais tarde, de volta ao quarto do hotel, ele entrou em contato com Ariosto, o oficial de justiça. Pediu que fosse à fazenda de Clementino Leal para entregar a intimação a Valdomiro Gomes.

"Ótimo, dr. Guilherme. Amanhã eu pretendo intimar o sr. Clementino. Então aproveito."

— Não é bem assim, Ariosto. O Valdomiro Gomes só vai estar lá no sábado, ele vem de Brasília para um jantar. Vai ser às 7 da noite. É a sua chance. É agora ou nunca.

"Pode ficar tranqüilo, dr. Guilherme. Antes das sete já vou estar esperando. E só saio de lá com a assinatura dele."

Desligando, Guilherme descansou. O dia fora bastante proveitoso.

28

NAQUELA noite, por volta das nove horas, Edu sentou-se na cama. Pensou um instante. Depois deitou-se de costas. A exemplo do pai, ele também colocou as mãos cruzadas debaixo da cabeça. Somente a luz do banheiro estava acesa.

— Que novidade é essa? — perguntou Guilherme de sua cama.

— O quê?

— Eu gosto de refletir assim, com a cabeça em cima das mãos para pensar. Mas você? Deitando na cama antes da hora de dormir? Como vai o seu caso com a Cris? Você a tem visto? Segundo apurei, ela não está na fazenda, está no acampamento de um grupo esotérico. Você sabia disso?

— Prefiro falar do Sérgio. Coitado. Os dias estão passando e não surge nada. Mas não vou esquentar a cabeça. De repente uma luz aparece.

— E por falar em luz — enfatizou Guilherme sentando-se na cama —, eu repassei o processo de denúncia contra o Sérgio. E há alguns detalhes que nos podem ser úteis.

— Por exemplo?

— Na noite do assassinato tinha chovido um pouco naquela região, e a perícia constatou, pelas marcas de pneus, que somente o Gol do pastor Neimar transitou por ali na manhã do crime. Se considerarmos que o Sérgio é inocente, temos que o assassino só pode ter entrado e saído pelos fundos. Dessa forma, a mulher do retireiro não pôde ver ninguém mais além do Sérgio.

— Mas existe outra via de entrada para aquele sítio?

— Existe o asfalto que vai até os fundos, onde começa o bosque. Ali ia sair um projeto que gorou, então o asfalto ficou inútil, a não ser como segunda opção para atingir a Pousada das Estrelas. Qualquer um pode ter ido de carro e parado no final do asfalto. Ou pode ter ido por dentro, pelo caminho da pousada. De lá, a pé e possivelmente margeando a cerca, a pessoa foi até a casa-sede, esperou o Sérgio sair e matou Masinho Flores. Em seguida retornou para os fundos, subiu no carro e foi embora.

Edu esperou alguns instantes para perguntar:

— E o sangue da vítima no banco do carro e nas luvas encontradas na mochila do Sérgio?

— Eu sabia que você ia perguntar isso. Qual o problema? Eram dois, e não se esqueça que ainda era noite. Enquanto o Sérgio esperava lá na casa que Masinho surgisse, o sujeito foi ao Gol e fez um corte na mangueira do combustível de modo que parecesse ter rachado. Então, cansado de esperar, o Sérgio voltou ao Gol, saiu, mas 300 metros adiante parava por falta de gasolina. O Sérgio largou o carro, foi à rodovia e pegou uma carona para voltar à cidade. Enquanto isso os assassinos foram preparar o carro com as luvas etc. E então?

— É uma história lógica — disse Edu com alguma seriedade. Mas completou como numa pilhéria: — Bom seria se aparecessem dois caras confessando que fizeram desse jeitinho.

— Estou falando sério, moço!

— Pensei que você estivesse brincando.

Instantes depois Edu voltou:

— Eu, de minha parte, confesso que nunca me vi tão amarrado deste jeito.

— Até que enfim você falou alguma coisa aproveitável — disse Guilherme voltando a tombar de costas na cama.

Ficaram quinze minutos em total silêncio. Guilherme tossiu.

— Já está dormindo? — perguntou Edu.

— Já. Eu desenvolvi um método para dormir tossindo.

Edu sentou-se na cama de modo a ficar olhando para a cama do pai na semipenumbra do quarto. Guilherme continuava com as mãos cruzadas debaixo da cabeça e os olhos fechados. Súbito Edu diz como quem ri de uma pilhéria:

— Já pensou, velho? Já pensou no grande criminalista Guilherme Sale quebrando a cara pela primeira vez num lugarejo como este?

— Não amola, Edu — disse Guilherme sem se mexer da posição.

Edu continua rindo.

— E ainda mais diante de alguém considerado um dos maiores promotores do Estado de Goiás! Sabia que esse Cléber de Godói dificilmente perde uma causa? Fiquei sabendo hoje. Parece que saiu num jornal de Goiânia, ou de Brasília, não sei.

Guilherme manteve-se calado. Edu voltou no mesmo espírito de chacota:

— O pior é que meio mundo vai assistir de camarote. Sabia que o juiz Jarbas Oliveira concordou que o julgamento seja televisionado?

Guilherme abriu os olhos e virou a cabeça para Edu.

— Televisão? Mas por quê? Para quê?

— Pelo que escutei, é pelo famoso causídico Guilherme Sale que, por problemas de saúde, está afastado dos tribunais por um ano. E então? Você sabe como é a TV, eles farejam carniça de longe.

Edu seguiu no mesmo espírito de meio chiste:

— Acho que eles estão torcendo por uma síncope fulminante em plena tribuna. Ibope e tanto!

Agora Guilherme retirou as mãos de sob a cabeça e sentou-se na cama de frente para Edu.

— Quantas malaguetas você ingeriu no jantar?

A resposta de Edu foi uma sonora gargalhada.

— E sabe o que mais? — voltou Guilherme indo para o banheiro. Antes de fechar a porta ele disse: — Quando você fica assim, rindo à toa feito um bobo, pode ver que por dentro se sente uma minhoca pisoteada. Está nervoso porque a sua investigação não avança um milímetro? Por que nervoso? Uma derrota no tribunal só cai nas minhas costas.

Quando Guilherme saiu do banheiro, Edu estalou três dedos da mão esquerda. E agora falou sério:

— É, isso está me amolando. Não sei se é porque estou numa cidade pequena, sem alternativas... mas fato é que começo a ficar preocupado. Estamos a apenas seis dias do julgamento.

Guilherme nada respondeu.

CERCA de uma hora mais tarde, Edu foi para o chuveiro. Após o banho, vestiu uma bermuda e voltou. Mas não sentou na cama. Foi até a janela, ficou algum tempo olhando para o jardim da praça e retornou. Guilherme voltara a sentar-se na cama com um monte de papéis à sua volta e com a luz do abajur acesa. Edu parou diante dele. O pai parecia perdido num mundo de papéis.

— Por que não tenta me explicar o que se passa pela sua cabeça? Quem sabe eu ajudo?

Guilherme afastou os papéis e ficou olhando para Edu.

— Nada menos nada. É tudo o que temos. Está satisfeito agora? Ou quer mais detalhes desse nada?

— Seria bom.

— Você é uma piada, Edu. Se estivéssemos lá em São Paulo, eu ia telefonar pra sua tia e pedir que ela o levasse dar uma voltinha no Play Center.

— Mas não estamos lá em São Paulo. Estamos numa cidadezinha do fim do mundo. E numa enrascada sem tamanho.

Guilherme empurrou ainda mais os papéis de lado. Encheu os pulmões de ar e expeliu.

— É a primeira vez que vejo você suspirar desse jeito diante de um caso.

— Não amole, Edu! — disse Guilherme levantando-se de um salto. Internou-se no banheiro. Do lado de fora, Edu continuou:

— É por isso que eu acho que você ainda não está dirigido para o caso do Sérgio. Negativo. Você está numa guerra com você mesmo, e quem sai perdendo é o Sérgio.

Guilherme abriu a porta abruptamente e encarou o olhar de Edu.

— E quanto a você, mocinho? Me aborrecendo desse jeito por quê? Qual é a sua guerra, afinal? Não ter idéia do que vai fazer depois do julgamento? Pois lhe dou uma sugestão: arranje emprego numa delegacia qualquer e case com aquela moça. Ou melhor ainda: dê um jeito para que a Cris volte ao palco e seja leão-de-chácara dela.

Primeiro Edu abaixou os olhos. Depois saiu. Foi até o guarda-roupa, retirou o que lhe pertencia, enfiou tudo dentro da mochila, pegou a chave da moto, o capacete e saiu. Estava de chinelos.

Guilherme foi até a porta.

— Aonde você vai, seu maluco?

— Ver se durmo um pouco lá na Missão com os rapazes — gritou Edu já descendo os degraus da escadaria.

Guilherme entra e volta em quatro segundos.

— Tome, seu doido — ele grita jogando um tênis. — Se com dois você patina e não sai do lugar, imagine com o pé direito descalço.

Abaixando-se, Edu recolheu o tênis. Olhou para o alto da escadaria.

— É — ele disse —, acho que está mesmo chegando a hora de eu assistir de camarote a queda do rei dos tribunais. Será que dói tanto o cotovelo que não percebe que este tênis é seu, velho?

Num tiro certeiro, Edu devolveu o pé de tênis.

LUZ do quarto apagada, hotel todo mergulhado no silêncio, Guilherme pegou o relógio de pulso deixado no criado-mudo e apertou a luzinha verde: 0h45. Deixou o relógio no mesmo lugar e colocou as mãos debaixo da cabeça. Sinal que ia continuar pensando.

Dez minutos depois o telefone do hotel tocou. Era Neimar. Ele falou como quem tivesse acabado de rir:

"O Edu me disse que você deve passar a noite em claro, dr. Guilherme, por isso resolvi ligar."

— Hum.

"Vem me passando umas idéias pela cabeça, mas antes de dizer eu preciso falar o seguinte: a Missão Projovem foi criada com o objetivo de recuperar viciados e combater o uso de entorpecentes. Não vou falar aqui do método simples que empregamos, pois é uma questão de fé."

— É, vamos deixar esse artigo de lado, pastor, só atrapalha.

"Bem, o que eu quero dizer é que sempre tivemos dificuldades de sobrevivência — principalmente depois do assassinato do Masinho Flores. De dois meses e meio para cá, atos de vandalismo nos renderam duas vidraças quebradas, e três vezes tivemos pichações com palavras que não vou repetir. Corte de água sem motivo, corte de energia elétrica idem, acúmulo de sacos de lixo no portão... ameaças telefônicas — enfim, uma série de ataques contra o nosso trabalho.

"A cidade está sendo coagida a se voltar contra nós, dr. Guilherme, e isso só tem uma explicação: guerra aberta contra o nosso trabalho. Agora chegaram ao cúmulo de matar um rapaz para jogar a culpa no Sérgio. Talvez pretendessem fazer isso comigo, ou com qualquer um dos rapazes, mas apareceu o Sérgio."

— E quem você acha que está fazendo essa guerra contra a Missão?

"Bem, nomes eu não tenho. Digamos que é um problema social. O trabalho evangélico de recuperação de marginais e drogados nas grandes cidades parece mexer com todo o mundo — e incluo aqui uma boa parte da própria mídia. As cidades pequenas copiam os grandes centros, você sabe. Digamos que é uma questão de modismo.

— Só tem uma coisa, pastor: aceito as perseguições de ordem religiosa, aceito as vidraças quebradas, as pichações, o corte de água etc., mas não aceito o assassinato de um filho de prefeito só para complicar a vida de vocês. É ir longe demais. Não faz sentido.

"Bem, estou pensando numa vingança. Estive meditando na última palavra que saiu da boca da irmã Tiana. Lembra-se?"

— Feitiçarias.

"Exato. Acontece que feitiçarias está grafada no original grego como pharmákeia — farmácia. Ou seja, drogas."

— Se você está pensando numa execução entre quadrilhas do narcotráfico, esqueça. Esse tipo de gente não brinca nem apalpa. É como se todos tivessem freqüentado um mesmo colégio: eles simplesmente executam, e o fazem com requintes de crueldade. Nunca fiquei sabendo de uma execução entre quadrilhas com alguém sendo abatido por uma pedrada na testa — ou algo semelhante.

"Bem, talvez a pedrada na testa tenha sido apenas um disfarce."

— O que você está querendo dizer?

"Doutor... eu nem devia falar isto através de um fio de telefone de hotel, mas vou dizer: quem conduziu o trabalho do médico legista que examinou o corpo do Masinho Flores foi o pai dele, o próprio prefeito. Ele falava pelo médico, foi essa a impressão que deixou. Eu e a Isabel vimos parte dessa cena na delegacia — e isso foi naquela mesma tarde do crime. Todos sabemos que em seguida o corpo do Masinho foi lacrado numa urna e ninguém mais a abriu. Naquela mesma tarde o sepultaram."

Guilherme entendeu a dimensão daquelas palavras.

— E quem foi o médico que assinou o laudo pericial?

"Nunca o vi nem ouvi falar dele. Segundo comentários na cidade, ele é de Brasília."

Neimar fez breve silêncio.

"Não sei se ajudou em alguma coisa, dr. Guilherme, mas era isso que eu queria dizer. Para mim o prefeito faz das tripas coração para acobertar que o filho dele era um traficante de drogas e que foi executado numa disputa de campo. Já pensou nas conseqüências para o prefeito? Inclusive por parte da polícia federal? Pense nisso tudo que eu disse."

— Tudo bem, pastor. Vou pensar.

"Ah, já ia me esquecendo: a Isabel está com uma parte do material que o Sérgio levava na mochila naquelas duas visitas que ele fez ao sítio do prefeito. A outra parte — uma Bíblia e um livro — a polícia reteve porque parece que contém manchas de sangue."

— E o que sobrou para ela?

"Uma fita cassete e um livro. A fita é de testemunho do Sérgio.

— Amanhã eu passo aí e vejo isso, pastor. Mas me diz: você tem uma Bíblia eletrônica?

"Sim, tenho. O que você quer ver? Feitiçarias?"

— Acertou.

"Já vi. Essa palavra, assim no plural, aparece no final da Bíblia, no livro de Apocalipse. Quer que eu leia um pedaço do texto?"

— Hum-hum.

Segundos depois Neimar disse:

"Vou ler a parte final do versículo 23, capítulo 18: *Porque os teus mercadores eram os grandes da terra, porque todas as nações foram enganadas pelas tuas feitiçarias.* Estas palavras foram proferidas contra Babilônia anunciando sua queda. Note que é um texto profético para tempos posteriores — ou seja: agora. Substitua Babilônia pelo atual estado de coisas no mundo."

— Tudo bem, anotei no meu bloco. Amanhã eu passo aí para ver o material do Sérgio.

"Boa-noite, dr. Guilherme. E que o Espírito Santo de Deus o ilumine."

Desligaram, e Guilherme voltou a conferir as horas. 1h15. Teclou um conjunto de números no celular.

— É o Guilherme, Antunes. Espero não ter interrompido nenhum sonho bom.

"Ei! Você saiu de férias para *não* dormir, chefe?

— Acho que sim. Mas vai ser rápido, e eu telefonei agora porque tive receio de não encontrar você amanhã. Me diz: você está com aquela sua agenda mágica à mão?

"Quase, é só esticar o braço — e eu já estou fazendo isso. Quem você quer?

— O telefone do comissário Alcebíades, de Brasília.

"Deixe-me ver. Alcebíades."

Instantes depois Antunes passava a Guilherme o número. Antunes perguntou:

"É, pelo que eu vejo você está a pleno vapor. Ninguém sai de férias precisando de um comissário federal."

— Tenha bons sonhos, Antunes. Tchau.

Guilherme apanhou a cópia do processo de indiciamento de Sérgio. Em seguida transcreveu no bloco de anotações o nome do médico que havia feito o laudo pericial do corpo de Masinho.

Na manhã seguinte, Guilherme entrou em contato com o comissário Alcebíades. Disse o que estava querendo.

"Quer dizer que você está enfiado nesse processo do filho do prefeito de Altiplana?", perguntou o comissário. "Como é que você foi parar nesse fim de mundo?"

— Acho que aqui é o começo. Se eu disser que foi Deus quem me trouxe aqui você acredita?

O comissário riu.

"Acho que não — apesar de sair da sua boca."

— Pois eu também não acredito, mas é o que dizem. Com Deus ou sem Deus, só sei que estou aqui, e com esse caso em minhas mãos. Quando você acha que vai poder me passar alguma coisa?

"Para quando você precisa?"

— Amanhã estaria bom?

"Tudo bem, amanhã. Me dê o seu número que eu ligo assim que tiver as informações."

Guilherme deu o número de seu celular e desligaram.

NA TARDE do dia seguinte, ele chegava da rua quando o celular chamou. Era o comissário Alcebíades.

"Só agora recebi o retorno do que você pediu, Guilherme. E pouca coisa vai lhe adiantar, suponho. Aqui em Brasília não existe nada contra o tal médico. Ele tem horário em três clínicas e sua especialidade é cirurgia abdominal. Não consta que tenha atuado como médico-legista — não aqui em Brasília.

— Ficha limpa, portanto.

"Parece que sim. Só tem uma coisa: o homem está em Brasília há dois anos e meio e sabemos que ele procede de Londrina. Quer que eu mande dar uma checada lá?"

— Seria bom. Quem sabe eu volte a pegar ânimo.

"Quando tiver a resposta, eu ligo."

— Tudo bem. Mas eu tenho outros motivos para aborrecer a sua paciência, Alcebíades.

"Longe disso. Diga."

— Um deles é sobre uma pesquisa cartorária em Goiânia.

"Fácil. Me dê o nome e o assunto."

Guilherme fez isso.

"E o outro?"

— Como é que posso mandar fazer aí em Brasília um laudo pericial confiável num par de luvas?

"Há vários caminhos, Guilherme. Um deles é você me dizer onde estão as luvas."

— Suponho que debaixo das sete chaves do delegado desta cidade.

"Mais fácil ainda. Me dê as coordenadas que eu mando ver isso amanhã cedo. Em dois dias lhe devolvo o laudo pericial."

Guilherme passou as informações.

"O que mais você precisa?"

— Acho que mais nada.

"Para quando mesmo está marcado o julgamento?"

— Vai ser na próxima terça-feira.

"Já? Bom, considerando que você não perde causas, nem vou perguntar pelas chances do seu cliente.

— Não sei, vamos ver. Tudo tem seu primeiro dia.

"Ei! Esse pessimismo não é do Guilherme que eu conheço."

— Já não disse que tudo tem seu primeiro dia? — respondeu Guilherme, rindo.

"Brincadeira sua, eu sei. Você vai tirar de letra. E de lambuja esquece um pouco a poluição lá de São Paulo. Aproveite e veja lá com o Omar um diamante para a sua namorada, ele é forte no assunto."

— Ainda não arranjei uma que mereça um diamante. Mas você falou Omar? O Omar Hussaim aqui de Altiplana?

"Ele mesmo. Se eu tivesse no meu bolso o que ele paga de imposto anualmente pela venda de diamantes, eu ia pensar na aposentadoria."

Guilherme ficou em silêncio.

"E o que mais você precisa?"

— Acho que chega. E vai pondo na minha conta, Alcebíades.

"Claro. E ainda fico lhe devendo um bocado. Tchau, belo."

Quando a conversa terminou Guilherme já estava sentado em sua cama. Refletiu. Colocou de lado o celular e foi abrir o pequeno guarda-roupa. Enfiando a mão no bolso da jaqueta, ele puxou um dos três saquinhos que continham as bijuterias compradas dias atrás na loja do iraquiano Omar Hussaim. Voltou a sentar-se na cama. Tirou o pingente e ficou olhando para aquele falso brilho. E somou idéias.

Minutos depois, ele voltou ao celular e ao ouvido do comissário da polícia federal.

— É o Guilherme de novo, Alcebíades. Você me consegue alguma coisa desse Omar Hussaim?

"O que você quer?"

29

MANHÃ seguinte, sexta-feira, Edu subiu na moto e rodou na direção da saída de Altiplana. Em quinze minutos parava diante da casa-grande da fazenda Alvorada. Clementino Leal estava ressonando na rede e ergueu meio corpo. Ainda não se conheciam, embora Djane já tivesse falado dele ao pai. Edu perguntou por Cristina.

— Ela desceu com minha filha Djane — disse o velho, olhando para a baixada que ia terminar no Morro das Estrelas. — Você sabe onde fica o acampamento daquele pessoal místico?

Edu não sabia, então Clementino lhe deu o rumo que devia seguir. Edu agradeceu ao velho e partiu com a moto.

Pouco depois, já margeando o bosque ao pé do monte, ele viu à direita o chalé indicado por Clementino. Seguiu rodando até enxergar a clareira da Pousada das Estrelas. Parou a moto entre dois carros e entrou na Pousada.

Aproximou-se de uma mocinha que passava pano no chão.

— Oi, você pode me dizer onde está a Cristina? — ele perguntou

— A Cris? Está lá adiante.

Ele caminhou na direção que a jovem indicara. E ficou meio perdido: percebeu que estava no setor dos sanitários.

Quando ia retornar, viu Cristina pelas costas.

— Cris!

Ela se voltou. Edu franziu o cenho, vendo-a naquela roupa de serviço.

— O que é isso? O que você está fazendo?

PASSEAVAM pelo bosque. Edu estava tentando compreender o que Cristina lhe dizia. Toda solta, segura de si, parecendo viver momentos de paz e felicidade, ela pára e fica olhando para ele.

— Mas o que há de errado em eu limpar banheiros... varrer quartos... arrumar a cozinha da Pousada?

— Não vejo nada de errado, se isso faz parte de um trabalho. Só que eu não sabia que você tinha ficado aqui por causa desse emprego.

— E quem falou que eu fiquei por isso? Edu! Vê se me entende: somente servindo nós podemos evoluir, e quem quer evoluir não escolhe tarefa. Eu limpo os banheiros com amor, e isso me deixa feliz, grande por dentro.

— Então é essa... é essa a tática daquele guru: colocar as discípulas para limpar o chão etc.? Eu acho que não consigo entender.

Edu mostrava um semblante cético. Cristina, alegre.

— E por que não? O próprio Marion já passou por isso, já serviu. Isso faz parte da nossa caminhada, do nosso aprimoramento, Edu. Nós temos de resgatar erros de outras vidas, e só servindo podemos fazer isso. A Djane também tem suas tarefas aqui na Pousada. E ela atravessa a fase mais feliz da vida dela.

Repentinamente Cristina se estica na ponta dos pés e deposita um beijo nos lábios de Edu. Então ele se desarma.

DESCOBRIAM-SE necessitando-se mutuamente, querendo conversar, rir, absorver o magnífico aroma silvestre que o bosque reverdejante exalava.

— Estou tão contente, Edu! Nunca pensei que um dia viesse a experimentar esta sensação. Todo aquele medo... toda aquele amargor, toda aquela minha angústia e revolta terminaram. Hoje eu sei o que é viver em paz, o que é amar a vida e as pessoas.

Estendendo as mãos para que ele as tomasse, Cristina parou e buscou profundamente os olhos dele.

— E eu descobri que preciso de você, Edu, que quero você pertinho de mim.

— Você descobriu isso aqui... aqui no mato? — Edu brincou.

— Um bosque, uma pequena amostra da natureza viva.

Cristina afundou a cabeça no peito de Edu e assim, protegida pelos braços dele, ela se deixou ficar alguns momentos.

— Obrigada, Edu. Obrigada por existir e estar aqui comigo.

Durante meia hora, passeando pelos batidos caminhos do bosque, ela foi falando de Marion Cordeiro e de tudo o que vinha aprendendo com o grupo dele.

— Tudo bem — disse Edu —, aceito isso que você está me dizendo porque vejo que é bom para você. Mas eu quero mais. Quero que me conte tudo. Desde o começo. Quem eram aqueles homens que a perseguiam em Brasília? E o que eles tinham a ver com o seu trabalho no Rio de Janeiro? Estou me lembrando de certas palavras da Leila.

Perto deles havia um tronco caído e todo trabalhado para que ganhasse a aparência de um banco rústico. Sentaram-se nele.

Cristina começou pelos seus 17 anos.

— Eu fazia o cursinho em Brasília, queria ser publicitária. Eu adorava relacionar-me com as pessoas e queria trabalhar nesse campo.

Ela seguiu contando seu envolvimento com determinada mãe-de-santo de Brasília. A partir daí seus horizontes se abriram e tudo aconteceu. Abandonou o cursinho e foi ser modelo. Um ano depois já tinha um contrato no Rio de Janeiro com a TVMAR.

— Então um dia ela me chamou em Brasília e disse que eu tinha obrigações a cumprir por tudo o que já havia conquistado. Não vacilei um minuto em seguir o conselho dela. Pelo contrário. Percebi que eu iria ampliar muito o meu campo. Então enfrentei o ritual de iniciação. Foram 30 dias. Não vou falar no que aconteceu naqueles 30 dias, porque foram dias nevoentos, terríveis, e que já ficaram para trás.

"E só no último dia eu vi que me estavam transformando noutra pessoa. Eu não era mais a Cristina. Eu queria aquilo — e ao mesmo tempo repudiava. Era como... como se dentro de mim houvesse uma segunda Cristina que não estava aprovando o que eu fazia. Não sei de onde veio a força — só sei que consegui quebrar o ritual menos de uma hora antes do fim."

Cristina parou de falar. Olhou as árvores sem vê-las.

— Então eu fugi. Só que eu fugi achando que conseguira escapar de algo que não era bom para mim, sem saber das terríveis conseqüências daquela minha fuga. Duas vezes aquela mulher esteve em casa tentando me convencer a voltar e concluir a minha consagração. Quando ela viu que eu decididamente não ia voltar, então partiu para as ameaças. Disse que eu ia perder tudo o que tinha conquistado.

Cristina se calou. Edu disse:

— E o que ela disse aconteceu.

Olhando a esmo para o chão, Cristina bateu de leve a cabeça.

— Literalmente. Logo começaram os problemas e eu fui ficando em Brasília. Isso fez com que eu rompesse uma cláusula do contrato com a TV. Resultado: contrato cancelado, e eu ainda tive que vender meu apartamento no Rio para pagar a multa. Pior: ninguém mais quis assinar contrato comigo. Todas as portas se fecharam para mim. Naquela correria eu tive meu carro roubado, um carro novo, e eu ainda não providenciara o seguro. A lista de minhas perdas não é pequena, Edu.

Edu refletiu.

— Mas por que aquela perseguição em Brasília? O que aqueles homens queriam de você?

Ela ficou um momento sem responder. Depois olhou para o rosto dele.

— Acho que você não vai acreditar, mas vou dizer: era tudo da minha cabeça. Naqueles três meses eu via fantasmas por toda parte, e via rostos... via pessoas daquela mulher em cada esquina... em cada carro vermelho que passava. Era uma loucura, Edu. Aquela mulher tinha na chácara uma Parati vermelha que era usada para transportar animais para o sacrifício.

— Entendo. Você fugia de fantasmas que não existiam.

— Não posso dizer isso, que não existiam. Sei que existem, e sei como eles oprimem uma pessoa até levá-la à loucura. Eu vi muitos casos, mas não acreditava que isso pudesse acontecer comigo.

Lentamente Edu foi digerindo o significado daquelas palavras.

— Então... então aquela música no radinho da Leila também foi produto da sua cabeça — Edu afirmou.

— Não, a música não. Aliás, não é a música em si: é a marcação, o ritmo, o ponto do orixá. Cada orixá tem um ponto distinto na batida dos tambores. É algo tenebroso, dirigido, camuflado de propósito em muitas gravações populares. Durante os 30 dias de camarinha eles me inculcaram sons capazes de me colocar em disponibilidade para a possessão.

— Eles programaram você.

— Programar. Esse é o nome certo. Quase me transformaram num robô, nem gosto de lembrar. Quem nunca teve essa experiência não sabe do que estou falando. É como... como uma hipnose traiçoeira.

Edu ergueu-se, enfiou as mãos nos bolsos da calça e andou alguns passos lentos por ali. Cristina permaneceu sentada.

Minutos depois Edu retornou para estacar diante dela. Cristina manteve os olhos abaixados enquanto ele a olhava. Então Edu se agachou diante dela.

— Cris, mas e agora? Você acha que agora está livre de toda aquela obsessão?

— Claro! Edu. Marion me fez regredir, e eu limpei a minha mente de todas aquelas marcas. Estou livre da obsessão e também da revolta por ter perdido tudo. Na verdade nada era meu. Nada. Marion me fez ver como se eu tivesse comprado objetos e não tivesse pago. Então os donos me tomaram de volta. Entendeu? E o mais importante de tudo, Edu, é a lição que Marion me ensinou: *O que são meros objetos diante da verdade eterna?* Eu posso reconquistar tudo o que perdi, sem me comprometer com forças opressoras. Basta que eu ame o meu próximo e faça com ele o que gostaria que ele fizesse comigo. E basta que eu siga a minha própria cabeça — e não a dos outros. Essa é a chave do sucesso que nunca tem fim. O sucesso que nos dá a paz.

— E eu? E quanto à minha cabeça? — ele brincou.

Ela sorriu e passou a mão nos cabelos dele.

— A sua cabeça é linda. E é minha.

Beijaram-se.

— Tudo bem — disse Edu erguendo-se e levando com ele Cristina. Contornou-lhe o rosto com as mãos e olhou fundo nos olhos dela. — Estou gostando muito da Cris que meus olhos enxergam e meus ouvidos escutam, sabia?

Abraçaram-se. Depois Cristina disse que precisava voltar, ainda tinha trabalho a fazer antes da reunião.

— Você não quer vir, Edu? Vai gostar.

— Outro dia, Cris. O julgamento se aproxima e estamos na estaca zero.

— Quando você vem me ver?

— Domingo eu venho.

— Eu espero você.

Trocaram outro beijo e caminharam na direção da Pousada. Ali se separaram. Cristina foi para o serviço enquanto Edu saía com a moto.

LOGO depois do almoço Neimar aproximou-se de Edu no alojamento. Edu estava sentado sozinho na extremidade do banco da grande mesa. Neimar sentou-se ao lado dele.

— Você não me parece muito animado, Edu. É o julgamento ou é a Cristina?

— Estou pensando no Sérgio, pastor. A Cristina está bem, estive com ela. Parece que finalmente ela encontrou o caminho.

Neimar sabia pouca coisa a respeito de Cristina. Sabia que ela enfrentava problemas, mas isso era normal na carreira que abraçara. A moça não se abrira com ninguém ali da Missão, por isso Neimar ficou surpreso com o que Edu lhe contara.

— Quer dizer que tudo foi conseguido através de trabalhos espirituais... — disse Neimar como quem sofre a notícia.

— Mas isso agora já ficou para trás, pastor. Ela está ótima.

— Será mesmo, Edu?

Edu esperou que Neimar seguisse falando. Não o fez. Então Edu lhe perguntou se tinha algo a dizer a esse respeito.

— Tenho, Edu, e muito — disse Neimar com cautela. — Mas prefiro deixar que ela mesma descubra sozinha.

Após breve silêncio Edu voltou:

— Mas minha preocupação não é com a Cris, como eu já disse. É com o Sérgio. Não me lembro de outro caso tão... tão árido como este. Talvez porque eu esteja numa cidade pequena, sem alternativas, não sei. Mas me sinto amarrado.

— E seu pai?

Edu teve vontade de dizer que o pai estava mais interessado em derrubar Miro Gomes do que provar a inocência de Sérgio, mas achou imprudente. Seu pai era uma incógnita. Costumava fazer mistérios em torno de seus trunfos até o último minuto. Seus próprios assessores o desconheciam.

— Ele está esperando que eu descubra alguma coisa — disse Edu —, pelo menos um indício onde possa se afirmar. E é isso que está me pesando, pastor.

— Pois tire esse peso das suas costas, moço — quem disse foi Tiana. Saía da cozinha enxugando as mãos no avental. Ajeitou os óculos com a ponta de um dedo.

— Deus, nosso Senhor, detesta o malfeito — continuou ela —, mas permite que aconteça só pra ver o caminho que o homem toma. Ele só socorreu o povo dele quando viu Moisés espremido entre o exército egípcio e o mar Vermelho. Não é verdade, pastor?

— Sim, minha irmã.

Tiana olhou para Edu.

— Pois então. De repente o Senhor lhe abre uma porta. É dele que vem o querer e o realizar. Espera nele, e não na sua capacidade, moço.

30

A ÚNICA novidade no sábado aconteceu às oito da noite. O oficial de justiça ligou para Guilherme dizendo que havia intimado Valdomiro Gomes.

"O homem ficou branco, doutor, tremia, e por um instante achei que ia me agredir. Mas acabou tudo bem, ele assinou a intimação. O Sr. Clementino também assinou a dele."

Guilherme gostou da notícia. Só voltou a preocupar-se minutos depois. Pegou o telefone do hotel e discou para o celular de Edu.

— O que você está fazendo? Polindo a sua moto?

"Como adivinhou?"

— Você não se esqueceu que o julgamento é daqui a três dias, esqueceu?

"Eu não. E você? Mas me diz: conseguiu intimar o Miro?"

— Consegui.

"Então do que está reclamando?

— Você e suas gracinhas!

"Mas você não ligou pra me dizer só isso. O que é?"

— Esquece.

Guilherme bateu o telefone. Saiu da cama, pegou a chave do carro e deixou o apartamento. Queria ar fresco.

ELE rodou com o Golf durante quase uma hora. Na volta, encostava o carro diante do hotel quando viu o Mercedes branco de Miro Gomes parado pouco adiante. Previu encrencas.

Miro saía de seu carro e Guilherme ficou firme ao volante. Miro veio, deu a volta e entrou no Golf. Mostrava uma feição sisuda.

— Olá, Capitão — disse, seco. Aquele era um Miro Gomes que Guilherme ainda não conhecia.

Bateram boca durante meia hora. Miro disse que não tinha jantado direito na fazenda. Guilherme perguntou se ele tinha perdido o apetite. Miro respondeu que perdera a paciência.

— Qual é a sua, Guilherme? O que eu tenho a ver com esse caso do seu cliente?

— Eu não disse que tem, disse?

— Deixa de piada. Então por que me convocou como testemunha?

— Você vai saber no dia. Preciso de você para desmascarar um grupo que considero culpado da morte do filho do prefeito.

— Olha aqui — Miro meio ergueu o braço e esticou o indicador direito. — Acho isso tudo uma palhaçada, como se não bastasse a areia que você tentou colocar no meu negócio com a Djane.

Guilherme pegou o indicador de Miro e o abaixou.

— Não seja malcriado. Ou pelo menos tente disfarçar.

Súbito Miro quis rir.

— Mas o que é isso, Capitão? O que está acontecendo com você? Que bicho o mordeu? Ou será a água de Altiplana?

Guilherme também tentou um sorriso, mas saiu meio irônico.

— Talvez seja tudo isso junto. Quem é que sabe?

— Ou será por causa da Djane? Não acredito que um homem estável como você esteja dando uma de colegial que perdeu a namoradinha. Ou são os velhos traumas da faculdade que estão aflorando, a ponto de você me confundir com aquele promotor de Goiânia?

As têmporas de Guilherme latejaram, mas ele se segurou para não agredir Miro Gomes. Então Miro falou durante dez minutos seguidos. Misturou a velha amizade com compromissos inadiáveis, que agora teriam de ser adiados por causa do júri. Lamentou e terminou implorando que retirasse o seu nome da lista de testemunhas.

— Afinal, Miro, por que todo esse apavoramento? Você tem medo do quê?

A pergunta foi um balde de água fria sobre Miro Gomes. Ele achou conveniente quietar. E chegou a libertar três quartos de um sorriso. Guilherme também entrou com a sua quota e assim se separaram.

Porém, um minuto depois Guilherme escutou os pneus do Mercedes deixando fumaça no asfalto.

Ele subiu ao quarto. Sentou-se na cama. Certas palavras de Miro Gomes continuavam dançando em sua memória. *São os velhos traumas da faculdade que estão aflorando, a ponto de você me confundir com aquele promotor de Goiânia?*

Fosse o que fosse — ele teve de aceitar —, não lhe saía da mente a presença de Djane... ela caminhando junto à mata, leve, ágil... seu sorriso, sua introversão... seu jeitinho gracioso — mulher.

O DOMINGO passou sem novidades.

À tarde, Edu estava fazendo musculação na única academia da cidade. Outros dois homens exercitavam-se em aparelhos diferentes. Um deles, que teria cerca de 25 anos, terminou a sessão quando Edu se dirigia aos vestiários. Cada qual em seu canto, ambos tomaram uma ducha fria. Edu demorou um pouco mais, tempo do outro sair e começar a vestir-se.

De seu boxe Edu escutou o sujeito teclando no celular. Segundos depois disse: "E então, já está pronta? Me pegue diante da academia dentro de cinco minutos."

Cinco minutos depois, Edu deixava a academia a tempo de ver o sujeito entrando num Vectra branco. A motorista era Amanda, a moça que fora namorada de Masinho Flores. Edu ficou interessado. Atrelou-se na moto e ligou o motor. Quando o Vectra saiu, ele esperou alguns segundos e foi atrás.

Amanda atravessou a cidade rumo oeste, o oposto da Missão Projovem, e entrou com o carro no grande portão de uma serraria. Edu não conhecia aquela parte da cidade. Toda murada naqueles 100 metros de frente e também nas laterais, os fundos da serraria já faziam divisa com a área rural.

Edu passou direto. Na quadra seguinte ele virou e parou a moto. Retornou a pé, atravessou a rua e infiltrou-se num terreno baldio na lateral direita da serraria. Dali, erguendo-se com as mãos no muro, ele espiou. O Vectra estava parado diante do escritório. Amanda, fumando, aguardava no carro. Enquanto isso o sujeito que estava com ela conversava com alguém junto a uma carreta carregada de pontaletes de madeira.

Nesse instante entrou outro carro. O sujeito junto à carreta gritou para Amanda:

— Tudo bem, Amanda, pode ir, ele já chegou.

Ela foi embora. Edu correu de volta à moto. Seguiu o Vectra de longe até que Amanda estacionasse no quintal de uma casa. Era uma casa pequena, antiga. O muro da frente era baixo e com trechos faltando tijolos.

Edu voltou para a Missão.

QUANDO ele terminou de contar, Neimar disse:

— Bem, esse sujeito forte e de cabeça rapada que você viu fazendo musculação deve ser o Garcia. A serraria é do prefeito, e esse Garcia toma conta. Mas aquilo funciona mais como um depósito de madeira, pois serraria mesmo ele tem no município de Iaciara. Mas no que você está pensando?

— No que essa Amanda nos disse na semana passada, que ela quer mais é ficar longe da família do prefeito. No entanto ela está com o carro que era do Masinho. Teria comprado do pai dele?

— Não acredito. Um Vectra 99? Que eu saiba ela é de família pobre, o pai dela tem uma pequena banca de verduras no mercado. Você viu que eles moram numa casa bem simples. E ela vende sapatos.

— Então talvez ela tenha ganhado o Vectra do prefeito.

— Ganhado? Você mesmo escutou ela dizer que rompeu com aquela gente. Por que iria ganhar um carro dele?

— Quem é que sabe? Talvez para mentir.

O celular de Edu tocou. Era Cristina. Ela queria saber se ele não ia vê-la.

— Vontade eu tenho, Cris, mas acho que vou ter de deixar pra amanhã à tarde. Estou vendo alguma coisa do Sérgio. O que você acha?

"Tudo bem, fica pra amanhã. Você me liga antes?"

— Claro.

"Então um beijo."

— Outro, Cris.

Em seguida Edu disse a Neimar que ia dar mais um giro. Ele voltou à rua onde morava Amanda. O Vectra já não estava ali. Então ele rumou para a serraria. Também não avistou o carro, apenas a carreta com a madeira. Desistiu e retornou à Missão.

QUATRO horas da tarde do dia seguinte, véspera do julgamento, Edu subiu na moto pensando em Cristina. Duas quadras adiante ele viu a carreta da serraria descendo pesada em sentido contrário ao asfalto da rodovia. Ele estranhou. Virou a moto e foi atrás, guardando cerca de 90 metros de distância.

Logo a carreta pegava uma estrada de terra estreita, irregular, pouco transitada. Edu tirou o celular do cinto e entrou em contato com Neimar.

— Pastor — ele disse —, estou indo atrás daquela carreta cheia de madeira. Estamos numa estrada de terra e sem movimento. O que você acha?

"É difícil dizer, Edu. Dizem que o prefeito tem duas ou três fazendas espalhadas por aí, mas não sei onde ficam. Qual é a estrada?"

— Uma que sai na reta da rua a duas quadras acima da Missão.

"Essa não leva a nenhuma vila, só é usada por fazendeiros e sitiantes."

— Bem, já que estou com a mão na massa, vou continuar mais um pouco. Qualquer coisa eu ligo.

O TELEFONE do hotel soou e Guilherme atendeu. Era Neimar. Ele queria dizer que a mãe de Sérgio acabara de chegar de Belo Horizonte. Isso não teria utilidade nenhuma para o advogado, se Neimar não juntasse:

"Bem, na verdade ela é a mãe adotiva do Sérgio. Ele nunca soube quem foram seus verdadeiros pais."

Neimar não viu a cara de Guilherme diante dessa notícia. Se visse, ele ia perguntar o que aproveitaria ao Sérgio não saber quem foram seus pais genéticos.

— Mais tarde eu dou um pulo aí, pastor — disse Guilherme. — Quero conhecer essa mulher.

Desligaram. Em seguida Guilherme pegou o celular e discou o número de sua irmã, em São Paulo.

"Puxa! Já era tempo de você dar notícias", estrilou Dalva. "O Edu apareceu por aí?"

— Você sabe que sim. Ele ligou para você.

"Sei que ligou. Mas eu só queria saber se você já o enxergou ao seu lado."

— Ah Dalva, pelo amor de Deus! Não começa.

"E as provas? Apareceram? O Edu disse que está perdido no meio do mato e sem cachorro. Mas eu aposto o meu salário que você não está. Quem vai ser a sua vítima desta vez?"

— Por acaso o Edu andou mencionando o nome do Miro Gomes?

"Não. Por quê? Devia ter mencionado? Só falei isso porque conheço o irmão que tenho — e sei que você costuma tirar água de pedra."

— Pois o nome da pedra, que por sinal é promotor público, é Cléber. Está satisfeita?

"Cléber? Ah! Eu jurava ter escutado da sua boca um dia o nome de Heber. Então é Cléber? Qualquer semelhança com o nome do pai do Edu é mera coincidência?"

— Não, é mera providência. Conheci aqui um pastor que não acredita em coincidências. Seja quem for, o fato é que alguém providenciou um encantador encontro entre nós três neste fim do mundo. Parece piada, não parece?

"Tragédia Shakespeariana num só ato, irmão. Mas me diz: o que essa sua brilhante cabecinha está arquitetando? Quem você vai pôr no segundo banco dos réus — o Edu ou o pai dele?"

— Me arrependi de ter ligado.

"Por quê? Peguei você no pulo? Vou arriscar outro palpite: aposto que você está vibrando com tudo isso. Só espero que depois não se arrependa de nada."

— Se isso é um convite à meditação, fique tranqüila: vou pensar cada minuto destas dezoito horas que faltam para o julgamento.

"Cuidem-se. E voltem vivos dessa batalha."

31

QUASE uma hora depois, rodados pouco mais de 30 quilômetros, Edu viu a cancela de 4 fios de arame farpado e três varas. Estava descida. A carreta deixara marcas na grama.

Foi quando ele escutou o barulho de um avião. Era um bimotor. E descia. Ligeiro Edu camuflou a moto debaixo de um arbusto e ficou vendo o avião distanciar-se, cada vez mais baixo. Depois Edu saiu da moita deixando a moto. Preferiu não arriscar. Passou a cancela e esgueirou-se através do cerrado até a parte mais alta do terreno. Ali ele se jogou no chão.

Lá embaixo, a cerca de 300 metros, ele viu um barracão, uma casa pequena, um jipe sem capota e a carreta. Não viu ninguém. Meio agachado, ligeiro e esguio, ele venceu aqueles 300 metros até alcançar os limites da clareira do barracão. Ali havia algumas mangueiras baixas e troncudas. Alojou-se para espiar. Verificou que não havia ninguém na cabina da carreta.

Rápido ele correu e subiu na cabina pelo lado direito. Abriu o porta-luvas e puxou para fora o que encontrou. Eram notas fiscais da madeira carregada. Bateu duas fotos dos documentos. Em seguida devolveu tudo ao porta-luvas e saiu.

Dando a volta por trás da carreta, ele bateu mais três fotos abrangendo a carga e a chapa do veículo. Depois correu até a tranqueira lateral do barracão e ali se aninhou. Se as suas suspeitas estivessem certas, ele estava prestes a documentar o embarque de cocaína no meio de uma carga de pontaletes de madeira.

Isso aconteceria 17 minutos depois. Ele viu o Vectra. Veio dos fundos e parou do lado direito da carreta. Além de Garcia ao volante, o Vectra trazia outro homem. Edu achou que seria o piloto do avião.

De onde estava escondido, no lado esquerdo da carreta, ele não pôde ver o movimento, mas percebeu quando dois dos homens subiram na carreta. Edu presenciou — e documentou com a microcâmara — o recebimento dos sacos plásticos que os homens iam colocando num espaço do miolo da carga.

Por último, ele documentou a remoção de pontaletes para fechar o buraco onde a cocaína tinha sido colocada. Feito isso, os dois homens desceram e começaram a colocar meia lona na carga.

Edu bateu duas fotos colhendo o Vectra do prefeito e três dos homens — incluindo Garcia. Depois ele começou a sondar o terreno em busca de uma saída. Deixou a tranqueira e contornou o barracão por trás. A idéia era fugir da frente onde estavam a carreta e o Vectra.

Foi o seu erro. Dois homens cuidavam de pôr a lona na carreta, mas na verdade eram quatro, sem contar o suposto piloto do avião. Faltava justamente aquele que Edu havia visto na academia — Garcia.

Edu sentiu a pontada nas costas.

— Um só passo e eu lhe estouro a barriga, cara — disse Garcia.

A primeira coisa que Edu fez foi desprender novamente a microcâmara da presilha do cinto — e o fez de maneira imperceptível. A segunda foi voltar-se devagar e olhar a cara do sujeito.

— Oi — disse Edu.

Garcia não viu de onde veio e o que lhe bateu no meio das pernas, mas soltou a arma e sentiu-se jogado para trás, derrubando o companheiro que chegava correndo. Quando o terceiro homem se recobrou do susto, o pé direito de Edu o remeteu a dois metros de distância. Então Edu deixou a microcâmara cair debaixo de um arbusto.

Um quarto homem se mantinha afastado gritando ordens. Chegou o quinto, o motorista do caminhão. Veio a reação dos outros três, dois deles sem as armas, o terceiro atirando a esmo. Alguém gritou para ter cuidado com os tiros. Enquanto isso Edu ia devastando um a um.

Por fim o piloto do avião adiantou-se com a arma mirada.

— Fique onde está! — ele berrou. — Nem um passo!

Edu não pretendia permanecer ali — não fossem os disparos. Um deles resvalou na sua coxa esquerda e ele caiu.

— Destruam o celular dele — disse o sujeito.

Com armas apontadas de três lados para Edu, um dos homens aproximou-se e lhe arrancou o celular do cinto. Em seguida o pisoteou.

Pouco depois levaram Edu para um cubículo de 4 metros quadrados nos fundos do barracão. Só agora Edu descobria que o barracão era uma oficina de desmanche de carros. Ele foi trancado no cômodo. Havia um forte cheiro de tíner.

Quando seus olhos se acostumaram à semi-escuridão, ele viu as prateleiras em três lados. Estavam repletas de latas de tinta e outros materiais de pintura. Ele sangrava na perna esquerda. Rasgou um pedaço da camisa, abriu uma brecha na perna da calça e amarrou o pano no ferimento. A bala fizera um sulco superficial. Mas ardia e sangrava.

— E agora, Carlinhos? — ele escutou a voz de alguém.

— Ele vai ter de ser apagado, não podemos queimar este lugar. Mas o corpo dele tem de ser levado pra longe. Vou pensar nisso. Agora um de vocês dê uma busca na parte de cima, esse cara não veio a pé nem voando. Tragam o carro aqui pro barracão. Vocês dois fiquem aqui até que eu volte amanhã cedo. Onde está o Garcia?

— Ajudando a ajeitar a lona da carreta.

— Você terminou o conserto do jipe?

— Terminei, Carlinhos. Só falta pôr gasolina.

— Então retire um pouco do Vectra.

Edu perdeu as vozes. Os homens já saíam do barracão. Ele olhou para cima, para a pequena grade de ferro. Não teria dois palmos. Era por ali que entrava o ar no cubículo. Foi à prateleira e levou meia dúzia de galões de tinta para debaixo da pequena janela. Subiu em cima, mas não o suficiente para enxergar lá fora. Na verdade ele não queria enxergar a noite que estava chegando: queria ar puro. Lá embaixo o cheiro de tíner o sufocava.

Menos de 20 minutos depois ele escutou o ronco da sua moto.

— Que bela máquina, cara! — disse um dos homens.

— Não se atreva a desmanchar essa. É minha! — gritou outro.

ANOITECEU. Guilherme deixou o quarto do hotel e saiu com o carro. Passou na casa de Neimar e Marta e conheceu a mãe de Sérgio. Adelaide era sofrida, aparentando mais de 50 anos. Conversaram durante vinte minutos, e então Guilherme foi embora.

Rodou sem destino. Saiu para arejar a mente. Em todas as vésperas de um júri popular ele fazia isso — isolava-se. Não era momento de repartir suas idéias com alguém — fosse quem fosse.

Dirigindo calmo e sem rumo pela cidade, avistou de repente Genolino Palmas. O advogado fazia uma espécie de sorrateira fuga em direção a uma porta estreita. Guilherme viu a placa enferrujada pendendo da parede. Era um pequeno bar.

Palmas divisou o carro de Guilherme quando ia colocar o pé esquerdo no degrau do bar. Retrocedeu, disfarçou e ficou olhando. O Golf parou junto ao meio fio, então Palmas não teve outra saída a não ser cumprimentar Guilherme. Ia abaixando meio corpo para fazer isso, mas a porta do carro foi aberta por dentro. Palmas não teve como escapar. Entrou e sentou-se.

— Eu estava andando a esmo — disse Guilherme.

Palmas riu.

— Que coincidência! Eu também. O diabo é que sempre surge um boteco no meu caminho.

Guilherme riu. Era a primeira vez que ele via Palmas de perto e conversava com ele. Alguma coisa naquele fracassado advogado lhe despertou simpatia.

— Espero que não tenha esquecido do julgamento amanhã — disse Guilherme.

— Já? Como o tempo voa! Mas, sabe, com a sua chegada, eu fiquei livre e acho que isso andou encurtando o dia e a noite.

— Quer dizer que você não pretende ir?

— Ao júri? Para quê? Fazer o quê?

— Talvez evitar aborrecimentos. Afinal, você não foi nomeado dativo?

— Hum — fez Palmas.

Não era preciso que Palmas abrisse a boca para que Guilherme captasse o cheiro de bebida: seus poros exalavam álcool.

— E como é que estão as coisas? — perguntou Palmas. — O pastor Neimar vivia dizendo que as provas da inocência do Sérgio iam aparecer. Apareceram?

— Até agora não.

— Hum. Então você vai de mãos limpas?

— Também não.

Palmas não entendeu aquela resposta e tampouco pediu explicações. Ele deu com o dedo no trinco e abriu a porta.

— Bem, deixa eu ver se assino o ponto também nesse barzinho. E sucesso para você amanhã. Se eu tivesse netos já estaria com a minha velhice garantida: ia contar como um dia quase trabalhei ao lado do maior criminalista do país.

Palmas saiu do carro e, sem olhar para trás, venceu o degrau do bar.

Parte 5

32

AMANHECEU a terça-feira do julgamento.

Diante da Missão, aguardando que Isabel, Marta e a mãe de Sérgio saíssem, Neimar estava apreensivo com a falta de notícias de Edu. A chegada de Cristina aumentou essa tensão.

— O Edu ficou de ir me ver ontem, pastor — disse Cristina. — O que está acontecendo? Aonde ele foi?

— A última vez que falamos, ele estava saindo na pista de uma carreta. Isso foi ontem por volta das quatro da tarde.

Guilherme parava o Golf. Cristina o abordou acerca do desaparecimento de Edu. Guilherme não se mostrou perturbado.

— Vocês já tentaram no celular dele?

— Duas vezes ontem à noite — disse Cristina.

Guilherme retirou o celular do cinto e o acionou.

— Está desligado — ele disse. — Isso não é novidade. Mas fique calma, o Edu é assim mesmo. De repente ele aparece.

Voltou-se para Neimar.

— Eu queria conversar um minuto com a mãe do Sérgio, pastor.

— Elas já vão sair — disse Neimar. — Mas me diz uma coisa, dr. Guilherme: o que pode acontecer se o Edu não voltar com alguma prova concreta a favor do Sérgio?

Guilherme olhou firme para o rosto de Neimar.

— Quer que eu seja franco?

— Claro.

— Ele vai voltar, mas não acredito que traga prova alguma que livre o Sérgio, a menos que ele apareça com o verdadeiro assassino debaixo do braço. Mas não espere por isso, pastor. Estou indo para o júri com a única alternativa que tenho: tentar destruir os argumentos contra o Sérgio e inocentá-lo por falta de provas. É uma possibilidade remota, mas não impossível.

Embora visivelmente preocupado, Neimar reitera sua confiança em Deus.

— Vocês fizeram alguma promessa para que tudo dê certo, pastor?

— Não. Por que faríamos? Deus não pede promessas. Apenas que lhe sejam dadas as rédeas de tudo.

— Bem, cá estamos de novo falando de fé. Conto com vocês para que o meu trabalho seja mais fácil.

Havia um tom quase de zombaria nas palavras de Guilherme, mas Neimar nada disse. Nesse instante chegavam Marta, Isabel e Adelaide. Guilherme chamou a mãe de Sérgio mais de lado.

— Dona Adelaide, eu devia tê-la avisado antes que não se arrumasse para ir ao fórum. Me perdoe pela falha.

— Mas por quê, dr. Guilherme? Algo errado com a minha roupa?

— Não, claro que não. A senhora está bem. Mas o que estou dizendo não tem nada a ver com a roupa. É que eu resolvi pedir ao juiz que a intime como minha testemunha, e isso será impossível se a senhora estiver presente.

Após breve silêncio, Adelaide disse:

— Tudo bem. Faço o que o senhor disser, pois sei que está lutando para libertar meu filho. Devo então ficar esperando aqui na Missão?

— Sim. É importante que não se afaste daqui até a chegada do oficial de justiça.

Assim que Adelaide contou aos demais a decisão de Guilherme, Cristina disse que ficaria com ela.

— Quem sabe o Edu entra em contato.

— Ótimo — disse Neimar. — Qualquer coisa mande alguém dar um pulo até o fórum e me procurar.

Neimar saiu com Marta e Isabel no Gol. Guilherme foi atrás com o seu carro.

NEIMAR conseguiu uma brecha no estacionamento diante do fórum, mas Guilherme teve de seguir em frente. Dobrou a esquina e estacionou ali.

Antes mesmo que ele acionasse o fechamento elétrico do vidro, sentiu o toque em seu ombro.

— E então? Bem descansado para a luta? Eu não quis entrar no fórum antes que você chegasse.

Guilherme ficou olhando para o rosto de Cléber de Godói.

— Onde foi que você arranjou esse hipócrita sorriso social, Cléber?

Os lábios finos e escuros de Cléber espicharam ainda mais o sorriso. Ao mesmo tempo ele ajeitou os óculos escuros no rosto.

— Por quê? Está querendo o endereço?

Guilherme abriu a porta e saiu. Era meio palmo mais alto que Cléber.

— Naquele dia em Goiânia, eu não reparei que você tinha crescido mais dez centímetros — disse Cléber. — O que foi isso? Algum pasto melhor que você conquistou depois da faculdade?

— Se fosse isso você devia medir três metros de altura, antes da faculdade.

— Hum! Você passou no teste, Dum-Dum. Continua um tiro como antes. E acho bom que você esteja na sua melhor forma, porque hoje não vai defender nenhum *playboy* que matou a companheira em nome da honra. E por falar nisso, acabo de cruzar com o empreiteiro Miro Gomes. Só hoje descobri que vocês são amigos chegados.

— Verdade? E de onde você o conhece?

— De Brasília, Anápolis, Goiânia. Aposto que ele veio prestigiar o advogado que um dia o livrou da cadeia. Errei?

— Errou. Ele é uma das minhas testemunhas.

— Ah! Mas na época eu acompanhei o caso de Miro Gomes pelos jornais. Lembro de você cantar na faculdade que a sua cabeça só iria prestar serviços a ricaços. Você sempre teve uma inveja doentia de gente rica, não é mesmo?

— Pouco menor que o seu ódio pelos pobres. E talvez eu deva recordá-lo daquele lavrador inocente que o Estado teve de indenizar porque você o meteu na cadeia por seis anos.

Cléber voltou a ampliar o sorriso e deu outro toque nos óculos.

— Mas não era você que vivia falando não ter a mínima intenção de defender gente sem dinheiro? E então? Esqueceu isso?

— Não, não esqueci. Mas eu falava isso pensando na sua prepotência, Cléber, e naquele dinheiro todo que seu pai vivia pondo em suas mãos para você comprar amigos e mulheres.

— Ah! Mulheres e amigos. Você nunca me perdoou, não é mesmo, Dum-Dum? Até hoje não aprendeu a perder?

As têmporas de Guilherme pulsaram.

— Arreganhe esses seus dentes enquanto pode, porque você vai se arrepender de ter entrado neste caso.

— Não diga? — Cléber disse em tom jocoso.

— Seu!... e ainda por cima está com o cordão do sapato desamarrado, seu idiota.

Estavam isolados junto ao tronco de uma árvore da praça e não chamavam a atenção de ninguém — exceto de Neimar. As duas mulheres já haviam entrado no Fórum, mas Neimar continuava à espera de Guilherme. Nem de longe lhe passaria pela cabeça o tipo de diálogo que estava sendo travado naquele canto do jardim.

Mas foi exatamente quando Cléber ergueu o pé direito e o apoiou no tronco da árvore para dar o laço no cordão do sapato — foi bem nesse instante que brilhou o *flash*. Surpreendido na estranha posição, Cléber irritou-se e puxou o pé. Procurou ver quem batera a foto, mas o repórter tinha sumido. Então Cléber derramou toda bile no olhar que lançou para cima de Guilherme.

— Logo mais quero ver o que você fez com toda essa sua segurança, e isso se o seu coração não explodir antes do veredicto final.

Guilherme esperou que Cléber se distanciasse 20 metros e sumisse na porta do fórum. Então seguiu.

Um repórter com microfone na mão e outro com uma câmera às costas tentavam interceptar Guilherme. Não conseguiram. Esquivando-se, ele entrou no fórum com Neimar.

— Como viram — dizia o repórter ao microfone e sob o enfoque da câmara —, um dr. Guilherme Sale bem diferente daquele que, com brilho incomum, tem atuado em São Paulo. Preocupação com o julgamento? Ou um criminalista preocupado com a saúde, já que os médicos o proibiram de atuar num tribunal de júri pelo espaço de um ano?

GUILHERME separou-se de Neimar diante da porta da sala do júri. Disse que precisava cumprimentar o juiz e saiu para tomar informações. Encontrou o oficial de justiça Ariosto e este o levou até as dependências internas do fórum. Ali Guilherme localizou o juiz Jarbas Oliveira, já metido em sua toga.

Todo entusiasmado, Jarbas abraçou Guilherme e logo lhe perguntou se já tinha visto Cléber.

— Sim, dr. Jarbas, já nos encontramos lá fora.

— O Cléber estava indeciso quanto ao uso ou não da beca. O que você diz?

— Pela primeira vez na minha vida vou dispensar, dr. Jarbas.

— Ótimo! Vou dar o recado ao Cléber. Mal consigo esperar o momento de ver vocês dois atuando.

— Estamos a poucos minutos disso.

Sorrindo, Jarbas deu um toque no ombro de Guilherme dizendo:

— Felicidades, Guilherme.

— O mesmo para o senhor, dr. Jarbas.

Em seguida Guilherme rumou para a sala do júri. Minutos depois ele tomava lugar em sua tribuna. Próximo dele estava Neimar. Na fileira de trás, Marta e Isabel. Guilherme flagrou o profundo olhar trocado entre Sérgio e sua esposa. Era um momento doloroso. Sérgio emagrecera mais um pouco naquela última semana, e sua postura no lugar estava longe de ser altiva.

Correndo os olhos pelo recinto do júri, Guilherme viu Djane sentada ao lado de Divina. Ele não pôde saber se Djane o olhava, ou se estava com os olhos perdidos. Então manteve-se firme. Não esboçou sorriso nem fez gesto algum. Era como se fossem dois estranhos.

E talvez fossem — Guilherme aquiesceu. Talvez nunca tivesse passado pela cabeça dela que ele era mais que um advogado criminalista — era alguém que a via com olhos especiais.

A impressão de que outros olhos o dissecavam fez com que ele olhasse em determinada direção. Era Cléber em sua tribuna. Houve entre ambos um mútuo disparo de farpas, e quem quebrou o instante foi o próprio Cléber: virou o rosto para a mesa e a cadeira do juiz. Uma cadeira ainda vazia.

33

ENTÃO Guilherme viu Genolino Palmas entrando na sala.

Palmas vestia um terno escuro, usava uma gravata discreta, tinha os colarinhos e os punhos da camisa engomados e trazia sua pasta de trabalho. Parecia bem. Guilherme lhe fez um sinal, e Palmas veio sentar-se ao seu lado.

— Sabe — disse Palmas, calmo, quase triste —, ontem à noite nós conversamos e depois fui encher um copo de cerveja naquele barzinho. Não era a primeira do dia, nem a segunda. Mas não bebi. Paguei a cerveja e fui embora. E aqui estou eu. Provavelmente eu não seja útil nem a você e nem ao Sérgio, mas talvez seja a mim mesmo.

— Gostei de você ter vindo, Palmas. Vou precisar de alguém para trocar idéias.

Palmas esboçou um sorriso. Ele sabia que Guilherme estava apenas tentando ser gentil.

— Quando foi a última vez que você atuou num júri popular, Palmas?

— Faz muito tempo. Talvez vinte anos. Foi quando eu fiz a parceria com a cerveja.

— Bem, pelo menos essa foi uma confissão sincera.

— É, foi.

— Mas o que foi que a cerveja lhe ofereceu de vantagem para você mudar a parceria?

— O esquecimento, suponho. Pelo menos temporário. Talvez você nem fosse me pedir para lhe contar a história, mas vou fazer isso. O meu cliente era um homem bom, trabalhador, pai honrado de três meninas pequenas, e foi envolvido num roubo na firma do patrão. A culpa caiu em cima dele, e eu fiz uma péssima defesa. Uma defesa negligente. Então o homem foi condenado a quatro anos de prisão. Dois meses depois de preso, envergonhado, ele se enforcou na cela. E na semana seguinte prenderam o sujeito que tinha feito o roubo. Uma bela história, não é?

Como Guilherme nada respondesse, Palmas voltou:

— O ser humano é muito fraco, fraco demais. Há quem finja ser forte, mas somos todos fracos. Qualquer pisada que recebemos no pé pode se transformar numa batalha de 50 ou 60 anos na nossa cabeça. A cerveja tem ajudado a ir tocando a minha luta.

— E aqui estou eu — disse Palmas olhando para Guilherme. Até então ele falara cabisbaixo. — Mas não me pergunte onde vou estar logo mais à noite.

Guilherme guardou silêncio e continuou olhando Palmas.

— Mas e quanto a você? — perguntou Palmas. — Eu sou um derrotado qualquer da vida, mas e você? Como é que veio parar neste lugarejo? O pastor Neimar diz que foi a mão de Deus que o trouxe, mas eu não acredito nisso.

— Nem eu. Mas aqui estou, para o bem ou para o mal. Mas sabe, Palmas, tudo isso que você falou mexeu um pouco comigo. Realmente, todos nós temos nossas batalhas internas, e algumas tão ferozes que podem nos levar a um viaduto, ou a um precipício qualquer. Basta só dar um passo e tudo acaba.

— Tentei isso duas vezes, mas sempre tinha um gaiato me segurando pela manga da camisa.

Guilherme quis rir. E aquele diálogo tão informal com Palmas o motivou. De repente ele olhou para a tribuna de Cléber, viu o rosto de Cléber — mas um Cléber que entrava em determinado restaurante das imediações do Largo São Francisco, 24 anos atrás.

— Sim — disse Guilherme —, todos temos nossas batalhas. Um dia eu estava com a minha garota jantando num restaurante e vi entrar um de meus colegas de turma da São Francisco. Ele era de família rica, industriais no Estado de São Paulo. Na época eu morava com ele em seu apartamento, um apartamento espaçoso.

— E morava de graça, suponho — arriscou Palmas com um leve tom de riso.

— Acertou. Mas naquele dia quebramos a nossa amizade.

— Já sei: ele pagou a conta do jantar e isso conquistou sua garota.

Guilherme sorriu.

— Você é incrível, Palmas.

— Eu não: a lógica humana. Mas e depois, o que foi que aconteceu?

— Lembro que naquela noite discuti com ele antes de dormir, e na manhã seguinte tomei a decisão de arranjar outro canto. Fui morar com dois outros colegas numa *kitchenette* da praça 14 Bis.

— Fim da história?

— Começo, Palmas. Aconteceu que a minha garota tinha ido a Limeira, uma tia dela acabara de falecer. No meio da semana precisei de um livro e descobri que o havia deixado no apartamento daquele meu colega ricaço. Então fui buscar.

Palmas de novo emitiu um pequeno riso.

— Aposto que foi ela quem lhe abriu a porta, a sua garota.

— Já viu esse filme, não é mesmo?

— Centenas de vezes. Faço outra aposta: naquela noite você bolou um duplo homicídio perfeito.

Guilherme riu discretamente para não chamar a atenção.

— E quase o coloquei em prática, devo dizer.

Palmas refletiu um momento.

— Bom, mas como foi que acabou o seu filme?

— Em tragédia: mãe solteira e... e morte. Hemorragia durante o trabalho de parto.

— Hum. Lamentável. E quanto ao tal riquinho pai da criança?

— Bacharelou-se com méritos, foi fazer uma temporada na França, voltou, casou-se e constituiu família. Hoje é um promotor de renome.

Palmas se recompôs no lugar porque o juiz já estava entrando.

— Bem — disse Palmas —, a minha vã filosofia de botequim aponta que você se tornou um criminalista de sucesso porque vive caçando promotores públicos.

34

CONSTITUÍDO o Conselho de Sentença mediante sorteio, o juiz presidente do Tribunal de Júri advertiu os sete jurados para que não se comunicassem entre si, nem manifestassem sua opinião sobre o processo, sob pena de exclusão do Conselho.

Discretamente, Guilherme girou meio corpo e ciciou a Neimar na primeira fila:

— E aqui estamos nós, sem as provas conclusivas que você me prometeu.

Pela primeira vez, Neimar conscientizava-se de que o simples fato de ter um criminalista de peso a favor de Sérgio não significava que este poderia sair livre. E isso o deixou sem resposta para Guilherme.

O juiz agora pedia que os sete jurados do Conselho de Sentença se colocassem de pé.

— Em nome da Lei — proclamou o juiz —, concito a todos que examinem com imparcialidade esta causa e profiram sua decisão, de acordo com a consciência de cada um e os ditames da Justiça.

O juiz chamou nominalmente cada jurado e colheu o juramento individual. Em seguida pediu que o escrivão apregoasse a leitura da denúncia contra o réu.

— A Justiça Pública contra o réu Sérgio Cerdeira Misk. O Ministério Público provará que na madrugada de 6 de maio de 1999, entre as 5h45 e 6h20, no interior da casa-sede da Estância Flores, neste município de Altiplana, Sérgio Cerdeira Misk, depois de cautelosa premeditação, assassinou com sucessivos golpes na testa a Tomás de Aquino Flores. O réu acha-se, portanto, incurso no Artigo 121 do Código Penal, acusado de homicídio em primeiro grau.

O juiz olhou para Sérgio.

— Queira ficar de pé.

Sérgio ergueu-se do lugar.

— Diga o seu nome e idade.

— Sérgio Cerdeira Misk, 22 anos.

— O senhor tem advogado e ele está presente?

— Sim, meritíssimo. Tenho dois advogados.

— Queira dizer seus nomes.

— Guilherme Sale e Genolino Palmas, este advogado dativo nomeado pelo Estado.

— Embora não esteja obrigado a responder às perguntas, o seu silêncio poderá ser interpretado em prejuízo de sua própria defesa.

— Sim, meritíssimo.

— Declara-se culpado ou inocente da acusação?

— Inocente, meritíssimo.

— O que o senhor pode dizer em sua defesa?

35

NOVENTA e sete dias atrás.

Cerca de 500 jovens lotavam o ginásio de esportes de Altiplana. Em dado momento do início da apresentação, Sérgio disse:

— Por favor, pessoal, me escutem. Eu preciso lhes dizer uma coisa, algo que não planejei mas que agora me toca aqui dentro.

Pouco a pouco o ginásio foi ganhando silêncio. Sérgio então passou a guitarra para Isabel. E num só jorro todos ouviram:

— Vou contar um pouco da vida de um rapaz que se perdeu no mundo das trevas, no mundo da revolta, do crime e do vício... e que, chegando um dia ao fundo do abismo, ele se olhou no espelho e disse: Eu odeio você, cara! Sai de mim!

Em seguida Sérgio tira a camisa, jogando-a no palco. Puxando um dos focos de luz portáteis, faz com que todos naquele ginásio vejam em suas costas nuas as marcas ali esculpidas transversalmente pelos disparos de uma arma automática.

— Eu era para estar morto, gente. Mas Deus tem um plano de salvação para cada um de nós. Ele me levantou quando eu estava jogado no fundo de um cárcere.

A seguir ele mergulha de corpo, alma e espírito no seu testemunho pessoal. Relata fatos ocorridos no passado que nem Isabel sabia. Começa pelo pai alcoólatra, pela adolescência cheia de revolta, desnorteada. Depois, a fuga de casa, a vadiagem, as cadeias em Belo Horizonte e no Rio de Janeiro, o roubo de carros, os assaltos... o tráfico de drogas, o envolvimento num homicídio — e por fim a penitenciária de segurança máxima.

Em total silêncio, o ginásio viu Sérgio curvar-se e apanhar a camisa. Vestindo-a, abotoou calmamente cada um dos cinco botões. Então disse:

— Eu estava no fundo de uma cela numa penitenciária do norte do Rio, quando, de repente, eu tive uma visão. Nela eu fugia num carro, e a todo momento virava a cabeça à esquerda e à direita e para trás. Mas eu não olhava para saber se estava sendo alcançado pela polícia, mas porque escutava uma voz me chamando. Dentro de mim eu tinha certeza de que era um chamado que poderia me colocar a salvo; enfim, uma saída naquela mortal perseguição.

"Continuava fugindo, rodando velozmente na tentativa de escapar da polícia. Fugia rogando a Deus que me ajudasse. Um Deus que eu não conhecia. Fiz inúmeras promessas das quais nem me lembro.

"Eu procurava dos lados, olhava, tentava descobrir de onde e quem me chamava. De repente me chegou uma idéia maluca: bati os olhos no retrovisor e nele eu vi a salvação. Aquele espelho me mostrava o caminho da liberdade. Era dali que me vinha o chamado.

"Foi essa a visão que eu tive."

Sérgio fez um breve silêncio.

— Mas não estou falando de um espelhinho retrovisor de carro, gente. Estou falando de Jesus, daquele que é o resplendor da glória de Deus.

Silêncio completo. Sérgio recebeu de Isabel a guitarra e começou a extrair sons suaves, puros.

— Senti que vocês precisavam saber disso tudo... do meu novo nascimento... de minha mulher Isabel... — Sérgio estendeu a mão para receber a dela — e da nossa música de louvor ao amor de Deus derramado em nós, Cristo Jesus.

Em seguida eles cantaram.

POUCO mais tarde, ginásio já sendo esvaziado, Isabel percebeu a introversão de Sérgio.

— O que foi, amor?

Ele passou as mãos nos cabelos. Seu rosto brilhava de suor.

— Eu não sei, Isa. Não sei o que me acontece. É aquela inquietação de novo... vem de dentro. Eu não sei.

— Mas foi tão maravilhoso! Talvez você esteja assim por ter-se exposto dessa forma, mas é isso mesmo que Deus quer de nós: o nosso testemunho de mudança de vida.

— É verdade. Mas... talvez eu não tenha testemunhado o suficiente. Não sei.

Saíram. A noite estava fresca. Cerca de seis ônibus tinham sido utilizados para trazer jovens da região de Brasília, então o movimento diante do ginásio era intenso. Sérgio guardou sua guitarra no carro, uma Elba prata, e voltou para onde estavam Isabel, Neimar e Marta.

— Bom — disse Neimar —, a noite foi um sucesso. Mas agora vamos até em casa.

— Não, pastor — disse Sérgio —, temos de ir andando. Daqui a Brasília são 170 quilômetros.

— De jeito nenhum — disse Marta. — Fiz duas receitas de pão de queijo.

— E eu quero que vocês conheçam a Missão Projovem.

Não houve tempo para resposta. Até então ninguém se preocupara com a caminhonete azul com arabescos claros parada do outro lado da rua. O que Isabel, Marta e Neimar agora viam era um Sérgio sem fala, um tanto boquiaberto, olhos fixos no meio da rua.

Então Isabel, acompanhando o olhar do marido, volta-se e vê o moço chegando, estatura mediana, magro, passos curtos talvez em função das botas que calça, mandíbulas largas que parecem terminar na base do fino chapéu de vaqueiro. É nele que Sérgio tem os olhos cravados.

Parando junto ao meio-fio, sem tirar de Sérgio os olhos pequenos e agudos, em tom mordaz e bastante provocador o moço diz:

— Vejam só!... Como o mundo dá voltas, hem cara? Quem esperava que um dia você viesse bater bem aqui na minha terra!?

Isabel, Neimar e Marta ficam estáticos.

— Daqui de fora fiquei escutando o seu papo furado —. O sujeito ri ironicamente. — Sabe do que me lembrei, cara? Daquela vez que você quebrou o violão na minha cabeça e arrastou a minha garota pro motel. Só que não escutei você confessar esse pecado aí dentro do ginásio pra todos aqueles panacas.

Isabel vê que Sérgio empalidece e fica sem coragem de olhar dos lados.

— Quem diria!... Um pregador! — continua o moço no mesmo tom de sarcasmo. — Sabe, quando escutei seu nome eu nem acreditei. Então fiquei ali na caminhonete ouvindo toda aquela história que você contou. O seu jeito de falar não mudou nada, cara. Que novo nascimento é esse? E por que não contou tudo? Esqueceu? Não se lembra mais daquela noite lá no Gama, depois do clube, quando você mandou aquela santa velhinha tirar a roupa na rua só pra gente rir dela?

E o sujeito continua o massacre:

— E como era mesmo aquele outro caso que você sempre contava, daquela crentinha que uma noite você tentou assaltar lá em Belo Horizonte?

Nesse instante um homem alto, roliço e bigode preto sai da caminhonete e aproxima-se do moço. Toca-lhe o braço.

— Vamos, Masinho, já chega — ele diz.

— Me largue! — o moço se esquiva. Mantém os olhos agudos cravados em Sérgio. — Como foi mesmo aquilo, cara? — continua Masinho, lábios finos agora esticados num riso cínico. — Você espetou tanto a faca no bucho da coitada que ela fez xixi, não foi assim? De susto ela largou a Bíblia e saiu correndo, confere?

Masinho solta um riso escarnecedor.

— E quantos baseados foi mesmo que você fez com as folhas da Bíblia? Dez? Cem? Lembro que você falava que papel de Bíblia é o melhor que existe pra puxar fumo. E então? Como pôde esquecer de contar isso pra essa turma de paspalhos, hem pregador?

O sujeito roliço, sem dizer outra palavra, finalmente consegue arrastar Masinho pelo braço até a caminhonete. Em instantes o motor já está funcionando.

— Olha, cara, quem planta vento colhe tempestade — grita Masinho pondo a cabeça de fora. — Não sei se isso está nessa sua Bíblia, mas é o que acontece sempre. A gente ainda se vê, tá legal?

A caminhonete parte cantando pneus no asfalto. Depois de algum silêncio, Isabel dá a volta e posta-se diante do marido. Parece nada contente.

— O que mais você lhe fez, Sérgio, para ele odiar você tanto assim?

Isabel mostra-se visivelmente chocada com tudo que escutou. Olha para Marta e abaixa a cabeça. Depois torna a perguntar a Sérgio:

— O que foi que você fez pra ele?

Sérgio a olha em silêncio. Pouco a pouco ele começa a recobrar a cor. Quem põe panos quentes no assunto e resolve o impasse é Neimar. Cita diversas vezes o apóstolo Paulo — principalmente a queda do cavalo que o transformou.

E emenda como quem orgulhoso:

— Maior a árvore, maior o tombo. Por isso hoje o seu testemunho é forte e muda as pessoas, Sérgio.

Depois de mais alguns momentos de silêncio, Sérgio ergue a fronte.

— Eu não era melhor que o Masinho. E ainda que eu fique testemunhando o resto de minha vida... acho que mesmo assim nunca terminarei de contar o que eu era e tudo o que fiz de errado. Mas agora... agora eu sei por que incluímos Altiplana no nosso roteiro. Eu precisava vir aqui.

— E o que você está querendo? — pergunta Isabel em tom de censura. Ela continua contrariada. — Ficar aqui e reatar a velha amizade com ele?

— Isa, você sabe que não é isso.

Ela cruza os braços.

— Pelo menos você devia ter-me contado tudo sobre você.

— Faria diferença entre nós dois? Se a Deus já não faz?

Isabel vai retrucar mas pára. Olham-se profundamente nos olhos. Depois ela se aninha no marido, e ele a aperta nos braços.

— Claro que não — ela diz. — Eu não quero saber do velho Sérgio... nem da velha Isabel.

— Vamos andando, meus irmãos — disse Neimar tocando-lhes no braço. — Os pães de queijo da Marta estão esperando.

MEIA HORA depois terminavam o lanche. Marta passava a Isabel algumas teorias acerca de uma boa fornada de pão de queijo. Na outra extremidade da mesa, Neimar e Sérgio conversavam. O assunto voltava a ser Masinho Flores.

— Ele é filho do prefeito de Altiplana — dizia Neimar. — Se você tivesse tempo para falar com ele!... De repente o moço muda de vida e nós todos saímos ganhando.

— Como assim, pastor?

— O prefeito Saturnino Flores tem sido uma pedra de tropeço para nós. A Missão Projovem não é do agrado dele, e temos sentido isso na pele. Veladamente ele incita a cidade contra o nosso projeto.

— Mas por quê? Se é uma obra que serve à sociedade!

— Só Deus sabe o que vai no coração das pessoas, Sérgio. Por isso eu digo: transformar o filho dele num aliado nosso seria algo... seria uma bênção sem medida.

Isabel disse que já era tarde, tinham de ir.

— Só mais dez minutos, minha irmã — disse Neimar. — Quero que o Sérgio conheça o alojamento.

Saíram para o alpendre.

— A Projovem é um grupo de três casas — dizia Neimar. — A da frente, bem maior, é onde ficam os rapazes. Aqui nos fundos, do lado de lá moram o Juvenal e a Marlene, o casal de obreiros que toma conta da parte física do projeto. E desta outra casinha fizemos a nossa residência.

— O Juvenal é precioso, Sérgio — disse o pastor. — Eu o conheci na rua aqui em Altiplana. Era mendigo e tinha os pés rachados. Saiu da mendicância, arranjou um emprego e casou. Quando abrimos a ProJovem, ele apareceu com sua mulher, a Marlene, que é outra bênção, e se ofereceram para trabalhar com a gente. Os dois têm sido o nosso braço direito. Veja como são os caminhos de Deus. E como o Senhor prepara um jardineiro aqui e um vendedor de sementes ali para formar um jardim noutro lugar.

— Quando foi que vocês começaram com a Missão?

— Há três anos. Eu e a Marta tínhamos o propósito de fazer uma obra com jovens dependentes de droga, mas durante um bom tempo ficamos sem saber como começar. Antes de tudo precisávamos de um alojamento, mas não tínhamos condições para alugar. Então Deus colocou em nosso caminho uma moça, Virgínia.

— Ela era viciada em *crack* — contou Neimar — e com ela aconteceu um milagre instantâneo. Da noite para o dia ela ficou totalmente livre das drogas e voltou para a família dela. Na época eles moravam nesta casa. O pai dela, o sr. Jacinto Barbosa, possui uma fazenda neste município. É gente rica. Pois sabe o que aconteceu? Simplesmente os pais da Virgínia se mudaram para um apartamento em Brasília, e ela retornou aos estudos.

— O sr. Jacinto Barbosa nos entregou as chaves desta propriedade — continuou o pastor. — É uma chácara de seis hectares, e o patrimônio é todo da Missão Projovem, de papel passado. Além disso, o sr. Jacinto nos ajuda com uma subvenção anual para cada interno. Amanhã eu e a Marta podemos sair da direção, mas o projeto continua. É do Senhor.

Neimar pára de falar. Ele viu um Vectra branco parando diante do portão.

— Estávamos falando do Masinho Flores e olha quem chega. É a namorada dele. O nome dela é Amanda. Esse carro é do Masinho.

Caminharam rumo ao portão. A moça já estava ali.

— Boa noite, pastor — disse Amanda e logo encarou Sérgio. — Você que é o Sérgio?

— Sim, sou eu.

— Por favor! O Masinho precisa de ajuda, ajude-o!

— Sim, claro, onde ele está?

— Está lá no sítio. Você pode ir, por favor!

— Conheço o caminho — disse Neimar —, eu levo você.

— Não — disse Amanda —, se o senhor for junto o Masinho pode não receber o Sérgio. Eu sei, eu o conheço muito bem.

— Entendo.

— Eu vou sozinho — disse Sérgio. — Basta me ensinar o caminho.

— É bem fácil — disse Amanda. — Você pega a pista que vai dar na BR e roda três quilômetros. Então vai ver uma entrada asfaltada à direita. Entre nela. Oitocentos metros adiante tem uma cancela também à direita e uma placa, Estância Flores. É só seguir e você vai dar na casa. Por favor, não falte. Vocês foram amigos, não foram? Eu sei que o Masinho vai escutar você.

— Mas parece que agora pouco ele tinha outra idéia.

— É, eu sei, ele me contou. Mas não considere isso, por favor. O Masinho é que nem uma criança, sabe? Quando sente que está errado ele diz coisas desconexas. Esqueça o que ele lhe falou. Agora eu tenho de ir. Boa-noite.

Amanda se foi. Neimar e Sérgio voltavam pelo largo corredor. Neimar passou-lhe as chaves do Gol.

— É um carro velho, cheio de retoques, mas ótimo para rodar em estrada de terra. Assim você poupa a sua Elba.

— Não, pastor. Eu vou no meu carro. Vou levar a Isabel comigo, e de lá já pegamos o rumo de Brasília. Não é caminho?

— Sim, é. Mas... bem, acontece que eu gostaria de saber o resultado dessa visita. Para nós é importante, vê se me entende. Deixando o seu carro aqui, eu sei que você volta. Afinal, são poucos quilômetros.

— Tudo bem — disse Sérgio recebendo as chaves do Gol.

Sérgio falou rapidamente com Isabel, pegou sua mochila, entrou no Gol e foi. Eram 10h15 da noite quando ele saiu.

Voltou em torno das 11h30. E voltou esperançoso. Neimar, Marta e Isabel o aguardavam conversando na sala. Contou que Masinho o recebera bem. Parecia outra pessoa.

— Dei o recado que tinha de dar e deixei um livro e uma fita cassete com ele.

— Grande, Sérgio! — exultou Neimar. — A sua vinda aqui em Altiplana foi providencial. O profeta não faz milagre em sua terra.

— Fiquei de voltar lá amanhã cedo. Ele quer que eu fale também com o pai dele.

Essas frases Sérgio disse olhando para Isabel. Ela achou não ter entendido.

— Amanhã cedo? Mas nós não vamos embora hoje?

— Desculpe, meu bem, mas eu garanti ao Masinho que vou voltar ao sítio amanhã. Aliás, ele queria que eu ficasse mais um dia. Eu disse que não posso, temos compromissos.

Isabel emitiu um suspiro. Não gostou da idéia de ficar.

— Vou arrumar as camas, temos duas de reserva — disse Marta com certa euforia. — Vocês não se importam que sejam camas de solteiro, importam?

— Vieram a calhar, Marta — disse Isabel visivelmente irritada, erguendo-se da poltrona e acompanhando-a.

Sérgio olhou para Neimar, que deu uma risadinha.

— Elas são assim mesmo, Sérgio. Às vezes a Marta também não gosta de me repartir com ninguém.

Mas Sérgio pensava diferente.

— Não é nisso que estou pensando, pastor. É que a Isabel tem uma maneira diferente de perceber as coisas. Não é pessimismo dela. É como um alerta. E eu não vou negar que no fundo também não esteja preocupado. Há dias que venho sentindo isso... como se existisse alguma coisa diferente no ar.

— Talvez seja excesso de trabalho, viagens — disse Neimar dando um toque no joelho de Sérgio e pondo-se de pé. — Mas agora vai, procura descansar. E que amanhã cedo você faça uma boa colheita da semeadura de hoje.

Sérgio também se levantou.

— O Masinho pediu que eu estivesse lá às 6 da manhã.

— Tão cedo assim?

— Ele tem uma viagem marcada às sete.

— Você precisa de despertador?

— Eu tenho o bip do meu relógio. Vou deixar a Isabel dormindo até mais tarde. Vou com o seu Gol, pastor.

— Ótimo.

FALTAVAM dez minutos para as sete quando Sérgio retornou do sítio. Encontrou Isabel sozinha na sala.

— Sérgio! O que houve? Que desânimo é esse?

Ele se deixou cair ao lado dela no sofá.

— O carro do pastor enguiçou, Isa. Tive de pegar carona pra voltar. Na ida foi tudo bem, mas na volta de repente o Gol afogou. Não consegui fazer pegar mais. E acabei arriando a bateria.

Marta chegava da cozinha. Havia escutado.

— Carro velho é assim mesmo, não se preocupe — ela disse. — Deixa que depois o Neimar leva um mecânico. Ele teve uma urgência na Missão e precisou sair com a sua Elba, Sérgio. Já ele está de volta.

— Tudo bem, dona Marta.

— Vem, Sérgio — Marta chamou — , acabo de tirar uma bandeja de biscoitos de polvilho do forno. E o café está quentinho na garrafa.

O convite de Marta não animou Sérgio.

— Você está chateado, não está? — disse Isabel. — O que é? Como é que foi com ele esta manhã?

— Hoje nada.

— Nada? Nada como?

— Perdi a viagem, Isa. Não tinha ninguém na casa. Só a caminhonete.

— Mas como? Você chamou? Bateu na porta? Procurou ao redor?

— A porta da sala estava entreaberta. Eu chamei o Masinho e esperei. Depois resolvi entrar. Andei em toda casa, chamei e ninguém respondeu.

— Então... então foi um trote?

— Claro que foi. E eu caí feito um bobo. Ontem à noite eu devia ter desconfiado.

Isabel viu o filete de sangue na mão de Sérgio.

— Você se machucou? A sua mão está sangrando.

Ele ergueu a mão esquerda. O sangue brotava de um corte na junta do indicador.

— Não é nada — disse Sérgio erguendo-se do sofá. — Deve ter acontecido quando eu tentava bater no cabo da bateria com um pedaço de pau. Vou tomar banho. Depois comer alguma coisa.

— Vai indo que eu levo a toalha, amor.

Sérgio tomava banho quando Neimar chegou com a Elba. Foi inteirado do incidente.

— Não esquente a cabeça — ele disse a Sérgio tão logo o viu na copa. — Enquanto você toma seu café, eu vou atrás do mecânico. E vou precisar ir na sua Elba.

— Vai tranqüilo, pastor, ainda é cedo. A gente saindo daqui até às dez horas está muito bom.

Sérgio contou onde havia abandonado o Gol, e Neimar saiu.

Vinte minutos depois ele e Isabel estavam tomando café na mesa da copa. Súbito a campainha da frente foi acionada. Tirando o avental, Marta foi atender.

Passado um instante, rosto pálido, ela retornava. Olhou para Sérgio.

— É a... é a polícia, Sérgio. Eles querem falar com você.

Sérgio e Isabel trocaram olhares, depois ele se ergueu e foi até a porta. Ali estavam dois policiais. Um deles tinha um papel na mão.

— Você que é Sérgio Cerdeira Misk?

— Sou eu.

— Tem de nos acompanhar até a delegacia.

— Mas por quê? O que aconteceu?

— Tem uma queixa contra você.

Isabel entra no meio. — Queixa? Queixa de quê?

— De vadiagem, minha senhora.

— Vadiagem? — disse Sérgio querendo achar graça. — Mas que negócio é esse?

— Na delegacia você fica sabendo.

— Eu vou com você, amor — disse Isabel.

Mas um policial estendeu o braço.

— Não, a senhora não, dona. A queixa é contra ele.

Os policiais fizeram Sérgio entrar na viatura e partiram.

Quarenta minutos mais tarde chegava Neimar com a Elba. Marta contou o que havia acontecido.

— Vai atrás do Sérgio, amor. A Isabel já está a caminho. Ela foi a pé.

NEIMAR e Isabel estavam sentados na sala de espera da delegacia. Aguardavam a chegada do delegado. A única notícia que conseguiram apurar sobre Sérgio foi que ele estava detido por vadiagem.

Logo entrava o delegado. Era de estatura baixa, razoavelmente obeso e semicalvo. Neimar deixou o banco.

— Dr. Boaventura, eu queria que o senhor nos orientasse. Esta aqui é Isabel, a mulher do Sérgio.

— Queríamos saber sobre a fiança para libertar o meu marido — disse Isabel.

O delegado limpou um enrosco da garganta e olhou o rosto de Isabel.

— Veja bem, minha senhora: a lei não estabelece fiança para casos de vadiagem. Esse é o primeiro ponto. Segundo: com os antecedentes criminais de seu marido, a detenção dele foi uma medida legal. De qualquer forma isso tudo agora é irrelevante.

— Irrelevante? Como assim? — irritou-se Isabel. — Nós somos pessoas honestas, cristãs. O Sérgio pode não ter carteira assinada nem endereço de emprego, mas posso provar que vivemos do nosso trabalho. Trouxe um CD que prova isso.

— Ela quer dizer — disse Neimar com mais calma —, que o Sérgio é músico, que eles cantam e...

— Escutem — cortou o delgado —, já disse que tudo isso agora é irrelevante. Fato número um: precisei usar do expediente de deter o moço por vadiagem porque sabíamos que ele estava de passagem pela cidade. Esse é um direito que a lei me confere, e eu precisava ganhar tempo para concluir sindicâncias que me levassem a provas conclusivas contra ele.

— Provas contra o Sérgio? Provas de quê? — inflamou-se de novo Isabel. — O que foi que ele fez? Por acaso a guitarra dele estava desafinada ontem à noite?

— Fato número dois, minha senhora: o inquérito policial está sendo instaurado, a testemunha-chave já foi ouvida, e ainda hoje o laudo médico-pericial vai ser juntado e remetido ao fórum criminal. Tudo dentro da lei. Por isso acabo de autorizar a divulgação do homicídio.

— Homi-cídio?! — exclamou Isabel. — Do que é?... do que é que o senhor está falando?

36

SÉRGIO terminou o relato. Em seguida o juiz deu a palavra ao promotor para que interrogasse sua primeira testemunha.

Cléber deixou a tribuna e caminhou até o centro do tribunal.

— Obrigado, meritíssimo. Quero antes dizer da nossa satisfação em ter vossa excelência como presidente deste egrégio tribunal, o que nos honra a todos.

E voltando-se para a tribuna de Guilherme:

— Satisfação também por contar com a virtual capacidade de nosso caro dr. Guilherme Sale, que, todos sabemos, veio de São Paulo para tentar o impossível: inocentar um réu acusado de um bárbaro homicídio.

— Satisfação ainda — disse Cléber agora olhando para o Conselho de Sentença —, por podermos contar com tão ilustres e honrados cidadãos e cidadãs de Altiplana, que aqui estão para garantir que a justiça seja feita a qualquer preço.

A seguir foi chamada a primeira testemunha da acusação. A mulher parou diante da mesa do juiz.

— Queira dizer seu nome e endereço.

— Zulmira Trindade. Eu moro no sítio do sr. Saturnino Flores com meu marido e meu filho.

O juiz obteve da testemunha a promessa, sob palavra de honra, de dizer a verdade no que lhe fosse perguntado. Em seguida pediu que ocupasse seu lugar.

— Queira o Ministério Público fazer a primeira pergunta — disse o juiz Jarbas olhando para o promotor.

Cléber adiantou-se.

— Obrigado, excelência —. Primeiro ele olhou de maneira significativa para a testemunha, depois para o juiz. — Consta no depoimento policial assinado pela testemunha, meritíssimo, que foi ela quem descobriu o corpo da vítima, Tomás de Aquino Flores. Pergunto: A testemunha confirma isso?

— Queira responder — disse o juiz à testemunha.

— Sim, fui eu que descobri o corpo de seu Masinho caído no chão da sala. Ele estava...

— Tudo bem, senhora — cortou o juiz. E olhando para o promotor: — Continue.

— Obrigado, excelência. Antes que a testemunha explique para os jurados quando e como ela descobriu o corpo da vítima, gostaria que ela respondesse à seguinte pergunta: Onde ela estava na noite de 5 de maio passado, entre as oito e onze horas?

O juiz fez sinal para a testemunha e ela respondeu:

— Eu estava na minha casa.

— A testemunha pode responder com quem, excelência?

— Com meu marido José Tadeu e meu filho Dirceuzinho.

— Naquele anoitecer havia alguém na casa-sede do sítio?

— Não.

— Nenhum veículo na garagem do alpendre?

— Não.

— Excelência, e quando foi que a testemunha viu Tomás de Aquino Flores, o Masinho, chegar com a caminhonete.

Sempre dentro do mesmo ritual, o juiz ia transferindo à testemunha a pergunta da acusação.

— Deve ter sido mais ou menos nessa hora, oito, oito e pouco.

— E depois a testemunha viu mais alguém chegando no sítio, meritíssimo?

— Vi.

— Que tipo de veículo chegou? Caminhonete? Automóvel?

— Um Gol branco.

— Quantas pessoas havia nesse Gol?

— Só uma.

— Essa pessoa está aqui?

— Está, é aquele moço ali.

A mulher apontava Sérgio. Cléber guardou um instante de silêncio. Depois disse:

— Excelência, eu quero saber a que horas Sérgio Misk chegou no sítio.

— Direito não sei dizer — respondeu a mulher assim que autorizada pelo juiz —, mas era bem tarde. Meu menino mais meu marido estavam dormindo já fazia tempo, e eu terminava de passar um resto de roupa, ainda tinha brasa no ferro.

— Nove? Dez horas da noite?

— Pra mais de dez, com certeza.

— Que a testemunha conte como foi a chegada do réu, Sérgio Cerdeira Misk, ao sítio na noite de 5 de maio passado, excelência.

Autorizada pelo juiz, a mulher respondeu:

— Ele parou o carro perto da casa-sede, desceu, foi até o portãozinho do jardim e entrou.

— O réu levava alguma coisa?

— Levava. Levava uma mochila pendurada no ombro.

— Que cor era a mochila?

— Era noite, mas a luz da varanda deixou ver que a mochila era assim meio verde. E tinha uma parte branca.

— Grande ou pequena?

— Tinha uns dois ou três palmos.

— Pergunto à testemunha se seria esta, excelência.

Cléber exibia ao juiz uma mochila de aproximados 50 centímetros de comprimento. O juiz a examinou. Depois perguntou à mulher se poderia ser aquela mochila.

— Se não é essa, é outra igualzinha — ela disse.

Cléber recebeu a mochila de volta e a deixou em sua tribuna. Retornando, disse:

— Queria que a testemunha respondesse quanto tempo Sérgio Cerdeira Misk ficou dentro da casa-grande, excelência.

— Pode responder à pergunta.

— Ele ficou mais de hora, disso eu sei. Já era beirando onze e meia quando ele saiu da casa e foi entrar no Gol.

— E o que foi que a testemunha escutou, excelência? Ela poderia responder?

O juiz olhou para Zulmira.

— Bem, antes era a música no último volume, do jeito que o seu Masinho gostava de escutar. Depois, com a chegada desse moço, a música parou. E logo escutei o bate-boca.

— E quem mais falava? Quem mais gritava? Masinho Flores, excelência?

— Não, nunca ele, o seu Masinho — disse a testemunha logo que o juiz a autorizou. — Eu conhecia muito bem o jeito de seu Masinho, sempre quieto feito um gato, falando baixo que quase ninguém entendia. Nem quando ele batia boca com o pai dele lá no sítio, nem aí o seu Masinho gritava. Nunca que era ele.

— Então era o visitante, Sérgio?

— Só podia ser. Quem mais?

— Excelência, eu pergunto à testemunha: Ela seria capaz de repetir algumas palavras escutadas naquela noite, e que ela diz não terem saído da boca de Tomás de Aquino Flores, o Masinho?

— Queira responder se a senhora tem lembrança do que ouviu naquela noite — disse o juiz à testemunha.

Depois de pensar um instante Zulmira disse:

— De algumas palavras eu me lembro, mas não de tudo. Só guardei o que foi gritado.

— Excelência — disse Cléber aproximando-se da mesa do juiz com uma lauda na mão direita —, peço autorização para ler alguns trechos do que a testemunha declarou no inquérito policial do dia 6 de maio passado.

— Concedida.

— O trecho diz: "Parecia discussão, e isso não saiu da minha cabeça porque escutei mais de uma vez. Era esse moço descarregando a raiva dele em cima do seu Masinho. Escutei gritando: *Não vou parar! Não quero parar!*

— Agora, excelência — prosseguiu Cléber —, vou ler outro trecho da declaração da testemunha: "Depois eu escutei bem claro gritando: *Não! Você vai morrer! Você vai morrer, escutou?*"

Pela primeira vez houve uma altercação de vozes no público. Com prazer Cléber esperou que todos assimilassem o efeito daquele momento. O princípio de tumulto terminou com o martelo do juiz. Imediato silêncio.

— Excelência — voltou Cléber —, eu pergunto à testemunha: a senhora tem certeza de ter escutado palavras tão duras e agressivas da parte do réu?

O juiz repetiu a pergunta para a testemunha.

— Tenho, tenho certeza sim. E o Zeca, meu marido, também escutou. Ele acordou bem na hora. Então nós dois saímos do quarto e fomos abrir a porta da cozinha pra ganhar o terreiro. Mas então já não escutamos mais nada.

— E depois? O que aconteceu?

— Depois ficamos um tempo esperando no terreiro, acho que uns dez, quinze minutos. Foi quando vi o moço voltando da casa e cutuquei meu marido Zeca. O moço já estava saindo no portãozinho da cerca da casa-sede. Entrou no carro dele, fez a manobra e foi embora. Então resolvemos voltar pra cama.

— E Sérgio estava com a mochila?

— Isso eu não lembro de ter visto, mas devia estar.

— Em nenhum momento a senhora e seu marido pensaram em ir até a casa e ver o que tinha acontecido?

— Isso não. A gente foi acostumada a fazer o nosso trabalho e ficar longe do pessoal da casa-grande. Quem ainda de vez em quando dá um dedo de prosa com a gente é a dona Norma, a mulher de seu Saturnino Flores.

— Muito bem. Excelência, agora gostaria que a testemunha contasse o que aconteceu na manhã seguinte, 6 de maio.

— Na manhã do outro dia nem eram seis horas quando vi de novo o Gol chegando. Ainda estava escuro. Eu fazia lingüiça e lidava com banha de porco num tacho.

— E quem estava no Gol?

Zulmira apontou Sérgio.

— De novo esse moço aí. Ele e a mochila dele.

— E a senhora não escutou conversa, barulho ou gritos na casa-sede?

— Dessa vez não. Não escutei nada mesmo.

— E ele viu a senhora?

— Não tinha jeito de ver. A minha casinha fica de um lado da casa-grande, e a entrada do sítio fica na frente. Só quem conhece o sítio direito sabe que minha casa existe.

— Excelência, gostaria que a testemunha agora contasse como foi que ela descobriu o corpo da vítima.

— Pode responder.

Zulmira relatou o episódio do filho e sua bola extraviada.

— Apanhei a bola e ia saindo, quando alguma coisa me fez olhar pelo vitrô da sala. Não sei o que me fez fazer aquilo, mas eu fiz. E eu vi o seu Masinho caído no chão. E todo aquele sangue.

Imediatamente Cléber disse:

— Já terminei com a testemunha, excelência. Obrigado.

Então o juiz perguntou à defesa se queria interrogar a testemunha.

— Sim, excelência — disse Guilherme erguendo-se na tribuna e adiantando-se. Cumprimentou o juiz, o Conselho de Sentença e o promotor. Em seguida parou diante da testemunha, olhando-a em silêncio durante alguns segundos. Depois voltou-se para o juiz.
— Excelência, preciso saber há quanto tempo a testemunha, seu marido e filho moram na Estância Flores, propriedade do sr. Saturnino Flores.

— Queira responder à pergunta.

— Tem seis meses e meio.

— E antes eles nunca moraram na roça, excelência?

— Responda.

— Eu nasci num sítio e meu marido noutro.

— Casaram-se e continuaram morando na roça?

— Sim.

— Então, excelência, suponho que a testemunha conheça determinados sons do campo bem mais que as pessoas que sempre moraram na cidade. Por exemplo: sons de pássaros, do gado, das aves. Eu passei dois dias numa fazenda e ouvi alguns galos cantando. No segundo dia, excelência, eu já podia responder que determinado canto fino era de um galo garnisé de peito vermelho e crista bem longa. Gostaria que a testemunha dissesse que isso é verdade, que isso acontece com todas as pessoas que moram no campo.

— É assim mesmo — disse Zulmira, depois que o juiz a autorizou a responder.

— Provavelmente a testemunha saiba, pelo estardalhaço, excelência, qual a galinha que acaba de botar um ovo. Estou certo?

O juiz limitou-se a olhar para a mulher.

— É — ela disse meio rindo —, o senhor está certo.

Guilherme passeou na frente da testemunha.

— Os nossos ouvidos assimilam bem rápido os sons do ambiente em que vivemos, e um ouvido quase sempre escuta melhor que o outro. Exemplo: a voz de um menino brincando com a bola. Queria que a testemunha confirmasse que esse é um som bastante familiar, excelência.

— É — disse Zulmira.

Guilherme saiu de lado, quase fora das vistas da mulher.

— Quero que a testemunha não se preocupe comigo, excelência. E quero que ela responda como se estivesse respondendo aos jurados do Conselho de Sentença.

Zulmira assumiu uma postura melhor em relação aos jurados. Mas agora ela já não enxergava Guilherme.

— Outro exemplo: o grito de um peão em cima do cavalo, enquanto lida com o gado. A testemunha poderia responder se esse também não é um som fácil de identificar, excelência?

— Pode responder — disse o juiz. — Sim ou não?

— Sim.

— Eu acho que os jurados não escutaram a resposta. A testemunha poderia repetir, excelência?

— Queira repetir.

— Sim.

— A testemunha poderia repetir, excelência?

O juiz olhou para ela.

— Eu disse que sim.

— A testemunha poderia repetir, excelência?

Zulmira voltou-se de supetão para o lado ao perceber que algumas pessoas do público não conseguiam reter o riso. Então ela viu Guilherme aproximando-se vindo de trás.

— A testemunha poderia repetir, excelência?

Guilherme acionou outra vez a tecla pausa do toca-fitas que ele segurava na mão esquerda. Soltou a tecla.

— A testemunha poderia repetir, excelência?

Guilherme desligou o gravador e aproximou-se mais da mulher. Ela queria chorar.

— Que a testemunha me perdoe, meritíssimo. Que ela me perdoe por ter feito isso, mas eu precisava. Nem sempre podemos confiar no nosso ouvido. Sei que ela não mente quando afirma que na noite de 5 de maio passado escutou a voz de Sérgio em tom áspero e ameaçador. Eu mesmo vou provar que naquela noite ela ouviu, sim, a voz de Sérgio gritando e falando que não ia parar. E falando de morte.

Guilherme lançou um sugestivo olhar na direção do Conselho de Sentença. E olhou de novo para o juiz.

— Todos nós ouvimos há pouco sua excelência, o promotor público, ler palavras atribuídas ao réu, segundo o depoimento que a testemunha prestou no inquérito policial. Eu pediria a vossa excelência, meritíssimo, que mandasse o escrivão repetir as palavras proferidas pelo réu. Apenas as palavras.

O juiz deu a ordem. Logo o escrivão se punha de pé para fazer a leitura.

— "Não vou parar! Não quero parar!"

E em seguida:

— "Não! Você vai morrer! Você vai morrer, escutou?"

— Eu agradeço, excelência. E lhe peço permissão para rodar o trecho de determinada fita cassete.

— Permissão concedida.

Guilherme fez rodar uma segunda fita no gravador. Imediatamente o som encheu a sala. Era a voz de Sérgio, voz modulada, calma às vezes, enfática outras.

"O pastor Haroldo continuava falando, e eu me irritava com aquela voz, com aquelas palavras. Ele repetia que eu precisava mudar de vida, aceitar Jesus como meu salvador e parar com tudo aquilo que eu fazia. Então eu explodi: *Não vou parar! Não quero parar!* Mas nesse instante senti algo diferente, algo como uma toalha morna e depois gelada sobre as minhas costas, meus braços, e eu pensei em fugir, mas as minhas pernas estavam travadas. Eu não conseguia sair do lugar. E o pastor Haroldo insistia, dizendo que não adiantava eu fugir de Deus, que Deus queria me salvar, ele queria se revelar para mim através de Jesus. Então de repente eu quis sair correndo, mas o pastor Haroldo me segurou pelo braço. Eu gritei dizendo-lhe que precisava ir, queria ir embora, e ele gritou mais alto ainda comigo: *Não! você vai morrer! Você vai morrer, escutou?*"

Pausa. E voz novamente mansa:

"Depois o pastor Haroldo viu que não adiantava gritar, forçar, então ele disse para eu não ir, para eu não voltar àquela minha vida das drogas, da marginalidade, pois seria a morte para mim. Então ele perguntou se eu queria aceitar Jesus como o meu salvador pessoal. Bastava pedir com sinceridade e Jesus entraria no meu coração. E me transformaria numa nova criatura. Seria um novo nascimento, um nascimento espiritual. Eu acabei fazendo o que ele me pedia, mas fiz só para ficar livre daquele pastor. No entanto, gente, quando eu disse para Jesus entrar na minha vida, algo diferente me aconteceu. Nunca mais fui o mesmo.

"E aqui estou eu dando testemunho do que Deus fez por mim."

O som da tecla parando o toca-fitas como que sacudiu o recinto do tribunal de júri. Retirando a fita do aparelho, Guilherme foi colocá-la na mesa do juiz.

— Peço a vossa excelência que inclua esta fita cassete como prova de que naquela noite a testemunha Zulmira Trindade escutou a voz do réu falando e gritando, não para a vítima, mas sim para todo um público ouvinte que, meses antes, lotara uma dependência no Rio de Janeiro. Esta fita, conforme consta da etiqueta, é uma das fitas de testemunho que obreiros cristãos costumam produzir e colocar à disposição das igrejas. Além de alguns livros de evangelização e uma

Bíblia, Sérgio levou na mochila uma fita como esta. E a fez rodar naquela noite no aparelho de som do próprio Masinho Flores.

A seguir Guilherme dispensou a testemunha da acusação. Chegando à sua tribuna, Palmas ciciou-lhe:

— Se isto fosse uma luta de boxe você já estaria levando alguns pontos de vantagem.

— Então vai anotando, Palmas.

37

EM SEGUIDA foi chamado a depor o delegado de polícia Clóvis Boaventura. Era uma testemunha informante, livre, pois, de penhorar a palavra. O juiz perguntou apenas seu nome e profissão e o entregou ao Ministério Público.

Cléber deixou a sua tribuna.

— Excelência, sabemos que o réu, Sérgio Cerdeira Misk, foi detido na manhã de 6 de maio deste ano, mediante mandado de prisão, como suspeito de ter praticado um homicídio em primeiro grau. Considerando que tal mandado só poderia partir de um juiz, como a testemunha explica tal medida?

O juiz limitou-se a olhar para o delegado.

— O mandado de prisão expedido por mim, meritíssimo, estava apoiado no artigo 313, inciso II: vadiagem.

— Mas por que a testemunha usou desse expediente, excelência?

— É que não tínhamos juiz na comarca para que pudesse ser emitido um mandado de prisão, meritíssimo, e eu sabia que o réu estava de passagem pela cidade e prestes a ir embora. Tinha de detê-lo, e o fiz por vadiagem. Usei desse expediente tendo em vista as informações que já tínhamos recebido do Rio de Janeiro naquela manhã.

— Eu perguntaria à testemunha que tipo de informações foram essas, excelência.

— O boletim que recebemos do Rio é extenso, meritíssimo. Vai ser difícil me lembrar de todas as informações.

— Excelência, eu ficaria satisfeito apenas com o sentido dessas informações. Que a testemunha o decline.

O juiz tornou a olhar para o delegado.

— Isso é fácil, meritíssimo. O Sérgio tem uma ficha bem extensa de passagens policiais, e isso não apenas no Rio de Janeiro, mas também em Belo Horizonte.

— Que tipo de passagens, excelência? Pequenos furtos?

O delegado não pôde deixar de esboçar um riso.

— Venda de armas, roubo de carros, tráfico de drogas, formação de quadrilhas mirins que atuavam em colégios. Diversas ocorrências, meritíssimo. Mas, como ele ainda era menor, em pouco tempo estava solto nas ruas.

— E quanto a condenações?

— Uma. Homicídio culposo. Foi numa briga de quadrilha. Houve um tiroteio numa favela do Rio que os traficantes usavam como quartel-general. Uma mulher que passava foi ferida e morreu dias depois. O réu e outros dois foram indiciados e condenados a cinco anos de reclusão.

— Cinco anos? Eu pergunto à testemunha, excelência, quantos anos tinha o réu quando isso ocorreu.

Novo olhar do juiz transferiu a pergunta para o delegado.

— Dezenove anos, meritíssimo.

— Mas então ele ainda devia estar na penitenciária. Como se explica isso, se hoje ele tem 22?

— Bem, acontece que em dezembro de 97 ele foi indultado pelo Presidente da República.

— Entendi — disse Cléber aproximando-se da mesa do juiz. — Em 97 a clemência natalina alcançou o réu, excelência, o que hoje pode ser motivo de lamentação. Se o réu ainda estivesse cumprindo pena, este tribunal de júri não existiria. Dispenso a testemunha, meritíssimo.

O juiz perguntou à defesa se desejava interrogar a testemunha Clóvis Boaventura.

— Sim, excelência — disse Guilherme saindo do lugar. Parou diante do delegado.

— Excelência — Guilherme fez o deferimento ao juiz —, a testemunha se referiu a um indulto, e o ilustre promotor público juntou as palavras "clemência natalina". Todos ouvimos isso, que o perdão num despacho presidencial foi estendido ao réu naquele fim de ano de 97. Mas eu pergunto à testemunha, excelência: E quanto aos outros dois rapazes condenados junto com Sérgio?

O juiz olhou para o delegado.

— Bem, meritíssimo, eu não tenho conhecimento disso.

— Mas eu tenho, excelência — disse Guilherme ao juiz e fez um curto passeio diante do delegado. — Naquele processo não ficou provado qual a solitária bala que varou o pulmão direito de uma mulher, Duartina de Souza, provocando-lhe a morte após três dias. Por essa morte, e pela pequena guerra particular de uma gangue, três moços foram condenados a cinco anos de reclusão. Então pergunto à testemunha, excelência: Por que deles três só o Sérgio recebeu o indulto presidencial?

A hesitação do delegado levou o juiz a dizer: — Queira responder.

— Bem, eu... eu não sei. Suponho que por melhor comportamento diante dos demais.

Guilherme foi até a sua tribuna e retornou trazendo uma lauda. Entregou-a ao juiz.

— Eu pediria que vossa excelência examinasse, nesta cópia de requerimento, a autenticidade da chancela da Secretaria do Governo Federal, datada de 4 de agosto de 1997.

O juiz fez o exame e devolveu a lauda a Guilherme. Em seguida este disse:

— Meritíssimo, esta é a cópia de um requerimento feito pelo réu e endereçado ao Excelentíssimo Presidente da República. Vou ler apenas o motivo da petição: "E assim, Exmo. Sr. Presidente, a partir daquele momento, mesmo estando detido entre quatro paredes de uma cela, eu me vi liberto do terrível mundo de erro e crimes em que vivia. Não posso, claro, refazer materialmente todo o mal que já pratiquei contra a sociedade, principalmente contra a juventude do meu país. Mas sei que Deus, através de Cristo Jesus e de meu trabalho pessoal, pode levar uma parcela de nossos marginalizados jovens a experimentar também a nova vida de que fala a segunda carta do apóstolo Paulo aos coríntios: *Pelo que, se alguém está em Cristo, nova criatura é, as coisas velhas já passaram, eis que tudo se fez novo.*

— E segue a petição de indulto, excelência — disse Guilherme devolvendo a lauda à mesa do juiz. — Eu queria agora, meritíssimo, que a testemunha visse que a recuperação de Sérgio Cerdeira Misk não se trata simplesmente de um bom comportamento individual detrás das grades de uma penitenciária. Trata-se de radical conversão, de uma nova vida. Não uma vida de santo, mas a vida de alguém preocupado com os que usam e são usados pelo vício das drogas, como o Sérgio um dia foi.

— Eu protesto, excelência — disse Cléber alvoroçando-se na sua tribuna. — A defesa está tirando conclusões precipitadas em cima de conjunturas e fora de tempo, esquecendo-se que nesta fase compete-lhe apenas interrogar a testemunha.

Antes que o juiz se pronunciasse, Guilherme o fez:

— Retiro as minhas deduções finais, excelência. E não tenho mais perguntas à testemunha.

O juiz determinou que o último trecho do pronunciamento da defesa não fosse reduzido a termo.

De volta ao lugar, Guilherme perguntou a Palmas:

— O que você achou deste ataque?

— Bem, tratando-se de um delegado de polícia, acho que você tirou algumas gotas do rochedo. E sabe, Guilherme, eu estou surpreso. Nunca poderia imaginar que você pudesse ter interesse por religião e fé.

— E quem disse que eu tenho?

38

A TESTEMUNHA que o Ministério Público quis ouvir em seguida foi o médico responsável pelo exame de corpo de delito.

— Queira declarar o seu nome e profissão — disse o juiz.

— Gérson Pinati Lemus, médico-legista e clínico-cirúrgico geral.

Lemus era um homem de rosto magro. Aparentava 50 anos.

— O senhor está aqui na condição de testemunha informante — voltou o juiz. — Poderia nos dizer, em linguagem clara, qual foi a causa da morte de Tomás de Aquino Flores?

— Pois não, meritíssimo. A vítima sofreu uma violenta fratura exposta no seio frontal esquerdo. Parte do cerebelo estava à vista, o supercílio e olho esquerdos afundados. Houve morte cerebral instantânea.

— Poderia precisar a hora em que a vítima morreu?

— Os exames de tempo de coagulação que foram feitos indicam que a morte da vítima ocorreu entre 5h30 e 6h30 da manhã do dia 6 de maio passado, meritíssimo.

— Passo a testemunha ao Ministério Público — disse o juiz recostando-se na cadeira.

Cléber assumiu o centro do júri.

— Obrigado, excelência. Só tenho uma pergunta a fazer à testemunha: o que poderia ter causado o drástico afundamento parcial do crânio da vítima?

— Bem... uma pedra. Ou um pedaço de material com peso suficiente para esfacelar um crânio.

— Entendo. Uma pedra ou outro material qualquer que possa ser carregado numa mochila de 50 centímetros de comprimento.

Muitos olharam para a tribuna de Guilherme, mas ele não moveu uma pestana. Então Cléber colocou a testemunha à disposição do juiz.

— A defesa deseja interrogar a testemunha? — perguntou o juiz a Guilherme.

— Sim, excelência.

Guilherme parou diante do médico e o fitou durante cinco segundos. Depois olhou para o juiz.

— Excelência, preciso que a testemunha responda à seguinte pergunta: A que horas, daquela manhã do dia 6 de maio, ele chegou de Brasília para o exame de corpo de delito?

O juiz ficou esperando a resposta de Lemus.

— Não me lembro exatamente, meritíssimo. Mas sei que foi pouco depois das nove.

— E a que horas a testemunha retornou para Brasília, excelência?

— Queira responder.

— Não me recordo, mas foi depois do almoço.

— É uma resposta muito vaga, excelência. Há quem se levanta e almoça às dez horas. Eu costumo almoçar às 2 da tarde. A testemunha poderia fazer um esforço para se lembrar da hora em que retornou a Brasília, meritíssimo? Ou teremos de ouvir o testemunho do frentista de um posto daqui de Altiplana, que completou o tanque de sua caminhonete e o viu quando tomou a pista de saída?

Lemus empalideceu.

— Responda a pergunta — disse o juiz. — Tente lembrar-se da hora em que deixou Altiplana naquele dia, de volta a Brasília.

Lemus guardou um instante de silêncio. Tentava lembrar-se — ou fazer de conta que estava fazendo isso.

— Possivelmente eu tenha saído de Altiplana em torno das onze horas.

— Da manhã ou da noite, excelência?

Lemus não esperou o sinal do juiz. Olhou para Guilherme:

— Da manhã, claro.

— Excelência — disse Guilherme aproximando-se mais da mesa do juiz —, a testemunha declarou que chegou às 9h30 e foi embora depois do almoço, às 11. Peço que fique registrado ser praticamente impossível efetuar-se o exame de corpo de delito num cadáver que teve a testa esfacelada e em seguida almoçar, tudo isso em uma hora e meia.

— Protesto, excelência! — gritou Cléber, pondo-se de pé. — A defesa está sugerindo o absurdo de não se ter feito o exame de corpo de delito da vítima, e isso, além de ridículo do ponto de vista da lei que rege o assunto, ainda denigre a imagem de um profissional da medicina.

— Mas eu não estou afirmando isso, excelência — disse Guilherme. — Acredito, sim, que o exame foi feito, apenas não acredito que a testemunha tenha almoçado aqui em Altiplana.

Risos no público. Algo como um redemoinho subiu dos pés de Cléber e foi bater lá em cima, no seu cérebro. Na passagem pelo rosto, a onda ali deixara vestígios de um rubor.

— Mas eu retiro o meu pedido, excelência. Porém, gostaria de reinquirir a testemunha da acusação mais tarde.

— A defesa poderia explicar esse pedido?

— Posso, excelência. As perguntas que pretendo fazer a esta testemunha só serão úteis à perfeita aplicação da justiça neste tribunal se outras testemunhas forem ouvidas antes.

— Concedido.

Assim que Palmas viu Guilherme sentado, disfarçou com a mão para dizer:

— Magistral preparação, se o que estou pensando estiver certo.

— E o que você está pensando?

— Que no minuto exato você vai provar que o laudo desse médico-legista foi encomendado.

Guilherme ficou em silêncio.

39

O JUIZ convocou a testemunha seguinte.

— Queira dizer seu nome e profissão.

— Cleumar Magueira, perito-técnico.

— Na qualidade de testemunha informante o senhor está dispensado do compromisso de praxe.

— Sim, meritíssimo.

O juiz cedeu a testemunha às perguntas do promotor. Cléber adiantou-se.

— Excelência, peço que a testemunha diga o que ele encontrou dentro da mochila do réu.

— Uma lanterna, um estojo de fita cassete, três livros e o par de luvas que foi usado para matar Masinho Flores.

— E no porta-luvas do Gol, excelência?

— Queira responder.

— Cinco pedras de *crack.*

— A testemunha pode explicar o que vem a ser uma pedra de *crack,* meritíssimo?

— São pequenas pedras derivadas da cocaína. Elas se volatilizam quando aquecidas. Inaladas ou fumadas em cachimbo, são absorvidas imediatamente pelos vasos sangüíneos.

— E havia vestígio de sangue na mochila ou nos objetos que ela continha?

— Bastante. Não só nas luvas, mas também na capa de um dos livros e no fundo da mochila.

— E esse sangue foi examinado?

— Sim.

— E a que conclusão o senhor chegou?

— Que o sangue era da vítima.

— Excelência, que a testemunha responda onde mais foi encontrado sangue da vítima.

— No encosto dianteiro esquerdo do gol.

— O banco do motorista, portanto. Dispenso a testemunha, excelência.

Consultado se queria inquirir a testemunha da acusação, Guilherme disse que sim e adiantou-se. Levava um papel na mão.

— Trata-se, meritíssimo, de um laudo assinado pela perícia técnica de Brasília. Peço que me conceda alguns minutos antes de apresentá-lo à apreciação de vossa excelência.

— Concedido.

— Obrigado, excelência. Este laudo técnico foi encomendado pela defesa em cima do par de luvas que foi encontrado na mochila do réu. O laudo afirma que a luva esquerda contém 20 vezes mais porções de sangue do que a direita. Pergunto à testemunha, meritíssimo, se ela sabia desse detalhe.

— Queira responder a pergunta da defesa.

Se Cleumar Magueira dissesse que sim, estaria confessando que o seu laudo técnico tinha falhas, pois nada mencionara nesse sentido. Apenas registrara que ambas as luvas continham sangue da vítima. E, se ele dissesse que não, estaria assinando um atestado de negligência ou incompetência profissional. Mas essa secreta dedução não era de Cleumar Magueira — era do próprio Guilherme.

A solução que Magueira encontrou foi rachar no meio.

— Sim, meritíssimo, eu tinha observado isso. Porém, não vi necessidade de fazer constar no laudo.

— Mas que infeliz resposta essa da testemunha, excelência! Acontece que propositadamente citei ao contrário: é a luva direita que está bem mais carregada de sangue.

— Protesto, excelência — pronunciou-se Cléber dando um arranque do lugar. — A defesa usou de expediente desaconselhável, para não dizer amoral, envolvendo a testemunha com a intenção única de arrancar efeitos capazes de influenciar o Conselho de Sentença.

— Longe de mim pensar que o alto nível da capacidade de raciocínio do Conselho de Sentença possa ser influenciado por meia dúzia de palavras, excelência. E se o ilustre colega da acusação tivesse aguardado mais um instante, ele não iria pronunciar-se dessa maneira.

Guilherme foi até a mesa do juiz e estendeu-lhe o documento.

— Peço que vossa excelência examine e comprove as palavras que eu disse à testemunha.

O juiz gastou 2 minutos para ler o laudo.

— Proposição comprovada — ele disse, colocando o laudo ao alcance do escrivão. E, voltando-se para Guilherme: — Contudo, que a defesa doravante evite caminhos capazes de tumultuar o andamento da justiça neste tribunal.

— Sim, excelência.

Guilherme olhou para Cleumar Magueira e de novo para o juiz.

— Todos aqui ouvimos, excelência, quando o médico Gérson Pinati Lemus declarou que o lado esquerdo da testa da vítima foi afundada por um violento golpe. Tecnicamente, um golpe que pega a parte esquerda do corpo de uma pessoa é desferido por um punho destro. Considerando que é a luva direita que apresenta concentração bem maior de sangue da vítima, excelência, pergunto à testemunha: o senhor sabia que o réu é um exímio tocador de guitarra, canhoto?

— N-não, eu não sabia, meritíssimo — disse a testemunha mediante o olhar inquiridor do juiz.

— Não tenho mais perguntas a fazer à testemunha do Ministério Público, excelência — disse Guilherme retornando à sua tribuna.

— Sabe — disse Palmas —, eu estive observando o promotor Cléber. Coitado, em que fria ele se meteu! Ter de enfrentar o terror dos promotores!

40

ERAM 10h40 da manhã quando o piloto Carlinhos retornou à fazenda. Estava num Tempra verde escuro. Mandou que um dos homens substituísse as placas do carro. Enquanto isso, ele mesmo começou a transferir para o Tempra os pequenos sacos de cocaína que restavam no porta-malas do Vectra.

Terminada a remoção, ele chamou os homens e disse:

— Vocês dois, Garcia e Zoinho, levem esse Tempra pro Zás-trás. Diante da casa dele, vocês vão encontrar um Escort preto com a chave no lugar. Deixem o Tempra e voltem com o Escort. E não se esqueçam de deixar a chave do Tempra na ignição. Entendido?

— Okay, Carlinhos.

Garcia e Zoinho entraram no Tempra e partiram.

— E quanto à máquina daquele cara, Carlinhos? — perguntou um dos dois homens que restaram.

— O que tem ela?

— Bem, eu estava pensando em...

— Desmontem.

— Mas Carlinhos...

— Desmontem a moto, eu já disse. Quando o Garcia e o Zoinho chegarem, liquidem aquele cara lá mesmo, dentro do depósito de tintas. Depois enrolem o corpo dele numa lona e levem pro avião. Vou estar esperando lá na cabeceira. O sujeito tem de ser desovado bem longe daqui.

Carlinhos assumiu o volante do jipe e rumou para o campo de pouso. Os dois homens retornaram para o fundo do barracão.

Passado um minuto, estavam os dois conversando trivialidades, quando um deles sentiu cheiro de fumaça.

— Socorro! — escutaram o berro de Edu vindo do depósito.

— O tíner, cara! — gritou um dos homens. — Isto aqui vai queimar tudo! Depressa, ligue a água!

O outro saiu correndo e ligou a água da mangueira do tanque de lavagem de peças. Pistola automática já engatilhada, o comparsa corria para abrir a porta do depósito.

Tosses sufocadas dentro do depósito, fumaça começando a sair por debaixo da porta.

— Socorro! — o berro em meio a tossidas.

Porta aberta, o coice duplo vindo de cima atingiu o peito dos dois. Eles voaram sobre uma pilha de latas vazias antes mesmo que vissem no chão o reles pedaço de pano que produzia a fumaça. Rápido Edu solta as mãos da trave superior do depósito e cai pesado sobre os dois homens. Não há resistência.

Dois minutos depois, Edu arrastava-os para dentro do depósito. Fechou a porta e trancou o cadeado. Em seguida jogou a chave no chão e correu para escapar na moto.

Saindo do barracão, ele deu volta à esquerda e foi apanhar a minicâmara fotográfica que havia deixado cair debaixo de um arbusto. Em seguida fugiu.

41

FORAM chamadas mais duas testemunhas do Ministério Público. Cléber fez o seu trabalho, mas Guilherme as dispensou.

Em seguida foi chamado o prefeito.

— Queira dizer seu nome e profissão.

— Saturnino Flores, meritíssimo. Atual prefeito de Altiplana.

A testemunha foi submetida ao compromisso de dizer a verdade acerca do que lhe fosse perguntado. Em seguida o juiz determinou que ela fosse inquirida pelo promotor público. Cléber adiantou-se.

— Excelência, não pretendo remexer nos sentimentos paternos da testemunha, pois posso avaliar o que esteja sofrendo. Por isso vou ser breve. Queria que a testemunha nos dissesse quem era seu filho, antes e depois de chegar à cidade o réu, Sérgio Cerdeira Misk.

— Queira responder.

— Bom, como prefeito de Altiplana eu vinha tendo dias bastante atarefados. Então confesso que não tinha tempo para acompanhar a vida de meu filho, e muito menos a de seus amigos. Mas posso contar alguma coisa. O Masinho, todo o mundo sabe, era muito quieto, não gostava de bagunça, vivia socado lá no sítio, onde não falta serviço. Essa era a vida que ele levava. Tinha uma namorada, e de vez em quando ele trazia a moça em casa, e ela jantava com a gente. A Norma, minha mulher, sempre tratava bem os amigos do Masinho. Era o nosso único filho.

Flores inclinou o queixo com os dedos da mão esquerda, cujo braço estava apoiado na cadeira. E continuou:

— Mas então saiu a notícia de que esse... — Flores olhou para Sérgio — que o réu ia dar um *show* no ginásio da cidade. A partir daí, lá em casa eu e a Norma já víamos o Masinho diferente, irritado, fugindo de conversar.

— A testemunha saberia dizer qual o motivo daquela reação do filho, excelência?

O juiz olhou para Saturnino Flores.

— Apertei o Masinho e ele me contou quem era Sérgio. Então eu mandei que ficasse longe dele, nem tentasse reatar a amizade antiga.

— Que tipo de amizade eles tinham?

— Bem, meu filho conheceu esse sujeito aí em Brasília. Naquela época o Masinho fazia o colegial no Gama, e ficava na casa de uma tia dele, irmã de minha mulher. Logo meu filho percebeu o caráter do réu, que já era arrombador de carros e frio passador de drogas. Tinha passagem pela polícia, mas, como era menor, logo o deixavam ir embora. Quando o Masinho contou isso pra mim e pra mãe dele, na hora eu mandei que guardasse distância do sujeito. Deixasse ele entrar, fazer o *show* dele e ir embora de Altiplana.

— Agradeço a cooperação da testemunha, excelência, mas não tenho mais perguntas.

O juiz consultou Guilherme, que confirmou, dirigindo-se à testemunha. Caminhou até perto do prefeito. Olharam-se nos olhos por alguns instantes. Depois olhou para o juiz.

— Quero cumprimentar a testemunha pelo belo sítio e pela confortável casa-sede que ele mandou construir, excelência. A propósito, gostaria que a testemunha confirmasse se esse é o sítio que foi desmembrado de uma área maior que a prefeitura desapropriara de forma irregular da fazenda Alvorada.

— Eu protesto, excelência! — meio gritou Cléber, erguendo-se no lugar. — A pergunta extrapola o mérito da questão.

Antes que o juiz se pronunciasse, com calma Guilherme disse:

— Meritíssimo, se no final desta inquirição vossa excelência julgar que a extrapolação não levou a lugar nenhum de interesse desta corte, no sentido de ajudá-la a praticar a justiça que todos buscamos, sem dúvida vossa excelência saberá agir com sabedoria, mandando que todas as minhas perguntas a esta testemunha não sejam reduzidas a termo.

— Prossiga — disse o juiz. Cléber deixou-se cair no lugar.

— Mas eu dispenso a resposta da testemunha, excelência — disse Guilherme. Caminhou até a sua tribuna, recebeu de Palmas um punhado de laudas e voltou. Entregou ao juiz a primeira delas. — Este documento número um, excelência, é uma certidão vintenária da Fazenda Alvorada, pertencente ao sr. Clementino Leal. Vossa excelência poderá ler, na última transcrição datada de dois anos atrás, que uma área de 100 hectares passou a pertencer a Miguel Gonçalino Alves, na época residente em Goiânia, conforme consta no documento.

Guilherme aguardou que o juiz se livrasse da consulta à certidão. Estendeu-lhe outra lauda.

— Este documento, excelência, fala do decreto municipal anunciando um loteamento urbano a ser implantado na área de 111 hectares desmembrada da fazenda Alvorada.

O juiz conferiu.

— Este terceiro documento é outra certidão vintenária, agora do imóvel de 100 hectares denominado Estância Flores, com escritura lavrada e registrada em nome de Saturnino Flores.

— E este último documento, excelência, é a cópia do decreto municipal que cancelou o loteamento urbano antes anunciado, loteamento esse que servira como único pretexto para a desapropriação dos 111 hectares de terras que pertenciam à fazenda Alvorada, pertencente ao sr. Clementino Leal.

Quando o juiz deu o sinal de que terminara o exame do documento, Guilherme disse:

— Contudo, excelência — Guilherme recebia de Palmas mais uma lauda —, foi a própria testemunha do Ministério Público, sr. Saturnino Flores, quem assinou para ela mesma a escritura de venda do sítio de 100 hectares. E o fez mediante este instrumento público de procuração que lhe foi passado por Miguel Gonçalino Alves num cartório da capital do Estado de Goiás. Assim, o sr. Miguel Gonçalino Alves apareceu no esquema apenas como mero testa-de-ferro. Como vossa excelência pode observar, é uma medíocre e insensata estupidez de quem menospreza a inteligência do povo.

— Protesto contra as palavras aleivosas a respeito da testemunha, excelência! A defesa, além de enveredar em assuntos que não coadunam com os interesses desta corte, também procura despertar antipatias contra o pai da vítima. E certamente o faz achando que isso possa enaltecer o caráter do réu.

— Retiro a última frase por mim pronunciada, excelência.

— Que a defesa procure não fugir das diretrizes desta fase de inquirição, sob pena de ter todo o seu esforço cancelado.

— Sim, excelência. Mas agora, finalmente, chego ao elo que une o réu ao assunto aqui exposto, réu que está sendo julgado por um crime que não cometeu. Masinho Flores tinha um amigo em comum com Sérgio Cerdeira Misk. O nome desse moço era Celso. Celso Gonçalino Alves era filho do sr. Miguel Gonçalino Alves, o mesmo que atuou como testa-de-ferro da testemunha na negociata das terras.

Guilherme voltou-se para Saturnino Flores e depois retornou ao juiz.

— Para quem não sabe, ou não se lembra, excelência, esse Miguel Gonçalino Alves é aquele mesmo que a polícia federal cercou numa fazenda nas imediações de Ponte Pequena, região de Anápolis, três anos atrás, junto com a sua quadrilha de 14 elementos. Todos foram presos, julgados, condenados e recolhidos ao cárcere de Goiânia, inclusive dois jovens de 19 anos. Um deles era Celso Gonçalino Alves. O outro era Tomás de Aquino Flores, o Masinho. Condenados por roubo, desmanche de carros e venda de peças em Brasília, Anápolis e Goiânia, além de contrabando de drogas.

O público se remexeu no lugar. Alguns *flashs* espoucaram, e o juiz precisou recorrer ao martelo.

Agora Guilherme estava parado diante de Saturnino Flores.

— Excelência, apoiado no que acabo de dizer, pergunto à testemunha como foi que ele conseguiu a liberdade condicional de seu filho Masinho.

O juiz assentiu com a cabeça.

— Meu filho cumpriu um ano de pena. Foi solto por ser primário.

— Não tenho mais perguntas à testemunha, excelência — concluiu Guilherme.

Cléber aproximou-se da mesa do juiz.

— Meritíssimo, considerando as atividades da testemunha como prefeito municipal de Altiplana, peço a vossa excelência que o libere definitivamente deste júri.

Guilherme parou, voltou-se e esperou que o juiz o consultasse em busca do consenso das partes. Então respondeu:

— A defesa não concorda com o pedido do Ministério Público, excelência. É necessário que a testemunha continue à disposição deste tribunal de júri, pois pretendo reinquiri-lo.

Saturnino Flores irritou-se ainda mais. Lançou um olhar enviesado sobre Guilherme e começou a afastar-se na direção da sala especial, destinada a testemunhas já inquiridas.

Aproximando-se de Guilherme, Cléber sussurrou:

— Posso saber o que você pretende com essa tática de inquirição a conta-gotas?

Guilherme simplesmente ignorou a pergunta e a presença de Cléber. Afastou-se na direção de sua tribuna.

O juiz deu uma martelada na mesa.

— Este tribunal entra em recesso para o almoço até às quatorze horas.

RAPIDAMENTE a sala se esvaziou. O juiz já se dirigira às instalações internas do fórum, mas Cléber retardava-se trocando algumas palavras com um homem. Na tribuna de defesa também restavam Palmas e Guilherme, este ainda perdendo-se com imagens da saída de Djane.

Quando Cléber ficou livre e voltou-se para ganhar as dependências dos fundos, deu com Guilherme plantado no caminho.

— A propósito da sua pergunta, Cléber, eu tenho um recado para você.

— E o que é isso agora? Virou moleque de recados?

— Talvez.

Cléber havia parado, então Guilherme se aproximou dele e lhe disse em voz baixa mas inflexível:

— Eu tenho uma meta a cumprir neste julgamento, Cléber. E vou cumprir, custe o que custar. Vou continuar inquirindo as testemunhas a conta-gotas, como você disse. Portanto, fique comportadinho no miolo desse seu terno acetinado... desse colete ridículo e dessas jóias de ouro que você carrega nos dedos, nos punhos e na gravata. Quero o caminho livre, Cléber. E para que você não se alvoroce mais como vem fazendo e me crie problemas, vou abrir o jogo: a mãe do Sérgio está na cidade.

— E daí? O que eu tenho a ver com a mãe do réu?

— Muito. E logo você vai ficar sabendo.

Perto na tribuna, Palmas não teve como deixar de ouvir a conversa. Viu o promotor esquivar-se de Guilherme e ir embora. Mas, discretamente, Guilherme o reteve pelo pulso.

— Você não se lembra dela — disse Guilherme —, mas ela reconheceu você. Lembra-se daquele dia de chuva e daquele conjunto habitacional da zona Norte de São Paulo? Para refrescar a sua memória, vou lhe dar dia, mês e ano: 10 de setembro de 1976, ano em que bacharelamos.

Palmas viu que o promotor se abalara.

— A mãe do Sérgio é filha daquela mulher — disse Guilherme, inflexível —, e ela estava lá. Ela viu você. Na época ela trabalhava na cantina da faculdade, e nunca se esqueceu de como você gostava dos pães-húngaros. Quanto foi mesmo que você despejou de sua recheada carteira nas mãos de dona Dinorá? Não era esse o nome daquela fabricante de anjinhos que você arrumou para a Alice, *senhor Hélio?*

Agora Palmas viu o promotor empalidecendo. Mas seus lábios escuros ganharam um repentino espasmo de sorriso.

— Você está me achando com cara de idiota? — ele disse. — A Alice fez o aborto.

— Claro que fez, você a obrigou a isso, e pagou. Mas fez só de um. Sabia que eram gêmeos? Só o Sérgio conseguiu escapar da sentença de morte que saiu de sua boca, e de seu bolso, senhor defensor do Estado. Só o Sérgio. Porque o irmão gêmeo dele foi arrancado aos pedacinhos.

Palmas viu Cléber engolindo em seco, olhos parados.

— Você está blefando.

Cléber ia sair, mas Guilherme novamente o reteve de forma discreta.

— Pois espere. Espere que você vai ver.

Num movimento brusco, Cléber desvencilhou-se de Guilherme e rumou para os fundos. Então Guilherme juntou-se a Palmas.

OS DOIS saíam do fórum. Palmas ia dizendo:

— Sabe, eu sempre achei que a orelha humana devia ser um órgão assim como os olhos, que aciona um fecho automático diante de qualquer poeira.

— Para não escutarmos o que não nos diz respeito? — disse Guilherme querendo rir. — Mas se fosse assim, Palmas, nós advogados morreríamos de fome.

Guilherme o convidou para almoçar junto com o pessoal lá na Projovem.

— Marta já está esperando com uma boa galinhada goiana com açafrão.

— Hum! Acho que vou aceitar.

Só quando já estavam dentro do Golf que Palmas disse:

— Parece que eu vou acabar participando do epílogo daquele seu filme começado em 1976, Guilherme. Hum... Acho que minhas vastas orelhas descobriram por que você e o promotor Cléber estão neste caso. Mas quem foi que promoveu este encontro?

— Dizem que foi Deus.

42

ENQUANTO almoçavam na Missão, Edu, com Cristina ao lado, ia contando sua pequena aventura. Para Neimar, o fato de Amanda estar envolvida num esquema de narcotráfico já respondia parte das perguntas que ele tinha.

— Agora mais do que nunca eu acredito num complô contra a Missão. Poderia ter sido eu, mas foi o Sérgio. A meta é destruir o nosso trabalho.

O silêncio de Guilherme parecia não concordar com esse caminho. Era um silêncio sóbrio. Ou quase pessimista.

— As descobertas do Edu — ele disse — pouco podem acrescentar ao que eu já tenho. E tudo continua como eu disse: tenho de lutar para absolver o Sérgio por falta de provas.

O almoço terminou nesse clima. Porém, a chegada das fotos batidas por Edu mudou tudo.

— Céus! — exclamou Neimar reexaminando-as. — São pessoas conhecidas na cidade! Homens que entram e saem livremente! Mas nunca pensei que chegassem a tanto! Glória a Deus!

— Mas o que foi, pastor? — perguntou Edu enquanto o Neimar o abraçava e ria.

Guilherme, Palmas e Edu escutaram Neimar. Guilherme manteve-se em silêncio, Palmas ficou martelando a cabeça e Edu dirigiu os olhos para a porta da cozinha. Ali estava Tiana Lima — ela, seu pano de prato e sua eterna vasilha na mão. *De repente o Senhor lhe abre uma porta. É dele que vem o querer e o realizar. Espera nele — e não na sua capacidade, moço.*

Foi nesse exato momento, olhando Tiana, que Edu sentiu dentro dele ensaios de uma conversão.

— Deixem só a Isabel saber disto! — festejava Neimar. Eufórico ele saiu com as fotos à procura de Isabel.

Instantes depois ambos retornavam e Isabel vinha chorando de alegria. Todos festejavam, menos Guilherme. Edu aproximou-se dele.

— O que é que há, velho? Querendo complicar as coisas? Será que o que eu estou pensando é verdade? Que você vai querer seguir com o julgamento?

Guilherme deu um pequeno e cabisbaixo giro pela sala. No movimento ele se aproximou da porta de saída. Edu, Palmas e também Neimar deixaram a alegria com os demais e acompanharam Guilherme.

Guilherme olhou para Neimar.

— Você consegue fazer com que esse assunto não saia daqui da Missão, pastor?

Foi uma pergunta séria. Neimar não entendeu o sentido, mas disse que sim. Ele ia tomar providências.

— Ótimo — disse Guilherme. — Eu tenho uma meta, e quero o fim do julgamento à minha maneira. À maneira que eu pensei.

Guilherme saiu para o corredor, e Edu foi atrás.

— Da maneira que você pensou? — perguntou Edu. — Que história é essa? Eu não sabia o que tinha nas mãos, mas agora eu sei que essas provas acabam com tudo e inocentam o Sérgio.

Guilherme parou.

— O advogado deste caso sou eu, moço, e sou eu quem decide. Aprenda isto: Se você é dono de argumentos verdadeiros, você é capaz de expurgar toda mentira à sua volta, sem necessidade de usar tais argumentos. Entendeu? O mentiroso não suporta saber que você sabe que ele está mentindo, então se revela.

— Entendi — disse Edu martelando a cabeça com certa ironia. — Então me devolva essas fotos, o trabalho é meu.

Edu tentou pôr a mão nas fotos, mas Guilherme a reteve.

— O trabalho é nosso, moço, e sou eu quem dirige.

Guilherme começou a afastar-se rumo ao seu carro. Parado, Edu ainda disse:

— Será que você está tão cego assim atrás de não sei o quê, que nem enxerga que tem um réu inocente sofrendo? Por que não chega lá, fala com o promotor e o juiz e acaba com essa tortura do Sérgio?

Guilherme não se voltou. Abriu o portão da frente e saiu.

Atônitos, da porta Neimar e Palmas entreolharam-se. Em seguida Palmas foi ao encontro de Guilherme para o retorno ao fórum.

43

DUAS BOAS marteladas na mesa e a voz do juiz anunciaram a reabertura dos trabalhos. Em seguida foi chamada a próxima testemunha da acusação.

Vindo da sala reservada às testemunhas ainda não inquiridas, a moça ocupou o lugar. Foi cumprida a rotina pelo juiz. Em seguida Amanda foi colocada à disposição do promotor.

Cléber adiantou-se.

— Obrigado, excelência. Eu queria que a testemunha respondesse quando foi que ela conheceu Tomás de Aquino Flores.

— Queira responder.

— Foi em dezembro de 96, na véspera do Natal.

— E que tipo de relacionamento a testemunha tinha com a vítima, excelência?

— Pode responder.

— Bem... nós éramos namorados.

— Excelência, pediria que a testemunha dissesse como era o temperamento de Masinho Flores.

— Ele era bastante calmo, não era de falar muito. Tinha vez que ficávamos horas dentro da caminhonete escutando um som, e quem mais falava era eu. Algumas vezes ele chegava a dormir.

— Entendo. Um namoro tranqüilo, portanto. Mas, excelência, a testemunha nunca teria visto Masinho Flores fazer uso de narcóticos?

O juiz olhou para Amanda como quem pede a resposta, mas ela ficou em silêncio.

— Queira responder à pergunta.

Como Amanda hesitasse, Cléber disse:

— Talvez a testemunha esteja constrangida, excelência. Mas quero lembrá-la de que o eventual fato de Masinho Flores ter sido dependente de drogas não significa que ele devia ter a testa violentamente afundada com uma pedra ou algo similar, ocasionando-lhe morte instantânea. A medicina entende que o viciado em drogas é um doente que precisa de tratamento adequado. Portanto, excelência, gostaria que a testemunha não ocultasse fatos relacionados com a vítima. Reitero a pergunta: a testemunha alguma vez viu o namorado dela, Tomás de Aquino Flores, fazer uso de narcóticos?

— Queira responder.

— Sim, eu vi. Eu tinha muita pena dele, sabe? Dava-lhe conselhos, e ele... ele sempre dizia que um dia ia largar aquilo. E assim ia me levando.

Cléber guardou um instante de silêncio. Então voltou:

— O advogado do réu levantou a hipótese de que Masinho Flores já esteve envolvido com o narcotráfico. Supondo que isso fosse verdade, excelência, e considerando que o réu, Sérgio Cerdeira Misk, este sim, de fato atuou como traficante de drogas no Rio de Janeiro, pergunto à testemunha se não foram as rixas antigas entre ambos que trouxeram Sérgio a esta cidade a fim de matar Masinho Flores.

O juiz olhou para Amanda.

— Bem — ela disse, eu não sei até onde ia esse negócio de drogas entre eles dois. Sei que o Masinho detestava falar do passado. Eu também nunca quis saber dessas coisas, das loucuras dele na juventude. Se ele tinha feito algo errado, também já tinha pago o preço. Pra nós dois só interessava o futuro. Mas isso tudo acabou, e agora eu tenho mais é que pensar em minha vida.

— Não tenho mais perguntas à testemunha, excelência.

Consultada a defesa se queria fazer perguntas à testemunha da acusação, Guilherme se pôs de pé.

— A defesa deseja inquirir a testemunha mais tarde, excelência.

— Protesto, excelência! — Cléber saltou no lugar. — Na falta de argumentos, a defesa está partindo definitivamente para confundir o raciocínio dos jurados.

— Queira declinar o motivo de seu pedido — o juiz disse a Guilherme.

— Para a perfeita aplicação da justiça nesta corte, excelência, será necessário que outras testemunhas sejam ouvidas antes.

— Acatado.

Cléber largou-se no assento.

44

FOI CHAMADA a seguir a última testemunha da acusação, Norma Flores.

Liberada pelo juiz, Cléber disse:

— Excelência, só tenho duas perguntas à testemunha, pois sei que ela vem experimentando dias difíceis. Primeira pergunta: a que horas seu filho Masinho lhe telefonou naquela madrugada do dia 6 de maio passado?

— Às 2h15.

— E a segunda pergunta é esta, excelência: gostaria de saber quais foram as palavras de Masinho Flores na última vez que ela escutou a sua voz.

A mulher suspirou fundo.

— Ele disse que não conseguia dormir, que estava muito triste e não sabia por quê. E disse que... — a garganta de Norma travou e seus olhos lacrimejaram. — Ele disse que me amava muito.

— Eu agradeço o esforço da testemunha, meritíssimo. E não tenho mais perguntas.

— A defesa deseja inquirir a testemunha? — perguntou o juiz.

— Sim, excelência — quem disse foi Palmas, saindo do lugar. Guilherme pedira a sua ajuda, pois cuidava de esmerilhar futuros lances bem mais importantes.

Palmas caminhou até diante de Norma Flores.

— Excelência, todos acabamos de ouvir a testemunha contar sobre o último telefonema de seu filho, Masinho Flores. Mas peço que ela confirme que voltou a receber outra mensagem do filho Masinho, depois daquela madrugada de 6 de maio.

O próprio juiz estranhou a pergunta e ficou olhando para Palmas. Mas Norma disse, baixando o lenço dos olhos:

— É verdade. Recebi, sim.

Norma parou de falar. Então Palmas disse:

— Para não sobrecarregar a testemunha, excelência, peço que ela conte apenas o sentido dessa mensagem.

O juiz limitou-se a ficar olhando para a testemunha.

— Ele... o Masinho disse que agora está bem, e que... que lamenta muita coisa errada que ele fez na vida... as drogas... e pede que os jovens evitem isso. Foi essa a essência da mensagem de meu filho.

O juiz continuava com um vinco na testa. Palmas explicou:

— A lei pode não acatar mensagens psicografadas por um médium espírita, excelência, mas um coração de mãe partido aceita.

Palmas guardou breve silêncio e voltou:

— Excelência, peço que a testemunha confirme que só depois de ler a página psicografada de seu filho foi que ela ficou sabendo que ele era viciado em cocaína.

O juiz olhou para a testemunha.

— Sim. Só depois.

— Não seria porque na verdade o Masinho nunca foi viciado?

Norma ergueu os sobrolhos. O juiz pediu que ela respondesse.

— Gostaria que a verdade fosse essa, mas ele mesmo confessou que era dependente de drogas.

— Confessou como, meritíssimo? Numa página psicografada por um médium? Mas o que é uma mensagem psicografada?

— Protesto, excelência — gritou Cléber de sua tribuna. — A defesa está conduzindo a testemunha a se expressar sobre um assunto que não diz respeito a este processo, e o faz apenas para desvirtuar diante do Conselho de Sentença os sentimentos maternos de uma mulher sofrida.

— Retiro as perguntas, meritíssimo. E dispenso a testemunha.

Cléber aproximou-se da mesa do juiz.

— Meritíssimo, eu pediria que vossa excelência liberasse a testemunha Norma Flores.

O juiz consultou a defesa.

— Nada a opor, meritíssimo — disse Guilherme da tribuna.

— A testemunha da acusação está liberada para deixar o recinto deste tribunal, assim que assinar o testemunho reduzido a termo — determinou o juiz.

— Obrigado, excelência. O Ministério Público não tem mais testemunhas a ouvir.

Palmas voltou à tribuna e Guilherme adiantou-se.

— Meritíssimo — disse Guilherme —, eu pediria a vossa excelência para ser convocada a depor neste tribunal a sra. Adelaide Cerdeira Misk.

Palmas viu o impacto no rosto de Cléber, enquanto este retornava à sua tribuna.

Guilherme justificava seu pedido ao juiz:

— Ela é mãe do réu, excelência, e se encontra desde ontem nesta cidade. O depoimento dela é importante para a defesa.

Imediatamente o juiz chamou o escrivão e pediu que se apresentasse o oficial de justiça. Em seguida mandou colher de Guilherme nome e endereço da testemunha a ser convocada.

— Este júri entra em recesso até a chegada da primeira testemunha da defesa — decretou o juiz.

GUILHERME caminhava para a sua tribuna e Cléber foi atrás dele. O diálogo, ainda que quase sussurrado, não pôde escapar ao ouvido de Palmas.

— Qual a sua proposta? — perguntou Cléber.

— Por enquanto nenhuma. Só vou lhe mostrar que não estava blefando.

Guilherme deu as costas a Cléber e este se foi. Então Guilherme sentou-se ao lado de Palmas.

Palmas acrescentava rabiscos lentos na infinidade de garatujas já ensaiadas no bloco de serviço. Sem olhar para Guilherme ele disse:

— Deixe-me rever o quadro. Um gato magro acuando um rato gordo.

— Em quem você aposta, Palmas? — sussurrou Guilherme.

— No gato magro, disparado.

Segundos depois, disfarçadamente Guilherme procurou localizar Djane. Lá estava ela, sentada ao lado de Divina. Então, num lance aparentemente ocasional, ele voltou-se para ela e quase ameaça um sorriso.

Só não sorriu porque ela, percebendo, começou a conversar com Divina.

45

VINTE minutos mais tarde o oficial de justiça chegava com a mãe de Sérgio. O juiz a submeteu à promessa de praxe e pediu que ocupasse seu lugar.

— Queira declarar seu nome e profissão.

— Adelaide Cerdeira Misk. Sou proprietária de uma padaria em São Paulo.

— A testemunha está à disposição da defesa.

Guilherme aproximou-se.

— Excelência, pediria que a testemunha dissesse qual o seu grau de parentesco com o réu.

— Queira responder.

— Nenhum.

— Mas, excelência, consta que a testemunha é mãe do réu. Ela pode explicar isso?

— Sou mãe adotiva do Serginho. Eu e meu marido o adotamos logo que ele nasceu.

— Peço que a testemunha conte, excelência, como foi que ela e seu marido se tornaram pais adotivos do Sérgio.

— Bem, eu conhecia a mãe dele e acompanhei a sua gravidez, porque ela estava decidida a não ficar com a criança. Como eu e meu marido não tínhamos nenhum filho, já havíamos decidido pela adoção.

— Gostaria agora, excelência, que a testemunha dissesse quantos anos tinha o Sérgio quando ele perdeu seu pai adotivo.

— Onze anos.

— E o que foi que ocasionou a morte de seu marido?

— Bem, ele vivia sempre... ele vivia internado, sabe? Bebia muito.

— Excelência, pergunto à testemunha se o marido dela foi um bom pai para o Sérgio.

— Não, não foi.

— E quanto à testemunha, excelência? Ela foi uma boa mãe para o Sérgio?

— Queira responder.

Adelaide olhou para Sérgio, e ele não desviou o olhar dela.

— Não, também não fui uma boa mãe. Eu vivia lutando contra a bebida de meu marido... eu trabalhava e... e me esquecia do Serginho.

— E quando foi que a testemunha se casou novamente, excelência?

— Dez meses depois que perdi meu marido. E aí tudo piorou para o Serginho.

— E então ele acabou fugindo de casa. Excelência, pergunto por quê o pai, o verdadeiro pai, não quis ficar com a criança quando ela nasceu.

— Bem...é que a mãe dele era uma moça solteira, vivia sozinha em São Paulo, e ela não tinha condições de criar o menino.

— Uma última pergunta à testemunha, excelência: qual era o nome da mãe do Sérgio?

Palmas tinha um olho na mulher e outro na tribuna do promotor. Percebeu que estava sendo um tormento para Cléber, e que por duas vezes este já passara dedos na ampla testa.

— Não posso responder a essa pergunta, meritíssimo — disse Adelaide. — Não posso quebrar a promessa que fiz à mãe do Serginho, e ele sabe disso. Me perdoem.

— Retiro a pergunta, excelência — disse Guilherme. — E dispenso a testemunha.

Guilherme afastou-se e o juiz perguntou se o Ministério Público desejava inquirir a testemunha.

Um tanto tímido, Cléber ergueu-se no lugar.

— Não, excelência.

— Esta corte entra em recesso de 15 minutos — decretou o juiz.

GUILHERME já esperava que Cléber viesse ao seu encontro, mas não tão rápido. Palmas fingiu estar lendo algo interessante no dossiê do processo.

— Qual é a sua proposta? — Cléber sussurrou repetindo a pergunta anterior feita a Guilherme.

— Eu já disse e vou repetir: Só quero que você me deixe trabalhar livre. Entendido? Ainda nem comecei. Vou chamar minhas testemunhas e você vai ter de engolir uma a uma. Pode continuar com os seus protestos idiotas, pode derrubar a tribuna, jogar longe a cadeira, engolir a sua caneta, mas ai de você se o juiz Jarbas me prejudicar por sua causa.

Cabisbaixo, Cléber se afastou na direção dos fundos. Então Guilherme juntou-se a Palmas. Neimar já estava ali. Nenhum dos dois fez perguntas a Guilherme. E este nada comentou.

46

A SEGUNDA testemunha da defesa foi chamada. O juiz cumpriu o regulamento e o fez sentar-se.

— Queira dizer seu nome e profissão.

— Clementino Leal, fazendeiro.

O juiz colocou a testemunha à disposição de Guilherme.

— Excelência — disse Guilherme parado diante de Clementino Leal —, eu pediria que a testemunha respondesse se é ele o proprietário da fazenda Alvorada, neste município.

— Queira responder.

— As terras da fazenda Alvorada são minhas e de minha filha, Djane. Temos partes ideais.

— A testemunha pode nos dizer qual é a área atual da fazenda Alvorada, excelência?

— 550 alqueires.

— Excelência, seria possível a testemunha dizer quanto é isso em hectares?

— 550 alqueires goianos formam cerca de 2.662 hectares.

— Que a testemunha responda se essa fazenda sempre foi desse tamanho, excelência.

— Não. Antigamente tinha mais de 1.200 alqueires, mas meu falecido pai vendeu a parte de cima. Do inventário só ficou coisa de 573 alqueires.

— Pensei ter escutado 550 alqueires, excelência. A testemunha poderia explicar isso?

— 550 é o que eu tenho agora. Mas antes eram 573 alqueires e pouco.

Palmas já rabiscava a conta no bloco. Guilherme pegou o papel.

— A diferença é de 23 alqueires, que perfazem 111,32 hectares. Pergunto à testemunha, meritíssimo, se essa é a área que foi ilegalmente desapropriada pela prefeitura de Altiplana.

— É essa mesma.

— A testemunha poderia responder qual foi o objetivo anunciado pela Prefeitura ao desapropriar essa área, meritíssimo?

— Bem, o que eles falavam era na construção de uma porção de casinhas.

— Excelência, pergunto à testemunha se seriam 3 conjuntos populares.

— Coisa assim. Falavam em 1.500 casas, duas praças, escolas. Mas depois não sei o que houve, e a prefeitura só mandou construir 500 casinhas na parte que faz ligação com a área urbana da cidade. Praça não saiu nenhuma.

— Peço que a testemunha responda, excelência, qual a área ocupada por essas 500 casas da Cohab 1, como ficou sendo chamado aquele núcleo de moradias populares.

— Hum... certo não sei, mas alguma coisa em torno de 10 hectares.

— Que sejam 11,32 hectares. Sobram 100 hectares da área desapropriada. Pergunto à testemunha, excelência, se esses são os 100 hectares da Estância Flores, pertencente, como já provamos neste tribunal, ao prefeito de Altiplana, Saturnino Flores.

— É, são esses mesmos.

— Que a testemunha responda, meritíssimo, se a desapropriação feita pela prefeitura, com a finalidade de serem construídas casas populares, acabaram virando, num lance espúrio, o sítio de lazer do prefeito Saturnino Flores.

Palmas viu o juiz olhando para a tribuna da acusação. Cléber mantinha a cabeça abaixada. Palmas comprovou que Guilherme o amordaçara.

— Parece que sim — respondeu Clementino Leal.

— Permita-me conjeturar antes da próxima pergunta, excelência.

Como Cléber não se pronunciasse, o juiz disse:

— Continue.

— Falou-se aqui, excelência, num triplo loteamento com cerca de 1500 casas populares, mas esse projeto ficou resumido a 500 casinhas espremidas numa área de cem mil metros quadrados, incluindo ruas e eventuais logradouros públicos. Pergunto à testemunha, meritíssimo, se ele não teve conhecimento de outro projeto bem maior, de chácaras de elite, que seriam implantadas na área de 111,32 hectares desapropriadas pela prefeitura de Altiplana.

— Bem, só me lembro de umas faixas esticadas por aí, nas ruas da cidade. Elas faziam propaganda dessas chácaras. Mas de repente sumiram com tudo.

— A testemunha se lembraria em que ano foi isso, excelência?

— Em 96, logo que o prefeito tomou posse.

— Que a testemunha responda, meritíssimo, em que ano a prefeitura desapropriou os 111,32 hectares de sua fazenda.

— Isso foi no começo do ano seguinte, 1997.

— Considerando que o projeto das chácaras de elite foi recolhido porque inviabilizava o processo de desapropriação das terras, excelência, a testemunha crê que o prefeito Saturnino Flores tenha engendrado o projeto das três Cohabs *apenas com o objetivo criminoso* de apropriar-se dos 100 hectares que hoje formam a Estância Flores?

Outra vez Palmas buscou a tribuna do promotor. O juiz fazia o mesmo. Era como se Cléber tivesse ficado surdo e mudo. Então o juiz decidiu agir.

— Advirto que esta corte poderá cancelar o depoimento da testemunha, a menos que a defesa dê uma explicação convincente acerca desse desvio de objetivos.

— Eu dou, meritíssimo. Permita-me lembrar a vossa excelência que já provamos neste tribunal a ligação do pai da vítima, sr. Saturnino Flores, com seu testa-de-ferro, Miguel Gonçalino Alves, o mesmo homem que foi preso, julgado e condenado por diversos delitos. Inclusive o de posse e tráfico de drogas. Estamos apenas, excelência, tentando dimensionar os braços que ligam a corrupção pública desta cidade a um grupo internacional de narcotráfico, pois acreditamos que a vítima estava envolvida nesse esquema. E foi em função desse seu envolvimento que o réu foi escolhido para camuflar o tipo de morte sofrido pela vítima, ou seja: execução por traficantes adversários.

— Que a defesa continue.

— Não tenho mais perguntas, excelência.

O juiz olhou para a tribuna de Cléber.

— A acusação deseja interrogar a testemunha?

— Não, excelência.

47

MIRO GOMES empenhou sua palavra e o juiz pediu que ocupasse seu lugar.

— Queira dizer seu nome e profissão.

— Valdomiro Cintra Gomes, empresário.

— A testemunha está à disposição da defesa.

Guilherme aproximou-se de Miro Gomes.

— Excelência, peço que a testemunha responda se ele conhece alguém chamado Agnaldo Motas

— Não, não conheço ninguém com esse nome.

— Faço outra pergunta à testemunha, excelência: qual o relacionamento dele com o sr. Saturnino Flores, prefeito municipal de Altiplana?

— Nenhum. O nosso relacionamento foi rompido há quase três anos.

— A testemunha poderia dizer qual o motivo desse rompimento, excelência?

— Bem, foram problemas relacionados com empreitadas prestadas por uma de minhas empresas ao município.

— Que a testemunha responda, excelência, se foi depois de cair o seu projeto das chácaras de elite que ele rompeu com o prefeito Saturnino Flores.

Palmas percebeu que a testemunha sentira a pergunta.

— Queira responder — disse o juiz.

Miro Gomes parecia estar com uma trava na boca. Algo dizia a Palmas que Guilherme estava armando outro laço naquele tribunal, e bem debaixo dos pés do empresário paulista.

— Responda a pergunta da defesa — insistiu o juiz.

— Talvez a testemunha tenha esquecido esse fato, excelência — disse Guilherme —, e nesse caso quero lembrar-lhe que uma cópia do antigo projeto das chácaras, elaborado pela PLANUM, empresa do grupo VGOMES, está em meu poder.

— Sim, foi — apressou-se Miro em dar a resposta.

Guilherme foi até a tribuna e apanhou da mão de Palmas um papel.

— Mas antes eu pediria que vossa excelência verificasse que o titular desta fatura telefônica — de um celular, por sinal —, é Valdomiro C. Gomes.

— Confirmado — disse o juiz devolvendo a fatura a Guilherme. Então este voltou para perto de Miro.

— Excelência, quero que a testemunha responda se foi ele, ou quem foi que usou o seu celular para entrar em contato com o sr. Agnaldo Motas — ou Marion Cordeiro.

Guilherme gostaria de poder enxergar o rosto de Djane naquele momento. Mas ele continuou meio de costas para o público, frente para o juiz, com Miro Gomes à sua direita e os jurados à esquerda.

— Ah, sim — apressou-se em dizer Miro Gomes levando a mão à fronte —, agora me recordo, meritíssimo. Fiz confusão com os nomes. Fui eu que liguei para ele, sim.

— Três vezes só no mês passado, segundo esta conta — disse Guilherme. — E ainda sobre este assunto, excelência, pergunto à testemunha se foi ele, ou quem foi que usou seu celular para entrar em contato com o telefone particular do gabinete do prefeito Saturnino Flores, quatro vezes só no mês passado.

Miro prendeu a respiração como se não existisse mais ar no planeta.

— Queira responder — disse o juiz.

— S-sim. Fui eu.

— Mas como, excelência? A testemunha não declarou, e toda a cidade sabe, que ele e o prefeito Saturnino Flores são inimigos?

Miro continuou de boca fechada.

— Quero levar ao conhecimento da testemunha — disse o juiz esticando o pescoço — que será réu de um processo por faltar com a verdade neste tribunal, estando com a palavra empenhada.

— Sim, meritíssimo.

— Queira responder se foi o senhor quem fez essas ligações para o telefone do gabinete do prefeito municipal desta cidade.

— Sim, meritíssimo. Fui eu.

Agora, sim, Guilherme movimentou-se de forma a poder enxergar Djane na terceira fileira das poltronas. Foi apenas um relance. Mas ele pôde perceber um princípio de apreensão no rosto dela.

Então Guilherme voltou-se para Miro Gomes. Depois para o juiz.

— Meritíssimo, que a testemunha responda se foi a financeira CREDITUM, outra empresa do Grupo VGOMES, que financiou o projeto de implantação de duas serrarias, uma no município de Iaciara e outra aqui em Altiplana, ambas pertencentes ao prefeito Saturnino Flores.

O juiz limitou-se a olhar para Miro Gomes.

— S-sim.

— Excelência, agora preciso que a testemunha responda em que ano ele conheceu o místico Agnaldo Motas, ou Marion Cordeiro.

— Queira responder.

Miro Gomes refletiu alguns segundos.

— Se não me falha a memória, meritíssimo, foi no final de 93. Ou começo de 94.

Agora mais que nunca Guilherme gostaria de estar olhando para o rosto de Djane. Mas segurou-se para não fazer isso. Achou que, se olhasse, ficaria com remorsos.

E realmente Guilherme ficaria com remorsos. Djane estava pasma. Tentava mas não conseguia aceitar que Miro e Marion Cordeiro já se conhecessem desde 93 ou 94, o que deixava claro que Marion tinha sido usado para convencê-la a aceitar a construção do Delta ali na fazenda.

Mais que isso: Marion tinha ido visitá-la, três anos antes no hospital em Brasília, depois do acidente que ela sofrera, com o único objetivo de envolvê-la para proveito de Miro Gomes. Uma trama suja. E uma cega como ela aceitando tudo.

Djane escutava a saraivada de perguntas de Guilherme a Miro, apertando-o contra um muro e obrigando-o a confessar que sim, que ele e o prefeito Saturnino Flores tinham negócios desde 1996. E continuavam tendo. Mentirosos!

Pulsação alterada, Djane acusava-se. Sua cega! A meta era a posse gradativa da fazenda Alvorada. Principalmente a velha área dos garimpos de cristal. Não seriam apenas os 100 hectares inicialmente desapropriados. Seria toda a fazenda, graças ao contrato idiota que ela estava assinando com Miro Gomes.

Ninguém precisava dizer-lhe isso agora. Nem Guilherme precisava aprofundar-se mais no assunto. Ele já dera o alerta inicial. E agora ela entendia tudo. Agora ela caía na realidade: ela não passava de uma tola. Dinheiro! Dinheiro! Dinheiro! Essa era a mola que movia Miro Gomes.

Fotos de satélite produzidas pela Nasa revelando o potencial de Altiplana em cristal de rocha — especialmente nas terras da fazenda Alvorada —, fizeram a cabeça e o bolso de Miro Gomes. E a ele juntaram-se homens como Saturnino Flores e... Marion Cordeiro. Mentirosos!

Duas palavras de Guilherme e meia resposta de Miro formavam um compêndio volumoso na mente de Djane. Isso porque em tudo ela se posicionava como a única otária. Um bando de mentirosos e uma cega!

Ela se sentia mais que traída: sentia-se com um enorme vazio interior, uma frustração terrível. Sentia pena de si mesma. Suas supra-renais começaram a injetar-lhe adrenalina na corrente sangüínea a ponto de ser impulsionada a erguer-se da poltrona.

— Vamos embora daqui, Divina! — ela disse saindo na frente.

Guilherme pôde ver a escapada de Djane. Para ele era como se o espetáculo chegasse ao fim.

Olhou para a tribuna de Cléber e o viu sentado, circunspecto, amarrado e amordaçado.

Olhou e viu Miro, também de ânimo caído, dirigindo-se para a sala das testemunhas. Adeus ao velho amigo.

Olhou, viu e escutou o juiz anunciando outro recesso de 15 minutos.

Então, como se também fora outro vencido — vencido por um repentino vazio —, ele caminhou ao encontro de Palmas.

— Eu pensava que fosse um único rato gordo — brincou Palmas tentando levantar o semblante de Guilherme.

JARBAS esperou que Cléber entrasse no corredor, que bifurcava diante da ala reservada aos magistrados. Então disse:

— Eu o estava esperando, Cléber. Mas o que é que está havendo com você?

— Não estou entendo, dr. Jarbas.

— Claro que está me entendendo! Você parece... parece que abandonou a luta! Que apatia é essa? O que é que há? O Guilherme o hipnotizou?

Cléber esboçou um sorriso chocho.

— Claro que não, dr. Jarbas.

— Tem de haver alguma coisa — disse o juiz abrindo a porta dos sanitários. — Se bem que eu devo reconhecer, o Guilherme é imprevisível, é astuto. Ninguém sabe para onde ele está indo, mas eu confesso que estou curioso para saber. Às vezes fico pensando que ele está a fim de que julguemos a cidade toda, o mundo todo, sei lá! Mas isso não justifica o seu silêncio, Cléber. Pelo contrário. Onde está aquele inflamado e agudo Cléber de Godói que eu conheço?

Cléber nada disse. Continuou se esforçando para reter um esboço de calma nas feições.

— Lave o rosto, Cléber. Quem sabe você desperta e volta com a velha garra e começa a cercar o Guilherme? Quero luta! Não me tire este prazer.

Jarbas ia entrando nos sanitários, mas retrocedeu.

— Eu vim aqui para aplicar a justiça, claro. Mas também quero me distrair um pouco com vocês dois. Agora deixa eu cuidar da minha bexiga.

PALMAS recolheu a caneta das garatujas do bloco. Devagar colocou-lhe a tampa e olhou para o rosto de Guilherme.

— Bem, o gato fez uma limpa geral — ele disse quase rindo. — Porém, a minha vã filosofia de botequim me diz que o filme ainda não acabou. Se terminar agora, eu vou pedir o dinheiro do meu ingresso de volta, porque não entendi nada.

Guilherme olhou para ele.

— Não, Palmas. Fique calmo. Ainda não terminou.

48

DJANE parou a Quantum diante do chalé de Marion Cordeiro, na Pousada das Estrelas. Como sempre acontecia, não foi preciso que ela buzinasse ou gritasse nome ou batesse na porta. Marion já estava fora do chalé quando ela descia do carro.

Ainda afastada dez metros, séria, ela disse:

— Eu vim para falar com você.

Quando se encontraram, a sisudez e as perguntas de Djane já haviam caído na vala do esquecimento. Os olhos de Marion tinham um magnetismo irresistível. Começaram a caminhar lentos na trilha da borda do bosque.

— Conte-me o que veio fazer aqui — ele disse.

De forma quase inconsciente, Djane contou o que havia acontecido no julgamento de Sérgio. Contou tudo. Todos os detalhes das revelações de Guilherme.

— É tudo falso o que você ouviu, Djane, embora eu não negue que já conhecia o sr. Gomes. Mas isso eu nunca escondi de você. Simplesmente nunca falamos nele. Não é verdade?

— Sim.

— Há muitas pessoas influentes, empresários... homens públicos, que costumam manter contatos comigo, você sabe. O sr. Gomes é uma delas. Ele faz isso sempre antes de iniciar algum empreendimento. E eu sempre lhe dou orientações. Dizer que ele me usou para influenciá-la a respeito do Delta é mentir. Por isso não se deixe levar pelas emoções. Se os negócios através do sr. Gomes não a satisfazem, seja por que motivo for, esqueça o sr. Gomes. No entanto, não esqueça os seus compromissos com a Grande Obra. A quem tem, mais lhe será dado, e a quem não tem, até o pouco que tem lhe será tirado.

Pois todos daremos conta dos talentos que nos foram entregues. Guarde essas palavras do mestre Jesus.

— Sim, mestre.

— Entenda isto, Djane: os argumentos que estão sendo usados pelo sr. Guilherme Sale nesse julgamento não passam de subterfúgios para atingir determinados fins. Não é à toa que ele é um criminalista de sucesso. Ele é astuto, mas isso não significa que a verdade esteja do lado dele. A verdade pertence ao simples de coração. Por isso não acredite nele. Entendeu o que eu disse, Djane?

— Sim, mestre. Entendi. O Guilherme é astuto. Eu não acredito nele.

— E você o detesta.

— Eu o detesto.

— E nada! Nada e ninguém vai impedir que você alcance os seus objetivos.

— Nada! Nada e ninguém vai impedir que eu alcance os meus objetivos.

— Ótimo. Agora vá, procure descansar este resto de dia. Amanhã cedo, impreterivelmente às sete horas, esteja aqui. Todos estaremos reunidos no alto do Morro das Estrelas para a celebração da Mandala Sagrada. E certamente teremos magníficas surpresas.

— Sim, mestre.

— E cuide para que a Cristina também esteja presente.

— Sim, mestre.

49

FINDO o recesso, foi chamado pela segunda vez o médico Gérson Pinati Lemus, testemunha da acusação. O juiz o lembrou que ele ainda estava sob o compromisso de palavra de honra.

— Sim, meritíssimo.

— Queira sentar-se.

Em seguida a testemunha foi entregue a Guilherme.

— Excelência, sabemos que Masinho Flores sofreu esmagamento do lado esquerdo da testa, o que lhe ocasionou morte instantânea. Gostaria que a testemunha respondesse se o corpo da vítima não apresentava outros sinais de violência, tais como navalhadas no abdome, ou amputação de dedos... de língua... de orelha.

Lemus quase riu.

— Não. Se tais absurdos tivessem ocorrido, eu certamente teria feito constar no laudo.

— Acredito que sim, excelência, que a testemunha faria isso constar no laudo pericial.

Guilherme esperou alguns segundos para dizer:

— Excelência, peço que a testemunha responda há quanto tempo ele reside e trabalha em Brasília.

— Há dois anos e meio.

— E quanto tempo a testemunha residiu e trabalhou em Londrina, no Paraná, excelência?

— Cerca de treze anos.

Guilherme foi até diante da mesa do juiz e retornou. Olhou para o médico.

— Excelência, queria que a testemunha respondesse se ele cumpriu no cárcere, ou em liberdade, a pena de três anos que lhe foi imputada em Londrina, em maio de 94, por emissão de um laudo pericial tendencioso que quase condenou um réu inocente.

O sangue sumiu do rosto do médico.

— Queira responder à pergunta — disse o juiz.

— Cumpri em liberdade.

— E a quantas horas diárias a testemunha foi sentenciada a prestar serviço gratuito em hospitais públicos durante um ano excelência?

— Duas horas.

— Uma última pergunta, excelência. Voltemos ao caso de Masinho Flores. Considerando que a testemunha gastou uma hora e meia para fazer o exame de corpo de delito da vítima, e também almoçar na casa do sr. Saturnino Flores, pergunto quanto ele recebeu do pai da vítima para elaborar um laudo médico-legal falso.

— Queira responder — disse o Juiz.

— Isso é um absurdo! Não houve laudo falso! Eu cumpri com as determinações da lei!

— Não tenho mais perguntas à testemunha, excelência. E caso ele queira abrir um processo contra mim por difamação e injúria, depois posso lhe fornecer meu nome completo. E endereço.

50

EM SEGUIDA foi chamado novamente Saturnino Flores. Em instantes o juiz o liberou para Guilherme.

Postado diante da testemunha, Guilherme disse:

— Excelência, eu pergunto à testemunha se ele descobriu que seu filho era líder de uma quadrilha de narcotráfico somente quando o viu morto no chão, executado por traficantes adversários.

— Isso não é verdade — disse Flores ligeiro, inquieto no lugar. — O Masinho só era viciado.

— Pergunto à testemunha, excelência — voltou Guilherme, inflexível —, se ele diz isso apenas porque a mãe de Masinho Flores declarou ter recebido do filho uma mensagem mediúnica nesse sentido.

Saturnino Flores nem esperou que o juiz o autorizasse a falar.

— Não! Claro que não. Qual o pai que não desconfia se o filho está ou não usando drogas? Eu já sabia, e tive muita conversa com o Masinho sobre isso, mas pouco adiantava. É difícil lidar com os jovens de hoje, qualquer pai sabe disso.

— Renovo a pergunta, excelência: que a testemunha responda se ele tomou conhecimento que seu filho era líder de um esquema de narcotráfico, que opera nesta região e na zona norte da grande Brasília, somente quando o viu morto, executado por traficantes adversários.

Agora o juiz teve tempo de olhar para a testemunha.

— Que idéia mais maluca! — novamente retrucou Flores com veemência. — Concordo que meu filho era viciado em *crack,* mas quem tem de falar por que o matou é esse sujeito aí.

Flores esticava o braço na direção de Sérgio. Então Guilherme aproximou-se da mesa do juiz.

— Excelência, quero registrar que a testemunha está propositadamente omitindo fatos de seu conhecimento, muito provavelmente procurando zelar pela reputação do nome de sua família, porém em prejuízo do réu.

O juiz olhou para Flores.

— Queira dizer tudo o que o senhor sabe sobre o assunto.

Guilherme percebeu que o prefeito estava experimentando um começo de pânico. Usou de oportunismo ao dizer:

— Por que a testemunha tem receio em confirmar, excelência? Afinal, como ele próprio disse, qual o pai que pode ser responsabilizado pelas ações criminosas de um filho maior de idade? Por que a testemunha ainda insiste em esconder uma vergonha familiar, se seu filho já está enterrado há quase três meses? Que a testemunha admita, excelência, que ele ficou sabendo das atividades criminosas de seu filho, Masinho Flores, somente depois que o viu executado.

Guilherme não esperava que Saturnino Flores cedesse com tanta facilidade. Depois de um suspiro entrecortado o homem disse:

— Sim, é verdade..., eu admito.

Flashs, começo de tumulto na assistência. O juiz manejou o martelo e o silêncio profundo retornou.

Meio cabisbaixo, Flores seguiu dizendo:

— Eu fiquei chocado com o que vi e...

— Queira falar mais alto — disse o juiz.

Flores soergueu alguns milímetros a fronte e continuou, agora mais audível:

— Eu senti muita vergonha. Então encontrei no quarto do Masinho um caderno onde ele costumava escrever coisas que ia pensando... era como se fosse um diário. Nunca mostrei a ninguém, nem à minha mulher. E ali, naquele caderno, o Masinho deixou escrito que estava jurado de morte, mas também jurava que ia levar alguns com ele. Foi um choque muito grande que eu sofri, e evitei que a Norma viesse a saber. Ela não ia suportar.

Saturnino tomou fôlego.

— Eu errei, confesso. Errei por ter tentado esconder que a morte do meu filho era um crime de vingança... uma briga entre eles. Sei que errei nisso. Pensei no meu nome... na minha mulher, Norma. Então mandei fechar ligeiro a urna, não queria que a Norma visse o que tinham feito com o Masinho. Não queria que ninguém soubesse. Se isso é crime, eu assumo.

Flores aprumou o rosto.

— Sim, o meu filho foi executado... e foi horrível o que fizeram com ele. Por isso eu quis enterrar tudo junto com o corpo do Masinho..., todo aquele passado sujo que ele tinha jogado em cima dos pais dele.

O juiz preparava-se para colher da testemunha a confissão formal de autoria da fraude — fraude que arrolara terceiros e com prejuízo para a liberdade de um réu inocente —, quando Guilherme se interpôs entre ambos.

— Excelência, pediria à testemunha que deixasse de lado as lágrimas inúteis. Já não há mais necessidade.

O tom seco da voz de Guilherme fez o juiz erguer os sobrolhos. Saturnino Flores empalideceu. Então Guilherme parou diante dele.

— Excelência, acuso a testemunha de mentir neste tribunal. Acuso a testemunha de liderar um esquema internacional de narcotráfico, esquema esse no qual seu filho Masinho não passava de mero auxiliar.

Tumulto no público. Novos *flashs* espoucaram. Guilherme seguiu:

— Acuso a testemunha, meritíssimo, de ser o autor intelectual de uma trama que levou um moço inocente ao banco dos réus.

O juiz acionou o martelo.

— Acuso a testemunha, excelência, de ter forjado a morte de seu filho Masinho Flores, achando que com isso o livraria da jurada execução.

O tumulto aumentou. Outra vez o martelo na mesa.

— E peço, excelência, a exumação do corpo do infeliz que foi morto, desfigurado e sepultado como sendo Tomás de Aquino Flores, o Masinho.

Alguns retardatários somente agora entendiam. Então o tumulto duplicou.

Já cansado, Guilherme aproximou-se da mesa do juiz.

— Por último, excelência, junto estas fotos como prova de que Tomás de Aquino Flores está vivo. Ele atende pelo nome de Carlinhos e é piloto do avião bimotor prefixo ZYK935.

CLÉBER estava em pé diante de sua tribuna, braço esquerdo dobrado à frente e mão apoiando o cotovelo direito, cuja mão tapava-lhe o espanto da boca.

O público fechava-se em interjeições. *Flashs* clareavam sucessivamente o local, e o juiz Jarbas usava o martelo. Saturnino Flores tentara fugir, mas dois policiais o retiveram.

51

O JULGAMENTO terminara e o público deixava o local. Isabel e Sérgio estavam abraçados — abraçados e chorando. Neimar e Marta ao lado.

Mais à esquerda Cléber dialogava com o delegado Clóvis Boaventura. Jarbas aproximou-se de Guilherme.

— Claro que o Cléber está triste, e eu o entendo. Há muito tempo que não o vejo perder uma causa.

— Tudo tem seu dia, dr. Jarbas.

— Isso é verdade. Mas ele não tem do que reclamar, perdeu para um dos maiores criminalistas deste país. Mas deixe-me levar a ele uma palavra de conforto, Guilherme.

Jarbas saiu e isso foi providencial para Guilherme. Ele já percebera Miro Gomes livre do escrivão que lhe colhera a assinatura no termo do testemunho. Miro o olhava de maneira significativa. Guilherme aproximou-se dele.

— Como sempre, o rei dos tribunais levou a melhor — disse Miro Gomes, seco. — Só queria lhe dizer uma coisa, Capitão. Você traiu a minha confiança, não tinha necessidade de expor o meu nome a público desse jeito. Para quê? O que você ganhou com isso? Você levantou esse assunto das chácaras só por causa de uma mulher? Que infantilidade! Ou você achou que um processo a mais nas minhas costas podia inchar a sua vitória neste tribunal?

— Não, não podia. Uma coisa é aceitar que o mal conviva com o bem. Outra coisa é você descobrir que o mal é mais festejado do que o bem. Aí então você tem de escolher. Ou um, ou outro. E eu escolhi. Eu não o entreguei publicamente, e poderia fazer isso. Eu poderia ter ido mais longe, e provavelmente você sairia daqui algemado.

— Deixe de ser idiota, Guilherme. Você está dando murro em ponta de faca. Talvez tenha apenas conseguido que a Djane desista do negócio, mas e daí? Tem muito chão por aí onde eu posso desenvolver o projeto das chácaras.

— Você me faz rir quando não quero, Miro. Projeto das chácaras! E quem disse que o seu negócio é lotear chácaras para ricaços paulistas? O seu objetivo é e sempre foi colocar as mãos em cima da área do garimpo velho da fazenda Alvorada.

— Agora quem tem vontade de rir sou eu. Isso é uma piada. O que me interessa aquela buraqueira que só produz cascalho de cristal para meia dúzia de pessoas semifamintas?

Guilherme deu dois passos rápidos até a sua tribuna. Abriu a pasta e voltou com um calhamaço de papéis grampeados.

— E a propósito, isto é seu. São relatórios de algumas de suas empresas, e também da empresa de seu amigo Omar, o iraquiano que pensa em construir um zigurate aqui em Altiplana para conquistar as estrelas.

Guilherme sacudiu de leve o calhamaço.

— Eu poderia ter usado isto contra você neste tribunal, mas não usei. O meu escritório em São Paulo rastreou o seu esquema, Miro. A CREDITUM, financeira da VGOMES, acolhe toda remessa de dólares enviada do exterior em nome de Omar Hussaim, pelo fornecimento de centenas de quilates de diamantes a determinadas lapidações da Europa. Omar Hussaim vende diamantes, fatura diamantes, paga imposto sobre mineração e comercialização de diamantes. Enfim, faz tudo legal.

— Só tem um detalhe — arrematou Guilherme —, é tudo mentira. Não existem diamantes. Ele entrega cascalhos de cristal. E é por isso que vocês queriam a posse do garimpo da Alvorada. Dez dólares de cascalhos rendem dez mil no logro dos diamantes. Só no ano passado sua financeira acolheu e limpou 13 milhões de narcodólares pela venda na Europa de diamantes entres aspas, ou seja: cascalhos fornecidos por Omar Hussaim.

Mesmo empalidecendo, Miro Gomes triscou um riso e o espremeu entredentes:

— Você endoideceu de vez.

Guilherme tirou do bolso do paletó três fotografias 7x10 cm.

— Talvez eu esteja, mas vou lhe mostrar por que o poupei no tribunal. Estas são fotos de uma fatura, como você vê.

Miro recolheu as fotos.

— Convém você voar ligeiro para São Paulo — seguiu dizendo Guilherme —, pois uma carreta carregada de pontaletes de madeira está viajando com um miolo recheado de cocaína para desovar no Depósito de Madeiras Oeste. Segundo as pesquisas do meu escritório, essa é uma das empresas fantasmas do Grupo VGOMES.

— E aproveite para contratar um bom advogado — rematou Guilherme —, porque a polícia federal já deve estar lá esperando.

O soco de Miro apenas resvalou no queixo de Guilherme, mas o fez cambalear. Ligeiro Palmas pulou da cadeira. Guilherme fez menção de sair para o revide, mas parou.

— Ah! — ele disse a Miro, mão no queixo —, antes que eu me esqueça: a polícia federal acaba de levar seu amigo Omar Hussaim para Brasília.

Deixando um palavrão para Guilherme, Miro Gomes se foi.

52

NINGUÉM mais no local — oficiais, jurados, testemunhas, público. Até mesmo o juiz Jarbas já tinha ido tirar a toga — ou esvaziar outra vez a bexiga.

Guilherme também já se livrara dos múltiplos abraços, das lágrimas e dos sorrisos agradecidos. Apenas Genolino Palmas permanecia em pé na porta de saída da sala do júri. Ele sabia que Guilherme ainda tinha um acerto final com o promotor Cléber de Godói.

Então Palmas viu Cléber abotoando zelosamente o paletó e instintivamente passando a mão na gravata para conferir se tudo estava em ordem detrás do colete. Em seguida saiu de seu lugar e começou a diminuir o espaço que o separava de Guilherme.

Olharam-se face a face.

— Desarmado o circo — disse Cléber —, cá estamos nós diante do espelho do camarim. Queria cumprimentá-lo, a sua estrela continua brilhando. Parabéns. E vou lhe dar um presente: vou esquecer a chantagem que você fez comigo.

— Que eu fiz? — Guilherme esboçou um riso de quase escárnio. — Se houve alguma chantagem contra você neste julgamento, Xeque, pode crer que foi da sua própria consciência. Eu apenas apostei nessa possibilidade.

— Aí que você se engana. Somente procurei zelar pelo meu nome. Eu não sabia que a Alice acabou tendo um filho... e que eram gêmeos. Confesso que para mim foi surpresa. Mas isso nada me afeta.

— Nada mesmo? Nem a morte de Alice?

Cléber franziu o cenho.

— Claro — voltou Guilherme —, você estava gastando a fortuna de seu pai em Paris, então como ia saber ou se importar com uma hemorragia que levou a vida da mãe de seu filho? E quem foi que exigiu e patrocinou o trabalho daquela fabricante de anjinhos lá da zona Norte de São Paulo?

Cléber se movimentou num pequeno círculo, obrigando Guilherme a virar-se.

— Eu nunca fiquei sabendo da morte da Alice... nem do segundo filho que nasceu — disse Cléber com algum sentimento. — Isso é lamentável

Agora Cléber olha firme para o rosto de Guilherme.

— Não foi desprezo o que eu senti por você durante todo o tempo do julgamento. Foi pena. E ela agora se multiplica. Você é um coitado. Aceitei o seu jogo neste tribunal pelo meu nome, e não pela minha consciência, como você disse.

Cléber corrigiu os óculos e voltou:

— Como você pode ser tão estúpido assim, Guilherme? Aquela nossa velha disputa pela Alice machucou você tanto desse jeito, ou era o meu talonário de cheques que turvava os seus olhos? Eu já fiz de tudo para ter um filho, mas a medicina sempre me disse que isso é impossível. Sempre fui estéril. Sabe o que isso significa? Que a Alice não acreditou em mim, quando deixou você e veio morar comigo. E o que fiz, o meu único erro, foi pagar para que ela abortasse o *seu* filho.

Guilherme retinha na garganta uma bolha de espanto.

— Mas entre dizer... — de novo Cléber, calmo mas arrasador — entre dizer que realmente sou pai desse moço, do Sérgio, assumindo assim todas as implicâncias de um passado de irresponsabilidade, ou confessar que desgraçadamente não posso ter filhos..., eu preferia ser pai do Sérgio.

Plantado onde estava, Palmas abaixou a cabeça. Repreendeu suas orelhas. Elas não deviam ter ficado ali, captando sons que não lhe pertenciam.

Quando Palmas olhou de novo, ele viu que Guilherme estava se aproximando já com sua pasta. O promotor Cléber desaparecia lá adiante na boca do corredor.

Cabeça baixa, Guilherme passou, deu um toque em Palmas, e ambos começaram a deixar o fórum. Caminhavam devagar, Guilherme olhando seus próprios passos.

— No começo do filme era um gato e um rato — considerou Palmas como quem pensa alto. — Depois outros ratos foram juntando.

— E no fim termina tudo só ratos — disse Guilherme sem erguer a fronte. — Você está certo, Palmas. Não acho ruim de você dizer isso não. Você sabe que o Sérgio não tem nada com essa tramóia.

— Claro que eu sei. Ele apenas veio a calhar.

JÁ LÁ fora, parados à beira do meio-fio da calçada, Palmas voltou a dizer:

— Bem, vejo você um tanto vazio, diria até triste. Mas cada qual sabe de si. Comigo já acontece algo engraçado.

Guilherme olhou o rosto de Palmas. Ele achou que Palmas estava apenas tentando ser gentil, apenas tentando fazê-lo rir um pouco.

— O que é?

Palmas ergueu a pasta.

— Sabe, de repente me ocorreu a idéia de jogar fora esta pasta puída e comprar uma nova. O que você acha?

— Seria ótimo.

— Está sendo sincero?

— Claro. Um rato sincero. Nunca é tarde para recomeçar.

— Então era... era nisso que você estava pensando a seu próprio respeito?

— Hum-hum — confirmou Guilherme.

O rosto de Palmas pareceu ganhar uma certa luz.

— Mas quando um homem da nossa idade recomeça, ele tem de recomeçar certo. Não é verdade?

— E o que é o certo? — perguntou Guilherme.

— Bem, eu aprendi alguma coisa neste julgamento, e vou ver se isso funciona. Hoje vou testar meu novo itinerário. Vou tentar dar a volta pelo quarteirão e evitar o bar da esquina de minha casa. Se eu conseguir, a minha meta seguinte vai ser a de tentar fundar um lar... um lar com mulher e filhos, entende?

— Claro. Vá em frente.

— E quanto a você?

Guilherme guardou breve silêncio.

— O pastor Neimar disse várias vezes que foi Deus quem me trouxe aqui, e eu sempre ri dele. Mas talvez tenha sido Deus sim.

— E o que falta para você acreditar que foi?

— Talvez se ele falasse comigo, quem sabe.

— Por que você não reflete sobre aquele caso que o Sérgio contou?

— Que caso?

— De quando ele fugia da polícia.

— Ah, do espelhinho.

— De Jesus Cristo. Foi o que eu fiz durante o julgamento, enquanto rabiscava garatujas no bloco. E sabe de uma coisa? Pela primeira vez estou sentindo a possibilidade de algo novo em minha vida.

— E aqui vou eu para o meu teste de vida ou morte — disse Palmas, saindo do meio-fio para o asfalto da rua. Estendeu a mão. — Até um dia, Guilherme.

Em seguida Palmas atravessou a rua e desapareceu na noite.

53

GUILHERME ia caminhando na direção de seu carro, quando escutou o esturro da moto. Edu parou ao lado do Golf.

— E aí? — disse Edu bastante descontraído — Lá na missão o pessoal está perguntando pelo herói. Logo mais o pastor Neimar quer fazer uma reunião de agradecimento a Deus pela libertação do Sérgio, e eles querem a sua presença. E vai ser a despedida oficial de todo o mundo. Amanhã cedo o Sérgio e a Isabel vão embora.

Guilherme teve vontade de rir, mas controlou-se. Edu percebeu.

— O que foi? Qual a graça?

Guilherme deu um passo, olhou para o chão e depois encarou Edu.

— Sabe, que eu me lembre, esta foi a primeira vez que eu não senti vontade de dizer qualquer bobagem só para interromper você.

— É, eu achei estranho. Será que desse julgamento do Sérgio sobrou alguma coisa pra você também? Lá na Missão estávamos justamente falando nisso, no que cada um aprendeu. Eu, de minha parte, já sei que a irmã Tiana, naquela simplicidade dela, está bem adiante de mim. Mas eu disse a ela que quero alcançá-la.

— E ela?

— Bem, a resposta dela foi meio complicada, mas estou tentando entender. Ela disse que a gente tem de fazer um esforço pra sair da roda de morte que nos cerca e nos acompanha por onde vamos.

— Isso parece mais um enigma. E a que conclusão você chegou? Que tipo de esforço você precisa fazer para escapar de qual roda?

— Foi o que eu perguntei a ela. E ela respondeu que eu buscasse na minha consciência. E sabe o que está acontecendo comigo agora?

— O quê?

— Agora eu só me vejo perdido numa escuridão sem fim.

Guilherme encostou-se no carro e cruzou os braços.

— Bom, no seu lugar eu ia pedir à dona Tiana que ela fosse mais clara.

Edu ligou a moto.

— É, acho que vou ter de fazer isso. Mas e você? Vai ficar aqui?

— Não, também já estou indo.

Edu saiu com a moto enquanto Guilherme entrava no carro.

A VINTE metros dali, num salto, o homem abandonou o banco do jardim.

— Já encontrei a saída, compadre Raimundim. Quem vai pagar o pato é o Zé Mauro.

— O Zé Mauro? Mas qual é a sua idéia, compadre Nicanor?

— Nós dois vamos mudar o rumo da história de Altiplana. Você refuga as contas do prefeito e eu, do palanque, passo a mão nos votos que o Flores deixou órfãos de pai e mãe.

Em seguida Nicanor correu o braço no ombro menor do presidente da Câmara. E saíram confabulando.

CAÍA a noite. Mas Guilherme ainda não sentia vontade de colocar a chave no contato. Pensamentos o seguravam ali, sentado no carro.

Ele pensou em Cléber. Pensou no súbito desejo de Palmas em mudar seus caminhos. Reviu o perplexo rosto de Miro Gomes. As surpresas daquele dia já haviam terminado, mas ele sentia uma espécie de vazio.

— E então? — ele levou um pequeno susto. Era Neimar, junto à porta do carro.

Antes que Guilherme dissesse qualquer coisa, ambos viram Djane chegando com a Quantum no outro lado da rua. Guilherme abriu a porta do carro e saiu. Neimar ficou ali, junto ao Golf. Mas Guilherme, um tanto empolgado, começou a caminhar ao encontro de Djane. Ela já estava fora da Quantum. Deu dois passos adiante.

— Só estou aqui para lhe dizer uma coisa, *reizinho dos tribunais* — ela disse, lábios comprimidos, apanhando Guilherme de surpresa. — Você costuma pisar nas pessoas quando isso lhe traz proveito, mas se esquece de uma coisa importante: cada vez você fica mais pequeno. Você é astuto, mas isso não significa que a verdade esteja do seu lado. Eu detesto você. Detesto! E nada! Nada e ninguém vai impedir que eu alcance os meus objetivos, seu!...

Num repente o braço direito de Djane se ergueu e a mão viajou contra o rosto de Guilherme. Mas ele a segurou pelo punho.

— Me solte! — ela gritou puxando o braço.

Parado pasmo no meio da rua, ele ficou vendo Djane retornar à Quantum e partir. Neimar chegava e recebeu um olhar meio assustado.

— Mas o quê?... O que houve com ela?

Neimar emitiu um pequeno suspiro.

— São as trevas, companheiro. E as trevas não combinam com a luz.

— Trevas... a Djane?

— Não ela. Estou me referindo ao poder espiritual que a domina.

Voltavam devagar para o carro. Guilherme ainda estava sem entender. Com certa cautela, Neimar dizia:

— Desde que o julgamento do Sérgio terminou, eu precisava abordar um assunto com você, dr. Guilherme. À primeira vista, talvez você não aceite o que vou falar, mas sei que o entendimento virá pouco a pouco como numa revelação.

Pararam ao lado do Golf. Neimar seguiu dizendo:

— Trata-se de Miro Gomes. Mas, antes, deixe-me lhe fazer uma pergunta: quando foi que você deixou de lado a possibilidade de existir aqui em Altiplana uma mera quadrilha de distribuição de drogas para a idéia maior de um possível esquema de narcotráfico internacional?

— Quando foi? Bem, vou ter de dar a mão à palmatória: acho que foi depois que você contou sobre aquela palavra pronunciada por dona Tiana: feitiçarias. Comecei a pesquisar nesse sentido.

— Foi o que eu pensei. Então, se agora eu lhe disser que aquilo já foi uma revelação de Deus para levá-lo em determinado rumo, você acreditaria?

Guilherme nada respondeu. Neimar retomou a palavra.

— Vou repetir aquele texto profético: *Porque teus mercadores eram os grandes da terra; porque todas as nações foram enganadas pelas tuas feitiçarias.* Você caminhou por onde Deus queria que você caminhasse, dr. Guilherme. No Apocalipse, se Babilônia é o mal, então os mercadores do mal, os grandes da terra, são os que enganam as nações com suas feitiçarias, ou seja: drogas. Essa profecia está sendo cumprida. Vivemos tempos de uma alucinante expansão do narcotráfico mundial.

Guilherme permaneceu em silêncio. Neimar voltou, agora com mais ênfase:

— Porém, Miro Gomes não está no topo de uma hierarquia, como parece. Esse envolvimento não começa e nem termina nele.

— Sem dúvida. Existem muitos por baixo do Miro, e existe alguém por cima dele. E por cima de quem está por cima dele. A CREDITUM é apenas uma das milhares de válvulas de desova que há no mundo para lavagem de narcodólares, pastor. O mundo movimenta cerca de 300 bilhões de dólares por ano no tráfico de drogas.

— Dr. Guilherme — Neimar contemporizou —, não quis interrompê-lo. Mas eu não estava me referindo a hierarquias humanas. Falo da hierarquia das trevas espirituais. E de um único líder. Um líder que um dia foi o primeiro anjo do Senhor. Todo esse jogo econômico e financeiro que abala o mundo... essa corrupção desenfreada nas organizações e nos governos... toda essa expectativa em torno da chegada de um homem forte capaz de unificar o globo, e que está perto de ser revelado, tudo isso faz parte de um só esquema. É uma maciça opressão espiritual para controlar a humanidade e prepará-la para a operação do engano: a subida do Anticristo. O transe mediúnico abre a mente do homem para o domínio e manuseio da hierarquia das trevas, e o mesmo acontece com a consciência aberta e alterada artificialmente pelos narcóticos. *As nações foram enganadas pelas tuas feitiçarias.* Os grandes da terra. O que é maior hoje no mundo do que o narcotráfico e o misticismo? E no entanto isso não é uma iniciativa humana.

Refletindo alguns instantes, Guilherme disse:

— Então... – se é que eu entendi –, o Miro não passa de um objeto, um títere. Não foi ele quem usou esse guru, Marion Cordeiro: foi ao contrário.

— Você entendeu sim.

O semblante de Guilherme decaiu um pouco. Neimar disse:

— Eu sei, você está pensando em Miro Gomes... na amizade que vocês tinham. Mas o mundo está cheio disso, dr. Guilherme... de pessoas cegadas pela ganância que são usadas segundo os planos da hierarquia das trevas.

Neimar olhou as horas no relógio de pulso.

— Bem, preciso ir até a casa do dr. Palmas. Vou ver se ele também quer participar da nossa reunião.

Guilherme abriu a porta do Golf.

— Vou esperar vocês lá na Missão — ele disse, entrando.

Neimar foi embora no seu carro.

ENQUANTO isso, Djane parava a Quantum diante da Missão. Ao mesmo tempo Edu descia da moto.

— Oi, Edu — ela disse sem sair do carro. — Você quer me chamar a Cristina?

— Não quer entrar?

— Não, espero aqui. É que estou com um pouco de pressa.

— Num minuto.

Edu entrou e deu com Cristina na sala da casa de Marta.

— A Djane está esperando aí fora, Cris — ele disse. — Mas eu pensei que você fosse ficar aqui hoje.

— Ei, agora vou ter de lhe dar o itinerário da minha vida?

Foi uma reposta azeda. Edu estranhou aquela Cristina.

Arrumando a mesa do jantar na copa, Marta não podia deixar de ouvir o diálogo dos dois, enquanto saíam. Nem Tiana, lidando com comida no fogão.

— Tchau, Marta — Cristina gritou lá de fora.

— Tchau, Cris. Apareça sempre.

Pouco depois Edu voltava cabisbaixo pelo corredor. Então viu Tiana no alpendre. Aproximou-se dela.

— Não deixe o seu semblante cair, moço — ela disse. — Essa menina que acaba de sair daqui ainda não fala por ela mesma. Mas vai falar.

— Como assim?

Alguém chamou Tiana lá dos fundos. Ela lançou um expressivo olhar em Edu e foi embrora. Então Edu viu Sérgio parado junto à porta lateral. Caminhou até lá. Sérgio o olhou alguns segundos em silêncio.

— A Isabel me contou o que você fez. E como fez. Você é faixa preta?

— Hum-hum — assentiu Edu. E completou, sorrindo: — Nas horas vagas e nas necessidades.

— Um dia eu também aprendi alguma coisa de lutas marciais.

— É mesmo?

— Eu tinha 16 anos.

— Por que parou?

— Não vejo necessidade de continuar. Mas é bom você se manter em forma, já que precisa no seu trabalho.

Sérgio olhou Edu em silêncio. Depois continuou:

— Sabe, nesse campo há quem ache importante a busca de energias adicionais, mas um mergulho na nossa escuridão mental pode nos levar a caminhos sem volta.

Súbito Edu lembrou-se da escuridão na qual se via perdido.

— Sérgio... acho que você pode me ajudar. Está com tempo?

— Claro, o tempo que for necessário.

NEIMAR acionou outra vez a campainha e esperou mais quinze segundos. Ninguém atendeu. Então ele voltou para o carro.

Quando dobrava a esquina, escutou:

— Ei! pastor!

Neimar encostou no meio-fio e ficou esperando Palmas se aproximar — ele e seu copo de cerveja.

— Dando uma voltinha pra tirar a tensão do dia? — perguntou Palmas, sorriso aberto. — Eu também já comecei a minha. Aceita um gole?

Neimar agradeceu e dispensou.

— Que dia! Ah! Antes que me esqueça, dê um recado pro Guilherme. Diz a ele que não consegui, e que estou revendo aquele velho filme. Você diz?

— Claro, dr. Palmas.

— Hum.

Palmas secou o copo e estalou a língua. Sorriu.

— Eu não agüentava mais a sede, sabe? Hoje foi um dia difícil.

Neimar deu partida no carro. Olhou para fora.

— Eu não estava apenas dando uma voltinha, dr. Palmas. Achei que você pudesse participar da nossa reunião. Vamos fazer um culto de louvor a Deus pelo dia de hoje.

— Hum! Que pena, pastor. Quem sabe amanhã? Ou depois?

Neimar engrenou a marcha.

— É. Quem sabe amanhã? Se houver o amanhã. Boa-noite, dr. Palmas.

— Boa-noite, pastor — disse Palmas ao carro que já ia saindo. — E vai com Deus, viu?

JÁ FAZIA dez minutos que Guilherme estava com o carro parado diante da Missão Projovem. Mas ele não aguardava a chegada do Gol de Neimar: ainda pensava nos acontecimentos daquele dia. Em especial nas palavras que Neimar lhe dissera pouco antes.

Então, como numa seqüência cinematográfica, a cena do tribunal armado no meio do campo foi crescendo diante de seus olhos. Um calor intenso tomou conta de seu corpo, e por um momento ele achou que pudesse estar sonhando, ou tendo uma visão.

Mas o tribunal estava ali — e ele se aproximando da mesa do juiz. Um juiz sem rosto. Olhou à esquerda e viu o promotor em sua tribuna. Um promotor sem rosto. O Conselho de Sentença também não tinha rosto. Voltou-se ligeiro para a direita, e ali estava o réu — um réu também sem rosto.

— Excelência — ele disse ao juiz —, eu gostaria de defender esse réu. Sou advogado.

— Qual é o seu nome?

— Guilherme Sale.

— Concedido.

— Mas antes eu preciso dar uma palavrinha com o meu cliente.

— Concedido.

Ele se aproxima do réu. Meio agacha-se e lhe toca o ombro. O réu ergue o rosto e o traspassa com os olhos.

No ato explode o grito uníssono de uma turba ao redor — centenas, milhares de pessoas fazendo um cerco no tribunal. O juiz se agita, os jurados se agitam, o promotor se agita — mas, imperturbável, o réu continua olhando para ele.

Crucifique-o! Crucifique-o!

Ele se volta num movimento brusco. É a turba, o cinturão humano gritando.

Crucifique-o! Crucifique-o!

Ele vê os olhos que o traspassam, vê o sangue pingado em sua mão esquerda. E vê a coroa de espinhos na cabeça do réu.

Crucifique-o!

Ele entra em pânico. Esfrega a mão na roupa, dá passos para trás, afasta-se daquele réu, daqueles olhos, daquela coroa de espinhos, daquele sangue que goteja — afasta-se, afasta-se.

Afasta-se até que se vê infiltrado no meio da turba.

— Crucifique-o! — ele grita com a turba.

COM A CABEÇA tocando no volante do carro, ele chora. Um choro amargo. Dentro dele ressoam sete trágicas sílabas: *Por que não o defendi? Por que não o defendi?*

E como num redemoinho voltam cenas e frases e fisionomias — todo um mundo de pessoas que passaram por sua vida, e ele se vê imponente sobre um pedestal. Vê amigos, vê réus, vê promotores, vê juízes — vê jurados aos montes sendo envolvidos por sua auto-suficiência e por suas mentiras. Vê as centenas de pessoas das quais ele vivia rindo — e sente-se o mais miserável dos homens. Sente-se alguém que não merece perdão. Não merece um defensor.

Chora amargamente.

Depois, pouco a pouco dentro dele começa a raiar uma luz. É uma súbita alegria. Olhos fechados, ele vê os olhos que o penetraram fundo, sente na palma da mão esquerda o calor daquele sangue — e como nunca antes em sua vida ele compreende as palavras *perdão* e *libertação.*

Agora o choro é de alegria.

NEIMAR chegara e já estava junto à porta do Golf. Ele percebeu o que acontecia com Guilherme. Esperou.

Então, lentamente Guilherme ergue a cabeça. Neimar tenta um sorriso.

— E aí? Vamos entrar para agradecer a Deus?

Os olhos de Guilherme ainda brilhavam.

— Pastor, eu... esses dias todos eu... eu sempre fugia quando você tentava me falar de seu Deus. Mas agora... por favor, eu preciso saber. Me fale da crucificação.

MEIA HORA mais tarde, já no corredor da Projovem, os dois viram Edu vindo ao encontro deles. Neimar adiantou-se dizendo que ia tomar providências para o início do culto.

— E então? — disse Edu, sorrindo. — Cansado? Não é pra menos, hoje foi um dia e tanto. Mas eu... eu tenho de lhe dizer uma coisa. Só agora eu vejo que... que tenho um pai e tanto.

Edu aguardou alguns segundos.

— Mas o que é isso? Chorando por quê? Só porque eu disse que você é um pai legal?

Buscando mais fôlego, Guilherme ameaçou um sorriso. Colocou o braço em volta dos ombros de Edu e começaram a caminhar sem pressa.

— Não, nada disso, filho. Acho que é porque eu... porque eu também acabo de tomar consciência de que tenho um filho legal. Um filho e tanto.

54

AMANHECEU.

Aquela era a primeira vez que Djane enxergava a fazenda do alto. A vista era maravilhosa, de repouso. A casa-sede, os currais, o celeiro, as árvores e a modorra do gado nelore espalhado pela campina — tudo lhe dava a impressão de que o mundo, afinal, era um lugar de paz.

— Lindo, não é mesmo?

Djane voltou-se. Era Marion.

— Eu nunca podia fazer idéia de que tínhamos uma fazenda tão bonita — ela disse. — Papai gostaria de ver isto.

— Então por que não o traz uma hora dessas?

— Quem sabe?

Marion pesquisou o semblante de Djane.

— Mas por que esse rostinho triste?

Ela tentou sorrir.

— Eu não estou triste. Impressão sua.

Marion Cordeiro cruzou os braços e ficou olhando a paisagem longínqua. Aspirou fundo e expeliu o ar. Depois, lento, voltou-se para o platô. Sessenta e seis membros do Círculo de Aquário já estavam tomando seus lugares para formar a grande roda.

— Isto tudo é maravilhoso, e é eterno — ele disse. — Amo este lugar, e para mim ele é tão sagrado como o rio Ganges ou o Yamuna, na Índia. Quando eu terminar este atual ciclo de vida, quero minhas cinzas depositadas aqui em cima.

Ele olhou para Djane.

— Você me daria esse privilégio?

— Você sabe que sim.

Ele consultou as horas.

— Obrigado. E agora vamos. Temos trinta minutos para algumas palavras, e em seguida daremos início ao ritual.

Aproximaram-se ambos de Cristina.

— E então? — perguntou Marion. — Preparada?

— Sim, mestre. Preparada. E muito feliz.

— Ótimo.

Cordeiro dirigiu-se agora a todos.

— Antes que comecemos, tenho uma palavra de ânimo para vocês. Assim como acontece com centenas de outros grupos como este no mundo todo, o nosso Círculo de Aquário também tem o privilégio de contar com discípulos-colaboradores do quilate de Djane Leal. Djane tem a mente aberta para o objetivo maior de todos nós, que é levar a luz onde haja escuridão, cura onde haja enfermidade e amor onde haja desavenças. Ela propôs doar ao Círculo os terrenos necessários para a nossa obra.

Houve alguns aplausos e muitos sorrisos para Djane.

— Dentro em pouco, precisamente às 8h01, a humanidade estará entrando nos domínios da Quarta Dimensão. E nós, cavaleiros do Círculo de Aquário, estaremos realizando o Ritual da Mandala Sagrada. Esperamos que mensagens importantes para a humanidade sejam colhidas por alguns de nós, pois os mestres cósmicos nunca estiveram tão próximos da Terra. Na antigüidade, eles trouxeram princípios de conhecimentos ao mundo. Princípios que até hoje prevalecem. E são esses mesmos seres de múltiplas vivências, hoje na etapa máxima da evolução, que voltam para nos anunciar as transformações prestes a ocorrerem no planeta. Nós, cavaleiros do Círculo de Aquário, estamos comprometidos com o desenvolvimento da consciência humana, e engajados na expectativa da chegada do novo avatar — Saint Germain —, o líder que vai instalar na terra um novo tipo de governo e uma nova economia para o mundo. Um governo pacifista, justo, e que vai enfeitar de ouro os edifícios das nações. Porque isso está escrito nas profecias de todos os povos da terra.

7h55. Deram-se as mãos formando o círculo.

— Ram... Ram... Satya Ram...

Marion deu início ao mantra e todos o acompanharam.

EDU e Guilherme chegaram à Missão Projovem para as despedidas finais de Sérgio e Isabel. A mesa estava posta para um café coletivo no casarão, e Neimar preparando-se para dar uma breve palavra. Mas súbito o rumo foi mudado.

— Sinto que devemos orar — ele disse. — Vamos levantar um clamor a Deus. Se alguém tem algum pedido a fazer, apresente-o.

Breve silêncio.

— Eu quero orar pela Cris — disse Edu.

— E eu... eu pela Djane — juntou Guilherme.

Novo silêncio. Então Neimar começou.

LOGO o grupo do Círculo de Aquário estava mergulhado no transe — todos menos Djane. A mão de Cristina apertava a sua, e isso interrompeu a concentração.

E o que Djane agora via a deixou perplexa: a cabeça de Cristina dava volteios como se alguém a rodasse pelos cabelos.

— Cris! O que está acontecendo com você? — disse Djane.

O grupo nada percebe, continua em transe.

Súbito, num tranco, Cristina cai de joelhos, inclina o corpo para a frente, retorce os punhos, crispa as mãos e começa a babar. Apavorada, Djane olha em volta. Ninguém atento nelas, todos de olhos fechados.

— Cris! — novamente Djane, agora tentando segurar-lhe o braço esquerdo.

— Largue o que é meu! — gritou a grotesca voz de homem que saiu da boca de Cristina.

8h01. O céu começou a perder a luminosidade. O eclipse solar teve início. Na cabeça do círculo, também de olhos fechados, Marion Cordeiro contemplava a chegada de seu mestre.

De repente, o vulto opaco rompe a tradicional distância entre ambos e vem, aproxima-se e pára a dois palmos de Marion.

— Mestre! — ele delira, embevecido e ao mesmo tempo assustado.

Até que o espírito, feito uma onda gelada, acopla-se nele. No ato o corpo de Marion voa contra uma rocha três metros atrás.

Nesse instante a voz grotesca que sai da boca de Cristina diz palavrões e gargalha. Ao lado dela, Djane continua perplexa. Ela vê Cristina, vê o grupo mergulhado no transe mediúnico – e, sem entender, ela é a única a ver o que está acontecendo com Marion.

Marion Cordeiro recompõe-se ao pé da rocha. O grupo continua sibilando as palavras que lhe são colocadas na boca. Súbito Marion voa de volta ao círculo, prostrando-se no chão. E urra.

Sem a direção do mestre, o grupo segue em transe. Djane vê o corpo de Marion Cordeiro elevar-se meio metro na horizontal e, como se fosse um dardo, voar contra o precipício.

— Nããão! — ele berra caindo pesado na borda do platô. Esbugalha os olhos, vistas lá embaixo, cabeça, tórax e braços mergulhados no vácuo.

Spencer e Sueli quebram o transe. Primeiro eles vêem Djane em pé, depois vêem Marion à beira do precipício. Correm para ajudá-lo.

O eclipse termina. O sol volta com toda a sua plenitude. Spencer e Sueli puxam Marion Cordeiro pelas pernas. Olhos quase escapando das órbitas, Marion senta-se no chão. Spencer tenta erguê-lo. Marion grita de dor.

Vozes, rezas, declarações de vivências – a confusão prossegue no platô.

Marion continua chorando no chão. Spencer e Sueli entreolham-se. Já livre da possessão, Cristina também chora no ombro de Djane.

— Eu não entendo! — diz Cristina. — Eu já não estava livre daquilo tudo? Como pôde voltar!?

Só Djane se mantém totalmente lúcida em cima do platô.

— Eu gostaria tanto de ter uma resposta, Cris. Tenho certeza de que serviria para mim também.

Só agora Cristina vê Marion Cordeiro sentado no chão. Ele chora e geme.

— O que aconteceu com ele? — Cristina pergunta a Djane.

Elas se aproximam. Spencer e Sueli agacham-se ao lado do mestre.

— Parece que ele sofreu uma entorse violenta — diz Spencer.

— Mas como foi? — pergunta Sueli.

— Não sei. Não sei. Só o vi quando estava à beira do precipício.

Lentamente o súplice olhar de Marion busca Djane, no rosto uma máscara de dor e decepção. Talvez mais decepção que dor. Porque ele tem consciência de que ela sabe o que aconteceu.

Feito um assustado rapaz de 14 anos, Marion Cordeiro olha o pé direito mais uma vez, um pé grotescamente inchado, vermelho e febril – e chora de novo.

— Quero ir embora daqui, Cris — diz Djane, puxando Cristina pelo braço.

55

DEZ horas da manhã.

Terminando de colocar a bagagem na Elba, Sérgio juntou-se a Isabel para as despedidas. Foi um momento de lágrimas — mas agora lágrimas de alegria.

Dez minutos depois, a Elba desaparecia na esquina.

— Bom — disse Tiana Lima —, agora deixa eu apanhar a minha trouxinha e pegar o rumo de casa.

Ela entrou. Quando volta, Guilherme diz:

— Mas nada de ônibus, dona Tiana. Eu disse ao Sérgio que ia levar a senhora.

Tiana aprumou os óculos no nariz.

— Quem vai me levar é Deus, e o ônibus.

Neimar, Marta, Edu — todos insistiram com Tiana.

— De jeito nenhum — disse Tiana. — Tenho muito que meditar sobre tudo o que aconteceu nesses dias, então quero o meu lugarzinho sossegado dentro do ônibus.

Guilherme desistiu. Mas perguntou pelo galo da testa, se ainda doía. Então Tiana abriu um sorriso largo. No ato todos bateram palmas e festejaram.

Quando o som de festa sumiu, ela disse:

— Sei, entendi a de vocês. Então vocês acham que pra mostrar a minha alegria eu tenho de viver arreganhando os dentes? Mas eu nunca li na Bíblia que um anjo riu.

Nova algazarra.

De novo séria, Tiana olha para o rosto de Guilherme.

— Este galo eu vou guardar comigo sempre, dr. Guilherme. E eu sei que ele ainda vai me dar muita alegria.

Depois de mostrar que meio galo continuava ali, firme como uma coroa, ela olhou para Guilherme.

— E o senhor? Pensa que a sua tarefa nesta cidade já chegou ao fim? Hã-hã. Dia desses eu volto. E a gente se encontra pra conversar.

Ajeitou a pega na sacola, deu a mão a cada um e atravessou a rua rumo à rodoviária.

TIANA ajeitou os óculos sobre o nariz.

— Você tem certeza, moço? Tem certeza de que ônibus pra Brasília só de tarde?

— Temos dois horários por dia, minha senhora. Um às oito da manhã, outro às quatro da tarde. Mas por que a senhora não vai pegar lá no trevo o ônibus que vem de Formosa? Dentro de meia hora vai passar um.

Cinco quilômetros em meia hora não é muito, Tiana — ela incentivou-se. Trate de sair andando.

— Se a senhora quiser fazer isso — voltou o rapaz do guichê —, fale com o motorista daquele ônibus. Ele está de saída pra Formosa e pode deixar a senhora no trevo.

— De graça?

— De graça. É só explicar pra ele. Tudo é uma empresa só.

NÃO HAVIA mais ninguém diante da Missão quando a Quantum de Djane parou. Cristina desceu com sua mochila, e Djane foi embora.

Edu viu Cristina entrando pelo corredor lateral. Ele conversava com Neimar na pequena varanda. Sutilmente Neimar entrou.

— Oi, Edu — disse Cristina, desanimada.

— Cris! O que foi? Parece que passaram você num moinho!

— Por quê? Estou tão mal assim?

— Não é o seu rosto, não é você. É... essa... essa frustração.

Ela deixou a mochila de lado, sentou-se numa cadeira de plástico da varanda e começou a chorar. Edu escutou tudo o que Cristina tinha a dizer. O antigo medo estava de volta aos olhos dela.

— Você entendeu o que eu disse, Edu?

— Claro — ele respondeu, agachado diante dela.

— Mas entendeu mesmo? Já pensou em como vai ser a minha vida daqui em diante? Nas minhas fugas? Elas voltaram, Edu! Voltaram! Eu tenho medo de sair à rua... tenho medo de ver de novo aquela Parati vermelha e...

Edu segurou-lhe as mãos.

— Isso depende de você, Cris. Exclusivamente de você. Eu encontrei a solução para o meu caso. E o meu caso e o seu são um só.

Cristina chorava. Com a ponta dos dedos Edu colheu duas lágrimas penduradas nos olhos dela.

— Do que você está falando? — ela perguntou.

— Da libertação, Cris. Eu estou livre, e se você quiser em dois minutos você também fica livre disso tudo.

— Eu quero, Edu — ela disse. — Me ajude, pelo amor de Deus!

— Deus já está fazendo isso. O primeiro passo você já deu.

QUINZE minutos mais tarde, Tiana descia no trevo. O ônibus seguiu e ela começou a atravessar a pista. Olhava meio distraída para o lugar onde, dias atrás, Guilherme a atropelara.

Súbito, pneus cantaram no asfalto e o pára-choque parou a dois palmos dela. O susto a fez pular de lado. Ela tirou o óculos e ficou olhando a mulher que dirigia o carro.

— Senhor Jesus! Quase que eu arranjo um segundo galo na testa!

— A senhora se machucou? — perguntou a mulher que dirigia o carro.

— Nem eu e nem o meu vestido, moça.

— Ai! Que susto que eu levei!

Tiana aproximou-se dela.

— Mas por que você está chorando?

— Eu? Mas eu não estou chorando.

— Por fora, não.

A mulher meio abaixa a cabeça. Comprime os lábios. Segura-se para não chorar. Então ela dá marcha à ré e encosta o carro. Tiana volta a aproximar-se dela.

— Você ia pra longe? — Tiana pergunta.

— Vou para Brasília. E a senhora?

— Moro no caminho de Brasília, 35 quilômetros adiante.

— Então vem, eu a deixo em sua casa.

Tiana deu a volta e entrou no carro.

Durante a viagem, a começar de uma pergunta feita pela mulher, Tiana acabou contando a sua vida. Começou pelo bisavô, Joaquim MZ-95, e terminou no lote onde ela tinha construído sua casinha.

E AGORA já estavam ali, diante da pequena casa. Um homem ajeitava uma longa escada para subir no poste recém-implantado bem diante do lote. Ela gostou de ver aqueles fios estendidos.

— Graaaças a Deus! — ela exultou saindo do carro. — Melhor presente impossível.

O homem parou no meio da escada.

— É, agora acabou a escuridão, dona — ele disse.

— E quem falou que eu vivo na escuridão?

O homem não entendeu. Continuou o trabalho.

Tiana voltou-se para a mulher.

— Vamos entrar, em cinco minutos eu passo um cafezinho.

— Não posso, tenho de seguir.

— Você tem certeza de que quer isso?

A mulher estranhou a pergunta de Tiana.

— Por que a pergunta?

— Por causa deste resto de galo na minha testa — disse Tiana, passando a mão no local, ainda um pouco inchado. — Sabe, este galo eu devo a um advogado de São Paulo.

— Advogado? De São Paulo?

— É. O nome dele é Guilherme.

E sem rodeios Tiana rematou:

— O meu nome é Sebastiana, mas todo o mundo me chama de Tiana. Vem, vamos entrar, dra. Djane. Em cinco minutos sai o café.

— Mas como a senhora me conhece?

— Quem conhece o dr. Guilherme sabe de você, dra. Djane.

DJANE voltava a chorar. Já tomara água, meia xícara de café — mas as lágrimas não entendiam disso.

— O que mais preocupa você, depois de tudo o que eu lhe disse? — perguntou Tiana.

Estavam sentadas ao redor da pequena mesa da pequena cozinha da pequena casa de Tiana. Djane usou o lenço outra vez.

— O que mais me preocupa? — ela perguntou.

— É, o que mais está machucando você? Você já falou daqueles malucos de hoje lá em cima do morro, já falou do trabalho de amor que você e a Cristina faziam pra aquela gente... e da mulher que morreu na mesa de cirurgia sem você poder fazer nada. Uma vida você perdeu, mas quantas você já tinha tirado da morte com o seu trabalho? Pense nisso. E quanto ao serviço de limpar chão e banheiro... eu também faço isso, e faço com gosto. Sabe qual é a diferença? É que eu não faço pra pagar coisa nenhuma. E nem pra crescer. Jesus já pagou a minha conta, e só ele é grande.

Tiana cruzou os braços e ficou esperando uma palavra de Djane. Não saiu. Então Tiana voltou:

— Alguma coisa mais ainda preocupa você. O que é?

— Bem... depois do que eu vi hoje, tenho medo de que, de repente, eu precise de uma cadeira de rodas. Porque, aceitando o que a senhora disse, então... então aquela minha cura não foi uma coisa boa. Não é mesmo?

Como resposta Tiana abriu a Bíblia. E leu:

— *Então, será, de fato, revelado o iníquo, a quem o Senhor Jesus matará com o sopro de sua boca e o destruirá pela manifestação de sua vinda. Ora, o aparecimento do iníquo é segundo a eficácia de Satanás, com todo poder, e sinais, e prodígios da mentira.*

— Poder... sinais e prodígios da mentira, minha filha — repetiu Tiana fechando a Bíblia. — É isso que essa cambada de demônios faz. Pense nisso.

Djane guardou breve silêncio.

— Acho que eu fiquei mais confusa. Isso quer dizer que aquela cura do pé de Marion quando ele tinha 14 anos, e também a minha cura, ambas foram sinais de mentira? Mas como? Eu falo por mim, e sei que fui curada.

Tiana apanhou a Bíblia e a deu a Djane com a mão esquerda. Quando Djane pegou o volume, ligeiro Tiana a tomou com a direita.

— É assim mesmo que os demônios fazem: dão hoje e tiram amanhã. A mentira está nisso, filha: na trapaça.

Djane ficou muda. Tiana voltou:

— É bem fácil entender. Se você continuar de braço dado com a mentira dessas pragas, pode tratar de ir arranjando uma cadeira de rodas. Talvez não pro seu corpo, mas pra sua alma sim. Mas se você quiser do fundo do seu coração mudar isso tudo, e mudar de uma vez por todas, agorinha mesmo a gente vê isso.

Epílogo

NAQUELA tarde, tudo voltava ao normal na Missão — até as vidraças estilhaçadas por pedras.

— Quando isto terá fim? — perguntou Juvenal diante dos estragos.

— Quando? — disse Neimar quase sorrindo. — Nunca, companheiro. Hoje eu posso dizer isso. Preocupado vou ficar no dia em que os ataques cessarem.

— Eu não entendo. Por quê, pastor?

— Porque então teremos saído do caminho. Só por isso.

Marlene apontou no corredor.

— Pastor! É a dona Marta! Chegou a hora!

— É mesmo?! — vibrou Neimar diante da iminência de ser pai.

Vinte minutos depois estavam no hospital.

O único hospital de Altiplana era um capítulo à parte. Precário, nascido de um antigo depósito de cereais, nenhum prefeito ainda conseguira transformá-lo numa confiável casa de saúde.

Um tanto aflito, Neimar aguardava no banco de madeira da saleta de entrada. A única enfermeira do hospital aproximou-se dele e disse que o médico queria falar-lhe.

ANOITECIA.

Após o banho, Guilherme vestia-se quando o telefone do hotel soou. Era Neimar dizendo que Calebe estava nascendo.

— Em dez minutos estou aí, pastor.

Guilherme chegou diante do quarto de Marta exatamente quando a traziam de volta da sala de cirurgia. Neimar ajudava a rodar o carrinho. Lá atrás ficava o choro interminável do bebê. Guilherme deu espaço para que entrassem.

— Foi uma cesárea, dr. Guilherme, o menino estava atravessado no útero — disse Neimar de passagem.

— Mas correu tudo bem?

— Perfeito, com a ajuda de Deus.

Neimar e a enfermeira transferiram Marta para o leito, e a enfermeira voltou com o carrinho. Olhou para Guilherme, ainda parado junto à porta do quarto.

— O senhor me poderia fazer um favor?

— Sim, pois não.

— Me põe este carrinho lá adiante. É que eu preciso voltar à recepção, estou sozinha.

— Claro.

— Obrigada.

A enfermeira se foi, e Guilherme rodou o carrinho até a porta da sala cirúrgica. O choro da criança agora estava bem mais perto.

Ao girar o corpo para voltar, ele parou no meio do giro.

Neimar espreitava da porta do quarto. A enfermeira retornava.

— E então? — ela perguntou.

— Me dê mais um minuto que eu lhe respondo.

Quando viram Guilherme sumir na porta da sala de cirurgia, Neimar sorriu e disse:

— Funcionou!

Instantes depois Guilherme e Djane surgiram lá no fundo do corredor. Trocaram um beijo, riram e brincaram com o bebê que ela tinha nos braços. O pequeno Calebe já não chorava.

Então Neimar suspirou de alívio.

— É, parece que vamos ter um novo advogado na cidade — ele disse.

— E uma médica — disse a enfermeira. — E quem sabe também um hospital decente?

PARABÉNS!

Você acaba de ler mais um livro publicado por uma editora que faz diferença no mercado editorial.

Caso tenha algum comentário ou sugestão, escreva, citando o livro que leu, para:

EDITORA MUNDO CRISTÃO
Caixa Postal 21.257, CEP: 04698-970
São Paulo - SP

Caso queira conhecer outros livros da Editora Mundo Cristão, visite nosso *site* na Internet através do seguinte endereço:

www.mundocristao.com.br

ou peça nosso catálogo pelo telefone:
0800-115074